U0526033

国家社会科学基金项目"少数民族女性文学的中华文化认同与传承研究"（批准号:15BZW190）终期成果

广西民族文化保护与传承研究中心资助出版

中华文化认同与传承的女性书写

黄晓娟 张淑云 罗莹钰 著

中国社会科学出版社

图书在版编目(CIP)数据

中华文化认同与传承的女性书写/黄晓娟,张淑云,罗莹钰著.—北京:中国社会科学出版社,2023.3
ISBN 978-7-5227-0841-6

Ⅰ.①中⋯　Ⅱ.①黄⋯②张⋯③罗⋯　Ⅲ.①妇女文学—文学研究—中国—当代　Ⅳ.①I206.7

中国版本图书馆 CIP 数据核字(2022)第 219788 号

出 版 人	赵剑英
责任编辑	张　玥
责任校对	赵雪姣
责任印制	戴　宽

出　　版	中国社会科学出版社
社　　址	北京鼓楼西大街甲 158 号
邮　　编	100720
网　　址	http://www.csspw.cn
发 行 部	010-84083685
门 市 部	010-84029450
经　　销	新华书店及其他书店
印　　刷	北京明恒达印务有限公司
装　　订	廊坊市广阳区广增装订厂
版　　次	2023 年 3 月第 1 版
印　　次	2023 年 3 月第 1 次印刷
开　　本	710×1000　1/16
印　　张	24
插　　页	2
字　　数	361 千字
定　　价	128.00 元

凡购买中国社会科学出版社图书,如有质量问题请与本社营销中心联系调换
电话:010-84083683
版权所有　侵权必究

目 录

序 …………………………………………………… 梁庭望(1)

绪论 …………………………………………………………… (1)
    一 研究对象及概念界定 ……………………………………… (1)
    二 研究视角及理论视野 ……………………………………… (5)
    三 研究现状及创作概况 ……………………………………… (17)

上篇　中华一体的文学书写

第一章　中华文化传统与女性历史 ……………………………… (29)
    第一节　少数民族女性文学的文化特征 …………………… (30)
    第二节　少数民族女性文学的文化土壤 …………………… (46)
    第三节　少数民族女性文学的中华文化精神 ……………… (59)

第二章　文化认同与审美观照 …………………………………… (69)
    第一节　文化认同与中华民族共同体意识 ………………… (70)
    第二节　文化的共同记忆与审美表达 ……………………… (75)
    第三节　多元文学空间的差异与会通 ……………………… (79)

第三章　文化意蕴与女性叙事 …………………………………… (87)
    第一节　女性经验的地域书写 ……………………………… (88)

第二节　女性叙事的时间与空间 …………………………………（98）
　　第三节　女性生命的美学意蕴 …………………………………（110）

第四章　文化传承与文化创新 ……………………………………（124）
　　第一节　文化反思与文化传承 …………………………………（125）
　　第二节　主体自信与文化创新 …………………………………（139）
　　第三节　审美境界的继承与创新 ………………………………（155）

第五章　叙述策略与文本境界 ……………………………………（162）
　　第一节　少数民族母语写作与母语思维 ………………………（163）
　　第二节　"双语"写作与文化的交融 ……………………………（169）
　　第三节　跨域写作的审美形式 …………………………………（173）

下篇　中华文化的多元呈现

第一章　满族女性文学的传统文化传承与创新
　　　　　——以获骏马奖的满族女作家作品为例 ………………（183）
　　第一节　女性写作与满族传统文化的传承 ……………………（184）
　　第二节　中华文化传统的当代性思考 …………………………（191）
　　第三节　多民族共荣共生的文化意识 …………………………（194）

第二章　蒙古族女性文学的草原情结与中华文化认同
　　　　　——以获骏马奖的蒙古族女作家作品为例 ……………（199）
　　第一节　蒙古族历史文化传统的体认和承继 …………………（200）
　　第二节　作为蒙古族文化意象的草原书写 ……………………（206）
　　第三节　开放心态下的文化吸收 ………………………………（213）

第三章　达斡尔族女性文学的文化美韵与女性心灵抒写
　　　　　——以获骏马奖的达斡尔族女作家作品为例 …………（218）
　　第一节　文化技艺的美韵传承 …………………………………（219）

第二节　神秘色彩的审美风格 …………………………………… (227)
　　第三节　女性自我心灵的抒写 …………………………………… (234)

第四章　回族女性文学中的生命意识与文化传承
　　　　——以获骏马奖的回族女作家作品为例 ………………… (242)
　　第一节　个体与群体的生命意识展现 …………………………… (243)
　　第二节　"以血为墨"的生命意识之源 ………………………… (256)
　　第三节　回族女性生命意识书写的意义探究 …………………… (273)

第五章　布依族女性文学的现代意识和古典意蕴
　　　　——以获骏马奖的布依族女作家作品为例 ……………… (287)
　　第一节　现代意识的观照 ………………………………………… (288)
　　第二节　古典诗学意境的传承 …………………………………… (298)
　　第三节　生命意识与布依族精神的张扬 ………………………… (304)

第六章　彝族女性文学的诗性传统与女性意识
　　　　——以获骏马奖的彝族女作家作品为例 ………………… (311)
　　第一节　彝族诗性传统的坚守和重塑 …………………………… (313)
　　第二节　彝族传统文化与现代意识的融合 ……………………… (323)
　　第三节　现代女性意识下的彝族女性文学观照 ………………… (330)

结语 ……………………………………………………………………… (337)
参考文献 ………………………………………………………………… (339)
附录1　全国少数民族文学创作骏马奖获奖女作家篇目 ………… (357)
附录2　全国少数民族文学创作骏马奖获奖类别及创作
　　　　体裁统计表 ……………………………………………………… (364)
附录3　全国少数民族文学创作骏马奖评奖活动统计表 ………… (366)
后记 ……………………………………………………………………… (367)

序

　　黄晓娟主持的国家社会科学基金项目"少数民族女性文学的中华文化认同与传承研究"的终期成果，填补了中国少数民族文学整体综合研究中女性书写的空白，使中国少数民族文学研究臻于完美。自20世纪80年代以来，在马学良先生的倡导下，由马学良、梁庭望、张公瑾、杨敏悦、吴重阳、关纪新、赵志忠等开辟了中国少数民族文学整体综合研究的新径，先后出版了《中国少数民族文学史》《中国少数民族文学概论》《中国少数民族比较文学研究》《中国少数民族文学》《20世纪中国少数民族文学编年史》《多重选择的世界》《中华文化板块结构与中国文学关系研究》等著作；断代整体综合研究主要有《中国民族文学研究60年》《中国少数民族文学学术史》《中国现代少数民族文学概论》《中国当代民族文学概观》《中国少数民族现代当代文学概论》《中国少数民族古代近代作家文学概论》《中国少数民族当代文学史》《中国当代少数民族文学史论》《中国少数民族现代文学》等；少数民族诗歌综合研究主要有《中国少数民族诗歌史》《中国诗歌通史·少数民族卷》《中国少数民族文学史·诗歌卷》《辽金元时期北方民族汉文诗歌创作研究》等；中国神话研究主要有《中国神话人物母题（W0）数据目录》《中国神话母题W编目》《中国各民族人类起源神话母题研究》等；体裁史主要有《中国少数民族文学史·诗歌卷》《中国少数民族文学史·小说卷》《中国少数民族文学史·戏剧卷》《中国少数民文学史·散文卷》《中国少数民族文学史·文学批评卷》。纵观以上所列，独缺少数民族女性文学总体综合研究，现在黄晓娟用《中华文化认同与传承的女性书写》填补了这个空白。妇女在社会结构中占有"半边天"，地位越来越重要，特别是在中国特色社会主义条件下，妇女的潜能得到了充分的发挥，可见在中华文化认同的前提下，对妇女的特殊书写，具有现实的意义。中华人民共和国成立之后，对妇女的书写，也有过若干成果，但就整体研究而言，《中华文化认同与传承的女性书写》才算填补了女性书写的空白，此书面世有特殊意义。

《中华文化认同与传承的女性书写》在结构上独具匠心，作者将女性文学的宏观和微观并列，又巧妙地综合勾连，使宏观和微观互相呼应，用六个民族作家的女性书写对上篇的理论做了生动的解说。一般而言，宏观和微观都不分离，是融合在一起的。但微观部分受到了比较大的局限，难以伸展。此书不同，以比较翔实的女性书写呼应前面的理论。须知理论部分最高权威是马克思和毛泽东的女性解放理论，这是需要全面阐明的。

此书的理论部分，条理分明。要研究少数民族女性文学，首先涉及的是个性，也就是"少数民族女性文学是文学的民族化、地域化的表述，在语言、文体、叙事、修辞等方面具有民族性与空间性的美学特征"。"各地的世居民族相互交融杂居构成地方文化共同体，各民族作家在创作时必然受多样化的文学生态和多民族交错杂居的区域文化的影响。"为了证明这个特点，作者引用了本尼迪克特·安德森的《想象的共同体：民族主义的起源与散布》，并阐明"这种'想象的共同体'不是虚构的共同体，而是一种与历史文化变迁相关，根植于人类深层意识的心理的建构"。作者注意到了"文化身份"，用以说明"少数民族女性文学的文化特征"，即"少数民族女性文学继承了中国文化的优良传统，在中国传统文化这片肥沃的土壤中不断成长、壮大，从思想内容到艺术形式，及所表现的价值观念和审美境界，无不受中国传统文化的影响，并形成了自己鲜明的文化特征"。在这里，作者在强调少数民族女性文学特征时，过渡到"少数民族女性文学的中华文化精神"即中华民族共同体意识这一核心议题上，为下面的论述展开铺垫。

民族女性文学书写虽然比较滞后，但篇幅还是广博，如何选材成了此书成败的关键。作者经过深思熟虑，毅然选取了骏马奖作品作为评述标准，从而使《中华文化认同与传承的女性书写》命题得以认可。纵观所引作品，涉及骏马奖获奖的蒙古、壮、藏、满、维吾尔等31个民族，其中涉及佤族、达斡尔族、鄂温克族、俄罗斯族、门巴族、德昂族、塔吉克族等多个人口较少的少数民族。虽然获奖的近800个作品当中，女性书写作品只有104个，占13.2%，但极具代表性，题材精选，篇章结构比较完美，艺术手法高妙，主题鲜明，反映了中华人民共和国成立以来少数民族女性文学的非凡成就，是少数民族女性文学当中的精品，也是民族文学的精品，在中华文学中熠熠生辉。不少作品不仅在民族文学中堪称典范，在中华文学中也产生了深远影响。例如霍达在《穆斯林的葬礼》中既表现中国回族家庭的历史沉浮和其所承载的时代命运，也表现了她自觉的女性意识，体现了她对回族女性生存的关爱与思考。正因为如此，《穆斯林的葬礼》《补天裂》出版后在全国激起了感情的波澜。佤族在中华人民共和国成立前夕，还处于部落社会末期，但这个民族急起直追，赶上社会主义，并一连产生了董秀英、吴萌等三位女作家，她们的获奖作品在全国产生了很大反响。在全国引起反响的女性民族作家，还有土家族叶梅、白族景宜、满族叶广芩、蒙古族乌云其木格、藏族的梅卓等。达斡尔族是一个人口比较少的民族，却形成了一支由苏华、阿凤、萨娜、苏莉、娜日斯、杜娟、敖文华、敖继红、孟晖、张华、苏雅等组成的女作家创作队伍，令人称奇。

本书不仅选材突出，容量也比较大，各方资料云集，其中参阅的中文著作达115种，中文论文达87篇，中文文学作品70部（篇），这就使《中华文化认同与传承的女性书写》在论述过程中突破了骏马奖获奖作品，涉及了广泛的文学作品和文学理论，为全书打下了比较坚实的基础。但要把这么多资料有机地结合起来，按逻辑思维论述，则需要下大功夫。首先，在上篇设立了五章，就民族女性文学的中华文化认同而言，必须在理论上率先做出先导。在绪论里，作者首先确定本书的主题、范围，论述方法和主导思想，"研究的主要对象为现当代具有影响和代表性的少数民族女作家及其创作，主要以历届获得全国少数民族文学创作骏马奖的女作家及其作品为重点研究对象"。如何研究？作者归纳出主导思想，首先从国外到国内，从历史到现实，从一般到经典，阐明了本书的主题和指导理论，为全书打下根基。为此，绪论首先设立了"马克思主义的妇女解放学说"，系统地阐明马克思、恩格斯关于在资本主义条件下妇女的命运和在工人运动中妇女解放的思想。文中引用马克思的经典理论，即在资本主义私有制条件之下"妻子成为主要的家庭女仆，被排斥在社会生产之外"（恩格斯：《家庭、私有制和国家的起源》，人民出版社2018年版，第79页）。这种"特定的经济基础决定了妇女在私有制统治下必然处于不平等地位"。恩格斯指出，"只有消除私有制，废除资本主义的生产关系，走向社会主义社会，女性的解放、人的解放和社会的自由才会得到实现"。上述理论，使马克思主义者和信奉马克思妇女解放思想的理论家奉为信条，女性问题成为马克思理论体系的一个分支，进入了马克思主义理论的逻辑体系中。

五四运动以后，马克思主义理论和世界各地妇女运动的消息陆续传播到中国，随着十月革命的成功，在中国革命进程中形成了毛泽东思想，其中就包括妇女的解放。作者在本书的绪论中，相当完整地阐述了毛泽东关于妇女解放的理论。从"毛泽东的妇女解放思想"中可以看出，毛泽东首先指出中国男子受到了政权、族权、神权三种权力的压迫，而妇女尤甚，还要受夫权的压迫。毛泽东对四种权力压迫妇女的论述，比马克思认为妇女被困于家庭更进一步。书中进一步引用了毛泽东在《妇女们团结起来》中的一段经典："要是说男子的力量是很大的，那末，女子的力量也是很大的。世界上的任何事情，要是没有女子参加，就做不成气。我们打日本，没有女子参加，就打不成；生产运动，没有女子参加，也不行。无论什么事情，没有女子，都决不能成功。"（毛泽东：《毛泽东文集》第二卷，人民出版社1991年版，第167页）这就是通常所说的中国妇女是中国的"半边天"。毛泽东还进一步提出：

"全国妇女起来之日，就是中国革命胜利之时。"（中华全国妇女联合会编：《毛泽东　周恩来　刘少奇　朱德论妇女解放》，人民出版社1988年版，第45页）并将妇女解放运动进行了实际的推动，1939年在延安成立了中国第一所女子大学，这是世界性的创举。以后在抗日战争、解放战争和新中国的建设时期，毛泽东还有一系列的论述，最后都归纳到中华民族共同体意识上。

在上述的经典理论和中华民族共同体意识如何落实到少数民族妇女问题上，本书上篇设计了"中华文化传统与女性历史"等五章，顺理成章地细述少数民族女性如何参与中华文化认同与传承。五章的逻辑分明，有次序地抓住少数民族女性文化特点、文化土壤、文化认同、文化创新四个要点，紧扣主题阐明。关于女性文化特点、文化土壤，作者没有走通常选择的路径，而是独辟蹊径，选择了族群的民族身份，这与我的中华文化板块结构不谋而合。按中华文化四大板块结构，中华文化以中原文化圈为核心，少数民族的北方森林草原文化圈、西南高原文化圈、江南稻作文化圈形成"匚"形围绕在主流文化圈周围。按以语言系统分类为标志的板块结构，北方森林草原文化圈从东北到新疆依次是满—通古斯语族民族、蒙古语族民族、突厥语族民族，本书提到的满族、达斡尔族、蒙古族、维吾尔族都属于这些语族民族。西南高原文化圈包括汉藏语系藏缅语族民族，本书提到的彝族、藏族、纳西族等都属于这个语族民族，唯佤族属于南亚语系民族；布依族、壮族则属于稻作文化圈民族。不同文化圈民族女性各有特点。但本书与我的板块结构所选取的文化元素相比，表现出女性民族学家特有的精明和仔细，竟然选取器物来反映民族精神，表现出"物我的和谐统一"，这恐怕是许多读者都难以想到的。书中举了很多例子来说明"物我的和谐统一"，包括叶梅《最后的土司》中的刨工技艺；达斡尔族的勒勒车；马瑞芳的《煎饼花儿》；海南黎族的糯米炖鸡肉；仡佬族的丹砂崇拜，等等。作者还用玉器来表现不同民族的文化性格，指出"玉是人格的象征物"，《诗经·秦风·小戎》以玉比德，"言念君子，温其如玉"，奠定了华夏文化的主调。霍达盛赞回族宠玉，民间培育出了高超的玉器雕刻艺术。

这使我想起了广西武鸣区马头镇元龙坡，出土了两三千年前的雕琢玉器，上万片玉片薄如铜钱，中间还要穿孔。说明两千多年以前，壮族祖先也已经培育出了精美玉器的文化性格。本书的笔尖既概括而又深入，归纳出北方民族女性文化的"粗犷豪迈"，南方民族女性文化的"神奇秀美"，表现出女性学者的细腻和概括功力。

作者在充分挖掘各民族文化圈族群女性文化的特点之后，很自然地转入各民族文化的认同，这与我的文化板块共性融通。在中华文化这个大背景下，四个文化圈互相之间以经济韧带、政治韧带、文化韧带、血缘韧带将中华各民族紧密相连，使中国民族女性形成了许多共性，例如勤劳、节俭、抚育后代、孝敬、亲友、睦邻等优秀品格。在本书第二章"文化认同与审美观照"和第四章"文化传承与文化创新"中，作者对民族女性文化认同与创新进行了深入的阐述。在中华文化认同的过程中，本书正确地认识到儒家文化的孝悌、仁义、忠恕等伦理价值，"对塑造中国人的世界观所产生的决定性影响"。这种影响潜移默化地隐含于文本的日常生活中，塑造了各民族妇女的价值观。作者列举霍达、叶广芩、央珍、梅卓作品中体现出来的民族精神与国家意识，认为这"是中华民族在反对外来侵略的生死存亡斗争中，各族同胞患难与共，团结御侮的体现，是中华民族的内在凝聚力"，而且在中国共产党百年奋斗过程中不断强化，从而促使中华民族团结的纽带更加牢固。本书还认为，少数民族女性文学有多样的个性和反思精神，各族女性作家融汇着构建中华民族共同体意识，从而使少数民族女性文学创作实现了价值提升。

下篇微观阐述，选择了满族、蒙古族、达斡尔族、回族、布依族、彝族六个民族的女性书写，各抓住其特点分头阐述。满族在清朝瓦解以后，贝勒和格格们原来凭仗朝廷支给的生活来源一下子断绝了，他们闲适游荡惯了，没有本事，生活一下子陷入困境，成了女性书写的悲鸣。我的岳父原本是依靠其父为清廷精锐卫戍火器营军官薪俸生活，辛亥革命后陷入困顿。我岳母是汉族，给他买了一辆三轮车让他拉煤，他嫌难看就是不骑。岳母又给他在铁路上谋到一个差事。岳父虽然只有初中文化，但汉语文水平不低，写得一手漂亮的毛笔字，爱琢磨，终于做到铁路枕轨设计制造工程师，有了一份不错的薪水。这在懒散惯了的满族子弟中不多见，难怪满族女性文学会发出悲鸣。但满族还有可以炫耀的一面，他们有过十二位皇帝，一大帮贵族像《红楼梦》贾家那么荣耀过，"贾不假，白玉为堂金作马"，满族女性书写也免不了对当年荣耀的追忆。特别是祖先学了汉文化，皇权继承了中国大统，曾经推进了中国的文化认同。

蒙古族女性书写与满族不同，他们的祖先有过"上帝之鞭"的功业，有过有元一朝的荣耀，早就离开了刀光剑影，只剩下曾经"弯弓射大雕"的伟业。眼下最让人羡慕的是"天苍苍，野茫茫，风吹草低见牛羊"的草原。蒙古族无论民间文学或是作家文学，无论是文学或艺术，都在不断地歌颂他们的草原，盛赞他们的牛羊，崇拜草原上的狼。蒙古人优美绵长的长调，无论如何变化，都离不开对草原的依恋。想到此我常为壮族子孙遗憾，壮人祖先最早发明了水稻人工移栽方法，因为珠江流域的西江、郁江、左江、右江一带曾经有大片大片的野生稻，有野生稻才有栽培稻。世界上像壮族这样的生态环境不少，就因为没有野生稻，发明不了水稻移栽技术。但壮族人现在天天吃大米饭、米粉、驼背粽子，却很少有人歌颂水田。

达斡尔族是个人口比较少的民族，但他们的祖先曾经兴旺一时。他们是契丹人的后裔，当年契丹人建立的辽，与宋对峙，势力影响半个中国。作为契丹人后裔的达斡尔族，今主要居住在内蒙古自治区呼伦贝尔盟东端的莫力达瓦达斡尔族自治旗，但他们忘不了"根"，其女性书写有浓郁的寻根意识。在现实生活中，高轮木制的勒勒车用于运送日常生活用品，冬天积雪过膝和夏天沼泽积水也能轻便灵活载物。一旦家庭在新的地方驻扎，车又成为衣柜或储物柜。勒勒车从古至今始终伴随着草原上生活的达斡尔族，逐渐形成了独一无二的文化——勒勒车文化。难怪达斡尔族的阿凤、苏莉、萨娜等女作家，以女性的敏锐与细腻灌注了对勒勒车的依恋，表达了她们对草原文化传统的绵长记忆。

回族是阿拉伯商人落籍中原与汉族、维吾尔族等融合而成的民族，在汉文化的氛围中成长。回族女性书写虽然少不了女性曾经被困于锅台的困境，但回族女性的中华文化认同意识就比较强烈，对国家历史问题的关注与表述具有国家文化层面的文学意义。霍达作品《补天裂》就同样表现了这种家国一体的叙述。她以丰富的历史积累及强烈的责任感和忧患意识，"再现了爱国志士易君恕在戊戌变法失败后逃亡香港的坎坷人生经历和不屈的抵御外侮的精神"。霍达透过个体完成了对民族历史和社会的关怀，传达出忧国忧民的意识，对中华民族的遭遇发出呐喊。

布依族和壮族的女性书写态势和以上民族女性书写不大相同。布依族、壮族作为壮侗语族民族，他们是稻作农耕民族，长期沐浴在稻作文化当中，与汉族的农耕生活比较接近，比较容易接受汉文化，接受儒家思想学说，学习汉族的先进生产技艺，有利于社会的发展。但年轻人大多不了解本民族文化，因而在壮族的知识分子当中，出现了寻根倾向。作为布依族女作家，杨打铁从小便远离自己的故乡，从西南边疆到东北边陲，离散在布依族文化之外，倾听和感受的更多的是中华文化观照下的他族世界。她从东北吉林到首都北京，再到新疆，又回到贵州的生活，流转的跨域生活和变换的职业身份，使她在创作时具有开阔的视野。她和后来生活在北京的壮族女作家岑献青一样，其作品已经不是对中华文化的认同，而是融合其中了。岑献青也许意识到某种缺失，常流露出寻根意识。

彝族地处西南高原山地，沟壑纵横，山高水冷，风劲地寒，又十分险峻。这种关山阻隔的地理环境，也让彝族形成了一种与世隔绝或半隔绝的文化状态。在这种半封闭的地理环境下，彝族文化有时甚至形成了一套不易为外界所理解的文化密码。自然崇拜、图腾崇拜、祖先崇拜和万物有灵的观念普遍存在于彝族社会当中。漫长的奴隶制度并没有影响彝族文学的现代性进程，五四运动前后，在中国新文学运动的影响下，新作家李乔、普梅夫、李纳等的作品中明显地打上了现代性的烙印。代表作家李乔的长篇小说《欢笑的金沙江》反映了彝族地区在中国共产党领导下翻天覆地的变革和斗争，特别是在中华人民共和国成立之后，彝族的女性书写顽强地追赶新时代。女作家李纳在她的长篇小说《刺绣者的花》和中短篇小说集《明净的水》中，塑造了一批全新的农村人物形象。在鲁娟等彝族女性诗歌创作中，在坚守民族文化传统的同时，一方面积极借鉴汉族诗歌精髓，另一方面通过对西方成熟的诗歌理论的取舍，使彝族女性诗歌呈现出更为成熟的发展态势。

从以上女性文学作品的倾向可知，各民族女性文学有两个明显的倾向，一是对民族文化的坚守或寻根，二是对中华文化的认同或融合。坚守是对汉藏语系藏缅语族民族和阿尔泰语系满—通古斯语族、蒙古语族、突厥语族民族而言，这些语族民族的文化基本传承，并使之成为中华文化的组成部分；在大背景下，文化也出现认同。汉藏语系与壮侗语族民族不同，他们的文化出现了断裂，因而其女性文学表现出寻根倾向。又因为其农业文化与汉族相近，有的文化元素已经和汉族融合，从而使中华文化多元一体，多姿多彩，这对于构建中华民族共同体，极为有利。

《中华文化认同与传承的女性书写》的面世很有意义，首先，促进我们在马克思主义、毛泽东思想、习近平中国特色社会主义理论的指导下，树立真正的男女平等思想，以便从思想上解决对妇女解放的认识问题。其次，让我们从中回顾中华妇女曾经如何在政权、族权、神权、夫权的重压下呻吟，对她们表示深切的同情。同时探查在新中国条件下四种权力残余的存在，使妇女得到完全的解放。最后，正确认识妇女的潜力，创造条件让妇女和男子一样平等就业，广泛参与社会生活。对其中的先进分子、劳模、英雄人物、科学家给予扶持、褒奖，营造浓郁的男女平等的社会氛围。

是为序。

梁庭望

2022 年元月 20 日于中央民族大学

绪　　论

中华民族有着源远流长的共同历史叙事、集体记忆和命运关联的历史命运。各族人民生活在中国版图辽阔的大地上，从南到北，从东到西，在自然地理、气候环境、风俗文化等方面呈现出丰富多样的特征，这也使各民族的文学创作具有各自独特的审美追求。55个少数民族的文化与汉族文化在中华大地上和谐共生，共同创造了灿烂的中华文化。少数民族女性文学在各自民族文化土壤中孕育繁盛，以其独特的民族气质和情怀，共同演绎并创造了多姿多彩的民族文学，勾连出中华文化的锦绣图景。从地理方位来看，少数民族女作家大多分布在祖国的东南西北，她们笔下的世界具有驳杂的色彩和丰富的内涵，从山川海岳到乡土民风，陶冶出她们作品不同的文化品格和审美趣味，表现出充沛的"边缘活力"。少数民族女作家作品中所表现的各民族文化、各地方文化，其实质都是在博大精深的中华文化光照下的文化传承。也就是说，在多元一体的中华文化之内，少数民族女性文学独特的审美特征和所表现的文化精神，显示出美学形态的多元性，无疑是对中华文化的多元性的传承。中华文化是各民族文化的集大成，各民族儿女要增强中华文化认同，共同建设中华民族共有的精神家园。

一　研究对象及概念界定

本书为2015年国家社会科学基金项目"少数民族女性文学的中华

文化认同与传承研究"的最终成果。在项目申报时便已明确研究的主要对象为现当代具有影响和代表性的少数民族女作家及其创作，主要以历届获得全国少数民族文学创作骏马奖的女作家及其作品为重点研究对象。全国少数民族文学创作奖（后更名为全国少数民族文学创作骏马奖）是由中国作协、国家民委共同主办的少数民族文学的国家级文学奖。参赛作品囊括少数民族作家用汉文或少数民族文字创作的各类文学作品。这一奖项创立于1981年，首届评奖主要评选过去四年间即1976—1980年的少数民族文学优秀作品，以期发掘各地优秀的文学作品，并鼓励多民族文学的创作发展。骏马奖的传统从此被延续了下来，每隔四年举行一次，是目前国内较为权威的少数民族文学创作奖项，其中的获奖作品也较能体现当前国内少数民族文学创作的风貌，具有较强的代表性。本书正是希望以获骏马奖的女作家创作勾连起新时期以来少数民族女性文学的发展图景。从视角、内容、形态、特质等方面加强对作家作品的审美个性、形式创新、情感想象的研究；注重对作品中民族精神的张扬和重塑，对深层的中华民族共同体意识和文化意义等关键性和共性问题的深度研究；在多元文化语境下以辩证的方式透视女性、民族、种族与信仰在文学中的体现。

在本书中，"少数民族文学"所采用的划分标准是："不能以作品是否使用了本民族语言或是否选择了本民族题材为标准，正确的标准只能是作者的民族成分。"① 出于行文论述的方便，本书所涉及的"少数民族文学"主要指中国当代少数民族作家文学，"少数民族女性文学"亦是指中国当代具有少数民族身份的女性作家创作的文学。论述的重点在于挖掘骏马奖获奖女作家作品的中华文化认同与传承意义，因此着重讨论获骏马奖的女作家作品，对于尽管优秀但未获奖的作品不作过多讨论。由于笔者语言的限制，在具体文本个案分析中以骏马奖获奖女作家的汉语创作或汉译作品为主，其母语创作仅作为一种母语写作的文化现象进行分析。在此，需明确的是，通常我们讲的"中华民族"与"56

---

① 李鸿然：《中国当代少数民族文学史论》（上），云南教育出版社2004年版，第13页。

个民族",其"民族"所指的层次和内涵是有区别的。前者是民族国家层面上的"民族",后者是指一个统一的民族国家内部不同族群层面上的"民族"。1988年,费孝通先生对此表示:"中华民族这个词用来指现在中国疆域里具有民族认同的11亿人民,它所包括的50多个民族单位是多元,中华民族是一体,它们虽则都称'民族',但层次不同。"① 中华人民共和国成立以前,对于"民族"所指的这两层含义的区别并不明显。随着1949年中华人民共和国的成立,民族识别工作的开展和民族政策的实施,各少数民族的地位得到提升,各族人民的身份认同意识增强,"民族"也便多了一层族群层面上的含义。本书是在"中华多民族文学史观"的视野下开展的研究。"'中华多民族文学史观'更强调整个中国文学史的撰写,关注的视角是不同民族文学背后的民族文化等带有民族性记忆的发掘和不同民族文学间的互融和互动。"② 挖掘被现有文学史遮蔽的少数民族女性文学的文化价值。

之所以对少数民族女性文学进行研究,基于以下问题的考虑:一是,少数民族女性文学就其文学与文化价值而言,是中华文化延续的一脉,应该作为一个独立的研究对象引起学界的重视。"少数民族女性文学"的概念曾经被遮蔽在"少数民族文学"的概念之内。尽管一些少数民族女作家如霍达、赵玫、叶广芩等已进入主流文学的视野,然而,对少数民族女作家的关注与她们创作的丰富程度还不相匹配,学界仍需要关注少数民族女性创作群体,挖掘她们的文学价值和文化内涵。二是,这种研究其本质蕴含着某种潜在的话语,即"少数民族女性文学"的成就作为性别文化发展的一部分,表现出新的质素。"性别这个因素在文学创作中是不可忽略的,无论在视角、叙事方式和语言风格方面,都会因女作家和男作家在经验和性别认同上的

---

① 刘锦:《中国文化多样性与民族国家——从费孝通〈中华民族的多元一体格局〉谈起》,《探求》2014年第4期。

② 王瑜:《"中华多民族文学史观"的建构及其反思》,《独秀论丛》2019年第1期。

差异而有不同的表现"①。以少数民族女性文学为研究对象,针对这一研究对象来讲,创作成果之丰富浩繁,难以一一穷尽。因此,笔者将研究范围锁定在获骏马奖的女作家作品上,分析她们对中华文化的认同与传承意识,希望以此一窥少数民族女性文学创作的深层意义。不可否认,获骏马奖的作品在艺术境界上存在较大的差异,但其文化价值是不可忽略的。55个少数民族中有无数个女作家创作出大量的作品,而通过聚焦于获骏马奖的女作家作品可以形成一个透视窗,以此窥见少数民族女作家的创作样貌。这些获奖作品带着各自民族写作的信息,彰显着鲜明的地方文化特色和文化传承意识,在她们所创作的地理场域内,她们的作品体现的是一种地方生活、地方经验,可以使读者了解所属民族、地方的文化。迪克斯坦说:"一个时代的文化是一个统一体,无论它有多少不同的分歧和表面的矛盾。只要触及其中的任何一部分,它就会揭示自身的秘密:一旦结构暴露,部分就揭示了整体。"② 少数民族女性文学的丰富性和多样性共同汇成百花齐放的中华文化大花园。

少数民族女作家们在现代语境中,产生的文化寻根、身份认同、族群观念更为突出。这是少数民族女性文学面临的最为根本的文化共性,在这一文化共性的基础上形成地域特点、民族特点,成为中华多民族文学整体格局中重要的组成部分。在中华文化认同的前提下,探讨不同民族、不同地方的文化如何实现传承和创新,以获骏马奖的女作家作品为例表现的文化传承的价值,能够为讨论中华文化的认同与传承提供一个可供参考的角度,进而重新思考文学写作在中华文化认同与传承中的建构意义。

少数民族女作家相对于男作家的创作而言,这些女作家的作品从一种性别的视野展示了女性个体与民族文化的另类风景。不只是因为她们对于少数民族文化生活和心理的洞悉,更重要的是她们站在女性的立

---

① 陈顺馨:《中国当代文学的叙事与性别》,北京大学出版社1995年版,第151页。
② [美]莫里斯·迪克斯坦:《伊甸园之门——六十年代美国文化》,方晓光译,上海外语教育出版社1985年版,第29页。

场，已超越了单一民族风俗的表达，作品中透露了女性的深层精神心理的诉求。她们不断追索着女性精神世界的深度，更努力地坚持在创作中传承着自我民族文化的灵性，同时，还在男作家的视野和精神偏好中努力进行弥补和挖掘新的场域。少数民族的地理位置大多具有边缘性，决定了其在文化上的独特气质。少数民族女作家在多元文化的撞击下仍能坚守文化个性，虽然有远离主流文化的孤独感，但其民族属性所赋予的文化的自豪感是无法泯灭的。少数民族女作家把本民族的命运与中华文化联系在一起，将深邃、敏锐的目光投向广袤的大地和遥远的历史，关注中华民族与中华文化的发展。

在由中华文化意识对少数民族女性文学进行研究的过程中，强调问题意识是十分有必要的。在少数民族女性文学中，中华文化是如何在文学现象和作家的创作中被体现和生成意义的？少数民族女作家如何将丰富多元的中华文化以文字的形式存留？中华文化是如何在作家文本中被传承的？这样，在上述总体问题之下，少数民族女性文学中的性别、审美、城市、乡村、生态等种种具体问题中的文化呈现，带动着笔者对这些问题和中华文化本身的思考。也正是中华文化多元一体格局的视角启发了笔者对"问题"的发现和对少数民族女性文学的文化传承意义的思考。这种问题意识确立的缘由在于人们必须通过具体的言说语境来发现和书写中华文化。尽管少数民族女性文学、文化现象复杂多样，但本书还是尝试将少数民族女性文学文本置入多元文化语境中加以分析，透过文本形式揭示其中的中华文化意识的内涵，从而在更深层次上揭示少数民族女性文学创作的文化内涵及文化传承意义。

二 研究视角及理论视野

文学研究与其他学科的研究不同，文学的表现方式以语言文字为主，作家对语言的编织源自于现实的感受和体验。文学是作家的审美感性表达的结果，文学体现一种特定的文化精神，是文化存在的一种具体样式。文学以其具有的审美性特点，不仅不是对文化的否定，而且还是一种文化诗学意义上的呈现。少数民族女性文学承担着保护、传承和创新少数民族文化的重任。少数民族女作家坚持文化传承意识，才能以更为强烈的文化自觉和文化自信意识提升少数民族女性文学创作的价值内涵。萨仁图娅在她的报告文学《尹湛纳希》（获第八届全国少数民族文学创作骏马奖）中清晰地认识到这一点："文化的传承需要一种开放性结构和世界性眼光。文化是一种表意实践，通过符号及其意义的传递，构成社会的意义是形态和价值观念。文学作为文化的象征和形象载体，在潜隐的层次上寓蕴着文化变迁的内容和轨迹。"① 少数民族女性文学不断从本民族民间口头文化中汲取创作资源，进行民间口头文学与作家创作之间的互动、诗性思维和哲学精神的互融、传统审美观念和现代文学观念的对话，形塑着少数民族女性文学的文化意蕴；对原始自然生态和神秘气息的艺术描绘、对民间风俗礼仪的审美再现、对日常生活的民族志书写，使少数民族女性文学呈现出典型的民族特色。

本书运用历史唯物主义和辩证唯物主义的立场、观点和方法，加强宏观综合研究，推进理论创新。马克思主义妇女解放学说和毛泽东女性解放思想，是少数民族女性文学研究的重要理论来源，中华民族共同体意识是多民族文学研究的基本前提。本书围绕性别研究理论如何进行多元化建构，从性别视角解读少数民族女性文学文本与文化现象，综合考察和分析性别、民族、地域文化、时代格局等多种因素。

（一）马克思主义的妇女解放学说

马克思曾经指出："每个了解一点历史的人也都知道，没有妇女的酵素就不可能有伟大的社会变革。"② 点出女性之于社会变革的重要性，强调了女性对于解放全人类这样伟大事业中所起到的重要作用。但是，在整个人类社会发展的历史进程中，妇女的身影却寥若晨星。盖因原始时期母系社会瓦解后，女性退居家庭生活的角落，沦为掌握生产资料的男性的私有财产，妇女进入漫长屈辱的失语时期，这也正是千百年来女性问题的根源所在。

---

① 萨仁图娅：《尹湛纳希》，辽宁民族出版社2002年版，第357页。
② 《马克思恩格斯全集》第32卷，人民出版社2016年版，第540页。

马克思主义理论是在 19 世纪资本主义经济发展的前提下诞生的，马克思与恩格斯敏锐地注意到了资本主义在创造了巨大生产力的同时，也制造了剥削和贫困，他们对资本主义、人类社会发展规律抽丝剥茧的过程中，同样发现了女性身处其中受到压迫的根源所在，并推演出了女性解放的路径，形成了马克思主义妇女解放的理论学说。马克思认为资本家通过剥削和压迫工人，通过"异化"劳动过程，使得工人同劳动本身、劳动产品以及其他工人之间产生分离，工人与产品之间的异化又导致了人与人之间关系的异化，人与人关系的异化中包含了两性关系的不和谐，由此劳动妇女在资本主义社会中处于"她者"的尴尬位置；而要正确认识妇女的处境，就不得不借助"现实的人"这一概念。马克思和恩格斯在《德意志意识形态》中指出"现实的人"这一概念具有三层含义。首先，"现实的人"是进行物质生产、从事社会实践活动的人。其次，"现实的人"应该是处于关系中的人。最后，"现实的人"是随着历史的发展而不断进步的能动的人。① 在私有制社会中的女性由于社会分工的不同，被迫寄居在私人家庭的生活中，承担着不被社会价值所认可的家务劳动，被排斥在了社会生活的方方面面之外，也因此成了男性的附庸，更遑论能改变社会变革世界了，女性在这个意义上离"现实的人"仍然是十分遥远的。而在《家庭、私有制和国家的起源》（以下简称《起源》）中，恩格斯更加深刻地论述了女性的困境和出路。在《起源》中，恩格斯对马克思提出的"两种生产"进行了更明晰的阐明，他指出："根据唯物主义观点，历史中的决定性因素，归根结底是直接生活的生产和再生产。但是，生产本身又有两种。一方面是生活资料即食物、衣服、住房以及为此所必须的工具的生产；另一方面是人自身的生产，即种的繁衍。一定历史时代和一定地区内的人们生活于其下的社会制度，受着两种生产的制约：一方面受劳动的发展阶段的制约，另一方面受家庭的发展阶段的制约。"②《起源》指出，家庭制度无

---

① 参见《德意志意识形态》（节选本），人民出版社 2018 年版。
② ［德］恩格斯：《家庭、私有制和国家的起源》，人民出版社 2018 年版，第 14 页。

论在社会生产的什么阶段，都必然要受到特定的社会经济关系的制约。在原始社会，生产资料有限，因此社会活动和家庭活动共有，女性地位得以保证，当社会向前发展，生产力进一步提高，剩余产品的出现促使了私有制的发展，社会活动和家庭活动开始分离，"随着家长制家庭，尤其是随着专偶制个体家庭的产生，情况就改变了。家务的料理失去了它的公共性质。它与社会不再相干了。它变成了一种私人的服务；妻子成为主要的家庭女仆，被排斥在社会生产之外。"[①] 因此，特定的经济基础决定了妇女在私有制统治下必然处于不平等地位。恩格斯指出，只有消除私有制，废除资本主义的生产关系，走向社会主义社会，女性的解放、人的解放和社会的自由才会得到实现。恩格斯还指出，若要妇女得到更大程度的解放，必须走两条道路：一是允许妇女进入公共生产领域；二是把私人生产领域收归地方团体。这两个建议将妇女问题和社会问题联系起来，逐渐为马克思主义者和信奉马克思妇女解放思想的理论家奉为信条，女性问题成为马克思理论体系的一个分支，进入了马克思主义理论的逻辑体系中。

五四运动以后，介绍马克思主义逐渐成为中国文艺界的一种主流趋势，当时的刊物和杂志，时常刊发世界妇女解放的相关新闻，介绍相关的女性解放理论，尤其以马克思主义妇女解放理论和苏俄的妇女解放思想为主，马克思主义的妇女解放学说由此传播开去，逐渐成为中国妇女解放运动的理论来源，掀起了中国妇女解放的本土化浪潮，促进了中国女性地位的提升。中国女性文学乃至中国少数民族女性文学，正是在这个进程中，获得了"浮出历史地表"的"言说"机遇，开始了全面的发展。

（二）毛泽东的妇女解放思想

在中国革命的实践过程中，承接着新文化运动者的步伐，毛泽东继承并深入发展了马克思主义的妇女解放观念，将马克思主义的妇女解放理论同中国的革命实际相结合，更进一步促进了马克思主义妇女观中国化的发展，建构起了当代有中国特色的妇女解放理论的历史基础，也形

---

① ［德］恩格斯：《家庭、私有制和国家的起源》，人民出版社2018年版，第79页。

成了毛泽东独特的妇女解放思想。毛泽东认为中国封建社会的传统礼教对妇女的压迫和束缚是男女不平等的根源，妇女问题究其根本还是因为阶级的不平等导致的。早在1919年"赵五贞事件"中，长沙女子赵五贞不满包办婚姻刎颈自杀，震惊了中国新闻界，也让青年毛泽东气愤不已，接连在《大公报》《女界钟》等报纸杂志上连续发表九篇以此事件为主题的批评文章，猛烈批判吃人的封建旧社会，痛陈逼迫赵五贞致死的是父家、夫家和社会。父权和夫权固然可恶，但最可恶的还是封建礼教和社会的罪恶。自此，毛泽东将中国妇女的受压迫同中国封建社会制度联系起来，为妇女解放问题赋予了超脱于其自身之上的，更为广泛和重大的职责，成为同解放国民、推动社会国家变革息息相关的一个重要问题。在1927年《湖南农民运动考察报告》中，毛泽东就指出："中国男子，普遍要受三种有系统的权力和支配。即：（一）由一国、一省、一县以至一乡的国家系统（政权）；（二）由宗祠、支祠以至家长的家族系统（族权）；（三）由阎罗天子、城隍庙王以至土地菩萨的阴间系统以及由玉皇上帝以至各种神怪的神仙系统——总称之为鬼神系统（神权）。至于女子，除受上述三种权力的支配以外，还受男子的支配（夫权）。这四种权力——政权、族权、神权、夫权，代表了全部封建宗法的思想和制度，是束缚中国人民特别是农民的四条极大的绳索。"① 在这段话中可以看到，毛泽东对中国社会的判断明显是建立在马克思主义的辩证唯物论和历史唯物论的观点之上的，毛泽东以马克思主义的阶级分析方法为武器，指出中国人民受到压迫是建立在阶级不公的基础上的，而妇女被奴役也是由私有制为基础的阶级剥削制度造成的。中国封建社会中的生产关系决定了统治阶级垄断了生产资料，并借着生产资料压迫和剥削他人，被统治者由于丧失生产资料，因此只能被迫接受奴役和压迫。要想解放中国妇女，就要推翻封建反动的统治阶级，只有解放整个社会和所有无产阶级，广大劳动妇女才有出头之日。毛泽东在1932年6月20日颁发的《中国苏维埃共和国中央执行委员会训令》（第六号）

---

① 《毛泽东选集》第一卷，人民出版社1991年版，第31页。

中阐述得非常清楚:"劳动妇女的解放与整个阶级的胜利是分不开的,只有阶级的胜利,妇女才能得到真正的解放。"在其后的革命实践中,毛泽东也不断贯彻执行着这一理念,将妇女解放与中国的阶级革命紧紧联系在了一起,并极大地肯定了妇女在革命和社会建设中起到的重要作用,将妇女从家庭引入革命和解放的进程中去。毛泽东在《妇女们团结起来》中指出:"要是说男子的力量是很大,那末,女子的力量也是很大的。世界上的任何事情,要是没有女子参加,就做不成气。我们打日本,没有女子参加,就打不成;生产运动,没有女子参加,也不行。无论什么事情,没有女子,都决不能成功。"[1] 原因是"妇女占人口的半数,劳动妇女在经济上的地位和她们特别受压迫的状况,不但证明妇女对革命的迫切需要,而且是决定革命胜败的一个力量"[2]。由此,在整个新民主主义革命时期,广大女性得以从家庭中解放出来,加入革命的行列中去,成为争取革命胜利的一支重要力量。在革命过程中,毛泽东意识到妇女问题仅凭领导层面的号召和妇女个人的觉悟是很难获得全面解放的,因此必须形成妇女组织,用组织的力量去发展和动员更多的妇女从家庭中解放出来,加入革命行列中,形成自己的独特力量。因此党内外各级组织和团体都成立了妇女部门和妇女团体,加强了妇女的团结,也极大地推进了革命的发展。毛泽东同时还意识到,"没有一批能干而又专职的妇女工作干部,要展开妇女运动是不可能的。"要让妇女工作进一步开展,女性得到更进一步的解放,就需要一批素质更高的妇女来领导好妇女工作的展开,妇女若要真正获得解放也要依赖于妇女界整体素质的提高,女性整体思想觉悟需要更上一层楼,因此妇女的文化教育教育迫在眉睫,由此,1939 年,延安成立了中国第一所女子大学,毛泽东做了女子大学开学典礼讲话:"女大的成立,在政治上有着非常重要的意义。它不仅要培养大批有理论武装的妇女干部,而且要培养大批

---

[1] 《毛泽东文集》第二卷,人民出版社 1991 年版,第 167 页。
[2] 中华全国妇女联合会编:《毛泽东 周恩来 刘少奇 朱德论妇女解放》,人民出版社 1988 年版,第 30 页。

做实际工作的妇女运动的干部。"还提出了"全国妇女起来之日，就是中国革命胜利之时"的著名论断。① 可以看出，在毛泽东的妇女解放思想中，将对女性的文化解放置放在了一个重要的环节，通过文化去唤醒女性的自我，以觉醒的女性发动其他广大妇女的觉醒，继而解放广大女性。

抗日战争胜利后，妇女在社会建设中的作用同样为毛泽东所重视，他强调："中国妇女是一种伟大的人力资源，必须发掘这种资源，为了建设一个伟大的社会主义国家而奋斗。"② 中华人民共和国成立后颁布的《中华人民共和国婚姻法》和《中华人民共和国宪法》都在法律层面确立了妇女和男性享有同等的权益，母亲和儿童权益受保护的法条。越来越多的中国妇女走出家门加入社会生活中，妇女的身影活跃在社会的各个舞台上，中国妇女的整体思想、文化素养得到了极大提高，许多女性成为科学文化技术领域的佼佼者。因此有学者认为中国的妇女解放实质上是女性角色的文化解放。③ 中国女性在为中国发展做出巨大贡献的同时也迎来了自身的解放。"毛泽东在对中国妇女运动考察的基础上，在亲自参与、领导妇女运动的实践中，把马克思主义妇女观发展成为毛泽东妇女解放思想。毛泽东妇女解放思想是马克思主义妇女观与中国妇女解放运动实践相结合的产物，对中国妇女解放运动起到了积极的指导意义，其成功的经验对马克思主义妇女观的中国化具有很强的现实借鉴意义，是建构当代有中国特色妇女理论的历史基础。"④ 在马克思主义妇女观的引领下和毛泽东妇女解放思想的指导下，中国妇女得以解放自我，也促进了中国社会的飞速发展，中国女性有了更广阔的发展天地。

在毛泽东妇女解放思想的指导下，中华人民共和国成立后，党对女性参政的促进和推动，成为新中国最引人注目的举措之一。在中国共产

---

① 中华全国妇女联合会编：《毛泽东 周恩来 刘少奇 朱德论妇女解放》，人民出版社1988年版，第44页。

② 《毛泽东文集》第六卷，人民出版社1999年版，第458页。

③ 参见刘光宇、冬玲《女性角色演变与中国妇女解放——中国现代女性文学的文化透视》，《山东师范大学学报》（人文社会科学版）2000年第2期。

④ 刘霞：《毛泽东妇女解放思想的基本内涵》，《福建党史月刊》2006年第8期。

党第八次全国代表大会上,中国共产党中央委员会在修改党章的报告中特别指出:"党必须用很大的决心培养和提拔妇女干部,帮助和鼓励她们不断前进,因为她们是党的干部的最大的来源之一。"并且"还要根据兄弟民族的特点,在各种工作中,培养和提拔各民族的女干部"[①]。从民族地区的土改经验中可以发现,妇女一旦被解放出来以后,她们往往会产生极大的革命热情和干劲,更容易对新的政权产生归属感,也更能支持新政权的工作。另外,对少数民族妇女参政工作的推动,有利于促进民族地区生产、经济、文化事业的发展,加强民族团结,有利于民族政治共同体的构建。在中华人民共和国成立前,解放区就已经开始了对少数民族女干部的部署工作,1949年陕甘宁边区妇女第二届代表大会,就拟定了开展回蒙少数民族妇女工作的草案。[②] 中华人民共和国成立后,培养少数民族妇女干部更是成为民族工作的一项重点。各民族地区人民政府委员和人民代表中,都有一定的妇女名额,有些妇女并担任了县长、区长和乡长等职务。"各民族地区这些成长起来的少数民族女干部,大都是在各项政治运动和生产建设中涌现出来的优秀分子,是党联系少数民族人民和少数民族妇女的重要桥梁。"[③] 在毛泽东妇女解放思想的领导下,这些少数民族妇女纷纷成为"生产劲旅",截至1960年,"据内蒙古、新疆、宁夏等自治区的统计,各民族的女职工已经发展到十七万多人,成为发展民族地区工业一支突起的劲旅。……少数民族妇女在政治上和经济上得到彻底翻身以后,社会地位有了很大的提高。在党的深切关怀下,大量的少数民族妇女干部迅速成长起来,许多优秀的妇女受到群众爱戴,被推选为集体事业的'管家人'。"[④]

---

① 《在中国共产党第八次全国代表大会上 积极培养和提拔更多更好的女干部 中共中央妇女工作委员会第一书记 蔡畅同志的发言》,《人民日报》1956年9月25日第1版。

② 《陕甘宁举行妇代会》,《人民日报》1949年2月27日第1版。

③ 《广泛参加政治经济文化活动 积极参与管理国家大事 少数民族妇女迅速成长》,《人民日报》1963年3月7日第1版。

④ 《摆脱家务劳动昂首阔步前进 少数民族妇女成为生产劲旅》,《人民日报》1960年3月8日第1版。

在马克思主义妇女解放思想以及毛泽东的妇女解放思想的指导下，中国妇女解放事业取得了辉煌成就，中国女性文学也因此获得蓬勃的发展。在进行妇女解放问题的历史唯物主义研究时，学者刘丹指出："在理论目标上，应以自觉的中国意识为前提，致力于构建以中国话语为主体的中国理论，而这一理论由于其出发且落脚于中国妇女解放问题，最终应构建出中国特色的妇女解放理论。"[①] 在进行中国女性文学以及中国少数民族女性文学研究时也应该如此，自觉以中国意识为前提，以中华文化一体的观念为前提，探索少数民族女性在中华文化构成中的重要性，借鉴西方优秀的文化理论，但以中国现实的历史文化语境为基础，探索中国特色的女性文学研究之路，这正是本书在理论路径的发力之处。

(三) 中华民族共同体意识

中华文化是汉族文化传统与55个少数民族的特质文化传统的总和，具有多层次多侧面的丰富性，各少数民族文化与汉族文化之间形成互补互渗、你中有我、我中有你的内在机制。在中华民族大家庭内，不同民族文化孕育和生产的该民族女性文学，既流淌着本民族传统、血缘特质，又与中华文化传统保持着内在的联系，成为本民族文化传统和中华文化的体现者和传承者，通过创作促进中华民族文化向心力的形成和中华文化认同的实现。中华大地地域辽阔，文化资源丰富多样，共同汇成中华文化的海洋。新时期以来，在我国多民族杂居和多元文化融合的现实语境中，少数民族女作家的族别文化身份中文化因素在创作中经历了从单一向多重的综合，尽管在审美思想上体现出不同的追求，但在中华文化的认同中呈现丰富、复杂、包容的内质，形成互动共生的良好文化生态环境，对中华文化的传承有着至关重要的作用。

民族认同是个人对于一个特殊文化或者族群所具有的归属感。《中华文化辞典》认为："文化群体或文化成员承认群内新文化或群外异文化因素的价值效用符合传统文化价值标准的认可态度与方式。经过认同

---

① 李丹：《马克思主义妇女解放理论及其当代价值》，黑龙江大学出版社2013年版，第206页。

后的新文化或异文化因素将被接受、传播。"① 文化认同是一个认识自我、创造自我、回归自我的文化过程,在文化认同的整个过程中都体现着主观意志的主动性、创造性与自我控制,是一个有目的的、自主的文化取舍活动。文化认同是对民族文化自觉的认知、反思、批判和选择的过程,能够帮助人们从以前想当然的、习以为常的生存状态转变成一种自知、自主、自省的自觉的精神状态。通过文化认同,人类能自觉地认识到自我文化的存在,并将自己的价值尺度运用到对文化的追求与选择中,自觉地反思自我文化的发展与创新。文化认同本身所呈现出的自觉性强化了自我文化精神,开拓了文化视野,是人类主体意识的彰显。文化越发展、越进步,文化认同的主体意识越清晰、越明确、越自觉,对主体价值的追求也就越强烈、越理性、越崇高。② 我国是一个统一的多民族的国家,各民族和谐相处,共同发展。民族之间不断进行文化交往,最终形成了多元一体的文化格局。然而,随着全球一体化的逐渐加强,各民族受全球一体化的影响,民族间的文化差距正在逐渐缩小,为了呈现中华文化的丰富性和多元性,挖掘本民族文化的价值与精髓是少数民族文学创作者和文学研究者应有的责任。

费孝通先生于20世纪80年代末提出了"中华民族多元一体格局"的理念,90年代中期以后又不断提出"文化自觉"的理念。费孝通先生对中华文化的多元一体格局进行了详细的论述:"中华民族作为一个自觉的民族实体,是近百年来中国和西方列强对抗中出现的,但作为一个自在的民族实体则是几千年的历史过程所形成的。……它的主流是由许许多多分散孤立存在的民族单位,经过接触、混杂、联合和融合,同时也有分裂和消亡,形成了一个你来我去,我来你去,我中有你,你中有我,而又各具个性的多元统一体。这也许是世界各民族形成的共同过程。"③ 多元文化共存是各个文化样态得以确立的前提。中华文化多元

---

① 冯天瑜主编:《中华文化辞典》,武汉大学出版社2001年版,第20页。
② 参见余晓慧《世界历史语境中的文化认同研究》,云南人民出版社2014年版。
③ 费孝通:《文化的生与死》,上海人民出版社2013年版,第539页。

共生的文化样态,是各民族对"多元一体"的中华文化的高度认同和强烈归属感。

党的十八大以来,习近平总书记关于中华民族的认同发表系列重要讲话,形成了关于中华民族认同的重要论述和中华民族共同体思想。2014年9月,在中央民族工作会议上,习近平总书记创造性地提出中华民族共同体的新概念,强调:"我国各民族分布上交错杂居、文化上兼收并蓄、经济上相互依存、情感上相互亲近,形成了你中有我、我中有你,谁也离不开谁的多元一体格局。一体是主线和方向,多元是要素和动力,中华民族和各民族的关系,是一个大家庭和家庭成员的关系。"[①] 2017年在党的十九大上,习近平总书记正式提出"铸牢中华民族共同体意识",指出:"深化民族团结进步教育,铸牢中华民族共同体意识,加强各民族交往交流交融,促进各民族像石榴籽一样紧紧抱在一起,共同团结奋斗、共同繁荣发展。"[②] 党的十九大更是将"铸牢中华民族共同体意识"写入党章。2020年10月26—29日,党的十九届五中全会通过的《中共中央关于制定国民经济和社会发展第十四个五年规划和二〇三五年远景目标的建议》,把"中华民族凝聚力进一步增强"列入"十四五"时期经济社会发展主要目标,对铸牢中华民族共同体意识进行了战略性部署。在2021年的中央民族工作会议中,习近平总书记进一步强调:"以铸牢中华民族共同体意识为主线,坚定不移走中国特色解决民族问题的正确道路,构筑中华民族共有精神家园,促进各民族交往交流交融……"[③] 中华民族共同体意识是由中华各民族共建共享的文化意识凝聚而成的,中华文化是中华民族共同体的重要载体。源远流长、博大精深的中华文化是中华各民族共同创造的,是中华民族的灵魂和中华民族文明发展的内生动力。

---

① 中共中央宣传部编:《习近平新时代中国特色社会主义思想学习纲要 2019 版》,学习出版社 2019 年版,第 132 页。
② 习近平:《论坚持全面深化改革》,中央文献出版社 2018 年版,第 367 页。
③ 习近平:《论坚持人民当家作主》,中央文献出版社 2021 年版,第 320 页。

文化认同既是一种存在，又在变化中、连续中显现丰富性，同时又体现持续的发展。中华优秀的传统文化是中华民族的根基，中华各民族的认同感和中华一体的观念在各族人民心中是根深蒂固的。体现在当代少数民族女性文学中的文化认同：一方面通过民间口耳相传的神话、传说、故事吸收本民族文化的营养；另一方面通过汉语写作建立自己的文学世界，自然而然地沿袭并发展悠久深沉的汉文化传统。[①] 与此同时，在对传统文化传承与创新的持续构建中生成新的文化活力，具有多元的相互性、传承性、创新性和时代性。各民族文学与文化在中华文化的大格局中形成互补互渗的内在机制。中华文化形成了独特的文字、语言和富有民族特色的文化构成，其中的精华部分充分体现了中华民族的民族属性、民族精神。中华各民族文化在长期的历史发展过程中，各民族独特的自然条件和文化氛围对文化所具有的民族属性的形成有着多方面的影响；同时，各民族相互交流与交融，形成了你中有我、我中有你的文化整体，以及各民族一些共有的文化特征，多元一体是中华文化最突出的特点。中华民族共同体意识在尊重多元民族认同的基础上，建立起国家认同的文化纽带，促进中华各族儿女像石榴籽那样紧紧抱在一起。

当代少数民族女性文学在中华民族共同体的构建中，通过对中华多民族共同的历史记忆、共同的精神文化和共同的责任使命的书写，既体现出文学与文化的自觉，又在积极传承中华多民族文化精髓和继承优秀传统文化的基础上，强化中华民族共同体意识和民族凝聚力。中华传统文化在文学的传承与创新中生生不息，带来多民族共同的自豪感和自信心。当代少数民族女性文学在中国民族共同体意识和人类意识的思考中凝练出团结和归属意识，为构建中华民族共有的精神家园发挥着重要的作用。当代少数民族女作家对文学精神价值的追求，体现为对本民族丰富多彩的文化习俗的热爱，对中华文化精神、意义与价值观的认同，对

---

① 参见阿来《穿行于异质文化之间》，《作家通讯》2001年第2期。文中表达了藏族文化和汉族文化的双重身份对他创作产生的重要影响，这种影响同样体现在当代少数民族女作家的创作中。

女性命运的终极关怀。

三 研究现状及创作概况
(一) 少数民族女性文学研究现状
1. 少数民族女性文学个案及整体的研究

中国少数民族女性文学研究始于1978年，自20世纪80年代中期到90年代，从多元民族文化审美追求的角度研究少数民族女性写作的有姚新勇的《多样的女性话语——转型期少数族文学写作中的女性话语》、刘大先的《边缘的崛起——族裔批评、生态女性主义、口头诗学对于少数民族文学研究的意义》。田泥的《走出塔的女人》在女性叙事与民间叙事、民族记忆、民族文化等方面论及代表性少数民族女作家的创作。黄晓娟的《多元文化背景下的边缘书写——东南亚女性文学与中国少数民族女性文学的比较研究》对中国少数民族女性文学与东南亚女性文学整体性创作，以及具有代表性的作家、文本根据不同的空间关系和时间关系进行横向和纵向的比较；黄晓娟的另一部专著《中国当代少数民族女性文学研究》通过对当代少数民族女性文学进行全面、系统的研究，关注到女性经验、女性话语与民族文化传统的关系。王冰冰的《跨民族视域中的性别书写与身体建构——新时期以来少数民族女性创作研究》从身份建构的角度分析新时期以来的少数民族女性创作。从不同地域、不同民族、不同体裁研究少数民族女性文学的专著有李长中的《当代人口较少民族文学的审美观照》、魏巍的《中国当代少数民族女性诗歌研究》等。从文化的传承角度研究少数民族女性文学的成果少之又少，对少数民族女性文学在文化传承中的意义问题，并未受到足够的重视。

2. 关于少数民族文学的文化研究

新时期以来，国内对民族作家文学创作整体观照和批评的成果不少，如赵志忠的《民族文学三十年评述》；20世纪80年代开始对民族文学的文化身份意识进行研究的代表论文，如尹虎彬的《从单重文化到双重文化的负载者》；20世纪90年代以来受文化研究热的影响，民族作家文学的文化研究有进一步收获。研究关注民族文学文化身份中的文化因素从单一趋向多重的综合，注重从多层面效应考察中国文学总体格局对民族文化身份意识的人道追求的影响，代表性论文有余达忠的《身份认同与文化想象——民族文学的民族性建构》，刘俐俐的《"美人之美"：多民族文化的战略选择》，吴道毅的《多元文化视域中的民族文学论纲》，罗庆春、刘兴禄的《"文化混血"：中国当代少数民族文学文化构成论》等；此外，重点研究民族文化身份作为一种边缘性存在具有的重要意义，提出既要大力弘扬民族文学，又要在重建中国文学中发挥作用；既要面向全球化，又要增强本土认同，代表性成果有：关纪新的《少数民族作家与民族文化传统》、尹虎彬的《从文化的归属到文化的超越——新时期少数民族小说创作主题意向辨析》、徐新建的《本土认同的全球性——兼论民族文化的"三度写作"》、刘俐俐的《走近人道精神的民族文学中的文化身份意识》、白晓霞的《西部少数民族文学中的文化意识》等。

3. 关于文化认同的研究

文化认同作为一种现象一直存在，伴随着现代性及其引发的文化危机，文化认同作为一个问题受到关注。20世纪80年代欧洲对于文化认同的研究主旨是批判"认同性"的形式，至90年代开始从"形式"向"身份"探讨转换，国外代表性研究有汤林森的《文化帝国主义》关于民族文化问题的讨论；乔纳森·弗里德曼的《文化认同与全球性过程》揭示了跨文化融合对地中海文明的关键作用；安东尼·D.史密斯的《民族认同》从身份认同的视角出发，对民族现象展开细致考察，深入剖析民族与民族主义的历史演变和文化基因。国内关注文学与文化认同的关系的相关研究有周宪的《中国文学与文化认同》，詹小美、王仕民的《文化认同的民族蕴涵》等，涉及认同的语境与全球化、认同与身份等问题的论述。

4. 对于全国少数民族文学创作骏马奖的研究

对骏马奖的研究，从评奖制度的角度进行研究的有李翠芳的《全国少数民族文学创作骏马奖的文化现象反思》（《当代文坛》2017年第

3期)、翟洋洋的《骏马奖评奖标准的历史演变：分析与启示》(《民族文学研究》2018年第1期)、李翠芳的《骏马奖与新时期以来少数民族文学的价值流变》(《民族文学研究》2016年第2期)、向贵云的《全国少数民族文学创作骏马奖评奖特征考察》(《扬子江评论》2016年第3期)等。对骏马奖具体作家作品研究的有石文的《贵州少数民族作家获骏马奖作家群体研究》(《中国民族博览》2017年第10期)、尹利丰的《获骏马奖的云南少数民族作家小说研究——作品中的原始主义与现代文明的碰撞》[《北方文学（下旬刊）》2013年第7期]、哈斯高娃的《蒙古族作家获骏马奖小说创作研究》(硕士学位论文，内蒙古师范大学，2015年)、李翠香的《新时期"中国少数民族文学"发展与文学思潮演进的关系研究——以"全国少数民族文学"骏马奖获奖小说为考察对象》(硕士学位论文，福建师范大学，2011年)等。可见，在丰富而浩繁的骏马奖获奖作品中，女作家的作品并未引起足够重视。

从目前研究状况来看，在文化如何影响文学创作、文化现象在文学作品中是如何体现的等方面研究较多，而从逆向思考角度，就文学对文化的传承研究还不多见，本书对于少数民族文学研究和女性文学研究来说都是研究视角的创新，一种新的研究空间的拓展。当代少数民族女性文学是中华文化意识的载体与媒介，历届获全国少数民族文学创作骏马奖的女作家作品，展示了当代多民族文学中不同的族群经验和多元的文学传统所构成的气象万千的中华文化，增加了中华民族共同体中的多元文化元素，为促进民族文化向心力的形成、建设共享现代文化、构建中华民族共有的精神家园意识发挥了重要的作用。

（二）现代及"十七年"时期少数民族女作家创作概况

五四新文化运动的先驱者们在反叛封建文化的同时也倡导了男女平等的思想，于是妇女解放运动由男性先驱们率先提出，继之而来的是一批女作家女性意识的觉醒。各族女性也受到这一思想启蒙运动的影响，开始反抗被压迫地位。少数民族女作家的创作紧跟时代的脉搏，比如满族女作家颜一烟和安旗、彝族女作家李纳等的作品，具有较强的革命性，彰显着时代的主旋律。

满族女作家颜一烟20世纪30年代创作的话剧《保卫武汉》《炸弹》《红煤》《窑黑子》《凶手》等；40年代创作的话剧《秋瑾》《军民一家》《祖国的大地》；电影剧本《中华女儿》等，多以抗日战争生活为题材，无不展现了她的爱国激情。《中华女儿》取材于东北抗联时"八女投江"的事迹，塑造了八位女英雄形象，表现了女性为国献身的壮烈行为。女性解放与更广泛的民族解放融为一体，女性意识带有时代特殊的烙印。《秋瑾》中的女主人公秋瑾是出身于官僚地主家庭的"名门闺秀"，但她为寻求国家和人民的出路，投身于反封建和争取民族解放的革命斗争中，从一个家庭闺秀成长为坚强的革命女战士和争取妇女解放的先觉者。满族女作家安旗1945年参加中国共产党领导的民主运动，为中国的解放事业做出了自己的贡献。

彝族女作家李纳生于1920年，抗日战争爆发前在昆明昆华女师学习。抗日战争爆发后参加了抗日救亡运动，1940年投奔到革命圣地延安。解放战争时期奔赴东北前线，写了大量以工人生活及东北人民在抗日战争中的事迹为题材的小说。《煤》是她在鸡西煤矿深入生活时发表的第一篇以矿工为题材的小说。这篇小说写的是有名的小偷黄殿文外号叫"无人管"被判刑后送到矿山劳动改造，通过工人群众的教育和帮助，他变成了工人阶级一员的故事。少数民族女作家在这一时期的作品多直接描写革命战争中的人与事，阶级意识强，充满了民族国家意识，她们打破了传统的女性性别角色定位，走出闺阁、高扬起强烈的家国意识。不论是抗日战争还是解放战争时期，大批女性奔赴前线，少数民族女作家们同样以火样的热情去感受和讴歌这些女性崇高的精神特征。

白族女作家陆晶清，也是一位在时代潮流影响下勇敢地与封建传统决裂的少数民族女作家。陆晶清生于云南昆明，从云南女子初级师范毕业后，考入北京女子高等师范学校。在"女高师"期间受到鲁迅、周作人、沈尹默等人指点，学习新诗创作。陆晶清还是反封建思想的积极倡导者，她在北京期间主办《妇女周刊》，回到云南后又与石评梅编辑《蔷薇周刊》，这两个刊物都在倡导妇女解放和男女平等。她的散文集《素笺》表现了女性细腻的心理和温婉的风格，诗集《低诉》《流浪集》，表现了革命失败后女性的苦闷与彷徨。

曾平澜作为壮族现代文学史上第一位不寻常的女诗人，同时也创作了不少小说、戏剧和散文。她的《平澜诗集》收入1929—1935年创作的诗歌33首，1925年投身民主革命，在广东政府跟随何香凝从事妇女运动，后来又东渡日本留学，1934年回乡从事教育。在中国社会剧烈变动的20世纪30年代，她漂泊奔波，经历坎坷，具有强烈的反抗精神，用诗歌表达自己坚强不屈的人生信念和对现实社会的反抗，具有强烈的时代精神。

中华人民共和国成立后，中华儿女获得了解放和自由，社会政治经济文化都得到了空前发展。国家除了大力发展社会主义经济建设外，也大力扶持科教文卫事业。文学创作取得了丰硕成果，出现了许多优秀的文学作品。国家进行了民族识别，并开始大力扶持各族的文化发展。"十七年"期间，在众多优秀的文学作品中，也出现了许多优秀的少数民族作家的作品，其中不乏少数民族女作家的创作成果。如，1949年加入中国作家协会的彝族女作家李纳，创作了《父亲》《出路》《不愿做奴隶的人》等作品，受到了文坛的关注；满族女作家颜一烟则通过《活路》《小马倌和"大皮靴"叔叔》等小说，以浓重的情绪轰轰烈烈重现了中华儿女在革命岁月中付出的血泪和奋斗；柯岩创作的儿童叙事诗《小迷糊阿姨》独树一帜，拓宽了"十七年"文学题材的样式和内容，具有特殊意义。

总的来说，中华人民共和国成立后的前三十年，尤其是"十七年"时期少数民族女性文学有几个较为突出的特质。首先，也和那个时期其他的文学作品一样，充满了站起来的中国各族人民的自豪感和幸福感，集中体现了那个时代女性对国家崛起的激动之情，充盈着昂扬奋发的民族精神，十分具有激励作用。其次，描写革命斗争题材的小说成绩比较突出，这些小说从不同角度和侧面反映了中华儿女在革命斗争中，在共产党领导下走过的坎坷曲折的斗争历程，成了伟大的精神财富。其中还有一些反映农牧业生活和斗争的作品，反映了翻身农民挣脱旧的传统束缚，走向自由民主新生活，歌颂社会主义新人的新风尚，尤其是"十七年"时期的少数民族女作家们已经非常敏感地意识到本民族所具有的风土和精神文化的特殊性,她们自然地将少数民族的风土人情融入创作中,叙述了在特定社会环境中众多令人难忘的人与事,具有浓郁的民族地域色彩,极大地补充了"十七年"文学的内涵。最后,少数民族女作家以女性特有的柔软细腻,叙写了许多美丽柔婉的少数民族爱情故事,生动细腻的人物描绘和充满了少数民族风格的边地情爱细节描绘,形成了极具少数民族风土特质的婚恋叙事风格。

但"十七年"时期的少数民族女性创作也有缺憾。首先,相对现当代文学发展来说,少数民族女性文学发展仍然处于较为初步的阶段,少数民族女性文学的产出量不够丰富,尤其是少数民族女作家寥寥可数。其次是很多作品只是对时下的政策进行简单直接的配合宣传,作品缺乏应有的深度和内涵,艺术生命力不够深厚,一些少数民族女作家的艺术个性还不够鲜明,创作还停留在对故事的直接描绘和外部情景的叙述上,对作品人物的感情和内心开掘不够深入,缺乏一定的典型性和穿透性。

(三) 骏马奖获奖女作家作品概述

20世纪80年代以来,在后现代文化背景的影响下,中国少数民族文学在中华文化认同中,形成了多元化文学局面。少数民族女作家们在统一的中华文化建构中,以其敏锐的视角,捕捉着各自不同的文学和文化景观,形成各具特色的文本境界,有的侧重于对本民族文化的书写,有的侧重于对中华历史记忆的寻找等。在文学多元化与文化多元化的社会语境中,少数民族文学创作日益丰富。骏马奖的设立,为少数民族文学的繁荣发展创造了良好的平台。在此基础上,少数民族女作家的创作也呈现出繁荣的趋势。全国少数民族文学创作骏马奖与茅盾文学奖、鲁迅文学奖、全国优秀儿童文学奖同为四大国家级文学奖项,是国内少数民族文学创作的最高奖项。其评奖历史较茅盾文学奖长,至2021年已成功举办12届。骏马奖也是中国少数民族文学创作的最高奖项,其活动宗旨在于培养少数民族作家和繁荣少数民族文学创作,弘扬民族精神,维护民族团结,承传少数民族文化。奖项的设立极大地推动了少数民族文学的发展，获奖作品也是审视少数民族文学创作成就的一个重要窗口。

1981年成功举办了全国少数民族文学创作评奖活动，此后每四年举办一次。1999年在第六届评奖中，更名为"全国少数民族文学'骏马奖'"，2005年再次更名为"全国少数民族文学创作'骏马奖'"。骏马奖的设立极大地鼓励了少数民族作家的创作，特别是对少数民族女作家的创作更是给予充分地肯定。尽管每届骏马奖的评奖类别都有不同程度的调整，但实际上每一届的评奖标准都将优秀的文学与文化传统的继承与创新作为一个重要内容，旨在弘扬优秀传统文化，强调民族民间优秀文化的展示与传承。本书的研究，一方面，既挖掘骏马奖获奖女作家作品所蕴含的独特的文化意蕴；另一方面，又通过骏马奖的透视窗，窥见少数民族女性文学创作的样态。

根据笔者统计，从1981年第一届到2020年第十二届，骏马奖获奖作品总数呈递减趋势。但是，在整个获奖作品数量递减的情况下，就总体而言，女作家获奖的比例有所增加。（见表1）从第一届到第十二届，获奖的女作家作品共有96篇。

表1　　　　历届骏马奖获奖作品总数与获奖女作家作品数对比

项目	第一届	第二届	第三届	第四届	第五届	第六届	第七届	第八届	第九届	第十届	第十一届	第十二届
获奖作品总数	140	118	79	93	60	57	51	30	35	25	24	25
获奖女作家作品数	6	5	9	13	10	11	8	5	9	4	8	8
获奖女作家作品数占获奖作品总数比例	4%	4%	11%	14%	17%	19%	16%	17%	26%	16%	33%	32%

注：本表仅统计历届骏马奖获奖的文学创作情况，不含理论、评论奖和翻译奖。

通过女作家获奖情况来看，少数民族女性的文学才华得到展现并由官方认可。文学并不是她们生活中可有可无的点缀，或是性别压抑中的自我释放，她们的创作体现的是一种社会责任的担当。获得骏马奖的女作家作品，扩展了少数民族女性文学的交流空间，并得到了较高的评价。少数民族女性文学作为特定民族文化的审美形式，既受各种文化因素的影响，又受文学自身创作规律的制约，同时也是各族文学互动的结晶。新时期以来，随着少数民族文化转型持续加剧，现代性和全球化思潮的涌入，少数民族文学经历了从社会意识形态回归到审美意识形态、从一元走向多元的发展过程。纵观历届骏马奖的获奖女作家作品，可以看出创作走向和审美嬗变的轨迹。

第一、第二次文代会确定描写社会主义新生活和社会主义新人的创作思想，少数民族女作家也汇入当时共同的文学创作潮流中。她们创作的审美视点与汉族作家趋于同步，审美趣味指向与当时的主流话语相契合的生活现象。第一届骏马奖获奖作品基点立于新生活的横断面上，并没有深入挖掘本民族的特色，甚至获奖名单中对作家的族属信息等亦未明确标注。作品主要以单篇较多，主题思想突出，凸显时代主流意识，注重对美的歌颂，如益希卓玛的《美与丑》对草原人民心灵美的赞颂，邵长青的《八月》对特殊年代里人性美的呈现，马瑞芳的《煎饼花儿》对新时期母爱的歌颂，符玉珍的《年饭》对美好生活的歌颂，李甜芬的《写在弹坑上》对英雄之美的颂歌等。这些作品均体现出对中华文化美德的体认与传承。第二届获奖女作家作品中，显现出女性意识苏醒的趋势，如景宜的《谁有美丽的红指甲》、董秀英的《最后的微笑》、阿蕾的《根与花》等开始对少数民族女性命运的观照，彰显少数民族女作家创作的女性意识。她们的创作表现出有别于男作家作品的不同特色。男作家创作更倾向于对宏大的革命历史叙事的关注，如在前两届获奖作品中，壮族作家陆地的《瀑布》、满族作家寒风的《淮海大战》、维吾尔族作家柯尤慕·图乐迪的《战斗的年代》、彝族作家李乔的《一个担架兵的经历》等以宏大的革命历史进程为叙述对象。相对于男作家的创作，女作家们将眼光指向最熟悉的实实在在的具体生活，以女性对生活的感知和认识方式渗透到文学创作中，创作出了具有鲜明的女性化的作品。她们以女性特有的细腻和感受力，用温婉的抒情和精致的笔触营造出清新优雅的风格。

20世纪80年代中期以后,在寻根文学的潮流中,少数民族作家自觉探索民族文化内涵,挖掘民族文化的魅力,肯定和张扬自我民族身份的基础上,追寻地方文化的根脉,地方书写日渐清晰。如边玲玲的短篇小说《丹顶鹤的故事》写了发生在东北自然保护区的故事,杜梅的短篇小说《木垛上的童话》写了大兴安岭地区鄂温克族的故事,石尚竹的诗歌《竹叶声声》具有浓郁的南方气息。第三、第四届获奖作品开始涉及女性与民族历史的胶合,如第三届的《穆斯林的葬礼》和第四届的《马桑部落的三代女人》将民俗文化因子与女性意识相融合。少数民族女作家的文化身份问题开始跃出历史地表,以现代性意识重新审视本民族生存状态和精神风貌,不再是之前的依附于主流话语的认同式书写,以现代性精神观照本民族的前世今生,也观照女性的现世生存体验。达斡尔族阿凤在《咳,女人》中探讨达斡尔族女性突破生育观念的束缚,意在追求一种女性自立自强的人格独立精神。壮族岑献青的《秋萤》是对八桂大地上的壮乡女性的深切关怀,民族的风俗与女性的生命律动交织在一起。阿凤的《咳,女人》和岑献青的《秋萤》都具有强烈的女性意识,表现少数民族女性对自我生命尊严的守护。

进入20世纪90年代,少数民族女性文学走出对新人新事新生活颂歌的时代主旋律,民族文化身份意识和女性意识更为强烈,女性意识、民族文化与地方文化交织在一起。作家在民族原始记忆的释放中,体现出对某一地方的情感和依恋。地方书写成为少数民族女性文学的书写常态,催生出关注现实、思考当下且深具民族审美特性的文学样态,展示了少数民族文学的复杂性特征。第五届至第七届骏马奖获奖女作家作品一方面表现出女性写作的特质,即向女性生命本真的回归,主要在散文和诗歌创作中表现明显,如赵玫的《一本打开的书》、梁琴的《回眸》、罗莲的《年年花开》等。另一方面是向民族历史深处开掘,在小说创作方面较为明显,如霍达的《补天裂》、央珍的《无性别的神》、庞天舒的《落日之战》、梅卓的《太阳部落》等。

到了21世纪,随着国家对文化发展的高度重视,少数民族文化的丰富性越来越成为创作的优势,为此而带来的文学自觉与文化自信使得少数民族文学获得了新的发展契机,呈现出花团锦簇、多元共生的繁荣景象,具有广阔的发展前景。① 第八届至第十二届骏马奖获奖女作家作品中民族性与时代性相融合,表现出文化传承与创新的新质素。如鄂温克族杜梅的《在北方丢失的童话》、达斡尔族萨娜的《你脸上有把刀》等作品是对大兴安岭的历史与现实的执着书写;纳西族和晓梅的《呼喊到达的距离》、回族叶多多的《我的心在高原》、佤族董秀英的《马桑部落的三代女人》等是对云南高原文化的探寻;土家族叶梅的《五月飞蛾》、苗族龙宁英的《逐梦——湘西扶贫纪事》构建了湘楚大地的生存空间;彝族阿微木依萝的《檐上的月亮》、冯良的《西南边》是对四川大凉山的书写;满族苏兰朵的中短篇小说集《白熊》是对多元文化的寻找和探索。各民族丰富多彩的文化资源是少数民族文学创作的生命源泉,更使少数民族女性文学不断地涌现出独特的魅力。"我们首先对差别感兴趣:雷同从来不能吸引我们,不能像差别那样有刺激性,那样令人鼓舞。如果文学只是或主要是雷同,文学就毁灭了。"② 这种差异性存在使得少数民族女性文学创作呈现出一个地域的文化风俗特点,在文化传承中凸显了人类学和社会学中的独特意义。在受众的审视中,这些被解读过的文化现象不仅获得了更多欣赏和吸纳的受众,同时,经过了学理化思维的洗礼,这种区域文化逐渐在科学学科中演化为具有地方色彩的文化知识体系,丰富和构建了人类知识和审美结构的乡土性和多样性。

---

① 参见杨玉梅《民族文学的坚守与超越》,作家出版社2013年版。
② [美]赫姆林·加兰:《破碎的偶像》,载《美国作家论文学》,刘保端等译,生活·读书·新知三联书店1984年版,第84—85页。

上 篇

中华一体的文学书写

第一章　中华文化传统与女性历史

安德森认为民族是一种现代的"文化的人造物","它是被想象为本质上有限的,同时也享有主体的共同体"①。这种"想象的共同体"不是虚构的共同体,而是一种与历史文化变迁相关,根植于人类深层意识的心理的建构。任何一个民族的文化都是经过一代又一代人的传承而生生不息的,这种文化之所以会不中断地发展下去,是因为有内在的文化传统,每一民族的文化形成了有别于他民族文化的传统,这一传统作为其文化的根脉和灵魂,内化在民族的长期生活中。"传统是一个社会的文化遗产,是人类过去所创造的种种制度、信仰、价值观念和行为方式等构成的表意象征;它使代与代之间、一个历史阶段与另一个历史阶段之间保持了某种连续性和同一性,构成了一个社会创造与再创造自己的文化密码,并给人类生存带来了秩序和意义。"② 此处对于"民族""传统"的理解,意指由56个民族组成的中华民族大家庭及其所创造的绵延不断的中华文明。而少数民族女性文学是在中华民族整体为"一体"的文化语境中繁荣发展的,鲜明地体现了中华民族的整体性特色和中华文化传统。作为中华文化传承和积累的一种范本,少数民族女性文学在本民族文化书写的基础上,大大丰富和拓宽了中华文化的审美

---

① [美]本尼迪克特·安德森:《想象的共同体:民族主义的起源与散布》,吴叡人译,上海人民出版社2016年版,第6页。

② [美]E.西尔斯:《论传统》,傅铿、吕乐译,上海人民出版社1991年版,第3页。

内涵。少数民族女作家在对女性经验的书写中传达对社会、人生的认识和思考，赋予人物与故事以更深厚的文化意蕴，形成了作品独特的性别气质，更是展示了女性所独有的审美气韵和女性经验的社会共通性。同时，少数民族女性文学在书写中表达了对女性群体生存和本民族文化历史的审视和自省。

第一节 少数民族女性文学的文化特征

少数民族女性文学继承了中国文化的优良传统，在中国传统文化这片肥沃的土壤中不断成长、壮大，从思想内容到艺术形式，及所表现的价值观念和审美境界，无不受中国传统文化的影响，并形成了自己鲜明的文化特征。这些特征决定着少数民族女作家们的创作自觉或不自觉地实现着对中华优秀传统文化的传承。她们拥有民族、性别及生活或出生的特殊地理籍贯的多重身份，这多重身份具有特殊的文化内涵，这是女作家们实现文化传承的首要前提。对于少数民族女作家而言，其女性的性别身份和少数民族的族别身份，是彼此融合不可分离的，这也是她们最为重要的两种身份，这两种身份在不同的生活空间和地理场域内，又胶合成一种独特的文化身份。文学创作与她们所处的民族、地域文化之间存在一种精神上的同构关系，影响着她们的写作范式。她们的创作不是纯粹意义上的"女性写作"，她们的作品既彰显着浓郁的本民族文化特色，更加合力构成美美与共的中华文化特色，这决定了她们文本精神指向的独特性，在少数民族文学创作和当代女性写作中都是另类风景。

一 文化身份的独特言说

"身份"在汉语里的解释为人的出身和身份地位，中文中的意思比较接近英文中"status"。在雷蒙·威廉斯的《关键词》中，身份（Status）一词似乎取消了"阶级"的概念，但它所反映的是这样一种社会模式：人与人之间竞争激烈，每个人的阶层等级取决于消费能力以及这种能力的炫耀。在独重"Status"的社会,个人的流动性大大增强,相对固定的群体的观念并不重要了,原本复杂的社会问题可以由便于操作的技术手段来解决。① 根据德里达、霍米·巴巴等人的文化研究理论,"身份"对应的是英文中的"Identity",是个人对于自身在社会上所处位置的认定。它最初是哲学和逻辑学概念,解释为一致性、同一性,当把"identity"用于人的时候,它也是指一个人拥有了区别于他人的特质而成为一个独特的主,这即是人们所说的"个人身份"(personal identity)的基本意思。一个人生来即被赋予一些自然属性,如父母亲属的遗传基因、性别的选择,这是属于自然身份的范畴。此外,人还是社会动物,人的塑造、人格的完善、品质的养成都是社会熏染的结果,身份的建构与形成同阶级、地位、教育背景、经验阅历息息相关,诸如文化身份、知识分子身份又能归结为社会身份。萨义德认为:"所谓身份、认同等都不是固定不变的而是流动的、复合性的。"② 身份还是一个不断被建构、再建构的过程,人被多种因素(文化、政治环境)所影响,身份并非个体所拥有的全部特质及其组合,而是个体依据其个人经历并经过反思理解所形成的。身份不是先验的,也不是血缘决定的,而是社会和文化作用的结果。身份不可能是一成不变的,只有持续增加、派生。因此,人的一生是拥有多种"身份"的。"身份"是被重构的,人在人生的某一阶段也是限定的。从历时性的过程来说,"身份"是人所经历过去、现在、未来三种形态共同作用的结果。人的一生都在问询"我是谁",随着经历的变化,人可能会对之前的"身份"产生认同或质疑,一旦人对于"身份"变得模糊,遭遇"认同"危机,为了解决这个难题,必须要进行不断地"身份认同",这是一个个体从自我走向建构的发展过程。

---

① 参见〔英〕雷蒙·威廉斯《关键词:文化与社会的词汇》,刘建基译,生活·读书·新知三联书店2005年版。
② 〔美〕爱德华·W. 萨义德:《东方不是东方——濒于消亡的东方主义时代》,唐建清、张建民译,《国外社会科学》1996年第6期。

在文学层面上而言，文化对于人的形成起到至关重要的作用，"身份"是人，特别是作家和某种文化的关联。沈从文自谦他是一个"乡下人"，以湘西的边地文化来审视都市文化中的症结；艾青自称他是"农民的儿子"，所以吟唱对土地由衷热爱的赞歌。较早意识到"写作身份"与文学之间密切关系的是刘思谦的论文《女性文学的语境与写作身份》，她认为，"一个时期的语境和一个时期文学有直接的关系，在相当大的程度上决定了文学说什么和怎么说，决定作者以什么身份说话，语境决定修辞，而修辞在一定程度上取决于言说中的写作身份"。刘在这里明确说出了"写作身份"对文学的影响，"身份"在此拥有一种话语权利，规定着创作者的文学出发点、创作思想，进而渲染至字里行间。

"身份"是一个人的根源。它决定你从哪里来又将往何处去，个人的起点和未来归宿。萨义德曾在《知识分子论》中的《认同·权威·自由：君主与旅人》中讲道："我是个巴勒斯坦的阿拉伯人，也是美国人，这所赋予我的双重身份角度即使称不上诡异，但至少是古怪的。此外，我当然是个学院人士。"[①] 鉴于这种"身份"，萨义德一生都处在东西方文明的夹缝中思考，他用所学的西方的学院派教育思维为东方落后的文明发声。"身份"意识对于一个作家审美风格的形成和文学价值的取舍有莫大的关系，每个身份为他们带来的是不同的学养、智识，如老舍。老舍出生于北京胡同一个下层旗人家庭，自小对"胡同文化"耳濡目染，使他的写作通俗化，贴近民间生活，同时又有满族语言特色。他是留学英国的知识分子，故此他在20世纪30年代之后发表的小说又带着狄更斯般英式幽默的"欧化"痕迹，同北京独特的文化背景结合成就了"老舍式"幽默。概言之，"写作身份"就是作家以"身份认同"为写作出发点，生平的经历触发了创作动机，作品中体现个人身份立场和身份意识的文化身份。

少数民族女作家的文化身份受其出生或成长的地理区域影响较大。

---

① [美]爱德华·W. 萨义德：《知识分子论》，单德兴译，生活·读书·新知三联书店2002年版，第2页。

从作家的写作区域而言，以我国的地理版图自东向西来看，第一至第十二届骏马奖获奖的 78 位少数民族女作家大体可以分为：东北地区有 12 人（吉林 7 人、辽宁 4 人、黑龙江 1 人）约占女作家总数的 15%，内蒙古有 9 人约占 12%，新疆有 9 人约占 12%，青藏高原和黄土高原有 7 人（西藏 6 人、甘肃 1 人）约占 10%，云贵高原四川盆地 26 人（云南 13 人、贵州 7 人、四川 5 人、重庆 1 人）约占 33%，京津 3 人约占 4%，广西 3 人约占 4%，其他地区共约占 10%，包括湖南 2 人、湖北 1 人、陕西 1 人、海南 1 人、江西 2 人、宁夏 1 人、山东 1 人。单从省份来说，云南、贵州、四川、新疆、西藏、内蒙古等北部、西部少数民族聚居区的获奖女作家在数量上颇占优势。骏马奖获奖女作家所在之地大体上位于经济欠发达地区，少数民族文化保存较完整，创作资源较为丰富。从女作家的地理分布可以看出，北京作为中国的首都，在很多方面处于中央的位置，但在骏马奖评奖中并不处于优势。同样，处于内陆和东部省份的获奖女作家也并不多。由此可见，少数民族女性文学创作，多体现边缘的风采，是边地风物与文化的呈现，凸显出独特的文化身份意识。

表 2　　　　　第一至第十二届骏马奖获奖女作家地理分布

序号	作家	民族	作家所在地	各地统计
1	袁智中	佤族	云南	
2	伊蒙红木	佤族	云南	
3	董秀英	佤族	云南	
4	白山	回族	云南	
5	叶多多	回族	云南	
6	司仙华	傈僳族	云南	
7	娜朵	拉祜族	云南	13 人
8	玛波	景颇族	云南	
9	景宜	白族	云南	
10	冯娜	白族	云南	
11	黄雁	哈尼族	云南	
12	和晓梅	纳西族	云南	
13	艾傈木诺	德昂族	云南	

续表

序号	作家	民族	作家所在地	各地统计
14	乌云其木格	蒙古族	内蒙古	
15	乌仁高娃	蒙古族	内蒙古	
16	齐·敖特根其木格	蒙古族	内蒙古	
17	韩静慧	蒙古族	内蒙古	
18	斯琴高娃（合作）	蒙古族	内蒙古	9人
19	苏莉	达斡尔族	内蒙古	
20	萨娜	达斡尔族	内蒙古	
21	阿凤	达斡尔族	内蒙古	
22	杜梅	鄂温克族	内蒙古	
23	热孜莞古丽·玉苏甫	维吾尔族	新疆	
24	其曼古丽·阿吾提	维吾尔族	新疆	
25	哈里达·斯拉因	维吾尔族	新疆	
26	努瑞拉·合孜汗	哈萨克族	新疆	
27	叶尔克西·胡尔曼别克	哈萨克族	新疆	9人
28	哈依霞	哈萨克族	新疆	
29	米拉	俄罗斯族	新疆	
30	阿提克木·则米尔	塔吉克族	新疆	
31	阿尔曼诺娃	柯尔克孜族	新疆	
32	杨打铁	布依族	贵州	
33	肖勤	仡佬族	贵州	
34	王华	仡佬族	贵州	
35	张顺琼	布依族	贵州	7人
36	罗莲	布依族	贵州	
37	石尚竹	水族	贵州	
38	禄琴	彝族	贵州	
39	许莲顺	朝鲜族	吉林	
40	李惠善	朝鲜族	吉林	
41	金英锦	朝鲜族	吉林	
42	金仁顺	朝鲜族	吉林	7人
43	李善姬	朝鲜族	吉林	
44	格致	满族	吉林	
45	苏兰朵	满族	吉林	

续表

序号	作家	民族	作家所在地	各地统计
46	央珍	藏族	西藏	6人
47	唯色	藏族	西藏	
48	梅卓	藏族	西藏	
49	雍措	藏族	西藏	
50	次仁央吉	藏族	西藏	
51	仁增措姆	门巴族	西藏	
52	王雪莹	满族	辽宁	4人
53	庞天舒	满族	辽宁	
54	边玲玲	满族	辽宁	
55	萨仁图娅	蒙古族	辽宁	
56	陶丽群	壮族	广西	3人
57	李甜芬	壮族	广西	
58	岑献青	壮族	广西	
59	鲁娟	彝族	四川	5人
60	阿蕾	彝族	四川	
61	冯良	彝族	四川	
62	阿微木依萝	彝族	四川	
63	雷子	羌族	四川	
64	孟晖	达斡尔族	北京	2人
65	霍达	回族	北京	
66	龙宁英	苗族	湖南	2人
67	贺晓彤	苗族	湖南	
68	梁琴	回族	江西	2人
69	朝颜	畲族	江西	
70	邵长青	满族	黑龙江	1人
71	叶广芩	满族	陕西	1人
72	赵玫	满族	天津	1人
73	马金莲	回族	宁夏	1人
74	马瑞芳	回族	山东	1人
75	叶梅	土家族	湖北	1人
76	冉冉	土家族	重庆	1人

续表

序号	作家	民族	作家所在地	各地统计
77	益希卓玛	藏族	甘肃	1人
78	符玉珍	黎族	海南	1人

出生地意味着一种文化身份的初步形成，对出生地的关注是少数民族女作家关注的一个出发点，她们的文学世界都有与现实世界对应的地理坐标，以及对本地历史文化的追溯与情感的记忆，这可以说是对中国文学传统血脉的承续。早在先秦时期，《诗经》在中国文学史中占据重要位置，它以"国风"之名，使文学与地域紧密相关，从此中国文学便有了强烈的地域观念，渐渐形成文学的地域传统。时至清代，文人学士编选和评述作家作品，仍承继着以地论文的传统。不难发现，文学的地域传统仍然贯穿在20世纪文学叙事中，绵延至今。从现代文学的"京派""海派"，到当代文学的"湘军""陕军"等，地理在文学中从未缺席。同样，少数民族女性文学因其作家所属地理空间的不同，而表现出不同的地域文化因素，而这一地域文化因素中又表现出明显的少数民族文化传统。无疑，少数民族女性文学是对中国文学绵延千百年的地域传统的继承与创新。

少数民族女性文学是文学的民族化、地域化的表述，在语言、文体、叙事、修辞等方面具有民族性与空间性的美学特征。根据表2的统计，骏马奖获奖女作家的地理分布与其族群分布具有极高的吻合度，如吉林省以朝鲜族女作家为主，内蒙古自治区以蒙古族和达斡尔族作家为主，辽宁省以满族为主。云南是我国少数民族最多的省份，55个少数民族中，云南省就有51个，其中世居民族有15个。云南获骏马奖的13位女作家中来自9个少数民族，除回族以外均为云南省世居民族。新疆、贵州、四川等地获奖女作家的族别也基本属于所在省的世居民族。由此可以看出，各地的世居民族相互交融杂居构成地方文化共同体，各民族作家在创作时必然受多样化的文学生态和多民族交错杂居的区域文化的影响。对于散居于各地的少数民族作家的创作除带有本民族的文化印迹以外，亦受所居之地文化的影响，如来自云南、北京、山东、宁夏等地的女作家，她们的作品除具有本民族文化特质，还融入作家所在之地的文化，形成了独特的文化记忆。族群（民族）的形成离不开一定的地理范围，地理是族群形成的物理环境空间。"那些具有共同血缘并在历史进程中保持了种族与文化稳定性的原生型族群其族群认同与地域认同是重合一致的；而那些建构型族群（民族）的人口与地域分布格局达到相当的规模，其内部存在地理和方言上的地域差别。除了那些散居和流动性较强的族群（民族），多数族群认同往往是与地域认同相一致的。"① 少数民族女作家的创作始终注重与地域文化传统的结合，文化身份意识是少数民族女作家始终坚守的文化认知。少数民族女作家不仅是用本民族的方式表达中国文学精神，而且是用中国文学精神在观照世界，以创造出中国多民族作家自己的文学经验。

少数民族女作家的文化身份言说中所显现的另一个重要因素，即为其作为女性的天然的性别身份。人类学学者在田野调查中发现，少数民族妇女在从事民族传统活动方面甚至比男人们更执着、更热心。女性的天然性别属性使少数民族女作家相对男作家而言，具有更为细腻的心态，特殊的生命体验使她们面对历史与现实的处境时，对所属的民族文化的态度，具有更为强烈的归属意识和认同意识。少数民族女作家们更容易赋予自然主体性，让山川河流、花鸟虫鱼及各种自然存在物成为文学艺术再现的对象，这些文学现象的发生都与少数民族女作家的精神体悟分不开。

在表明地域文化身份时，少数民族女作家们更多的是反复强调自己女儿（女性）的身份，用女性的思维反思本民族文化中的不足，这也体现出女性与多民族文化孕育相生的情怀。少数民族女作家把性别与族别的关系融为一体，以女儿（女性）的身份抒发她们对地域文化的依恋。她们的作品书写的是对所生活之地的多民族文化风俗与女性群体之间的省察，并表现出文化身份意识。白族女作家景宜说："我是苍山洱

---

① 李占录：《现代化进程中族群认同、地域认同与国家认同之间关系探讨》，《中央民族大学学报》（社会科学版）2015年第3期。

海的女儿!"她的小说《美丽的红指甲》《骑鱼的女人》《岸上的秋天》《洱海,漂着一只风筝》等描写生活在苍山洱海之间的白族女性的精神风貌。满族女诗人王雪莹自称为"马背女儿",她的故乡位于辽北山区一个满族人聚居的乡镇,她的诗歌抒写着故土与乡愁。蒙古族诗人萨仁图娅自称为"大凌河的女儿",辽西大凌河水滋润了萨仁图娅的诗情,她在诗集《当暮色渐蓝》写出了对生活的热爱和对真善美的颂歌。白玛娜珍、格央、央珍等女作家将自己视为"雪域女儿"创作了一系列优秀作品,如《复活的度母》《雪域的女儿》《无性别的神》等描写了雪域女性的心路历程。纳西族作家和晓梅被称为"纳西族的梅"。女作家,不论是在自我的眼中还是在他者的眼中,"女儿"的身份是不可忽视的。著名作家刘白羽对霍达评价说:"霍达是一个中华的好女儿,没有她那深深的爱国主义,怎能写出字字血泪、句句心声的《补天裂》!"[①]"女儿"这一身份具有独特的属性,有人之情感性,有家庭的伦理性,而文化继承性是"女儿"们最重要的特性。作为各民族优秀女性的代表,她们在创作中本能地继承着本民族的文化习俗、家族传统,并因自己的民族身份而自豪,这种对本民族文化的传承意识,亦是对中华民族文化的认同的体现。

　　少数民族女性文学从最基本的内涵来看,离不开作家所具有的地域、族裔属性与性别属性,少数民族女作家的创作本质上看是一种以地域、族别与性别为基础的文学写作。女作家们以女性特有的敏感细腻的女性思维方式追忆地域历史文化,并肩负着文化传承的责任。在她们独特的心灵体悟中,既有温情如水的默默诉说,又有残酷如刃的锋利批判,在作品中表现出来的博大与细致正是源于少数民族女作家对地域文化及本民族文化的深度认同和对女性的同情与关怀。相对男性而言,少数民族女性对族别身份认同更加稳定和持久,少数民族女作家对故乡的眷恋,激发了她们更多的创作欲望。随着她们创作数量的增多,影响力也越来越大,对文化的传承、推广与传播起着重要作用。

[①] 刘白羽:《序·血泪心声》,载霍达《补天裂》,北京十月文艺出版社2015年版,第1页。

二 民族身份的文化传承

各民族之间的文化存在明显的不同,各民族文化共同形成中华文化的多元性。"在一个人获得了生理自然身份之后,便开始了自己的人生之网和文化身份之网的编织,家庭文化背景、种族文化积淀、自然地理、学校教育、社会政治环境等因素成为编织的客观材料,它们是宏观上的大线条,起到了支撑文化之躯的基础作用。"① 在民族文化身份意识中,"民族"同时具有"民族"和"民族国家"两层含义,对于少数民族作家而言,这里的民族身份,是指在国内本民族区别于汉族及其他少数民族的文化身份为主,当他们的创作或本人走出国门,在世界意义范围内的文化交流,民族身份亦具有民族国家的含义。中华人民共和国成立后,国家实施民族平等、民族团结政策,开展民族识别工作。在一系列民族平等、民族团结政策的指导下,各少数民族在政治上翻身做了主人,在文化上大力弘扬中华民族文化和本民族文化。少数民族作家为自己的民族而自豪,他们拿起笔用文学作品表达中华民族一家亲的心声。作为少数民族女作家,其所属的民族身份使其对本民族有着强烈的归属感,同时也有着对中华民族大家庭的强烈认同感。少数民族的历史文化传统与中华文化有着天然的内在联系,这种强烈的归属感和认同感使她们自觉地以中华文化的传承意识面对本民族的文化传统,她们对本民族及其生活成长的地方的热爱和忠诚在一定程度上实践着对本民族地方性知识的自觉传承。她们自觉拥有着一种中华民族的文化意识,这种文化意识或显或隐地存在于她们的文本世界中。少数民族女作家的创作大都取材于熟悉的民族或地方的生活,表达本民族人民对各民族平等、团结发展的感情、理想和愿望。

少数民族女作家在文本中完成的对本民族身份的建构和表述,亦为

---

① 杨中举:《多元文化对话场中的移民作家的文化身份建构——以奈保尔为个案》,《山东文学》2005 年第 3 期。

中华文化的传承与传播、各民族形象塑造带来积极的促进作用。少数民族女作家通过文学创作，实现中华文化的延续，在文学领域内构建中华民族多元话语空间。少数民族身份使得女作家们对本民族秘史的探究更具有天然的优势，并且能抵达本民族心灵深处。杜梅在作品中以"我们鄂温克人"群体性指称进行文化身份建构，具有一种为民族代言的自觉意识。作为鄂温克族作家，杜梅像其他人口较少民族的作家一样，既具有一种民族文化认同的危机意识，也有一种为民族代言的担当意识，他们的文学创作"以保存民族文化、记录民族生存历程为目的，从而使他们的文学文本先天性烙上接续文化传统、重建民族身份的价值底蕴"①。叶尔克西在谈到20多年前开始写作时，有人问她为什么而写作，她回答，是为了把父亲的名字变成铅字，印在杂志或报纸上，让父亲知道他有一个还算有用的女儿，问话人对此不解，为什么是父亲的名字变成铅字，她解释道："我是一个哈萨克族人。哈萨克族人的名字由两部分或三部分组成。第一部分是本名，第二部分是父亲的名字，第三部分是祖父的名字。所以，本名后边有一个圆点符号，圆点符号后边就是父名了，代表姓。如果我还想把自己的家族身份写得明确点，就可以把祖父的名字也加上。"② 在哈萨克族，父亲的名字代表民族身份传承的符号写入下一代人的名字中，而叶尔克西对这一民族身份传承的实质是对哈萨克族文化的认同和传承。少数民族女作家在本民族身份的体认中，践行着民族团结、民族融合的政策，是中华民族多元一体文化的大力推动者。

作家的身份认同首先来自于故乡，故乡凝结着人的亲密性的记忆，给人一种认同感和安全感。第十二届全国少数民族文学创作骏马奖的颁奖典礼上，女作家冯良、梅卓无不对她们的故乡的民族文化表达出深深的眷恋之情。冯良说："但纵然时空相隔，凉山都不曾离开我哪怕须臾，

---

① 李长中：《当代人口较少民族文学的审美观照》，社会科学文献出版社2015年版，第9页。
② 叶尔克西·胡尔曼别克：《美好的倾诉来自于文字》，载文艺报社主编《文学生长的力量——30位中国作家创作历程全记录》，安徽文艺出版社2013年版，第369页。

她是我生命的缘起、情感的依托。"① 梅卓说:"感谢青海的山山水水,我在这里出生、成长,这里是我的家园,也是我精神上的原乡。"② 作家对故乡的情感认同亦是一种民族身份的建构。纳西族女作家和晓梅生活在丽江,她的家族是东巴世家,在曾祖父以上的每一代家庭成员中,都有一名男性成员从事这个行业,东巴是纳西族的文化人,熟悉东巴经文主持祭祀和祈福仪式。她是东巴的后代,尽管曾因着某种现实的因素,与她的东巴家族的文化有着一定的隔绝,然而,在和晓梅大学毕业回到丽江之后,她发现自己的文字中,出现了纳西族女子的身影,这些鲜活的纳西族女子背后都有一个庞大的东巴文化体系支撑着。"我解释不了这一切是怎么发生的,就如我解释不了为什么曾经会那么排斥东巴文化。也许它们一直停驻在我的心里,或者血液里,骨髓里,细胞里,或者任何一个地方,无论我做任何反抗,挣扎,遗忘和背叛,它们都在。"③ 和晓梅血液里流淌的纳西族文化让她导向一种文化共通的地方感。佤族作家袁智中作为出生在佤族山寨的人,她自幼在省会昆明和汉族祖母生活在一起,由于对佤族文化的身份认同,11岁那年回到佤族聚居的沧源,这是一种来自心灵的神秘呼喊,使她走向对佤族的情感回归和文化回归。正因这样一种文化的认同,袁智中才能在作品中细腻深入地呈现阿佤人丰富的心灵世界,佤族山寨的那些神秘和奇特的风俗文化是袁智中的创作生命的精神内核。

三 知识女性的文化守望

"知识分子"概念最早起源于俄国和法国。在俄国,则专指19世纪早期将德国哲学介绍至俄国的那一小波人。法文中的 intellectuels 则指在学术界有过突出贡献,喜批判政治,引领社会意识的那一群科学

---

① 冯良:《〈西南边〉获奖感言》,中国作家网:http://www.chinawriter.com.cn/n1/2020/0924/c433528-31874153.html,2020年9月24日。

② 梅卓:《〈神授·魔岭记〉获奖感言》,中国作家网:http://www.chinawriter.com.cn/n1/2020/0924/c433528-31874148.html,2020年9月24日。

③ 和晓梅:《呼喊到达的距离》,云南人民出版社2012年版,"后记",第326—327页。

家、学者和艺术家们。而中国自现代以来的情况又有所不同,"知识分子"由传统封建士大夫脱胎而来,如康有为、梁启超等人。按照许纪霖的说法,知识分子就是"那些以独立身份、借助知识和精神的力量,对社会表现出强烈的关怀,体现出一种公共良知、有社会参与意识的一群文化人"[1]。作家作为知识分子中的精英阶层,自觉地接过承担社会道义承担的重任。社会的急剧变化,在作家写作中应有所反映。因此,知识分子写作就是作家或者有学养的专家、学者在他/她的写作中表现了极强的现世意识,对人类整体的精神和命运有所揭示的创作。"知识分子写作"这种写作意识最早可以追溯到先秦时期的《诗经》,从那时就开启了一种"美刺"传统,借事讽喻君王。《毛诗序》中有言"下以风刺上"。鲁迅的写作向来被视为"知识分子写作",鲁迅的小说饱含着世界丑恶的揭露,对现实的讽喻,他的杂文更是充满了战斗精神,随时准备同万恶的社会决一死战。"知识分子写作"的原则就是巴金在《随想录》里所提到的"讲真话",做社会最忠实的记录者。"知识分子"情怀让知识分子们意识到他们总要为这个社会和历史留下点什么。赵玫在谈到她的写作动机时讲道:"写作原本是一种非常个体的劳动,在写作的整个过程中我们是孤独寂寞的。但是当读者们参与了进来,我们便立刻觉得置身在一种浓浓的亲情中。正是因了读者的关切,我们便有了一种创作的责任感。"[2] 这份责任感就是少数民族女作家创作的动力,促使她们以知识分子的态度正视现实。

少数民族女作家相对本民族群众来说往往具有较高的文化素养,她们是少数民族优秀女性的代表,她们能对其所处的文化环境和民族习俗有理性的认识,能够以一种特有的女性心理、特殊的情感历程和中华文化视野书写本民族文化,实现中华文化的认同和传承。她们大多接受过高等教育,而我国的高等教育大多用汉语教学,通过汉语知识的传授,这些女作家们更加了解中华文化的生生不息。她们从学校毕业后积极参

---

[1] 许纪霖:《中国知识分子十论》,复旦大学出版社2003年版,第4页。
[2] 吴中华:《创作总是注满激情——赵玫访谈记》,《文学自由谈》2002年第4期。

与社会建设，在各行各业中奉献自己的聪明才智，主要社会身份有：（文联、基层、机关）干部、文学杂志编辑、记者、教师、电视编导、编剧等，与此相应，她们的文学创作自觉秉承一种中华文化的传承意识。正如梅卓在获得第十二届骏马奖时所发表的获奖感言中说："感谢优秀传统文化源远流长的传承，我从中汲取了营养，拓展了创作空间。《格萨尔王传》被誉为'东方的荷马史诗'……尤其近年来，习近平总书记先后多次在不同场合强调《格萨尔》是'震撼人心的伟大史诗'，在看望说唱艺人时强调'党中央是支持扶持少数民族非物质文化遗产保护和传承的'。这给予了我很大的信心，文艺工作者都有责任传承、弘扬、表达中华民族的伟大精神和丰厚的文化底蕴。"[1] 梅卓表达出了少数民族知识女性在文化传承中所担负的责任与义务。少数民族女性受教育层次不断提高，需要获得自我审美趣味的表达权和对本民族文化认同与价值书写的诉求。女作家马瑞芳生于中医世家，1965 年毕业于山东大学中文系，1978 年任山东大学古典文学讲师，是回族医生家的第一代大学生，她的散文《煎饼花儿》记录了鲁中地区人民喜爱吃的食物煎饼。马瑞芳的很多作品都体现了深厚的古代文学修养，有作者研究蒲松龄的《煎饼赋》《绰然堂会食赋》的心得，也呈现了唐代民歌、童谣的特色。女作家央珍 1981 年考入北京大学中文系。作为文学编辑，央珍经常到各地采风，对各地区文化有了深层的体认。景宜出生于大理一个白族干部家庭，母亲是医生。黎族女作家符玉珍 1976 年毕业于广州体育学院；佤族女作家袁智中 1989 年毕业于云南民族学院；佤族女作家董秀英 1975 年毕业于云南大学中文系，又在鲁迅文学院深造过。国家对少数民族作家的成长采取了很多培养措施，使她们能系统学习和深造，她们能够拥有广阔的艺术视野和较高的文学修养，能够有意识地继承和发扬中华民族优秀的传统文化，正是由于接受了汉语教育，才使得她们自觉地进行中华一体的文学书写，她们的创作不自觉地体现为对

---

[1] 梅卓：《〈神授·魔岭记〉获奖感言》，中国作家网：http://www.chinawriter.com.cn/n1/2020/0924/c433528-31874148.html，2020 年 9 月 24 日。

优秀传统文化的精神传承，彰显着一切美好的人性品质。

少数民族女作家有较强的文字表述能力和追问意识，通过对民族历史的探索和追寻，用文学创作来表达对文化的思索。少数民族女作家因其先天的女性性别特征，意味着在女性意识的观照下，重新审视民族的精神、文化，"她们在文学创作的主题、题材、手法、语言等方面都延展和更新了传统，以一种崭新的审美意识，开启了民族文学一种更高、更新的艺术世界"[①]。她们的艺术世界呈现出一种原生的文化形态和一种尚未被现代文明异化的艺术直觉。满族女作家邵长青出生在辽宁省盖县满族聚居的小村庄芦家屯，"是'九一八'那年出生的，而且生长在日本帝国主义侵略最森严的伪满地区（现在的黑龙江省东部牡丹江一带）"[②]。邵长青随父亲在北大荒生活八年，在伪满洲接受奴化教育的同时，始终渴望学习中国的文化和中华民族的优秀文学遗产。1945年世界反法西斯战争胜利以后，邵长青开始真正接触中国文化，她如饥似渴地读书、学习，并对文学创作产生了浓烈的兴趣。中华人民共和国成立后，全国需要大量有文化的干部，邵长青也成为干部队伍中一位知识女性，先后从事教师、文学编辑等工作。在这特殊的土地上和特殊的岁月里，经历过的人和事激起了她的创作欲望，慢慢成为她写作的源泉。生活在这样一个地方，邵长青不但关注中日关系，更珍视中日之间友谊，那些善良、纯朴的中国人民，那些无辜的日本女人、孩子，患难之中建立了深厚的感情，成为小说《八月》中讲述的中日人民之间可歌可泣的故事。少数民族女作家由于对知识和文化的渴望，更愿意主动地去接受新知识的熏陶，并通过文学作品表达自己对历史与现实的体认。

旅居北京的壮族女作家岑献青是壮家水土抚育长大的，并接受汉族高等教育，无论是个人经历还是思想文化都带有更加现代性的特点，因

[①] 涂鸿：《文化嬗变中的中国当代少数民族文学》，中国社会科学出版社2014年版，第6页。
[②] 邵长青：《一点体会》，载杨帆编《我的经验——少数民族作家谈创作》，青海人民出版社1982年版，第152页。

此她不可避免地要用现代的眼光去审视这个曾经给她带来无限回忆的故土。少数民族女作家以知识女性的视野书写少数族群经验，她们构建的小说世界具有别样的气质，提供给当代少数民族书写与女性书写独特的文学经验，她们承袭了民族优秀的文化基因，正如佤族作家袁智中在她的报告文学集《远古部落的访问》中所说："每个人的存在都有一种潜在的使命，对此我坚信不移。否则我将无法理解自己为什么会把写这样的一本书看得如此重要、如此圣洁，并在经济并不宽裕的情况下，心甘情愿地为它的诞生付出高昂的代价之后，对它仍然抱着一颗感恩的心。""历史上佤族没有文字，其文化传承大多是靠口耳相传的歌谣、富有动感的舞蹈、充满神秘色彩的祭祀活动来传承。用文字的方式让这些传承了上千年的文化传承下去便是我的梦想和责任。"[1] 少数民族女作家承担着整个族群声音的呈现者或书写者的功能。面对现代文明的冲击，她们的心声与族群是一致的，她们的体验也与族群是一样的，如此她们才有着代言与守护的资格。出于自觉的地域文化的守护意识，她们的文学创作也以保存地域文化、记录民族生存历程为目的，因此，她们的文学文本具有承续文化传统的重要价值。

少数民族女性文学的这一叙述指向，在深层结构上又与少数族裔和女性性别的双重边缘性而长期以来所凝聚成的群体意识和观念有关，她们习惯于以"集体"而非"个体"的身份来思考问题。少数民族女作家，作为一个特殊的作家群体，相对于以男性作家为主体的文学传统，女性性别和族裔属性，使得少数民族女作家在文学创作上表现出不同于男作家的特征，也不同于主流女作家的创作风采。她们的创作将女性视角和民族文化有机地融合在一起。"依据民族女作家的角色充当和社会需求，性别书写和身份建构都是现代语境下少数民族女作家的基本使命，一方面，民族女作家需要通过文学创作构建女性的主体意识，激发女性性别意识；另一方面，少数民族女作家还需要在文学文本想象空间

---

[1] 袁智中：《一种文化的梦想（代后记）》，载袁智中《佤文化探秘之旅：远古部落的访问》，云南民族出版社 2007 年版，第 188 页。

中彰显民族特质，构建自己特有的民族文化身份。"①

第二节 少数民族女性文学的文化土壤

从文化的发生机制来看，文化是人通过发挥自己的主观能动性，在与自然的互动过程中形成的。而这种在与自然互动过程中所形成的文化构成了文学发展的特定土壤，少数民族女性文学的文化土壤和血脉与自然地理是密不可分的。中华民族栖息生养于北半球的东亚大陆，领域广阔，腹地纵深，南北纬度跨度较大，在气候条件上有着较大的分别。中国的地理环境和气候错综复杂，山川高低不一，疆域幅员辽阔，构成一个恢宏的地理环境，从而形成百花齐放、万紫千红的多元文化。梁庭望先生把中华文化划分为四大板块，即"中原旱地农业文化圈，由黄河中游文化区和黄河下游文化区构成；北方森林草原狩猎游牧文化圈，由东北文化区、蒙古高原文化区和西北文化区构成；西南高原农牧文化圈，由青藏高原文化区、四川盆地文化区和云贵高原文化区构成；江南稻作文化圈，由长江中游文化区和长江下游文化区构成和华南文化区构成。四大文化圈和11个文化区，是根据自然生态环境、经济生活、民族分布和文化特点四个方面综合归纳出来的，其中民族分布主要以语言的语系、语族及其相关的文化元素为依据"②。中华文化以中原旱地农业文化圈为核心，少数民族的北方森林草原狩猎游牧文化圈、西南高原农牧文化圈、江南稻作文化圈围绕在主流文化圈周围。梁庭望先生提出"中华文化四大板块结构"理论的一个重要依据便是自然生态环境。人类的生存，是受到自然环境强烈制约的，有什么样的自然环境便有什么样的经济生活，有什么样的经济生活便有什么样的人群分布，形成相应

---

① 韩晓晔：《为女性和民族代言——现代语境下少数民族女作家的文化自觉》，《贵州民族研究》2016年第8期。

② 梁庭望：《中华文化板块结构与中国文学关系研究》，民族出版社2011年版，第2页。

的民族。"各地文化精神之不同，穷其根源，最先还是由于自然环境有分别，而影响其生活方式。再由生活方式影响到文化精神。"① 中华文化四大板块的形成是特定的地理环境直接或间接影响的反映，也是人类在一定空间条件下活动的产物，是人类文化的综合实践的地域性表现。自然地理往往是民族文化赖以生成和发展的客观存在，也是影响文学风格的重要因素。自然地理滋养着作家的艺术创作，滋润着作家的诗性心灵。

一 北方森林草原文化的粗犷豪迈

从"中华文化四大板块结构"理论来看，北方森林草原文化圈按照从东北到新疆的地理区域来看，蒙古族、达斡尔族、哈萨克族、鄂温克族、朝鲜族、满族等主要生活在这一区域内，它们是由古代的匈奴、东胡、契丹、女真、蒙古等多个民族在历史发展过程中交替、壮大、消亡，又不断融合而成的。在整个中华文化的视野下观照北方各民族文化的发展，发现北方各民族的文化与其他民族的文化有着明显的特殊性。东北至西北的广袤地区，在中国版图上显得格外厚重而苍凉，地理开阔广博，以高山、荒漠、草原为主，气候寒冷干燥，多风多雪，降水量不足，生产生活条件相对恶劣，无形中锻造了各民族的顽强意志，形成了以游牧为主的生活方式。"在这里，个体强烈的心理欲求的发展和满足处处都受着不以他的意志为转移的广大外部世界各种复杂环境的制约，要生存要发展必须具有挺拔的精神。所以北方民族文化区域的生态空间、地理环境长时期以来赋予了北方民族强烈的自强精神和突出的自我意识。"② 从地理气候和风俗文化上来看，北方文化的建构经历了一个长期的历史过程。因其自然环境的恶劣，北方

---

① 钱穆：《〈中国文化导论〉弁言》，载单纯、旷昕主编《良知的感叹——二十世纪中国学人序跋精粹》，海天出版社1998年版，第205页。
② 张碧波、高国兴：《北方民族文化形成与发展问题略论》，《学习与探索》1989年第4—5期。

各民族民风多呈现出粗犷豪放的阳刚之气,这一片广阔的疆域孕育了远古豪迈的英雄史诗。

位于黑龙江北部和内蒙古境内的大兴安岭一带,山上生长着郁郁葱葱的原始森林,山下拥有平原和草场。生活于东北的满族女作家们的创作将塞外边关的苍凉景象描写得淋漓尽致。邵长青的《八月》写了东北小城牡丹江市的郊外,松树林里布满针叶的天空和可怕的黑树干构成一幅苍凉的画卷。"夜深了,细弯的新月正要从森林的后面落下去,大树叶子投下来斑斑点点的黑影,落在那死去的女人身上,显得那样阴森可怕。""半夜起风了,刮得席棚呼哒呼哒山响。落叶和干树枝不断敲打着席棚,真象有人敲棚,沙沙的飞砂声,好象人的脚步声,哗哗嚎叫的山水声,好似狼哭鬼叫,这一切真叫人害怕。"① 邵长青笔下的东北小城郊外的景象散发着粗犷野性的气息,真实地再现了北大荒那段苦难的岁月。自然的险恶衬托出人物温暖的人情,也展示了浓郁的北大荒生活气息。边玲玲的《丹顶鹤的故事》写了发生在齐齐哈尔市扎龙自然保护区保护丹顶鹤的故事,表现了游牧民族的特征。王雪莹的诗集《我的灵魂写在脸上》以写雪的诗居多,表现了北方特有的冰雪世界的广阔与厚重。邵长青、边玲玲、王雪莹都是生活于东北的满族女作家,她们的文笔风格与东北自然环境相契合,书写了东北大地的雄浑和力量,呈现出一种深沉广博、无限辽阔又忧郁沧桑的气象。鄂温克族女作家杜梅两次获得骏马奖,作品分别是短篇小说《木垛上的童话》和散文集《在北方丢失的童话》。她的作品弥漫着苍凉的气氛。"冬天的兴安岭是怎样的寒冷,我小时候感受最深。家里上下左右都结满了冰溜子,最温暖的地方是炕头和我奶奶的怀抱里。""冰凌花封住所有的窗户。把每个窗框里的冰凌花的图案连接起来,就是一个童话,一个传说。"② "一方水土养一方人",游牧民族独特的生存环境,对生活于其中的人们的思想、性格、心理都有重要的影响。粗犷豪放是东北作家创

---

① 邵长青:《八月》,《民族文学》1982 年第 3 期。
② 杜梅:《北方丢失的童话》,《民族文学》1997 年第 4 期。

作的整体基调，北大荒纵横交错的群山、广袤富饶的田野与豪迈、奔放、重义的性格相一致。她们的作品呈现出悲壮豪放的美学特征，承袭着一种粗犷豪迈的文化精神。

生活在东北的满族、鄂温克族等族群，面对静静流淌的嫩江，背靠绿色的大兴安岭，形成了一种长期与自然生态圆融为一的生产生活方式，以及以万物有灵为根基的原始信仰。特殊的地理环境，使东北各少数民族形成了一种能够自我约束、自我调节、自我维系的社会秩序，又形成了能够适应生存环境且能与生存环境相促动的文化根性。这种文化根性能够保持相对的稳定性及其民族特性，维系着人们的民族身份。正是人神共在的生存环境塑造了他们对空间的体验方式，并在此基础上形成了他们与其生存空间相适应的民族文化体系。或者说对于少数民族群体来说，他们的文化、根脉、灵魂，乃至他们的整个族群正是由其生存空间来支撑或建构的，周围空间内所有的景观都是他们的传统或历史记忆的载体。

我国内蒙古以及西部少数民族大多生活在草原，"草原是构成地球生态系统与人类生存环境的基本自然形态之一，广阔的亚欧草原、非洲草原、北美洲草原、南美洲草原、澳洲草原，孕育了人类的草原文化"[①]。"草原文化是中国北方诸民族创建的古老的采集文化、狩猎文化、游牧文化和农耕文化的整合形态，是以中国北方草原的地理、气候环境和人文环境以及畜牧业经济为主要生存机理的文化模式。"[②] 在文学作品中，草原往往是作为背景式的意象出现的，象征北方游牧民族赖以生存的家园。少数民族女作家笔下的文学地理都有现实的依据，蒙古族作家韩静慧的获奖小说《恐怖地带101》描写了科尔沁草原的景象。"科尔沁草原上有一片大漠，沙丘连着沙丘，横亘东西，黄沙漫漫，颇为壮观。在这苍苍茫茫的沙漠中央有一片绿洲，一丛丛绿色的沙柳，一排排果实累累的沙枣树，一片片茁壮的沙棘，还有那覆盖在沙漠上处处

[①] 潘照东、刘俊宝：《草原文化的区域分布及其特点》，《前沿》2005年第9期。
[②] 宝力格主编：《草原文化概论》，内蒙古教育出版社2007年版，第18页。

可见的沙葱沙蒿等绿色的小植物，像忠诚的卫士扎根挺立在这苍苍茫茫的沙漠中，显示着生命的蓬勃和生机。"① 这就是现实中的内蒙古科尔沁草原的环境，韩静慧生活在这个广阔的草原中，书写着草原上蓬勃的生命力。哈萨克女作家叶尔克西的小说集《黑马归去》多描写中蒙边境附近的北塔山一带的自然地理，这也是她出生成长的地区，这里呈出哈萨克民族的幽默风趣，草原般宽厚慈爱的胸怀。具有草原特色的羊、牛、马均成为她写作的对象。收入小说集《黑马归去》的《额尔齐斯河小调》便写出了草原的风土和人情。对于哈萨克人来说，马牛羊白色的乳汁和绿色的山草一样都是生命的象征，奶奶将小盲孙抱回这广阔、富饶、秀丽的额尔齐斯河畔，远离嘈杂的城市，像这草原上的野花，野性地生长着，草原哺育了小盲孙。北方各民族在人与自然的和谐共生中形成独特的生命体验和生存智慧，并内潜于群体的生命深处，而成为他们的"血液记忆"，形塑着与生俱有的自然生态价值观。

二 西南高原农牧文化的雄浑险峻

西南高原农牧文化圈，由青藏高原文化区、四川盆地文化区和云贵高原文化区构成。相对于北方森林、草原的壮阔，南方多是山地高原、崇山峻岭，自然风光表现为雄浑险峻的特征。青藏高原人烟稀少，被称为"地球之巅""地球第三极"，北部是羌塘大草原，西南部是雄伟的喜马拉雅山脉。世界屋脊的特殊地理位置为益希卓玛、央珍、梅卓、雍措等女作家的创作提供了独特的文化土壤。作家们努力通过创作去表达对山河湖海的壮美赞歌和对优美的故事传说的继承和传唱，既形成了一种民族化的审美书写，更在本质上书写了雪域高原的传奇历史。

藏族作家雍措的散文集《凹村》被收入"康巴作家群书系（第三辑）"，阿来在书系的序中表达了自己在康巴这块几十万平方公里的土地上游历时，对地理与人类的生存状况产生的从感官到思想的深刻撞击。康巴作为一片雄奇的地理世界，那里的人以一种顽强而艰难的姿态

---

① 韩静慧：《恐怖地带101》，内蒙古人民出版社2001年版，第1页。

生存，然而在有文字可考的历史典籍中，并没有这些人的身影。康巴的人与事被书写只是近百年间的事，且是被外来者书写。阿来表达了对康巴书写缺失的焦虑。雍措的散文集《凹村》正是一位康巴女作家的自我表达。

凹村的原型是雍措的家乡鱼通，"鱼通"由藏文"维通"音译而来，"维"是头的意思，"通"是平坝的意思，"鱼通"即指山头下的大坝之意。鱼通位于大渡河流域，地理闭塞狭窄，独特的地理景观构成了雍措对整个世界最基础的认识。雍措小时候经常通过那扇小小的木头窗户，感觉着世界的狭小。童年的认知，使雍措有强烈的书写和表达欲望，于是很多年后，将身体里流淌的对于康巴血浓于水的温情付诸写作中，抒写"我"对故乡土地之热爱，传承着这片土地上的一切美好的精神。雍措以自己的家乡为原型，以家乡讲述者的姿态讲述着凹村里的凡常生活。凹村是美的，她的美表现在每一个凹村淳朴的人和每一件所讲述的事件上；凹村的美，源于雍措对本民族生活的体悟，她在雨中、风中、说话声中及凹村一切生灵中感叹凹村人美好神圣的心灵世界。雍措在第十一届全国少数民族文学创作骏马奖创作感言中表达了自己对"凹村"的"美"的书写的缘起和传承意识。一切与生命有关的"地方"都是少数民族女作家愿意去书写的，而她们的书写和讲述也意味着是对一切"美"的东西的传承和"丑"的事物的批判。

雍措书写的凹村，是康巴一个普通的村庄，位于大渡河畔、贡嘎雪山之下，这里有着特殊的地理。"凹"字显示了这个地方的地理特征，位于大峡谷中，"时间，在峡谷里被风吹不走，被大渡河带不走，如山岩上的蜗牛，缓慢地贴着峡谷行走"[①]。作者描绘出一幅静态的乡村景象，人居住在远离城市喧嚣的自然中，凹村人与自然和谐相处。袅袅的炊烟从房顶清淡淡地冒出，雨滴落在新翻的田埂上，鸟儿鸣叫、河水潺潺，在春天这个季节，忙起来了。浇灌、播种、迎接春天和爱情。从凹村寄出的信，就充满了迷人的花香和人性的光辉。凹村人有着朴素的生

[①] 雍措：《凹村》，作家出版社2015年版，第60页。

命观,对天地万物怀有敬畏,作者对这个村子的书写也是康巴历史文化的重新书写、康巴人精神世界的文学展现、康巴作家群的集体亮相。凹村是经验世界和超验世界的多维空间,凹村人的精神在两个世界中自由转换,灵性与生命实体共存,"凹村是一个有特殊地理的村寨,凹村人早就学会了自然辩证法,他们对山川地理进行科学利用,掌握了自然赋予他们的先进生产力"。同时,"他们打通了不能用言语诉说、不能用思想把握的神秘空间"[1]。雍措在时光流转的叙述中通过对凹村日常生活和生产方式的描述,对生活场景和现实嬗变的描摹,建构出对康巴地区文化的认同,唤醒康巴人民的文化记忆。

凹村人生活在特殊的地理场域,其文化具有明显的地域特征。出于一种重构身份的现实焦虑,雍措以地方书写来呈现本民族文化,那些独特的地方性景观不自觉地进入她的文本中,也借此完成了一种地域文化的空间建构。"大渡河流经狭窄的山谷,时而平缓,时而湍急的河水将峡谷一分为二。"[2] 这样一个特定的场所如何获得文化意义?雍措在《凹村》中给出了答案。在散文集《凹村》中,雍措在选择用汉语来进行书写时,很自然地选择了凹村人日常生活意象来进行写作。凹村人的生活是宁静而祥和的,牧人坐在土包上,像剪影一样暗在阳光里,淡出寂寞的草原上,淡出尘世的喧嚣与过往。日常生活是人类社会活动的起点和终点,是人们进入外部世界与社会世界的汇聚地,是人类欲望的所在地与入口。因此,描写人类的日常生活最能呈现人在社会和政治关系中的地位,也最能展现整个社会面貌的真实状态。雍措对凹村日常生活空间的描写意味着对本民族文化的自觉传承和再现,也是作者集体无意识的一种自然流露。

丽江古城坐落于滇、川、藏交通要冲,与茶马古道息息相关,茶马古道的繁荣造就了古城的辉煌,曾与丝绸之路齐名,藏族、白族、彝族

---

[1] 卓今:《新乡土主义的新景观——评第十一届骏马奖散文奖汉语获奖作品》,《文艺报》2016年10月26日第7版。

[2] 雍措:《凹村》,作家出版社2015年版,第60页。

等各民族与纳西族相互融合,各民族之间在建筑风格、思想文化、生活习惯等方面相互融合,最终形成了多元共生的丽江古城。书写丽江没有比和晓梅的笔质更有力的了。和晓梅生于东巴文化世家的背景注定为她的丽江书写铺陈出与众不同的视景。和晓梅的丽江故事由小说《深深古井巷》和《女人是"蜜"》便已开始延展,这两篇小说写了纳西族女性内心的情感隐秘,开启了丽江纳西族女性叙事的篇章。追寻和晓梅创作的思想源头和文化根脉,离不开云贵高原上的纳西族文化。纳西族主要分布在云南的丽江、迪庆和川藏交界地带。这片土地充满着高原阳光的炙热和雪山的神圣,这天然的环境滋养了和晓梅的创作。"这里有一块平坦的草甸,盛夏的季节,疯长着绿草和各色鲜花,在多山的滇西北高原,群山中静卧着这样一块广漠得令人费解的平地,周遭是不知生长了几百年的苍天云杉,有着斑驳的树干和深垂在腐质地上的树须,抬起头,轻易看得见终年积雪的玉龙雪山,十二主峰蜿蜒连绵,扇子峰亭亭玉立,同时,还能看见蓝天,蓝成心底的颜色,蓝成无比深邃的空落。"[1] 这里仿佛是可以放飞灵魂的壮美和纯净之域,年轻的生命在这样的世界里自由而野性地生长着。

在获骏马奖的小说集《呼喊到达的距离》里,和晓梅对于丽江的讲述已超越对一个民族的关注,而是"以引人注目的民族特性和鲜明的女性话语,在全球工业化时代里,追寻着爱和生命的快乐,力图抵达人类自由、社会自主和经济平等的美好境界"[2]。和晓梅出生在东巴世家,东巴文化天然流淌在她的血液中。"东巴"意为智者,是东巴教的祭司,纳西族最高级的知识分子,也是东巴文化的主要传承者。和晓梅将东巴文化和女性命运的现代意识以新的面貌结合起来,同时将丽江的本土特质和人文关怀投射其中,形成了丽江书写的突出特质。在和晓梅看来,文字与文字之间的距离,文章与文章之间距离,是容易到达的,正如思想与思想的距离并不是无法逾越的。作为一个文学创作者,晓梅

---

[1] 和晓梅:《呼喊到达的距离》,云南人民出版社2012年版,第204页。
[2] 叶梅:《寻找爱和生命快乐的民族女性话语》,《民族文学研究》2008年第2期。

是幸运的,她能够用手中的笔书写着纳西族的思想与灵魂。和晓梅的小说描写了"成丁礼""殉情"等纳西族的风俗,这些风俗成为她探寻古老的东巴文化的切入点。

成丁礼又称成年礼,是纳西族的传统礼仪。在成丁礼中,男子要接受生理上的考验和心理上的教育,如果被考验合格,则可以穿上成年人的服饰,参与族群内部相应的权力,同时接受本民族文化的教育,增强民族认同感。"就人生礼仪而言,不论哪个社会,潜在的教育功能都是一致的:再度肯定人所处的阶段、身份、地位,明确应承担的权利和义务;同时传递文化遗业,增强认同感。不言而喻,在仪式中,最具教育和文化传承功能的是人生礼仪。"[1] 成年礼的文化传承功能表现在仪式的象征意义上,对于纳西族人来说,这是一个对青年男子的心理成长具有重大意义的事件,经过成年礼以后,纳西族男子才能真正成为族群的一员,意味着对部族的发展能够承担起一定的责任和义务。收在小说集《呼喊到达的距离》中的《未完成的成丁礼》描写了泸沽湖边的摩梭少年泽措在成丁礼中的经历,以及这场成丁礼对他此后人生的影响。泽措原本对成丁礼充满期待,却因为母亲为成丁礼准备的是一条带花的儿童牛仔裤而打碎了。此后的日子,这条带花的牛仔裤不断地在他的记忆中重现,那个未完成的成丁礼,成为他对泸沽湖边的宁静岁月和少年时光的无限牵念。在此,和晓梅提出了一个如何处理现代化与本民族传统文化的关系的问题。母亲准备的带花的牛仔裤,意寓着现代化的商品经济于无形中冲击着族群内部生活。在和晓梅看来,现代化与本民族传统文化并不是对立矛盾的,而是可以协调发展的,传统文化以其所具有的民族向心力和内聚力对民族发展和社会进步起到巨大的推动作用。和晓梅在细节处捕捉到民族传统如何印入一个少年的骨髓,泽措在成年以后走向现代化的都市,民族的印痕与文化的根脉依然如影随形,不会遗忘。

《飞跃玉龙第三国》描写了纳西族的祭风仪式和殉情习俗,对纳西族的服饰也有细致的描写:"纳西族男子装束实则简单,里面是或白或

---

[1] 赵世林:《云南少数民族文化传承论纲》,云南人民出版社2011年版,第91页。

浅蓝的对襟汗衫，外面是翻着羊毛的羊皮马褂。腰间束亚麻色的宽大腰带，适合抵御高原的寒冷气候，也适合劳作。这种保留有游牧民族特征的装束轻易令人想到纳西先民在草原驰骋放缰纵马高歌的时代。"[1] 游牧民族的开放胸怀和无拘无束的精神追求，使得玉龙第三国的传说久久流传在纳西族人的生活中。玉龙第三国是纳西族传说中的理想国度，这里天地日月与自然万物融为一体，没有仇恨，没有疾病，是殉情者的天堂和净土，是纳西族人的精神圣地。小说中的主人公土司家的小姐吉佩儿为了追寻玉龙第三国的理想世界，毅然选择与爱人殉情。纳西族的殉情习俗由来已久，是一种带有悲壮美感的民族风俗。殉情源于民族性格崇尚自由爱情的传统，这也给纳西族女作家的创作带来深沉的女性悲剧情调。纳西族玉龙第三国的传说和殉情文化深深地影响了和晓梅的创作，她小说中人物也不自觉地选择生死相依的道路。

和晓梅对云南纳西族生活的这片土地始终充满感恩之情，这片土地充满着纳西族人持久的生命力，这个拥有悠久历史和灿烂文化的母族，也给了和晓梅源源不断的创作力，使她获得了来自母体的巨大力量，得以用笔讴歌一个民族所焕发的生机。和晓梅在《呼喊到达的距离》中塑造了一个个性格鲜明的纳西族人物形象，表现了纳西族的生命意识和文化特质，把民族风情和女性叙事相融合，表现出了丰富的文化内涵。

三 江南稻作文化的神奇秀美

当北方人与恶劣的气候抗争的时候，南方恰恰相反，长江流域土地肥沃、气候宜人、自然条件优越。奇山秀水滋养健康自然的生命形式。江南稻作文化圈，由长江中游文化区、长江下游文化区和华南文化区构成。这里自然风光表现为神奇秀美的特征，各族人民凭借着优越的自然条件，保存着多姿多彩的民族文化。独特的地理、气候和民族等因素培育起来的安静、自由的诗性品格，给女作家们的创作带来了地方性色彩。龙宁英、叶梅等女作家创作了一批以地理作为表现对象的小说，这

---

[1] 和晓梅：《呼喊到达的距离》，云南人民出版社 2012 年版，第 201 页。

些作品不是僵硬的地理环境介绍,而是以地理为坐标,通过对神奇秀美的自然生态的书写,深入特殊地理条件下的族群所特有的文化习俗、时空观念、思维习惯中去,赋予地理以个体、情感经验。女作家往往"表现出一种健康自然的生命形式,表达了对诗意栖居生存理想的守望与忧思,呈现出鲜明的生态意识"①。优秀的文学作品离不开文学地理环境的激励。南方自然文化中山林川泽居多,天气炎热潮湿,也在某种程度上影响着作家的创作心理。

广西素来以绵延的山水闻名于世,独特的地形地貌冠予了广西人民绵柔与刚强并济的独特气质,也蕴藏了广西人民对山水的热爱。作为一位在这片山水之地成长起来的壮族女性,也同样将对民族的感情融入了山水之中。在收入《秋萤》的散文《永远的魂灵》中,岑献青从花山岩画中领悟到壮民族先人的生命力量。花山岩画与壮人的图腾崇拜(山神崇拜)相联系,与壮人的赶山神话密不可分,而且还牵涉着壮人对自身恶劣环境的理解,先民对生活的无限热爱,对生命的高度珍视。②岑献青站在花山岩画之下,对着那厚重、带有历史奇幻感的花山岩画发出了思考:"这边是我的先民吗?"但巍巍无言的岩画并没有给出答案,流淌在山下的江水也无言:"它只是带了一壁的神秘沉默着。只有江水知道这藏了一千年一万年的秘密。然而江水也不回答。静静地流淌着,柔柔地在山下绕出一个碧澄的世界。"山水无言,岑献青只能将自己融浸在这份伟岸神奇的无言之中,默默去感受这种山水熔铸而成的民族精神之美:"哦,我壮民族的先人,亦是用生命,带了一个民族的历史凝聚在这悬崖上了,带了一个民族的魂裸印在这悬崖上了。"③从岩画的实物描写到思想的感悟,其实也是岑献青对故乡"寻根"情结的一种表达手法,正如黄子平在《秋萤》序言中所说:"这是在'找魂',也是在'寻根'。一个民族的魂灵当然不但是崖壁上赭红色的符

---

① 曾娟:《论叶梅小说的生态书写》,《小说评论》2015年第2期。
② 参见丘振声《壮族图腾考》,广西教育出版社1996年版。
③ 岑献青:《秋萤》,广西民族出版社1988年版,第10页。

号化,实在,也只有具体到这游子心中的记忆眷恋、眼中的世事风景,才能有血有肉地成为可触摸的。"① 在这山水的参悟中,岑献青含蓄地道出了自己对壮族精神的理解与认识,这同样也是她对民族生态美学的独特体认。

"壮族是一个像山一样刚强、像水一样柔韧的民族。对于山与水的感悟,展示了岑献青对民族、生命、性别的独特理解。山水连结着的是深层的民族文化和民族审美意识,暗示着民族的过去,也预示着民族的未来情感走向。岑献青由于对壮族传统文化的认知、理解,一种天然的对本民族在情感深处的心理上的依赖,使她在创作中所涉及的审美领域、题材及审美对象等都有着浓郁的民族性。"② 生于斯,长于斯,岑献青的血脉中一直涌动着壮家儿女的情怀。"尽管事实上家乡并不像心理图画的那么美好,但却因为自己的生命在那里萌生,因为自己的血脉与那里的土地丝丝相连,每每忆起,总有亲密的感情相伴相随。"③ 这种对故土的情感联结着她的血脉,也时时缠绕着她的创作。饮左江水的岑献青,时时不忘用自己的文字来反刍对那片山川风景中人、事、物的情感。细微到旧时房前屋后的凤凰花,故乡三月三染了色的饭团;大至记忆中故乡小镇,花山岩画,无一不蕴含着岑献青遗传自壮家的地域审美意蕴。

从细微之处发掘故乡景美,是岑献青散文创作的一大特点。在散文集《秋萤》中,其中涉及故土风土景观的散文就达二十篇之多。在山水描绘之间,穿插着她有关故土的故事与回忆。如《仲夏之夜》就将叙事与抒情灵活地转换,写了岑献青儿时记忆中的南国夏夜。散文自对夜空的描述开始"梦一般的夜。深蓝色的天幕,缀满了亮晶晶的星星,白蒙蒙的银河,从这头缓缓流向那头……"忽而又转向了对凤凰花的描写"那花儿多美呵,要是在白天,一树一树的凤凰花才叫好看

---

① 岑献青:《秋萤》,广西民族出版社1988年版,第6页。
② 黄晓娟:《女性的天空——现当代壮族女性文学研究》,《民族文学研究》2007年第2期。
③ 岑献青:《我们回家吧——关于苏丽散文的题外话》,《南方文坛》1997年第6期。

呢。……即使在没有星星的晚上,在一大束花里,有几十片这样的花瓣,也十分耀眼,你不得不惊疑,天上的星星是不是都撒进这花束里了?"然而苦涩的记忆却撕碎了这样的美丽:"不知为什么,凤凰花也不开了。偶尔有几朵稀稀落落地洒在树梢上,那白瓣上的红点点,叫人想起血。"[①]对故土的怀恋和情感的起伏便隐藏在了对这些细微的景物中。那不屈的九死还魂草,三月三染了色的饭团,梦中村前温婉的小河,小镇上颤颤巍巍的浮桥……无一不美丽又生动地浮现在记忆中,也浮现在她的笔下,这是桂西南风光的具象展现,是她对故土的无限柔情和依恋,更是她生命情怀和审美意蕴的折射。

山水之中,岑献青将情寄于物,将物化为情,这是她对民族地域景色的怀恋,民族审美的表达,却也是她对民族文化情感的体认。在广西地域风光的描绘中,岑献青作品中自然界的山山水水,生动清纯的意象,既是对童年生活的写实,也是她内心的心理意象,透露出她化解不开的怀乡情结。一切景语皆情语,中与西、壮与汉、美与丑的表达融合交汇在岑献青笔下的物景、人景、幻景之中。这些壮家风土人情与岑献青的生命律动交织在一起,嵌入了她的生活,影响了她的创作。被岑献青审美艺术观照的壮家文化,成为一种具有生命形态的丰满艺术实体,传达出了壮民族文化精神,也传达出了岑献青对母族文化的深刻感情与思考。

陶丽群是近年来广西文坛的新生力量,小说《母亲的岛》获第十一届骏马奖。右江的冲击之势,流经中游的百色地区形成广阔的平原。陶丽群就出生在右江之滨的田阳,这里土地富饶,世世代代的壮乡儿女于此繁衍生息,是壮族始祖布洛陀的故乡,也是壮族的发源地。家乡的土地始终印刻在陶丽群的心中,成为她日后写作的重要资源。作为土生土长的广西人,她笔之所及都是关于这片南国热土的,她的目光和思想从未离开过广西,在陶丽群的写作中可以发现她对于土地存在一种深刻的执念,试图展现这片土地上人的生活全貌。无论陶丽群小说的主题怎样变化,"土地"一直是她写作的内核。陶丽群的个人生活经历,使她

---

① 岑献青:《秋萤》,广西民族出版社1988年版,第58页。

敏感地体会到在城市里漂泊与流离的痛苦,将无处安放的精神寄托于她所热爱的那片土地上,以至于她总是以平和且带着担忧的复杂情感去关注人与土地的关系,对乡村生存状态进行真实又深刻地挖掘。陶丽群是壮乡女性的守望者,对女性的独特审视以及对土地的虔诚坚守,都使她在日后的写作中仍牢牢扎根于这片壮乡大地。土地是人的生产生活的一种承载方式,也是无数人寄托情思的处所。费孝通笔下的"乡土",反映了农耕文化中基层的社会秩序,陶丽群则更加蓄力表现土地转型时期所引发的有关土地的思考,她的看法和态度也正是依托乡村和城镇这两个不同的空间形式来展现的。陶丽群在《女性以及土地的主题》一文中谈到写作的初衷,正是目睹了村民因土地纠纷,这让她觉得"就有尖锐而强烈的痛楚从心底泛起蔓延至全身"①。陶丽群小说中都存在一个一以贯之的"土地"意象。不同于其他乡土文学对于"乡土"的描写,乡土不是荒芜、落后、愚昧的所在,而是乡人们安身立命的乐土,这是由千百年来传统的土地文明决定的。与其说是对土地的留念,不如说是对于故乡的怀念,这种怀念存在于每个外出的人的精神记忆中。《母亲的岛》中的"岛"并非母亲平时所居住的具象空间,"岛"更是母亲日思夜想的故乡。陶丽群生长于农村,对于乡村旧土有着热烈而沉重的感情。与原始、秀丽的乡村风景形成对照的却是乡村的世界正在崩塌,故乡已不是一个美丽的代名词。经济的迅猛发展,不顾代价地粗放型的经济发展模式,已对生态环境造成无法挽回的损失。陶丽群的小说乍读像是在描述家长里短、邻里琐事,其实在小叙事中蕴含着大叙事,这一切都包含在陶丽群看似不动声色的叙述态度中。

第三节 少数民族女性文学的中华文化精神

根据文化的内在结构,文化又具有物态文化、制度文化和精神文化

---

① 陶丽群:《女性以及土地的主题》,《文艺报》2014年4月16日。

的层次分别。它们作为重要的文化遗产，对于教化民众、传播知识、文化传承等都具有重要作用，是文化的载体和象征。张岱年先生在《论中国文化的基本精神》中认为中国传统文化的基本精神主要有四点："刚健有为""和与中""崇德利用""天人协调"①。《说文解字》对"和"的解释："和，相应也，从口，禾声。"《尚书·舜典》记载："诗言志，歌永言。声依永，律和声。"这都从音乐的角度指出了和谐的重要性。中国传统文化向来讲究以和为本，和谐精神是中华民族传统文化中的优秀基因，和谐思想流传至今是推进社会发展的重要思想理念。中国古代先哲们向来认为"和"是万物生成和发展的根据，自然界和人类社会的一切事物都是可以统一、和谐的，天地之道，刚柔并济，"和"是万物相处中至纯至美的统一。人与人及人与周围万事万物和谐共融才是理想的社会状态，因此和谐精神的传承对于社会发展和文明的延续有着举足轻重的作用。女性文学发展至今，并不以性别对抗为最终目的，而是以构建一个完整和谐的世界为终极追求。两性和谐共处、物我和谐相生、文化和谐相融，共建人类美好家园才是中国女性文学最终追求的目标。而实现这一目标需要回到传统文化的源头，传统和谐精神与女性文学的终极追求在价值理念上是相互契合的。在我国各民族文化的发展过程中，都有着和谐文化的传统，和谐精神是各民族共同的精神诉求。"七彩和而成美色，七音和而成美声"，在获骏马奖的女作家作品中，往往通过器物描写，在人与器物关系的展示中，挖掘中华文化精神。

一　器物与匠人精神

当人类开始打制石器，就开始了器物的时代，这是人类生活的飞跃。人将无生命的物体赋予情感或价值意义，物体也便有了审美的意义。在文学创作中，作家形成超越民族界限的哲理思考，通过人类技艺文明的展示，传承着人类文明。中国古典小说对于器物的描写是一个非

---

① 张岱年：《心灵与境界》，北京联合出版公司2014年版，第19页。

常突出的特征，这样的描写风格也一定程度上影响了当代小说创作。而在少数民族女作家的创作中，对外在器物世界的关注与表现也较为明显。骏马奖获奖女作家作品对器物的描写并不是直接展示器物的直观化视觉形象，而是通过器物与人的亲密关系，展现人与物的劳动关系和审美关系，传承人类文明发展过程中表现的创造精神。

　　人类的祖先从岩石到泥土经历了第一次物质的大更换，及至以后的从泥土到金属，从金属到木材，直到现代的化学材料的应用，人类在对物质的一步一步的认识过程中完成了文明的创造。每一次物质的更换，都使人类既感受到对新的物质的兴奋，又感觉到对旧物的难以割舍的情感。"当人类向新的物质过渡时，那种对陪伴了自己几十万年的旧的物质的依恋，便完成了人类最初的'美'的情感。"① 人类在制作器物的过程中，形成了一个个造型的观念，而观念一旦与物质结合，就需要提升"手"的技艺来实现观念中的造型。在漫长的历史发展中，由于人对器物的执着追求，渐渐形成了以器物加工为生存手段的行业，从事器物加工的匠人在行业的严格规范下，造就了一种匠人精神。"匠人精神就是匠人对器物的执着以至于产生格物的精神追求，表现为匠人对器物的坚守、坚持和精益求精的'匠心'品格。一是在器物认知、加工上具有精湛技艺，它构成承载着匠人自我目的和精神的基本路径。二是对器物及其细节具有执着的情感和信念，对器物具有痴迷、坚守、坚定态度。三是器物制造过程上饱含匠人自我信念和情感等绝对价值。"② 在骏马奖获奖女作家作品中，对于器物与技艺的描写，蕴含着深层的匠人精神，体现出鲜明的地方色彩。

　　土家族女作家叶梅在《最后的土司》中写了匠人李安为伍娘雕刻了精致的短笛和楠木雕像，覃尧虽然是土司却有精湛的工匠技艺，为伍娘建造了精美的木屋。

　　　　晨曦之中，他见一个匠人正对着冉冉升起的太阳刨木，那人上

---

① 蒋勋：《美的沉思》，湖南美术出版社2014年版，第7页。
② 王辉、李宝军：《论匠人精神》，《山东青年政治学院学报》2018年第1期。

身赤裸,腰扎板带,站立如弓,随着刨子的推动,俯身如长龙戏水,收势如金蛇入洞,一下下张弛有致,卷起刨花层层叠叠。来去总有十几回,却不见匠人半点喘息,李安看得呆了。他深知木匠学艺,开门第一件事就是刨功,手艺高低如何,一看刨功便知,而眼前的匠人本事决不在自己之下。①

李安眼中这位工匠是土司覃尧,这是李安与覃尧初见时的场景,覃尧造木屋,李安用边角余料打架子床和梳妆台,这些木制器物融进了两个男人对伍娘的爱。李安作为外乡人学手艺是安居乐业的一个手段,而覃尧是个新时代的土司,会"九佬十八匠"的功夫不为讨饭,而是拒绝做一个肩不能挑手不能提、只会提着账本收课粮的旧式土司。作为一个新时代的土司,覃尧拒绝行使初夜权,与具有初夜权的旧式土司不同,对于初夜之俗只是象征性地保留,并不真正行使。通过对覃尧技艺的展示,可以看出他是一个追求创新、锲而不舍、持之以恒的人。这也是土家族精神的代表。早在战国时期,楚地器物中多以木器为主,特别是木制的漆器已是楚文化的典范,楚地多木,"楚"字意味着"林中建国",木制器物与木匠显示了楚地与自然环境的关系,使他们发展了木制技艺。李安与覃尧通过对木器的加工来体现自身对伍娘深沉的爱,精致的木器加工内化为对美和爱情的追求,这是技艺与精神的统一。

二 物我的和谐统一

少数民族女作家不断挖掘自身的生活体验,通过对物品的描写来表达自己的生命情感,这也是地方书写中的一种方式,是少数民族女性文学一种新的审美倾向,可以视作书写地方文化的一个突破口,也可以看作是一种新的写作视角、新的立场和书写姿态。日常生活中器物的形成有多种因素,一件器物的造型或使用价值的形成与不同地方的自然条件、地理环境以及制造者的思想观念息息相关。而进入文学作品的器

---

① 叶梅:《最后的土司》,载《五月飞蛾》,中国文联出版社2004年版,第12页。

物,每个具体的物品不仅带有民族和地方文化的印迹,还与作家的意识、情感、文化有关,换句话说作家笔下所创造的器物,是情感的产物,揭示了丰富的文化意蕴。亦如"象棋和围棋是中国智慧的独特创造,深深植根于民族文化的沃壤,和其他艺术形式一样,它们全息地映射着中华民族文化的精神"①。"物品对文化具有建构性,对主体具有建构性,对文学同样具有建构性。从女性写作的实践来看,精神、主体、意识同物质和身体并非一定是二元对立的关系。"② 在获骏马奖的女作家作品中,继承中国古典文学的物态书写的传统,特别是在诗歌散文中,对古典诗歌咏物理想的追求已自觉地融入她们的创作中,体现出物我和谐统一的精神。如达斡尔族女作家阿凤、萨娜小说中的勒勒车与北方的游牧民族的生活息息相关,代表着草原人民的生活方式和文化内涵。《盂兰变》中的熏香球的设置不仅展现了唐代文化的精美,还对情节的发展及宜王的心理活动有着特殊的意义。仪容丰美、性情不羁的宜王,有着风雨飘摇的命运幽暗面,他只有躺在棺材里,燃起雕着蛇纹图案的熏香球时才有一丝安全感。"残烟细细,从熏香球的镂空花纹间吐出,在菱纹罗帐的覆顶下飘袅。"③ 在这香烟氤氲半梦半醒之间,宜王来到柳才人的织金断锦的梦幻世界。这些器物都附着了作家的情感体验,实际上她们将自己的情感和经验,转化到这些物质实体上,使地方依恋情结有所寄托。

赵玫获骏马奖的两部散文集《以爱心 以沉静》和《一本打开的书》大多以物寄托情思。赵玫喜欢照片和画,"我所以喜欢这些图画是它们可以描述。它们可以被我用文字破译出来。解释。并成为故事。其实用文字来进行艺术活动的一个最本质的特点,就是描述。所以我们便致力于用眼睛去发现那些可供描述的景观和心灵。那样也才可以诉说"④。

---

① 李喜辰:《试论器物对人的塑造》,《洛阳工学院学报》(社会科学版)2002年第4期。
② 乔以钢:《中国当代女性文学的文化探析》,北京大学出版社2006年版,第86页。
③ 孟晖:《盂兰变》,南京大学出版社2014年版,第5页。
④ 赵玫:《以爱心 以沉静》,安徽文艺出版社1991年版,第42页。

赵玫专注于图画中的湖、码头、红墙和斑驳的木窗,在这些物质实体中,她看到一个整体的氛围和一种情绪的酝酿。赵玫倾心于对"物"的观照,在她的散文里随处可见对公墓、教堂、长椅、街道等的倾心书写,这带有她童年所生活的城市天津的地方特征,与她生于斯长于斯的城市紧密相连,这是天津充满欧洲文化气息的租界地留下的印迹。"物"与"我"相融相生,"物"中有"我","我"中有"物",赵玫的散文体现了古典文学含蓄而唯美的文学传统。

女作家马瑞芳的散文《煎饼花儿》,描写了鲁中地区特有的一种美食煎饼,并蕴含了一种对爱的追求。煎饼是鲁中人民的日常食物,这引起了马瑞芳对童年生活的回忆。20世纪50年代物质生活相对匮乏,煎饼是粗粮并不被"我"待见,"我"喜欢吃对门油饼铺的酥油饼。然而,当母亲的煎饼囤露了底儿时,她会把七大八小、零零碎碎的煎饼花儿,用油盐葱花炒得松软可口,这成了家里兄弟姐妹的最爱。尽管家里经济拮据,但母亲并没有放弃供家里孩子读书,油饼铺的汉子来劝母亲:"过得这么艰窘,还上什么学?"母亲声明:"我砸锅卖铁,也要供他们上学!"在马瑞芳看来:"母亲的'声明'颇有点儿'万般皆下品,唯有读书高'的意味儿。"[①] 最终家中兄弟姐妹七人均顺利读完大学,这在那个特殊的年代是需要多么大的毅力。作家通过一个鲁中家庭的生活场景的描述,写出了家庭成员在艰苦的年代奋发向上、乐观进取的精神品质。作品展现了鲁中地区的饮食特色,通过日常生活的描写表现具有传统美德的母爱精神,同时也写了伟大的中华民族在艰苦条件下奋发前进的精神面貌。黎族女作家符玉珍的《年饭》写了海南黎族的一种食物糯米炖鸡肉,这是黎族家庭年夜饭必备的一道菜。符玉珍写了"文革"前后家里两顿年夜饭的对比,在对现实生活的描述中透露出时代的信息,表达了对新生活的歌颂。梁琴的获奖散文集《回眸》中的《瓜趣》《卤牛肉》写了回民家庭对牛肉的热衷。苏莉的散文集《旧屋》

[①] 马瑞芳:《煎饼花儿》,载上海文艺出版社选编《八十年代散文选(1980)》,上海文艺出版社1981年版,第182页。

中的《面片儿，奶食和粗话》《老蟑和干菜》写了具有北方草原特色的食物面片儿和奶食。这些女作家的散文，通过对食物的回忆传达特殊的感情经历，写出了不同地方的独特的饮食文化所包含的浓郁的时代气息。

在黔北高原的乡村有一种丹砂崇拜，仡佬族女作家肖勤在《丹砂》中对黔北仡佬山乡关于丹砂的传说进行了详尽的叙述，其叙述的目的并不是出于对民族独特习俗的再现和猎奇，而是试图从丹砂推演到仡佬族苦难的历史和幸福的今天，把仡佬族的今昔加以对比，显示出走进现代文明的仡佬文化在传承过程中的生机与活力。所以，肖勤在散文《丹砂的记忆》中写道："两千多年前，世代采砂的仡佬人在云贵高原深处，在自己繁衍生息的土地上以水淘砂以火制汞，开始了民族悠远而绵长的历史。那时候，丹砂是他们精神的信仰，病痛的妙药，与财帛无关。"① 秦汉时期，我国对丹砂的开采和冶炼的规模已相当大，是西南各民族间商贸交换的主要物资之一，丹砂体现了古代各民族文化融合的特质。肖勤以文字诠释了一个民族的信仰与灵魂深处的皈依，从对民族历史的回忆中回到现实的今天，搭建了从远古到现实的张力场，表现了一个古老的民族凭借着顽强的生命力从远古走向了现代。一个民族有一个民族特有的集体表象，"这些表象在该集体中是世代相传；它们在集体中的每个成员身上留下深刻的烙印，同时根据不同情况，引起该集体中每个成员对有关客体产生尊敬、恐惧、崇拜等等情感"②。肖勤将这种仡佬族历史和文化的表象通过对丹砂的崇拜行为开始了深度的思考，在丹砂的神圣中发现维系民族生存的精神源泉和生命的象征物。在这里丹砂的作用与民族的互喻或互文才是作者对仡佬山乡之砂进行书写的根本目的。丹砂与人的生命相融为一，丹砂是人的生命离不开的一种物质元素，同时，丹砂的历史记载着仡佬人奋斗史，意味着仡佬人的精神存在。

---

① 肖勤：《丹砂的记忆》，《民族文学》2009 年第 10 期。
② ［法］列维－布留尔：《原始思维》，丁由译，商务印书馆 1997 年版，第 1 页。

三 玉器与文化性格

民族文化经常会以具体的器物知识呈现出来，特定的器物往往负载着民族历史和传统的人物精神状态和行为方式，在历史长河中形成的丰富多彩的民间文化也得以呈现。霍达的《穆斯林的葬礼》中描写的玉器雕刻技艺，以及各种美轮美奂的玉器，既是对传统文化技艺的呈现，也是君子人格的赞颂。

在中国传统文化中，玉是人格理想的象征物。《诗经·秦风·小戎》曰："言念君子，温其如玉。"君子温润如玉的观念在先秦时代就广泛流行。叶舒宪先生在《中华文明探源的神话学研究》一书中对玉文化的起源与观念进行了详细分析。以玉比德的观念从商周时期发展而来，奠定后世华夏玉文化的主基调。玉成为传统人格修行理想目标的象征物。[1] 珠玉是北京文化不可或缺的标志，"君子佩玉"，玉不仅是财富的象征，更是一种身份的象征，佩玉之人是高贵风雅的。玉在传统文化中都具有重要的价值。"千年古都，古都千年，也是一部玉的历史"[2]，从廊房二条"连家铺"奇珍斋，到蒲寿昌的汇远斋，玉器行业在北京可谓是铺号林立。四合院"博雅"宅先后住着"玉魔"和"玉王"两代爱玉之人。门上的对联"随珠和璧，明月清风"，既是原主人"玉魔"老人的人生写照，也是韩子奇喜欢的佳句。玉与他们的生活相伴而生，浸入骨髓。"一件粗糙的石器，也许经过好几万年，在一代一代的抚摸下，变得细致如玉，发出了莹润的光泽。中国人说'美石如玉'，中国人爱玉，仿佛是对那久远而茫昧的石器时代的记忆，不但是在视觉上看它们的形制，更是用手、用脸颊亲近这玉石的质地。仿佛那冰冷而无感的石块，经过几百万年人类的亲近，也被赋予了美丽的生命。"[3] 玉代表着一种传统文化的精神，象征美好高洁温润儒雅的民族文化性格。

---

[1] 参见叶舒宪《中华文明探源的神话学研究》，社会科学文献出版社2015年版。
[2] 霍达：《穆斯林的葬礼》，北京十月文艺出版社2015年版，第11页。
[3] 蒋勋：《美的沉思》，湖南美术出版社2014年版，第7页。

霍达在小说中描写的玉器雕刻技艺，是对民族传统文化技艺的呈现，显现出强烈的地方意识。她的作品呈现出自己对北京多姿多彩的文化的认识。霍达对民族文化性格的审视主要通过塑造梁亦清和韩子奇两个爱玉之人的形象来体现。梁亦清是有着高超技艺的琢玉匠人，作家对其所坚守的传统文化和匠人的人格是赞美的。在偌大的京城，梁亦清深居简出、与世无争，隐忍而谦卑地生活着，以一种与生俱来的防御心理把自己封闭起来。中国传统文化的诚信精神在他身上很好地体现出来，他安贫守拙，不贪图富贵。作为一个手艺人，金钱不是他的首要追求，精神追求才是他最珍视的，也正因此为了弘扬郑和的精神才接下雕刻宝船《郑和航海图》的活儿。梁亦清坚守着一个匠人的美好品质："一个艺人，要把活儿当作自个儿的命，自个儿的心，把命和心都放在活儿上，这活做出来才是活的。"[1] 他是儒家温润如玉的人格的代表，也正是对这一信条的坚守，"把他的命、他的心都和宝船和郑和融为一体了"[2]。为了弘扬郑和的精神，他舍命雕刻郑和下西洋的宝船，耗尽生命，鲜血与碎玉连在一体，悲壮地结束了自己的生命。

与梁亦清相比，霍达塑造的韩子奇形象是踽踽行进在传统通向现代之路上的人物。韩子奇作为一个孤儿，初次到奇珍斋就被那些美轮美奂的玉器所吸引，放弃了朝拜之路，转而走向对玉文化的追寻之路。在家族的变迁中，年轻的韩子奇迅速成长和成熟起来，他卧薪尝胆，忍着屈辱和误解，到汇远斋当学徒，完成师傅梁亦清制造"宝船"的未竟遗愿。韩子奇接过师傅梁亦清的事业，用新的理念和思想把奇珍斋经营得日渐兴盛。韩子奇是传统文化人格向现代文化人格转换的形象，他痴迷的是传统玉文化，具有非凡的胆识、坚强的毅力、果敢的决断，他把奇珍斋带上繁荣之路。然而，经营玉器不是他最终的目标，他收集古玩不图名不图利，是对文化的坚守和承传。玉魔老人死后，"博雅"宅的万卷古籍和一生收藏的古玩，被儿孙卖了，韩子奇心中隐隐作痛，为那遗

---

[1] 霍达：《穆斯林的葬礼》，北京十月文艺出版社2015年版，第70页。
[2] 霍达：《穆斯林的葬礼》，北京十月文艺出版社2015年版，第70页。

失的文化而痛心。战火弥漫之时,"他所痴迷的玉器行业历来不过是太平时代的装点,在残酷的战争即将来临之际,这些雕虫小技、清赏古玩,便显得太微不足道了!"① 韩子奇忍痛别妻离子带着毕生珍藏远走英伦。韩子奇是被逼无奈远走他乡的,他对北京充满无限的留恋与不舍,离开的那天"韩子奇回过头,再深情地望望儿子、妻子,望着牵挂着他的心的'博雅'宅,一狠心,走了"②。霍达着力刻画的是生活在北京的普通民众的命运如何与时代联结在一起,主人公韩子奇在离散的经历和生命体验中体悟文化撕裂的痛苦。

那些在人类历史上沉睡已久的玉器,寄托了人类的过往记忆。这种对旧物的追忆情结超越了民族的界限,霍达在小说中要表达的是一种对博大精深的中华文化的依恋与追忆。梁亦清、韩子奇对玉器的热爱正是一种君子品质的展现,体现了一种正直如玉的传统文化性格。小说展示出构成北京文化的特定语言、建筑空间、民间风情和器物知识、人物群体,同时也被一种悲伤的气氛所缭绕,是一种文化挽歌式的回望。《穆斯林的葬礼》体现出古老的东方文化与现代西方文化的撞击与融合,而玉器梁家两代人的爱情悲剧正是在这样的文化冲突与融合的背景下展开的。

---

① 霍达:《穆斯林的葬礼》,北京十月文艺出版社2015年版,第200页。
② 霍达:《穆斯林的葬礼》,北京十月文艺出版社2015年版,第254—255页。

第二章　文化认同与审美观照

一般来说，文化认同具有两个层面的理解，一方面指的是自我认同，就是对自己民族文化形态的认同；另一方面指的是对他民族文化的认同和尊重。对于少数民族女作家来说，自我认同既是对本民族文化的认同，也是对中华文化的认同，而对他民族文化的认同，大多表现在对同居于相同地方的兄弟民族的文化认同。用俄狄浦斯的故事来说明对认同问题的理解，"它揭示了自我是如何由多重认同和角色（家庭的、地域的、阶级的、族群的和性别的）构成的"[①]。在丰富多元的现代社会语境话语体系中，文化之间的相互激荡和接受应成为一种文化常态。少数民族女作家的文化认同也常常表现出对他者文化的认同。而对他者文化的认同主要是少数民族群体对外来文化的认同并与之互补融合。经济的快速发展加速了民族间同化的进度，而文化总是在与其他文化的相互作用中发展的。就中国少数民族女性文学的整体发展趋势而言，她们的创作为适应现代社会的转型做出了积极回应，在坚持本民族和人类所需的精神空间的同时，也在与社会和世界互动的过程中渐渐融入时代。当代少数民族女作家们正在为创造和承传自己独特的民族文化，为本民族的文化注入新的元素，为完成本民族文化的现代转型而进行着不懈的努力。

---

① ［英］安东尼·D. 史密斯：《民族认同》，王娟译，译林出版社2018年版，第9页。

第一节 文化认同与中华民族共同体意识

女性对文化的特殊敏感，对文化认同的强烈感情色彩，对生命的细腻体悟，使作品常常会在对本民族文化的回忆中，对于作为边缘弱势群体的感受更为深入和感性，于细节的摹写和氛围的渲染中显示出忧伤、婉约的气息。文化忧患与民族文化是一种资源性的存在，由文化的磨合带来的文化乡愁、民族情结等情绪，常常化为写作的养分滋养着女性作家的写作。作为民族文化传承和积累的一种范本，当代少数民族女性文学在女性身份与家族记忆、民族文化心理与女性生存境遇等方面，既有基于本民族的书写，同时又体现了多民族审美文化的精神诉求。对不同民族女性作家的创作进行梳理，发现少数民族女性文学在传统文化中彰显出独特的人文关怀、仁义品质、和谐精神和包容气度，女作家们将自觉的女性意识和精神关怀融而为一，呈现出别样的精神气质。她们在当代语境的各类文学创作中进行的取舍与诠释，也是一种文化认同和文化传播。当代少数民族女性文学在整体上反映了对女性生存和民族历史现实的反思。

1981年设立的第一届少数民族文学创作奖，以全面贯彻党的民族政策为主旨，极大地激发了少数民族作家前所未有的创作热情。他们在作品中充分展现了时代激情。在获奖的作品中，益希卓玛的短篇小说《美与丑》，邵长青的短篇小说《八月》，李甜芬的短诗《写在弹坑上》，马瑞芳的散文《煎饼花儿》等，满怀热情地描写社会主义新生活，充分体现出对新中国的无比热爱。民族文化认同融化在中华文化之中，中华文化体现为一种文化向心力，凝结为中华各族儿女共同的追求和情感。这一时期的少数民族女作家肩负着深沉的使命感和强烈的责任感，她们的创作主旨集中而鲜明，正如玛拉沁夫所言："一个少数民族作家，应当写以歌颂祖国统一和各民族团结为主题的作品。"[①]

[①] 托娅、彩娜：《内蒙古当代文学概观》，内蒙古大学出版社1997年版，第156页。

由此可见，个人、民族、国家紧密相连，成为早期少数民族女性文学重要的叙事力量。

20世纪80年代中后期的少数民族女作家的创作，从尽情释放对祖国的挚爱，逐渐转向对本民族文化之根的追求和审视民族心理的历史变化，以及探寻优秀的文化传统和弘扬优秀的民族精神，这一变化丰富了中华文化的审美内涵。东北满族女作家边玲玲的小说，有不少描写蒙古族、鄂伦春族、达斡尔族等北方少数民族的生活习俗。《丹顶鹤的故事》生动地描绘了蒙古族姑娘乌梅优美的"丰收舞"："轻快的舞步，柔软的手臂，富有弹性的肩膀，含而不露的那么一种自美感。"① 在这里，文化认同既包含本民族的文化资源，又交融着其他民族的文化因素，在超越民族范围的审美中，体现了人类共同的审美元素。中华民族共同体意识的构建在本质上也是文化的"寻根"，边玲玲流露在作品中的文化认同，表现为渗透在观念行为、习俗信仰、思维方式之中，既拓展了文化寻根的内涵，同时也是中华多民族包容开放的深情呈现。

中华传统文化是中华民族的文化基因和精神家园，是培育中华民族共同体意识的重要精神力量。当代少数民族女作家的创作从未间断过从中华传统文化中汲取思想能量和道德能量，这是少数民族女作家对中华文化认同的具体表现。在这个意义上，少数民族女作家是本民族文化传统和中华文化的体现者和传承者，她们通过创作促进民族文化向心力的形成和中华文化认同的实现。女作家霍达用创作持续对人生和民族展开思考，表现出对民族文化精神的理性追求。她的小说描述了"玉器梁"三代人的命运变迁，以及在巨大的灾难中对中华民族前途的思考。她在作品中对历史文化的追寻，对中华民族精神中尚义轻利和坚韧进取等美好品质的颂扬，对中华传统文化中的人文关怀、仁义品格、和谐精神、包容气度等精神品质的敬重，是对本民族和整个中华民族优秀传统文化价值观的认同。她的《补天裂》着重刻画中华民族面对灾难时所表现出来的不屈不挠的民族精神，主人公易君恕的一腔爱国热血尤其令人荡

---

① 边玲玲：《丹顶鹤的故事》，《民族文学》1984年第1期。

气回肠。在作者的心目中，易君恕就是爱国英雄人物的化身。正是一代又一代中华儿女在灾难面前自强不息的努力奋斗，铸就了中华民族的自信力。民族自信力是中华民族前进的动力，是民族之魂；团结、自强是引领中华多元文化发展的重要精神纽带。

中华民族精神在民族文化中涵养而成，是中华文化认同的守护神。霍达等少数民族女作家的家族小说，在不同层面上反映了儒家文化的孝悌、仁义、忠恕等伦理价值对塑造中国人的世界观所产生的决定性影响。中华传统文化是一个多层次多维度的结构系统，儒家、道家、佛家文化是其重要的子系统。"虽然儒、佛、道文化对各民族文化都有或深或浅的影响，但它毕竟是汉族的主流文化；而很多少数民族于特定的自然和人文环境的生存与发展中也建立了各自特色的文化系统，它们应是中国传统文化总系统不可或缺的子系统，亦是深化传统文化与现代文学关系研究的颇为重要的维度。这不仅因为少数民族文化参与了现代中国文学的建设，即使儒、佛、道文化也渗入了少数民族文化的因素，而少数民族文化也汲取不少儒、佛、道文化的成分。"[1]

中华传统文化在兼容并蓄中形成一个有机的整体，其中，儒家文化的作用是不可忽视的。在中华传统文化的历史发展过程中，儒家文化具有巨大的影响力，可以说儒家文化的伦理价值"在某些方面主动地塑造了中国文化的认同"[2]，对增强中华民族的凝聚力产生过巨大作用，是中华各民族共享的文化资源。在少数民族女作家的创作中，对于中华文化传统的认同潜移默化地隐含于文本的日常生活中，是一种生活形态。深受儒家文化和京剧艺术影响的满族作家叶广芩，她创作的《本是同根生》《梦也何曾到谢桥》《瘦尽灯花又一宵》等一篇篇古韵文化色彩浓郁的小说，在持续对国民劣根性的注视和反思中，在对清高脱俗、刚正不阿的人格精神的发掘中，传递对民族、社会和人类命运的思

---

[1] 朱德发：《深化传统文化与现代文学关系研究的沉思》，载李钧主编《传统文化与现代中国文学名家》，山东大学出版社2014年版，第8页。

[2] 杜维明：《现代精神与儒家传统》，生活·读书·新知三联书店1997年版，第383页。

考。由此，中华文化的认同蕴含在人物的行为模式、价值观念、思维方式、情感表达方式中。叶广芩坚持不懈地通过小说这样的叙事性文体，在人物的命运中展示民族性，在对汉文化资源的汲取和运用中诠释民族精神。她的散文集《没有日记的罗敷河》同样在对中华文化认同中彰显本民族文化底蕴，挖掘本民族文化的人情美、人性美，以及以一种批评的精神检讨传统文化，流淌着浓郁的中国式文人气息，凸显浓郁的民族性质感。

少数民族女作家通过深入历史与文化深处的探寻，用文学创作参与中华文化核心价值的生成，她们的作品既保留着精神上的独特性，又在汇通文化中国的完整版图中形成共同的价值取向，构成文化认同的表征。女作家央珍的《无性别的神》以央吉卓玛的人生命运为主线，围绕着这个被"遗弃"的女孩的成长经历展开叙述。在情节的展开过程中，小说一方面细致入微地讲述了被命运摆布的央吉卓玛的生命际遇，同时也通过这一女孩的视角展示具有高原特色的日常生活和各种民风民俗，整部作品充满着浓郁的民间情怀和地域气息。小说贯穿着作者对雪域文化的自省和对真善美的追求，民族记忆与时代整体性的历史氛围与之形成内在呼应，在对女性个人命运和社会历史的解读中，联系着中华文化的发展与变化，构成了作品的思想深度与艺术独异性。梅卓是一位具有明显的中国古典文化气息的作家，她的长篇小说《太阳部落》以独特的时间经验和空间经验书写雪域高原苦难历史，探寻人生命运，思考民族前途，展示高原的古老传统与民族心理，历史感与人生感悲欣交织。小说通过对民族传统美德的歌颂和对野蛮落后积习的鞭挞，阐明"人性的力量是可以改变一个人的性格和行为，甚至影响一个部落、一个民族的命运和前途的"[1]。这一思考与20世纪中国文学"改造国民灵魂"的基本主题在精神层面融会贯通，体现出本民族人文精神的精髓与现代意识的思想在作者的创作中水乳交融。

文化是由无数个体的形象汇聚成一个群体的意识。在霍达、叶广

---

[1] 吴重阳：《中国少数民族现当代文学研究》，中央民族大学出版社2013年版，第230页。

芩、央珍、梅卓等人的作品中体现出来的民族忧患意识、民族精神与国家意识，是中华民族在反对外来侵略的生死存亡斗争中，各族同胞患难与共，团结御辱的体现，是中华民族的内在凝聚力。正是因为这一凝聚力历经不同历史阶段而不断强化，从而促使中华民族团结的纽带更加牢固。对传统文化精神的认同，展示出当代女作家独有的历史文化感与温润的情怀，以及渴望通过文学创作实现中华文化价值的提升："以笔为灯，辉映出少数民族文学的真正意义——向善、向爱、向民族大义。"[①]这份由中华儿女在一个世纪以来共同命运关注凝聚而成的家国情怀，是中华文化本质特征的确认和文化归属，同样承担着塑造中华文化认同的潜在功能。

以儒释道为代表的中国古典文化，如天人合一、人本主义等人文文化理念，为多民族文化共存提供了精神空间和文化空间。在当代少数民族女作家的诗歌中，古典文化和文学传统以不同的面貌延续，中华传统文化在文学的渲染中积淀出深厚的思想内涵和丰富色彩。水族女作家石尚竹的短诗《竹叶声声》饱含深情歌唱沐浴在民族政策光辉下，像凤凰羽毛一样美丽的水乡。诗人用清新的笔调描绘了竹叶、溪水、晨露、芦笙调，意境优美。甜蜜生活与泥土清香相融合的气息令人向往，人与自然和谐的诗画景致让人陶醉。蒙古族女作家萨仁图亚的诗集《当暮色渐蓝》意境宁静、平和、安详，在浓郁的古典文化蕴含中拓展出诗的语言空间与语意空间。彝族女作家禄琴的诗集《面向阳光》意境淡雅优美，感情真挚自然，承续了日常经验与审美经验相对统一的古典文化传统，以鲜活的生活气息构建诗歌立体审美效应。在她们的作品中可以看到从《诗经》《楚辞》到唐诗宋词抒情写意的精神风骨，化为或浓或淡的艺术汁液。一条绵长的传统文化基因的线索，隐藏在诗意表述的观察视角中和叙述的语言方式中。这份对于传统文化自然深远的呼应，凸显出作者内在经验和文化认同的水乳交融。

除了价值规范认同、社会观念认同、风俗习惯认同之外，文化认同

[①] 肖勤:《沿着泥土的脉理写作》，《人民日报》2010年1月28日第24版。

还包括语言文字认同、艺术认同等。中华多民族文化之间的互补特征和多重的文化审美因素对于作家形成宽阔的审美视野、开创多样的审美空间有着积极的作用。少数民族女作家的汉语写作,以汉字所蕴含的思维方式和表达特征传递着对中华文化的认同,形成中华文化内蕴的文化多元的对话。在艺术表现形式上,少数民族女作家的汉语写作是在语言文字认同的基础上对中华文化内涵的认同。

文化认同通过对文化的认可而产生归属感。"文化认同是最深层次的认同,是民族团结之根、民族和睦之魂。"[①] 中华传统文化积淀为中华民族的文化心理结构,形成了中华民族特有的文化气质。当代少数民族女作家的创作不断地在文化认同中提升民族的向心力和凝聚力。

第二节 文化的共同记忆与审美表达

中华一体的历史意识与文化传统体现在民族、国家与文化认同意识中,对增强中华民族的整体性具有重要贡献。对中华文化与本民族文化的认同,派生出少数民族作家们的责任感与自信心,通过创作促使民族文化向心力的形成。少数民族女性文学在开掘本民族的优秀文化传统、剖析本民族文化心理、追寻民族文化之根的过程中,既有赞美性的描绘,也有审视式的反思和质疑。

在历届骏马奖获奖的不同民族女作家的创作中,如益希卓玛(藏族)、敖德斯尔·斯琴高娃(蒙古族)、景宜(白族)、霍达(回族)、董秀英(佤族)、哈里达·斯拉因(维吾尔族)、庞天舒(满族)、梅卓(藏族)、阿蕾(彝族)、叶梅(土家族)、李甜芬(壮族)、金仁顺(朝鲜族)等,她们从不同角度关注传统文化中的人文关怀、仁义品质、和谐精神、包容气度等精神气质,在各民族女性文学中,文化记忆的诗性与审美趋向,文化价值取向的民族本位意识、道德本位意识交织

---

① 《习近平关于社会主义政治建设综述摘编》,中央文献出版社2017年版,第157页。

在创作的主题意向之中。

　　第八届中短篇小说集获奖的达斡尔族作家萨娜的《你脸上有把刀》，具有浓郁的地域性特色，尤其是关于原始民俗的一些传说与纪实，展示了北方游牧民族特有的文化和风俗，作家在书写中体现出对原始民俗仪式的痴迷。这些文化符号所象征的民族基质，是本民族文化生生不息的气息。在对本民族文化的深切感受中，一切的想象与倾诉在萨娜脑海变成文字流淌而出，用汉字传递出达斡尔族文化强调人与自然的和谐关系、平等关系，人与自然如何和谐发展，体现出文化认同与文化自在性，和对中华文化中所表达的文化属性、文化精神的认同，以及由此来确认自己文化的继承。

　　达斡尔族作家萨娜在对本民族风俗人情的叙述中，流露出对民族文化传统的强烈认同感。"事实上，萨娜的小说一方面表现了传统文化与现代文明相融合的部分，在着力挖掘达斡尔族民族文化优势的同时，也描写了都市小人物庸常、琐屑的日常生活，表现出对现代化、商业化的一种接受与认同。"①

　　第九届获奖诗集德昂族艾傈木诺的《以我命名》，是德昂族出版的第一本用汉文创作的文学作品集，宛若一瓣山樱花，舞动着德昂山寨的第一抹春色。诗集由"以我命名""蝴蝶翩跹""苇花茫茫"三卷组成。艾傈木诺是中国人口较少少数民族之一的德昂族中走出的第一个女诗人，她的阿爸阿妈是傈僳人和德昂人，诗人出生和成长地是格兰巴迪小村庄，在这里她"复习"着"阿爸的童年"；阿妈是从木库飘到格兰巴迪的"蒲公英"。她的诗集具有浓郁的自传意味，围绕自己的周遭际遇、自身所思所感，写自己熟悉的村庄、族人，写自己的爱情、亲人……她的诗歌似乎只在意抒写与自己有关的内容，自然地将自己的生命体验和人生感悟融入德昂山寨的山山水水，具有浓郁的德宏边疆德昂乡土气息。民族文化认同是一个历史现象，通过艾傈木诺的诗歌可以清

---

① 田泥：《冷静的绽放：新世纪多样化的女性生态写作》，载王红旗主编《21世纪中国女性文化本土化建构研究报告集成（2001—2012）》，现代出版社2013年版，第292页。

楚地看到在她的成长经历中随着时代变迁对本民族文化的思考："不会跳阿爸爱跳的锅庄/不会像阿妈在黑布衣裳上/描红绣朵。也不会用彩色丝线/为情郎织烟筒帕"。这种成长中关于本民族文化认同与现代性的思考，带来的困惑、忧虑与伤感，对自身的剖析和解读，也是对自身文化经历的梳理。本民族深厚的历史文化根源成为诗人内心诗歌萌芽的最初土壤，这一文化土壤影响了她的文学取向和审美取向，并使其具有一种更为广阔的创作视野。诗人在诗歌美学上对多种艺术手法的运用，也是对本民族文化认同与继承的表现："她既有对德昂族民歌的自觉吸纳和运用，也有对现代诗歌不同流派手法的借鉴。同时，中国古典诗词注重意象和提炼语言的长处，对艾傈木诺的创作也有较大的影响。"[①] 艾傈木诺的诗歌体现出作为少数民族女作家多元的文学接受空间的差异与会通。

少数民族女作家丰盛的生活使她们的创作既能保留精神上的独特性，又能在文化中国的意义上整合为完整的版图，在对本民族文化的文化传承过程中，注重自我写作资源与时代要求的结合。

女作家叶多多生活在云南红土地上，她的散文集《我的心在高原》获第十届骏马奖，她一直默默注视着生活在红土高原上的妇女和儿童。"我小时候接受的是无神论教育，而我的父母恰恰都是有宗教信仰的人。那时候，看见他们每天都在分别祈祷，我很迷茫。"[②] 这种深藏于内心的矛盾，伴随着她一天天长大。在云南这片土地上，叶多多的家庭不是个案。"各民族同生共存，多元文化彼此尊重，这就是我离不开的红土高原。"[③] 作家对民族文化认同的态度变化，象征传统精神的代代传承，文化认同在新的历史条件下，以一种新的形式体现。

叶多多的文化背景的深刻变迁，直接影响到她的文学创作的文化

[①] 张永权：《德昂山寨的一束山樱花——评德昂族艾傈木诺诗集〈以我命名〉》，中国作家网：http://www.chinawriter.com.cn/bk/2008-04-17/31659.html，2008年4月17日。
[②] 牛锐：《回族作家叶多多："我的心在高原"》，《中国民族报》2013年12月20日第11版。
[③] 牛锐：《回族作家叶多多："我的心在高原"》，《中国民族报》2013年12月20日第11版。

内涵和精神实质的嬗变。在深刻了解不同民族文化之后，叶多多通过创作在文化反思中完成文化的传承。叶多多深深地感受到红土高原上深埋在土地、深山、溪流里的失望、衰老、痛苦、悲伤、死亡，以及希望。

她在诗歌中对消逝的时间的描述，也是对在这块土地上的文化的追忆，同时以一颗敬畏之心结实地、公允地面对这片土地所传达出来的尊严、尊重、敬重和信心，用自己的创作传递着一种文化自信与主体自觉，在融会传统与现代的创作过程中，在进行自我民族文化的再认识中，表现出文化自信与主体自觉。她努力将个人写作融入时代思潮，通过审美主体精神和时代审美文化的表现，把思想立足点、文化价值取向深入地指向本民族传统文化所蕴含的美德，极力维护本民族文化中美好的东西。

次仁央吉的《山峰云朵》获第九届骏马奖中短篇奖，小说讲述的是一位女知青把自己的一生奉献给山区教育事业的故事。"作为一名女性职业教师，次仁央吉坦言，她的文学作品更多关注的是妇女、儿童的题材。"[①] 经由次仁央吉个人经验孵化出来的女性书写，传达着对社会、人生的认识和思考。她朴实和幽微的文风，拓展了少数民族文学对人性的真切表现，接通了时代的风貌，同时也赋予人物与故事以更深厚的文化内涵、诚与美的精神力量，让思想起飞，形成作品的气韵，充分展示出女性经验的人类共同性与审美价值。

少数民族女性文学复杂多样的价值取向和反思精神，使得少数民族女性作家既承担着本民族历史命运和文化精神的书写任务，又自觉扮演着传承中华文化的角色。在融会传统与现代的语境中，少数民族女性作家表现出主体自信与文化创新，及其对中华文化的保存、维护和创造意识，少数民族女作家从理性或哲理层建构人生与时代终极关怀的整体特征，使其文学创作实现了价值提升。

---

① 晓勇：《荆棘中收获华彩人生——访第九届少数民族文学创作骏马奖得主次仁央吉》，《西藏日报》2009年3月1日第2版。

第三节　多元文学空间的差异与会通

"在现代语境中，少数民族的文化身份至少包括了个体种族文化身份、社群文化身份、民族国家身份和全球文化身份四种。"[①] 各个少数民族的文化记忆共同汇聚成为中华民族的文化记忆共同体，在书写中，少数民族女作家既是在传递和拼接着自我民族文化审美的记忆，也在文学史整体发展的脉络中表现了女性的精神关怀。差异性和不可取代性构成了少数民族女性作家在整个文坛的创作特质，却也补充了中华文化的一部分版图。少数民族女作家在多元文化的话语体系中，从个体的经验出发，在本民族文化身份、民族国家身份的交织中，呈现出多样的文学选择。她们或是思考中西文化的交融与碰撞，或是以超族别的写作传承人类共同的生命意义，或是在跨地域写作中体现国家认同意识。

一　中西方文化的融汇表达

在全球化的背景下，任何一个民族的文学都不可能在封闭的空间中独立发展，各族文学之间的交流与融合是必然的趋势。在中西文化的交流与融合中，少数民族女性文学的中华文化认同与传承，也与西方文化有着精神上的对话与沟通。

霍达的小说塑造了梁冰玉、韩新月两位受中西方文化影响的女性形象，以及韩子奇多元文化混血的男性人物形象。霍达以冷峻的文笔写出了中西方文化的融合与交流。妹妹梁冰玉在燕京大学接受新式教育，她的思想中体现了中国传统文化与西方现代文化的相互融合。梁冰玉是这个家庭中第一个觉醒的人，表现了强烈的作为"人"和"女人"的生命意识觉醒和对自由平等的追求。因为受战争的毁灭性打击，梁冰玉与姐夫韩子奇远走英伦，这又给了她近距离接触西方文化的机会。她在西

[①] 刘大先：《现代中国与少数民族文学》，中国社会科学出版社2013年版，第201页。

方的教育环境中拥有了独立自由的思想,成为新时代的知识女性。这种自由的思想使她勇于冲破传统观念的束缚,大胆追求爱情。"在梁冰玉的文化心理结构中,人的意识、女性的独立意识的唤醒支配了她,超越了特定民族的心理意识,这是进步的体现。女性用自己的爱情悲剧换得了自身的觉醒。"[①] 在西方现代思想的洗礼下表现出的爱憎分明的果敢是令人敬佩的,但她也清醒地意识到,在当时的中国容不下她这样的女人存在,为了做一个独立的人,一个有尊严的女人,她义无反顾地踏上了孤独的旅程,在自由的环境中寻找自己。作为在新时代成长起来的中华儿女,韩新月追寻中国的传统神话与爱情故事,也追寻西方文化中对生命的热爱精神。梁冰玉和韩新月代表着一种前进发展中的文化融合趋势,这一文化在现代化进程中继往开来,试着应对现代文明的冲击,从而寻找一种融合共通之路。我们百花齐放的中华文化,必然要参与世界文化的发展中,在与西方文化的对话与交流中,实现民族文化的创新与发展,打破文化隔阂,为自我民族文化添上新的注脚。

当代少数民族作家对于文化继承的方式有两种:第一种是原封不动、毫无保留地继承;第二种是本民族原有的文化已在脑海中根深蒂固,作家因为自身的学习经历对之前的本民族文化有选择地继承。赵玫无疑属于后者。赵玫是中西文化混合的产儿,她的写作中有对悠远的中国文化记忆的保留,又与西方文化精神相通。赵玫的父亲赵大民对中国戏曲造诣颇深,赵玫幼承庭训,在其父熏陶之下对中国传统文学也产生了浓厚的兴趣,有了扎实的古典文学知识作基础,促使赵玫在南开大学念书时就读于中文系。现代中国历史上两次大规模的"西学东渐"的风潮一次发生在"新文化"运动前后,另一次就是20世纪80年代初期,大量西方的译著、意识流、存在主义、新小说传入中国,新思潮冲击着尚在学生时代的赵玫,西方文学的形式在她看来不同于中国文学,这让她大开眼界。中西文化在她的思想体系中相遇,故此成就了赵玫的

[①] 黄晓娟、晁正蓉、张淑云:《中国当代少数民族女性文学研究》,上海文艺出版社2014年版,第49页。

写作。在此背景下，赵玫吸收了许多不同于中国现当代文学的西方资源。她在《优雅背后，把美丽和智慧结合起来的女人》一文中分别提到了三位对她影响至深的西方女作家：波伏娃、杜拉斯和弗吉尼亚·伍尔夫。赵玫对这三位女作家推崇备至，赵玫在某种程度上就是这三位女作家的分身。伍尔夫是当代的意识流文学大师，可以说赵玫的创作形式师法伍尔夫，人生观与杜拉斯不谋而合，又无比赞同波伏娃对待爱情的态度。"很多年来我热爱杜拉。那是一种经久不息的也是非常疲惫的爱。很多年来我用我的文字说出这爱，让朋友们知道。"① 她自己也被称为"中国的杜拉"。赵玫就如同这三人的"镜像"，用她们的思想和形式谋求自己的写作之路。

伍尔夫如同赵玫写作生涯中的灯塔，给她启示和指引，照亮她的写作道路。中西方文化的共同滋养造就了一种赵玫式"优雅"的写作风格。"优雅"既是赵玫对生活的寻求，也是她的艺术情怀的表现和关切的焦点。赵玫祖上虽是满洲贵族，及至她出生之时，家族已无当年的风光，但是几百年传承下来的贵族习性始终深深地刻在赵玫骨子里。赵玫之"雅"，不是那种阳春白雪不可接近的高雅，而是流转于生活中的"俗雅"，一种精致到生活的细微之处的雅致。她将这种"雅"传递给笔下的人物，如她所说："我会在她们身上打上我自己的深深烙印。她们是因我而存在的，或者我因她们存在。"② 她笔下的男女主人公对生活质量要求极高：《莫奈的池塘》中弈对理想的花园的精雕细琢、反复打磨；《秋天死于冬季》里青冈永远是光鲜亮丽地展露于人前，身上喷洒经典的香水，身着昂贵得体的套装；作为赵玫的叙事空间的洋房别墅在小说中如影随形。

中西方文化在赵玫这里交融绝非偶然。作家的"写作身份"与来自环境的外力因素是紧密相关的。赵玫所成长、生活的天津，自开埠以来就领风气之先，欧化痕迹浓重，洋楼林立，开放自由。"我从小就生

---

① 赵玫：《怎样拥有杜拉》，《出版广角》2000 年第 5 期。
② 赵玫：《文学是对人生一种诗意的探索》，《文化月刊》2006 年第 6 期。

长在那里的那所房屋紧邻的就是那片水和那片水后面的那座法国公墓。石凳、白椅、松柏、蓝色的小花。那是我的童年的世界。"① 中西杂糅的文化氛围是赵玫文学得以生长的土壤。王安忆写尽了上海的世间百态,赵玫则是天津的代言人。赵玫笔下许多环境描写都有这座城市的影子,悠长的麦达林道、异国情调的西式建筑、城市中随处可见的教堂通通化作城市文化意义的具象,在赵玫的小说中也多次出现。天津广纳包容的城市文化使得赵玫以更宽广的文化心态去接受新文化、新事物,故此才有了通达中西的写作格局。

二 口头传统与书面文学的融合

中华文明是包括中原文明、边疆文明、江河文明、高山文明等在内的一个整体性文明。而口传文化是把握中华文明整体性发展历程的关键环节。口头传统具有原生性、群体性、民间性等特点,它不是一个人创造的,而是一个种族、一个民族共同创造的,彰显着一种文化或文明的生命过程。我国各民族有着丰富发达的民间口头传统,这一传统与各民族群体的生命意志相互依存,凝结成共同的中华民族情感,共同演绎中华文明完整的生命过程。

多元文化观念和文化思潮的涌入、现代传播媒介的发展、汉字的普及、西方文学观念和文学思潮的传入,都影响着各民族的文化生态和作家言说方式。作家文学的现代转型过程中也将民间口头传统融入文本创作中。"这两种表达形式的互动产生了良好的效果,书面语言和口头语言相互交融,帮助少数民族形成了独特地方性知识,反过来,他们又为这种特有符号形式对文化传递提供了有效贯穿的平台。"② 各民族的民间口头文学传统,以口耳相传的方式在民族间实现代际传承。中华文化的口头传承方式凝结着各民族深层的文化心理结构,具有强大的生命力,对当代作家文学产生着深远的审美形塑作用。对于在民间口头文化

---

① 赵玫:《以爱心 以沉静》,安徽文艺出版社1991年版,第90页。
② 任勇:《公民教育与认同序列重构》,中央编译出版社2015年版,第97页。

传统中浸染的少数民族作家来说,"他们自觉地继承了口头文化中这种高贵的说唱精神和'为民族代言'的价值观念,把文学写作看作是为自我民族代言的主要方式,并使之扮演着塑造民族形象和演绎民族历史的重任"[①]。丰富发达的民间口头文学传统对作家的思维方式、审美观念以及艺术表现等方面存在或隐或显的影响。民间口头文学如神话、史诗、英雄传奇、说唱文学、神话传说、民间故事、歌谣谚语等作为中华文化传承的重要载体,共同建构并承载着中华民族的民族精神、文化记忆、生活习惯等,并以蕴含的道德伦理观念深刻影响着人们的文化心理结构。

少数民族女性文学因其与民间口头传统的先天性亲缘关系,在文本组织中往往将本民族口头文学传统融入创作中。如满族庞天舒《落日之战》的满族文学说部传统,朝鲜族金仁顺的长篇小说《春香》对朝鲜族民间故事《春香传》的继承与创新,达斡尔族女作家孟晖的长篇小说《盂兰变》大量的《目连救母》变文的演绎等,既有对民间文学传统的传承,也有互文性叙事策略的运用。对民间历史、传说、故事的大量穿插凸显出作家探寻民族历史真实性的叙事目的,通过小说人物之口的讲述,从而起到保存和弘扬民族传统文化的作用。朝鲜族民间流传的爱情故事《春香传》可谓是口传文学经典。但在金仁顺看来,春香故事作为一个历史传说,情节相对简单,人物形象也不够饱满。金仁顺大胆突破民间烈女的形象,挖掘春香人性化的一面,因而在故事的结局设定上也一改有情人终成眷属的大团圆结局。"我为小说取名时,把原先的'传'字去掉了,去掉传奇的部分,还原一个真实的春香。"金仁顺说,"小说创作可以说重塑了春香这一人物,丰富了传奇中人物的背景"[②]。为此,金仁顺查阅了丰富的历史资料,充分还原了当时的真实样态。特别难能可贵的是,金仁顺将朝鲜族的说唱艺术盘瑟俚融入文本写作中,形成一种新的叙述策略。"作者将盘瑟俚及写作构造成性别化

[①] 李长中:《当代人口较少民族文学的审美观照》,社会科学文献出版社2015年版,第29页。
[②] 高剑秋:《骏马奖获奖作品:其文、其人、其事》,《中国民族报》2012年9月28日第9版。

的行为，将这一民间艺术发展为女性抵抗男权社会暴力压制与书写的富有潜能的抵抗行为，通过坚信女性之间理解、交流互助的可能，女性经验的共同性及可传承性，悄然呈现了女性写作的轨迹与潜能，女性视点中的历史与女性创作的力量。"① 正是这种说唱技艺的传承，成为推动小说情节展开的工具，《春香》成功地完成了对《春香传》的改写。《春香传》对于金仁顺来说有着不同寻常的意义，尽管这个故事看上去并不如中国经典的民间故事那样丰满，甚至有些单薄、俗套。但金仁顺在改写的过程中，融入了自己的思考和体验，将这个民间故事赋予新的意义。金仁顺饱含着女性的性别意识，将春香塑造成独立自主的女性形象。"春香"既是民间传奇故事，也是金仁顺自己的传奇故事。金仁顺在对古老的故事重写中，塑造了一个唯美的精神世界，在花之间、水之上、梦之中营造出纯美的东方古韵。

民间口头文学传统给作家文学提供诸多方面的滋润，从民族传统到民族思维特性，从文学体裁到语言风格，都深刻地影响着作家文学创作，作家在作品中表现出民族特有的审美理想。作家在童年时代所受到的民间文学的熏染，影响着她的文学创作。民间文学所具有的传统艺术精神，独特的人与地的默契融合，构建一种文学理想。民歌成为精神家园和灵魂归乡之处，也是中华文化认同和文化寻根的源头。民间口头文学有严密的传承逻辑，造就了中华文化的抒情传统，作为一种深层结构对少数民族作家文学也产生了"集体无意识"的影响，正如达斡尔族女作家苏莉所说："我的民族是没有文字的，只有语言。我们的祖先在传说中把装有文字的铁箱丢在了湖底之后，就靠一代代人的口口相传和血液中那神秘的生命密码把我们的民族延续到了今天。"②

哈萨克族叶尔克西的《额尔齐斯河小调》真实地记录了哈萨克族民间小调。奶奶唱着一种古老的小调《萨丽哈与萨曼》，哄着小盲孙，

---

① 王冰冰：《跨民族视域中的性别书写与身份建构——新时期以来少数民族女性创作研究》，浙江工商大学出版社 2015 年版，第 134 页。

② 苏莉：《旧屋》，作家出版社 2000 年版，第 146 页。

能即兴地在小调中填着新词。这是哈萨克著名的爱情长诗，这绵绵的小调里饱含着奶奶对小盲孙无尽的爱，在这首小调里奶奶送走一个又一个黎明和黄昏。古老的小调的重复回响，表述着叙述者寻找哈萨克历史传统的冲动，以及建构文化记忆的渴盼。奶奶给小盲孙讲哈萨克的传说、神话——天狼（哈萨克神话中的动物）、合牙特巨人（哈萨克神话中的人物）、白天鹅、美丽的娜孜古丽、英雄的叶尔托斯迪克、滑稽的胡尔呼特（哈萨克民间文学中的大乐师）。奶奶把知道的故事全部讲给孙子，希望孙子成为草原上众星捧月的阿肯和冬布拉琴手。"哈萨克人唱着歌来到人间，唱着歌飞向天国。"[1] 奶奶的儿子是草原上有口皆碑的阿肯，他将母亲哼的小调改编成斯布孜额曲《额尔齐斯河之波》："鹰的翅膀，是靠自己飞出来的。它的翅膀属于蓝天。"[2] 孙子要去城里读书，奶奶相信雏鹰总有一天要飞出绝壁的巢。少数民族民间口头文学不仅在作家们孩童时给予了文学的启蒙教育，而且在她们走上创作道路之后，还不断地滋养着她们的创作思想。她们从民间口头文学中选取创作题材，而民间故事的巧妙构思、曲折情节被很多作家所借鉴。各民族的民间故事汇成中华文化的民间资源，滋养着中国文学的生命肌理。少数民族女性文学采用和发展了民间文学的表现形式和手法，是对民间口头传统的继承和借鉴。

杜梅的《木垛上的童话》将雪兔找红蘑菇的童话贯穿全篇，形成文本叙述与童话讲述的互文性，通过寓言和童话的方式表述人口较少民族文化传统在场的必要性、紧迫性，引起作家对"文化断裂"的反思。萨娜的《有关萨满的传说与纪实》是对民间口头文本的重述与再诠释，斯琴高娃与敖德斯尔合作的《骑兵之歌》中民间故事和蒙古民歌的穿插，都是少数民族女作家对民间口头传统的再利用，这已是她们传承和创新中华文化民间传统的必要方式，她们的文本对民间口头文学资源的再叙述不单纯是一种题材选取的策略，而是一种中华文化传承的行为，

---

[1] 叶尔克西·胡尔曼别克：《黑马归去》，新疆青少年出版社2006年版，第4页。
[2] 叶尔克西·胡尔曼别克：《黑马归去》，新疆青少年出版社2006年版，第5页。

凸显出女性视角下文学创作的审美特征。少数民族女作家自童年便受本民族民间故事的滋养，这些故事成为最为宝贵的记忆资源，在她们从事文学创作时，通过文字讲述民间传说和民间故事，在那些简朴稚拙的小故事中勾勒出各民族记忆。作为故事的讲述者，她们对于历史文化和民间传统的传承有着重要的意义，将从先辈那里传承下来的民族经验和智慧以现代方式传承下去。民间口头文化蕴含的智慧和人文精神，对少数民族女作家创作的文化观、价值观有着深远的影响，影响着作家的书写立场、言说方式。"民间口头文化资源又作为民族性或根基性的象征符码"成为少数民族"建构自我认同或回归民族共同体的基本资源"[1]。民间口头文化使人重新发现那最纵深也是最持久的人类表达之根，凝结着特定的民族情感和生命意志，展现着鲜活的生命律动。就此意义而言，民间口头文化对少数民族深层的心理结构和文化心态产生持久的辐射力。

---

[1] ［美］约翰·迈尔斯·弗里：《口头诗学：帕里—洛德理论》，朝戈金译，社会科学文献出版社2000年版，第5页。

第三章　文化意蕴与女性叙事

恩格斯的历史唯物史观肯定的是妇女参与社会、摆脱人身依附地位的积极意义。少数民族女性文学中女性叙事的文化意蕴在于生动地呈现社会文化风貌。中国历史各代文学既受社会文化的影响也展现时代背景、文化精神、社会思潮等社会文化风貌。文学发展与社会现实之间有着密切而复杂的关联。我国第一部诗歌总集《诗经》是周代礼乐文化的产物和载体，汉赋、唐诗、宋词更是彰显了各朝代国力之强和文化之盛。战国末年屈原的《离骚》《九章》《天问》是在楚地民歌基础上创作的诗歌，主要表现南方汉水、长江流域的风土人情，充满了浪漫主义精神。少数民族女性文学作品是少数民族女作家情感和心灵叙事的载体，叙述了女性的日常生活情状和精神心理特征。女性作为社会两性中的一性，其女性视角的叙事亦关注地域文化书写，如女作家王安忆小说中的"小鲍庄"、刘索拉小说中的"大西南"等都是对地域文化的书写。少数民族作家对生长的民族的原生文化，不存在"集体记忆断裂"的情况，地域文化与民族文化同居于少数民族女作家的内心，她们往往因其本民族文化的影响，"在文学中思考自己民族所特有的事情，挖掘自己民族文化的独特魅力，主动地从民族文化立场出发反映本民族人民的现实处境和精神状况"[1]。

---

[1] 杨玉梅：《略论新时期民族文学的自觉求索》，《百色学院学报》2011年第2期。

第一节　女性经验的地域书写

如果说，在新时期之前及之初，少数民族女性文学尚处于孕育和成长期，处于主流文学话语的遮蔽中，难以成为独立的文学形态，因而不能真正影响到中国文学史书写的话，那么，新时期以来，少数民族女性文学已经成为中国当代文学中重要的一支力量，如果对这一文学现象仍持续忽视，将在一定程度上遮蔽中华多民族文学的丰富性和中华文化的多元性，影响人们对少数民族女性文学与文化的理解与接受。少数民族女作家的现代性体验及情感诉求有着一致性和相近性，决定了少数民族女性文学的特征及其研究的合法性。女作家更贴近自然，远离物质世界对人类精神的异化，她们一方面在中华优秀传统文化的土壤中获得滋养，另一方面又站在更高的艺术层面，来审视各民族传统文化与内在精神。她们对生命的本真有着更深切的体验，因而对中华民族历史和人类命运存在的意义有着深层的思考。她们的创作基于对自然与生命的原生形态的书写，在这一书写中展现文化承继变迁的过程。

一　边地文化的重新发现

少数民族女作家相对于男作家们的创作而言，这些女作家的作品从一种性别的视野展示了女性个体与中华文化的另类风景。不只是因为她们对于少数民族文化生活和心理的洞悉，更重要的是她们站在女性的立场，已超越了单一民族诉求的表达，作品中透露了女性的深层精神心理的诉求。她们不断追索着当代女性文学精神内核的深度，更努力坚持在创作中传承着中华文化的灵性，同时，还在男作家的视野和精神偏好中努力进行弥补和挖掘新的场域，丰富了女性文学自身的内涵，也是非常有利于文学整体发展的。

就少数民族女性文学而言，它的主体是具有少数民族族别属性的女作家，其民族地区的生活成长经历构成了她们创作的基石。作品中所展示出的边地文化特色，既有对风景、环境、风俗习惯等文化现象的认同，又给予个人或集体一种安全感或身份感。少数民族女作家所生活的地区独特的地理位置和地貌特征，对她们的文学创作产生很深的影响，少数民族女性文学表现出强烈的民族和地域性特征。在某种程度上，她们的创作表现出对故乡的依恋。少数民族女作家的边地书写，源自对故乡文化传统的眷恋。故乡是人的生命起点，也是精神的皈依，地理意义上的故乡实际承载着一个人的原乡记忆。

梅卓的长篇小说《神授·魔岭记》对青海藏区文化的书写；庞天舒的长篇小说《落日之战》、杜梅的小说集《在北方丢失的童话》和萨娜的小说集《你脸上有把刀》中的作品对大兴安岭的历史与现实的执着书写；和晓梅的小说集《呼喊到达的距离》、叶多多的散文集《我的心在高原》、董秀英的《马桑部落的三代女人》等是对云南高原文化的探寻；叶梅的小说集《五月飞蛾》、龙宁英的《逐梦——湘西扶贫纪事》构建了湘楚大地的生存空间。这些女作家的创作显现出多样性的边地文化色彩，涌现出无穷的魅力。"雷同从来不能吸引我们，不能像差别那样有刺激性，那样令人鼓舞。如果文学只是或主要是雷同，文学就毁灭了。"[①] 不同于其他地域的差异性存在使得一个地域的文化风俗凸显了在文化人类学和社会学中的独特意义。在受众的审视中，这些被解读过的文化现象不仅获得了更多欣赏和吸纳的受众，同时，经过了学理化思维的洗礼，这种区域文化逐渐在科学学科中演化为具有地方色彩的文化知识体系，丰富和构建了人类知识和审美结构的乡土一面。

少数民族群众经过长期的生产生活实践，积累了丰富的生存技能、生计方式、历史传统、风俗习惯等知识，构成了文学创作中丰富的文化意蕴。这些具有边地文化特色的风俗习惯，在凝聚族群认同、建构族群共同体方面具有重要作用。霍达的《穆斯林的葬礼》、马金莲的《长河》对婚丧习俗的详细描写，叶梅的《五月飞蛾》对土家族哭嫁习俗

---

① [美] 赫姆林·加兰：《破碎的偶像》，载《美国作家论文学》，刘保瑞译，生活·读书·新知三联书店1984年版，第84—85页。

的描写，符玉珍的《年饭》讲述了海南黎家春节吃糯米炖鸡肉的风俗，梅卓的《太阳部落》对高原民风习俗的描写等，都是书写边地文化意蕴的典型文本，具有鲜明的地域空间建构意义。仡佬族作家肖勤的小说《丹砂》不仅写了丹砂在仡佬族人生活中的重要性，更对仡佬族的文化心态进行了剖析，作者描绘了独具特色的民族风俗，极力呈现出一幅仡佬族的神秘画卷。文中所写的丹砂随葬、山歌传情、冲傩驱魔等情节，都是极富民族特色的活动，充满神秘与奇异色彩。奶奶临终前因为没有丹砂陪葬，怕在通往冥界的路上，没有丹砂的指引会掉到河里，向堂祖公索要丹砂，堂祖公只想自己留着丹砂陪葬。仡佬族人相信，丹砂可以照亮一切的黑。即便是通往冥界的逝者，也得靠丹砂的指引才能到达。

少数民族女性文学的文化意蕴，对民间文化风俗及其文化传统的多角度、多侧面的描写，其实就是少数民族女性文学在全球化语境中的一种文化传承方式。或者说，她们作品体现出一种对地方性知识的书写，其实是一种文化传统的文本化行为，是一种中华文化传承的呈现。"由于民族地区的地方性知识形成很大程度建立在少数民族本能生存的基础上，所以在进行知识传递的过程中，基本上以口头传播或者历史记忆等非正式形式为主。"[①] 少数民族女作家，作为本民族的精英群体，通过其文学作品实现对民族地方性知识的继承与传递。

二 中华文化传统与女性书写

各民族共同创造的中华文化蕴含着中华民族的精神，表征了中华民族悠久文明的历史脉络，陶冶着中华民族的高尚情操。中国的传统文化，自古以来强调的是和谐，是德行；在现代中国文学创作中，贯穿着弘扬民族魂、积极阐发中华文化精神的传统。爱国主义是中华民族最深厚的精神传统。从卓文君、李清照、秋瑾这些杰出的女性身上，体现的是中国传统中的女杰文化，成为中国女性文学发展的内生动力。

从中华人民共和国成立到21世纪的前20年，中国女性文学进入一

---

① 任勇：《公民教育与认同序列重构》，中央编译出版社2015年版，第176页。

个新的发展阶段,从私人空间走向开阔的社会现实空间,更为关注女性精神本质的存在,在对历史与现实的叙事中,思考人类的生存状态与生命形态。特别是新世纪少数民族女性文学的发展,呈现出开阔的写作视野,不同民族的女作家以历史的自觉不断向本民族历史文化传统掘进,挖掘深层的中华文化意蕴,在日常化的书写中深刻触及精神生态,抒发对生活经验的反思,坚定更高的精神境界,成为自觉的创作诉求,充满着知识分子视野和人文情怀,构筑更具社会性别意识的女性写作范式。

在第七届骏马奖获奖的长篇小说中,朝鲜族女性作家李惠善的《红蝴蝶》吸吮着传统文化的营养,立足于个体生命,着眼于对内心与精神的寻找。小说通过对主人公敏秀儿童时期的创伤经验来审视她一生的悲剧经历。在敏秀梦里不断出现的那只"红蝴蝶",是其精神创伤的表征,也是其努力超越却始终无法摆脱的命运。"红蝴蝶"的意象通过精神分析学的"恋母情结"及潜意识欲望,经由经验与记忆和固定的疆域与文化系统幻化出来。李惠善是朝鲜族知名女作家,她的创作具有独特的视角,与中华文化传统有着天然的内在联系,形成了特有的创作姿态。

第八届骏马奖中短篇小说集获奖作品,土家族作家叶梅的《五月飞蛾》,体现出叶梅始终坚持对中华文化精神的探求。小说刻画的是三峡地区农民进城后的种种生活状态,在农村文化和城市文化的差异、碰撞与交融中,描写了三峡地区的新时代新生活。小说较深刻地写出了在剧烈的社会变革时期农村人群的生存状态,通过对其父辈们生活的描写,揭示黄河文化和长江三峡文化的撞击和融合。小说尤其对于社会弱势群体的女性生存处境和命运际遇给予了特别的关注。"全文充溢着一种昂扬向上的精神,一种理想对现实不能超越的战斗精神,一种永不妥协永不言败的叛逆精神。我们看到的不是二妹在现实的烈焰中化为灰烬,而是一只盲目幼稚的飞蛾在一次次碰壁之后日渐成熟清醒坚强有力,终于找到了真正的光明所在,并且蓄势待发,终将一飞冲天。"[①]作为一位心怀梦想的作家,叶梅离故乡越远,反而对故乡的文化历史产

[①] 毛正天、陈祥波:《叶梅〈五月飞蛾〉浅析》,《当代文坛》2004年第2期。

生更加亲密的感情。她的创作思想和文化价值取向体现出对中华文化传统所蕴含的美德的发掘与书写，充满了女性经验的丰富性。叶梅的作品善于捕捉时代的新意，折射一代人的命运和情感经历，传递出既对本民族人性美、人情美的赞颂，又对中华儿女昂扬向上精神的追寻。

少数民族女作家在传统与现代之间的选择和历史整合，蕴含着典型的文化精神。在文化传统与女性书写的历史变迁中，她们的创作体现出不同民族的女作家如何从传统文化中汲取思想资源和文学激情，带着女性的温情透视民族文化精神深层内涵，呈现出质朴的风格。

第九届骏马奖获奖的散文集，满族作家格致的《从容起舞》，从女性"视角"和个人经验出发，立足于生命感悟，着重挖掘个人的经历与生命的"痛感"，关注女性生活敏感点，书写关于"女性成长""女性疼痛"的女性经验和情感等话题，展示自我内在的对女性命运的质询与探索，在对传统文化的遥望中触及当代女性内心深处的最难以言表的困惑。作者从自我对生活的看法理解历史，从女性的文化立场感悟"民族荣辱感"，在对满族文化的追寻中，流露出隐约的、淡淡的感伤。格致在对女性日常生活的书写中认识与思考世界本质、生活本质，在传统文化的长河中寻找女性精神的力量，力图通过挖掘个人经验探索人类公共经验，她的审美价值取向充满道德关怀，引发对民族文化与人类文明之间关系的深层思考。

古典题材是朝鲜族女作家金仁顺擅长的一个创作领域，这跟她的民族性和情感深处的心灵追寻息息相关。《春香传》是朝鲜族民众中口耳相传，流传甚广的有关"才子佳人、有情人终成眷属"的一个民间故事。第十届骏马奖获奖长篇小说朝鲜族金仁顺的《春香》，以本民族传统文化为创作的支撑点，以民族精神为创作的文化价值取向，从这两方面阐述了《春香》对《春香传》的传承。作者在重新书写文学经典中探寻本民族的文化、历史、心理，充分展示出对朝鲜族历史的熟稔与掌握，对朝鲜民族的独特情结，以及对朝鲜族古典文化独特的审美视角。小说以女性独有的灵性吸收传统文化的营养，经由自身的感悟和经历，将女性的现代理念融入民间传说中，"又以别样的民族化的形式，将现代的人物情感在朝鲜民族的历史背景里的演绎,从而表达一种反历史意识的态度"[1]。

正因远离故乡,乡愁的体验在回望中愈加强烈。对于长期生活在汉语环境中的金仁顺而言,《春香》是她的特殊的回乡之路。金仁顺用小说《春香》来隐喻自我的真实情感,那里拥有着她的日常喜怒哀乐,她的文字传递出了深刻的精神思考与道德温暖。[2] 小说绘制出独特而鲜明的朝鲜族审美特征,如朝鲜族的说唱文化、等级文化,这些民间文化形态充满着浓郁的传统文化气息,强调传统精神信仰与现代世俗社会的对话,在对历史文化的观照中展现本民族理性与忍耐精神,触摸传统文化的灵魂,在对民族传统文化的女性书写中继承着一种民族精神,在回望传统中又超越传统。

不同风格,不同民族女作家的创作,从女性本体出发,在悠久的文化传统记忆中找寻回归精神家园的路径,从传统文化中发掘对人性美好和精神圣洁的向往与书写,在文化传统与女性书写的历史变迁中,探寻当代女性生命本源,探究本民族文化群落的生态与底蕴,收获仁爱心性,坚守价值,追求精神的高度,体现出中华民族兼容并包的传统和时空融会、古今贯穿的整体意识;体现在她们作品中的文化自觉与文学自信,是对现代文化时空与世界格局的一种体认。

当代少数民族女作家的写作在传统与现代之间的选择和历史整合中蕴含的典型的文化精神,在历史和时代的整体流变中,充分揭示女性经验的人类共同性与审美价值。对中华文化优秀精神的弘扬,透露自然的光芒和心灵烛照的光泽,形成作品的气象,传递给读者生生不息的力量,体现着"文化中国"的历史源流。

三 女性视角与文化立场

在当代少数民族文学从社会意识形态向审美意识形态转变过程中,

---

[1] 夏振影:《论金仁顺的古典题材小说创作》,硕士学位论文,东北师范大学,2009年。
[2] 董喜阳:《金仁顺和小说〈春香〉里的隐迷世界》,新浪博客:http://blog.sina.com.cn/s/blog_ 506c6d580102e8db.html,2012年11月14日。

女作家以独特的叙事方式表达了女性的立场。关注时代变迁中女性的命运和女性个体在不同历史时期的境遇体验，以及女性在文化发展中的身份与位置。

对女性命运的关注，最初表现在描写少数民族女性成长历程的小说中。佤族女作家董秀英的小说《马桑部落的三代女人》以自传性的叙述方式，描写传统文化中的落后愚昧的思想对女性的压制，表达了追求自由的强烈诉求。小说从女性解放的视角展示了祖母、母亲两代佤族女性漫长的苦难史和宿命般的命运，重压在老一辈女性身上的不仅仅有沉重的体力劳动，还有陈旧落后的观念束缚和更多无可奈何的忍辱负重。社会的解放使年青一代的佤族姑娘妮拉获得了受教育的机会，成了部落里第一个进城读书的女性。知识的获得给了妮拉打开新生活大门的力量，乐观坚强的妮拉成为转型期佤族女性形象的代表。在现代女性人物画廊中，接受新知识的女性是最早觉醒的。而对于妮拉的觉醒，作者更多的是从社会层面进行关注，女性的解放与展现时代风貌相结合，这也是民族国家认同感的一种表现。

在白族古老的民俗中，如果在火把节不染红手指的女人，将被视为不贞洁。景宜《谁有美丽的红指甲》中的渔家姑娘白姐，是当地最美的姑娘，也是火把节上从不染红指甲的与众不同的女人。她受新思想的影响，对自由、理想的爱情充满了渴望。但是在当时的双月岛，落后的道德观念依旧根深蒂固。当新时期女性意识的苏醒遭遇传统婚恋观，面对严酷的现实，反叛的白姐无可奈何地经历了爱情幻灭的痛苦。她勇敢的抗争因为阿黑的妥协而告终，最后白姐选择以"离开"的方式表达自己的不屈服。她嫁到梅里雪山，去重建自己的生活。与董秀英笔下的女性形象相比，景宜对于女性命运的思考更为复杂，她的笔触更多地深入女性的内心深处，探索作为女性的生命本体的情感起伏，在白姐的身上注入了景宜作为女性的个人体悟。白姐对爱情坦荡率真的追求，是对羁束女性向往美好自由情感的旧观念的挑战。作者在对时代、社会文化、白族传统道德价值观的深刻反思中，更多地表达了女性对自由人格的渴望，触及对女性生命本体的探索。从这一变化可以看出，少数民族女作家从对社会层面的关注，到注重女性经验的书写，增强了女性自身的主体意识。而为了摆脱旧道德的束缚，女作家笔下的女主人公不约而同地选择以"出走"的方式走向新的生活，这一选择呈现出与新时期女性主义文学的相似性体验。

女性的变迁反映着历史的变迁，从女性的生命体验揭示潜藏于历史深层的脉动，少数民族女作家的笔触不约而同地指向了传统的陈规陋习，在文明与愚昧的冲突中反思女性的解放历程。达斡尔族女作家阿凤的短篇小说《咳，女人》体现出明显的女性意识。作品塑造了一位渴望实现自我价值的达斡尔族女性——"妻子"。在她的身上难能可贵地具有现代女性大胆追求自信自立的特质，展示出达斡尔族女性在自我解放的道路上迈出了历史性的一步。阿凤通过对达斡尔族女性生存命运与灵魂的持续关注，用创作开启了女性自审的思想空间。

"亲上加亲"是彝族传统婚姻的陋习，不自由的婚姻是带给女性的最大的不幸。彝族女作家阿蕾的小说集《嫂子》用彝文写就。小说中的嫂子是一位勤劳朴实、俊俏智慧的彝家妇女。在男尊女卑的彝族传统中，嫂子和沙玛拉惹的"婚外情"遭遇到了残酷的逼迫，无处藏身，最后不得不选择以古老的殉情方式，作为爱情自由的悲剧归宿。这种带有浓郁悲剧色彩的选择，是对彝族传统包办婚姻和彝族女性不公平地位的勇敢挑战。作者对嫂子不幸的命运寄予了深切的同情，对于彝族女性现实的生存处境和未来发展进行了思考。阿蕾对于彝族女性命运的思考，展示出来的不仅是具体的精神上的痛苦，也是一种抽象的、文化意义上的象征式思想困惑。

在情爱纠葛中书写女性，通过女性特有的生存体验考察社会时代的变迁，少数民族女作家的小说既承接了"五四"个性解放的主题，也体现出 20 世纪 80 年代文化启蒙对她们的影响。叶梅的《五月飞蛾》展示了一个女人与一个时代的关系。走进新时代的二妹，踏出了一条从认识城市、认识自我到寻找自我价值意义的足迹。二妹在寻求现代生活方式中所经历的种种感伤，是走出民族地区的乡村迈向远方都市的女性命运的普遍写照，是白姐、妻子、嫂子在时代发展过程中的延续性展示。

二妹的身上体现出了作为女性的主体意识的增强,对爱情主动把握能力的增强,同时在对身边其他人的帮助中展示出女性在寻求自强自立道路上所达到的新高度。

更为年青一代的女作家陶丽群、鲁娟、马金莲,她们在新的历史维度中思考女性的命运,思考传统女性角色的分化和女性新文化角色的形成,为女性身份意义进行重新定位,在女性意识上具有多重内蕴。"女性以及土地"是壮族女作家陶丽群持续深入的创作主题。她的中短篇小说《母亲的岛》描写了一位"出走"的母亲形象。一向恭顺的母亲在五十知天命的时候,本该享受天伦之乐,却意外地独自离家出走了,为的是要冲破"母亲天生就是为丈夫和孩子而存在"的母性神话和角色束缚。"我"的母亲也因被拐到村子里而嫁给父亲,生下了"我"和三位哥哥。然而母亲在家里的地位很低。"在我的印象中,我从没见过母亲有任何关于她自身的决定,仿佛她是一件东西,属于这个家里的任何一个人,唯独不属于她自己。"① 在一次晚饭时,母亲提出要出去住一阵子,但"我们"仿佛都不当回事。之后,母亲真的离开家,搬到我们家的毛竹岛上的小木屋。毛竹岛与我们村隔着宽三十多米的河流,但是"我们"与母亲内心深处的距离却无法计算,对于母亲的这一举动"我们"很是不解。作为亲人,"我"和哥哥们甚至是父亲,似乎从来没有在乎或者考虑过她的想法。邻居家的玉姑同母亲一样,也是被拐卖来的女人,在她们的交谈中可以听出并不地道的本地话中多多少少夹杂着出生地的调子。最令"我"不解的是在她们家长里短的聊天中,"我"时常看到她们俩突然莫名其妙沉默下来,各自脸上带着的落寞神情,好像沉浸在某种冥想里,在被某种声音惊醒时惊慌失措地回神,在对望中又彼此错开目光,像是在回避什么。长久以来,母亲是孤独的、沉默的、落寞的,走出家庭的母亲通过种菜养鸭子走进了社会,获得了自强自立的生活本领。母亲用出走的方式反抗传统观念赋予女性无谓的自我牺牲精神,寻找生命个体的价值。在她的身上呈现了当代壮族女性

---

① 陶丽群:《母亲的岛》,广西人民出版社2015年版,第1页。

朴实坚韧、勇敢独立的生命张力。在《母亲的岛》中，我们惊喜地看到了"娜拉出走以后"的第三种可能：母亲将鸭子卖掉，得到一笔不菲的回报，"我"在她眼里看到了泪水。母亲在实现经济独立之后便离开了。在小说开放式的结局中，父亲在母亲走后便搬到岛上，时不时地把母亲的衣服翻出来晾晒，仿佛母亲只是出了趟远门，并没有离开。从母亲离开家庭开始，"我们"才明白母亲之于家的现实意义。女性作为家庭里不可或缺的一方，同时也是属于人格独立的一方，她们的话语权应该受到尊重。陶丽群在思考当代女性生存困境时，为"娜拉"们构建了一条新的出路。母亲毅然选择离开家庭独自到毛竹岛上生活，她敢于反抗家庭对她的禁锢，体现了其思想上的独立；母亲通过饲养鸭子的劳动，依靠卖鸭子挣钱，体现了她努力实现经济独立的决心。陶丽群通过"母亲"这一形象反映了新时代女性的出路应该是实现思想和经济上的双重独立。

马金莲的小说《长河》以春夏秋冬四个季节为线索，连接起了四个女性关于死亡的故事："秋"是年轻夫妻的死亡，"春"是幼时伙伴的死亡，"夏"是瘫痪在床的母亲的死亡，"冬"是村中长者的死亡。小说以朴实的文风、平静的笔调叙述着对于死亡的理解，传递着女性在历经风霜中日积月累的生命体验和韧性："我们来到世上，最后不管以何种方式离开世界，其意义都是一样的，那就是死亡。村庄里的人，以一种宁静大美的心态迎送着死亡。死亡是洁净的，崇高的。"[1] 作者从女性的立场直视死亡，在发现女性心灵秘密的同时，感悟人类的生命体验，在文化层面深度思考死亡的终极意义，流露出一份坦然的面对和绵延不绝的精神气韵，这是来自于女性特有的生命感悟。

彝族女作家鲁娟的诗歌集《好时光》，流淌着丰盈的彝族文化和大凉山美丽的自然风光。高高的山岗、蜜一样的母语、云朵倒映的大地、草原上的绵羊和野花，构成她作品中如诗如画的彝族风光和充满阳光的女性生命和谐美好。"好时光"在女诗人多维度、多层面的穿透中，以女性独特的个

---

[1] 马金莲：《长河》，《民族文学》2013年第9期。

体经验为基础而延伸,表征着现代社会女性身份的变化,重新阐释了当代彝族女性的历史地位,展示出当代女性生命气象的千姿百态。

中华多民族文化通过当代少数民族女作家笔下一个个丰富的女性生命而洋溢着绚丽的色彩。当代少数民族女性文学对本民族女性命运的思考,与当代中华民族所有女性命运的历史相融合,显现出鲜明的女性意识、富于张力的女性话语和多元的审美特征。她们在对女性命运的思考中,自觉地从时代发展的角度观照女性,在个体经验的基础上传达人类共同的普遍经验,体现出一种多维度、多层次的女性文化立场。蕴含在女性文化立场中的体悟与追求内化到文学中,成为当代文学与文化不可或缺的精神资源,为中华民族共同体意识的文化发展注入了鲜活的生命力。

第二节 女性叙事的时间与空间

辩证唯物主义认为,时间和空间是宇宙万物运动存在的基本形式。空间叙事是少数民族女作家创作的一个重要的特征。文学作品构造的故事本质上都具有空间性,任何地方都存在于特定的空间中,任何空间都包含着地方文化的差异。列斐伏尔在《空间生产》中,分析了物质、精神、社会三种空间。"空间"最初的意义是指几何学层面的一片空旷区域,随着空间理论的发展,建筑的空间、造型的空间、文学的空间、艺术的空间等,一切皆可是空间。空间的实践已突入社会生活的方方面面,文学作品中的空间叙事包含着丰富的文化内涵。少数民族女作家作品的空间叙事涵盖的范围较广,叙事风格独特并且对作品主题的阐述有着十分深远的意义。特定的空间与特定民族的文化是血脉相通的,空间是文化的寄寓体,文化是空间的表征者。文化的空间性与空间的文化性就像一枚硬币的两面。或言之,任何民族的文化都蕴藏在特定的空间景观之中,空间景观其实是文化的承载者、维系者,空间景观不能被当作"所见的"外在客体,而是"见的方式",是人类的一种文化实践和劳动的产物。巴什拉在《空间诗学》中说:"他们会教导我们说,永恒是目前的静止，也就是哲学学派所说的时间凝固；但他们或任何别人对此并不理解，正如不理解无限广阔的地方是空间的凝固一样。"① 在少数民族女性文学创作中，着力追求一种空间化的美学效果，通过空间并置打破线性静态叙事模式，将文化、时间、空间融入女性叙事文本中。在获骏马奖的女作家作品中，通过家屋与庭院的书写展现出女性叙事的时间与空间意识。家屋与庭院作为人们栖居的空间物质性载体，表现出屋与人、物与我内在关系上的和谐统一的文化精神。

一 家文化的空间叙事

存在主义哲学家海德格尔在《筑·居·思》一文中提出"天地人神"的思想，就是"天人合一""人地和谐"的精神。家屋是人类思维、记忆与梦想的最伟大的整合力量之一，"在人类的生命中，家屋尽力把偶然事故推到一旁，无时无刻不在维护延续性。如果没有家屋，人就如同失根浮萍。家屋为人抵御天上的风暴和人生的风暴。它既是身体，又是灵魂，是人类存在的最初世界"②。生命在家屋的温暖空间中展开，置放着存有者与生俱来的幸福状态。"定居是人类存在的基本特征"，"建筑的本质是让人安居下来"③。女性主义学者提出居所和人地关系对于性别气质的社会建构有着举足轻重的作用，因为它是一切日常生活得以展开的必不可少的物质基础。④ "男人可以建筑许多房屋，但不能创造一个家。"⑤ 女性与空间的特殊联系使女性写作充满了对更为广泛的差别或地方性话语的发现与书写的可能。

---

① [法] 加斯东·巴什拉：《空间诗学》，龚卓军、王静慧译，世界图书出版公司北京公司2017年版，第31页。
② [法] 玛·杜拉：《物质生活》，王道乾译，百花文艺出版社1997年版，第57页。
③ [美] 卡斯腾·哈里斯：《建筑的伦理功能》，申嘉、陈朝晖译，华夏出版社2001年版，第150页。
④ 参见周培勤《社会性别视角下的人地关系——国外女性主义地理学研究进展和启示》，《人文地理》2014年第3期。
⑤ [美] 卡斯腾·哈里斯：《建筑的伦理功能》，申嘉、陈朝晖译，华夏出版社2001年版，第150页。

在获骏马奖的女作家作品中，家文化通过"老屋""旧屋"这一意象载体表现出来。老屋作为一种物理维度的物质存在，往往承载着作家美好的童年记忆，在少数民族女作家的心中老屋是一个特殊的地方，是直面内心的空间。这样一个承载着文化意义的空间，意味着对传统家文化的传承。老屋是她们记忆中永恒的存在，它不仅仅是日常生活中家庭成员活动的空间，还凝聚了传统家文化的内涵。家文化实质上是民族文化乃至国家文化的重要精神支柱，没有家文化的传承，中华民族将缺少一种凝聚力。在少数民族女作家的笔下，老屋是家文化得以产生的神圣空间。尽管老屋是如此的简陋，没有舒适的环境，却是作家精神的家园，是作家在此后的人生里，隐藏在岁月深处的永远的家园。老屋是家庭成员维系家族情感与血缘关系的唯一纽带。作家对老屋的描述，对日常生活或生活事项的具体展示，深层意义上是对地方文化的归属和认同。在她们看来，只有在这一融入了她们生命与呼吸的文化空间内，她们才能获得心灵的宁静与安逸、灵魂的归属与皈依。在这里，文本中的建筑空间已不再是简单的空间场景，而是文化空间，是被少数民族女作家意识形态投射后的价值空间，蕴含着她们的"记忆痕迹"。苏莉的散文《旧屋》，梁琴的散文《通腿儿》《老屋》，雷子的诗歌《老屋》等，在这些作品中叙述者都与老屋有一段特殊的情感联系，每个人都在老屋中隐藏着自己心灵的秘密，每个老屋都谱写着和谐的生活乐章。这些居住过的房子，是作家们情感的归属地，因而产生一种强烈的恋地情结。段义孚在《恋地情结》一书中研究了人与地方之间情感上的联系，强调感知环境的方法。由此可见，作家对老屋的珍视是发自内心的，因为对她们来说，老屋贮藏着丰富的情感记忆，意义深远。

内蒙古达斡尔族女作家苏莉的散文《旧屋》，写了对童年家庭生活和奶奶的怀念。"能够浮泛在我记忆中最初的家是有许多栅栏的，有鸡和牛。之所以记得这些是因为母鸡一叫我便会噔噔地跑出去拿了鸡蛋丢进大锅里，不管生没生火有没有水。"[①] 苏莉对于这个家的记忆总是一

---

① 苏莉：《旧屋》，作家出版社2000年版，第3页。

番宁和又充满了阳光的样子，是那种所有人都上班之后，充盈的宁静气韵，老屋是记忆里最温馨的家。奶奶去世以后，"我们"搬了新家，新家虽然是舅舅家住过的房子但比旧家美观，土墙外面贴上了红砖，木栅栏也换成了砖墙，但是，没有人能和"我"说达斡尔语，"我"丢弃了自己的达斡尔族母语，缺少了本民族归属感，也因此变得愈加孤单和忧郁。家文化是一个家庭在世化承续过程中形成和发展起来的，在苏莉的作品中，家文化与民族文化相融共生，表现了一个达斡尔族家庭和谐的文化氛围。"我"经常回忆老屋的生活，随着老屋的消逝"我"仿佛看到了本民族文化日渐消逝的命运。事实上，苏莉散文中老屋意象具有这样一种功能，它以自己消逝的命运，象征着对本民族文化追思之感。而这个达斡尔族家庭的文化随着旧屋变成新屋而生发出新的意义。妈妈把新家修修整整，"最后的格局定为：南面一铺完整的炕，北面半铺有遮挡的梁子，住着姐姐。墙上零零落落挂着几乎每个人所有的照片、镜子、玻璃画还有晒干的菜，装着吃食的小篮子，墙缝里偶尔藏着秘密的东西"①。这是一个有着东北地区建筑特征的房屋，这个家接待了知青的入住，母亲对知青关怀备至，知青与"我们"家产生了深厚的感情，这里成了所有人的家。家文化也不再单纯是个体生活方式的呈现，而更具有了面向世界的博大宽容的精神境界。

江西女作家梁琴的散文集《回眸》中的《通腿儿》和《老屋》描写了自己少年时期的老屋的情况。

> 我家的老屋是那种旧式板壁房（外公给母亲的陪嫁）。进门一个堂屋。堂屋中间摆一张油亮的黑桌子。左边一条仄仄的通道，后面是一个长方形天井。堂屋的其余部分则用薄板隔出一间房。
>
> 通道与天井之间，有两扇门，那门白天总是敞开着，右手的一扇刚好掩住了楼梯口。
>
> 大门是一块一块厚实的木板拼成的。当然住家不是店铺，用不

---

① 苏莉：《旧屋》，作家出版社2000年版，第10页。

着把一块块门板编号,卸上卸下的。

  我家孩子多。楼上的一间大姐占了,楼下的有父母、小妹,我们只有睡堂屋的份。

  堂屋里放两张竹板床,我和三姐一张,三哥和大哥一张。过冬时一扎扎稻草铺厚些。①

  梁琴描述的老屋很显然与苏莉的东北特色的房屋布局不同,房屋内有天井有堂屋,这是具有江西特色的建筑。家文化是建立在家庭物质生活基础上的家庭精神生活和伦理生活的文化体现,既是衣、食、住、行等物质生活的体现,也是爱情生活、伦理道德、人格品质等精神世界的体现。梁琴笔下的母亲在民族身份和世俗身份的差异下,仍然坚定地嫁给了父亲,在一个旧屋中构建了两人的小家庭。"这个房间是一种现实也是一种象征"②,是女性追求自由爱情、追求人格平等的象征之物,具有了深长的象征意味和符号特征。母亲在"我"十二岁那年,最终长眠在回民公墓的群山怀抱中。"一幢老屋,绵延着一个家族的血脉。一方泥土,深埋着两代人恩恩怨怨的故事……"③ 同样是老屋,尽管东北的房屋和南方江西的房屋有着不同的建筑风格,但它们所承载的文化功能是相同的。"老屋"的意象经过作家对种种具象的描述,已经不再是一件实存的客观建筑物,而是一种想象性的象征物。最朴素的空间盛载着最亲近的伦理亲情,老屋的消失意味着这种亲情与文化成为记忆中的一种存在。

  中国家文化的形成可以追溯到远古时期,由血缘关系组成的氏族部落便是"家"的雏形,经过漫长的历史发展,形成了影响深远的家文化体系。对于汉字"家"可理解为山洞的形象,也可以进一步理解为房屋。家屋是人一生的出生地和停泊地,在巴什拉看来,童年的家屋意

---

  ① 梁琴:《回眸》,百花文艺出版社1994年版,第129—130页。
  ② [法]西蒙·德·波伏娃:《妇女与创造力》,载张京媛主编《当代女性主义文学批评》,北京大学出版社1992年版,第144页。
  ③ 梁琴:《回眸》,百花文艺出版社1994年版,第134页。

味着栖身在过去的时光里,走进家屋就是走进无可记忆的世界,人们通过所居住的空间在记忆中找到熟悉的对应情感,并获得认同与归属感。老屋不仅是作家情感的归宿,在深层意义上来讲,作家对老屋的依恋,是对传统家文化的传承与弘扬。"家"在中国文化中占有极其重要的地位,这也是中华民族与中国文化最重要的特点。在长期的历史发展中,中国人形成了重视血缘关系的文化观念,具有刻骨铭心的家庭观念。家屋意味着两性的和谐相处,男性可以建造"屋",而"屋"有了女性才称其为"家",在这样一种和谐的"家"的创造中,文化才得以传承。家文化意味着家庭长辈的言传身教,以及家庭成员对美好精神的世代传承。苏莉对奶奶教会她达斡尔语的怀念、梁琴对母亲勇敢追求爱情精神的敬佩,这些美好的精神品质是家庭智慧所在,也是她们在作品中所传承和弘扬的一种家文化的精神。而老屋正是家庭长辈生活价值的体现,作家对老屋的怀念和书写,既是一种文化的追忆,也是少数民族女作家对于中华文化美德的认同。

二 庭院文化的时间叙事

我国庭院建筑的美不仅在于它美丽的外形设计和装饰,更在于它有丰富的文化内涵。中国传统庭院设计是建筑文化中一道亮丽的风景,庭院中枝繁叶茂的绿树,争枝鸣叫的鸟儿,姹紫嫣红的花朵构成庭院独特的景观。庭院内种植的大量花草树木,白天在阳光的照射下可产生大量的活氧,使得居住在这一空间的居民身体健康、智慧提升。庭院是我国人居的最高境界,它既是一个物质空间也是一个精神空间。庭院承载的传统文化有着顽强的生命力,它不受时代变迁的影响,从农耕时代到现代社会,每个时代都给庭院文化注入新鲜的活力。人类的居所经历了从穴居、巢居、半穴居到地面居住的过程。人类在漫长的居住环境发展过程中,对建筑的要求也越来越多样,从最初满足遮风挡雨、生活起居的物质要求,到满足人的居住心理、生活审美等方面的精神需要,建筑已成为物质与精神、空间与时间融为一体的具有审美意义的特殊场所。庭院在传统建筑中是以单体建筑为单位组成的群体建筑,在古今各民族的建筑中,如宫廷、庙宇、寺院、庄园等都属庭院式建筑群。尽管由于各民族所处之地的风俗不同、地理环境不同，决定了各地建筑的丰富性和复杂性，其形状和规模有大有小，建筑材料和框架结构都有巨大的差异，但这些庭院式建筑都充满着重和谐、求安定的传统精神，体现出我国各民族顾大局、识大体的文化精神。由屋宇、围墙、走廊围合而成的封闭空间，能够营造出宁静、安详的生活环境，体现出以人为本的传统文化精神。

在骏马奖获奖女作家作品中，庭院作为人物故事发生的现实空间场域，同样有着深层的文化隐喻。故事中的人物由于长期生活于庭院之中，渐渐产生了对庭院的依恋之感，这种依恋不是轻易形成的，而是在时间的长河中慢慢淘洗而出的。空间的叙事意义不仅仅为故事的发生提供场所，还承载着深层的文化内涵，有着明显的隐喻性特征。我国传统建筑的庭院一般是由单体建筑组合而成的建筑组群，如《盂兰变》中的宫院、《穆斯林的葬礼》中的四合院、《春香》中的"香榭"等，凝聚着传统的美学韵味、时空观念、生活方式。庭院有了一种关于时间的隐喻，正如普鲁斯特认为盖尔芒特存在的种种不过是"时间"的外形，盖尔芒特的那些古堡、塔楼、教堂等这些事物的形式"以永远不变的方式使时间在其他事物之间延绵承续"[①]。关于盖尔芒特他写道："我在盖尔芒特想找的东西并没有找到。我找到的是别的东西。那就是盖尔芒特的美，那就是：已经逝去、已经不存的多少世纪在那里仿佛还在，因为，在那里，时间凝聚在空间形式上分明可见。当人们从左侧走进那里的教堂，可以看到那里有三、四座与其他尖形拱顶不同的圆形拱顶，只是这种圆形拱顶后来在修建时把它砌入墙内嵌在石壁中不见了。""人们在这里可以感受到时间经过的历程，仿佛往古的记忆在我们思想上又行复现。这不是对我们生活往事的怀念，而是对过去许多世纪的回忆。"[②]

[①] ［法］马赛尔·普鲁斯特：《驳圣伯夫》，王道乾译，百花洲文艺出版社2010年版，第220页。

[②] ［法］马赛尔·普鲁斯特：《驳圣伯夫》，王道乾译，百花洲文艺出版社2010年版，第218页。

普鲁斯特的描写完美地打破了时间与空间的界限,在空间中表现出时间的意义。外祖母喜欢那些建筑的粗犷之美,对着那些建筑物上磨损的古老岩石多情地笑着。"她在某些建筑物上发现类似的美质,在不知不觉中把它提到另一个层次的高度,一个比我们实际生活更高的真实高度,她是这样感受的。"① 建筑空间意味着凝固的时间。

朝鲜族女作家金仁顺的长篇小说《春香》中气派豪华的园林式宅邸香榭,是翰林按察副使大人用药师李奎景的五间草房改建的,"二十间宽敞的房间分成前后两个院落,组成一个汉字中的'用'字体系,宅邸敞口的部分面向大门,四周是三倍于宅邸的花园"②。在香榭,翰林按察副使大人与药师的女儿相爱。在他来看,"香榭不是用一木一石搭起来的","它是用我们的爱情搭建起来的"③。"在新居的日子,他每天坐在木廊台上读书或者盘膝静坐,看庭院中的木槿花朝开暮落。"④ 香榭有着时空交融的意味,四季晨昏与实体空间相交错,营造出时空永续、四季轮回的生命体验感。小说的结尾写道:"天气好的午后,我会抽空儿去找香夫人,我们坐在木廊台上,她光着脚,有时我也跟她一样,我们看着鸟儿在树木中间起起落落,满园鲜花像是一块抖落开来的锦罗,在午后或明或暗的光影中间,显示出中国绸缎的质地。"⑤ 从《春香》的深层结构看,香夫人和香榭正是互为指涉和表征的,香榭就是物化的香夫人,香夫人则是香榭的化身。这样一个由作家建构的宅邸,展现了人类存有的垂直纵深。香榭意味着悠长的岁月,富有传统文化的优雅和诗意,这里时间被无限放大,呈现出一种慢悠悠的节奏。"农耕文明的生产生活节奏较缓慢,与自然深刻关联,人们体验四季物候的变化比今日要敏锐得多,由此发展出天人合一的富有诗意的时空审

---

① [法]马赛尔·普鲁斯特:《驳圣伯夫》,王道乾译,百花洲文艺出版社2010年版,第223页。
② 金仁顺:《春香》,时代文艺出版社2014年版,第5页。
③ 金仁顺:《春香》,时代文艺出版社2014年版,第19页。
④ 金仁顺:《春香》,时代文艺出版社2014年版,第17页。
⑤ 金仁顺:《春香》,时代文艺出版社2014年版,第209页。

美观念。"① 小说《春香》借助对朝鲜族民间故事《春香传》的改写，成为女性记忆与精神传承的载体。金仁顺在单薄的民间爱情故事基础上，实现了重新创作，融入了传统文化思想。金仁顺通过小说传承传统的时空审美观，建构了香榭这样一个空灵美幻的"乌托邦"世界。"香榭建在水上，里面种着花花草草，加上水面升腾的雾气，就会有乌托邦的感觉。我想营造的就是这样的一个感觉的建筑物。"② 香榭是个自由的世界，这里可以容纳被世俗社会抛弃的小人物，银吉、小单、金洙都是社会底层人物，却可以在香榭过着自由的生活。春香本可以跟随李梦龙进入贵族社会，但她还是愿意像香夫人一样，在香榭过着自由自在的生活，她更明白自由远比金钱更可贵。

孟晖在《孟兰变》中详细描写了柳才人居住的宫院：

> 在这一片广大的宫殿的西南角，一点点灯火自一处处偏院内的楼堂间亮起，星星点点，似乎随时会被黎明前的轻风吹灭。那是宫娥们为梳妆点起的灯火。他沿着垣壁无声溜下，游过水流溶溶的御沟，片刻间，迷失在一片杨柳与桃李的树林中。那一片荧荧星火，在林梢间隐隐闪现，引他走出荒林。他在一重重垣墙、一道道回廊复道、一座座庭院之间徘徊游走。他所经过的庭院，皆是芳草满庭、花木繁茂、山石颓塌、杳无人迹。最后他望见了她映在素窗上的纤影。凝望她片刻，他轻轻步上绘彩剥落的回廊尽端的廊梯，进入七襄楼二层上的西阁间，来到她面前。③

宜王武玮（李玮）每日均能梦到坐落在山林深处的那一片宫观。梦里时时翻过宫墙，循着记忆中的路径，寻至那位美人的小楼别院。九成宫明彩院七襄楼便是柳才人的起居之处，如此幽深的居所，宜王需要

---

① 谢明洋：《晚清扬州私家园林造园理法研究》，博士学位论文，北京林业大学，2015年。
② 金仁顺：《关于长篇小说〈春香〉的对话》，《作家杂志》2010年第12期。
③ 孟晖：《孟兰变》，南京大学出版社2014年版，第1页。

溜下垣壁、游过御沟、走出荒林、经过庭院、步上回廊、进入西阁间等一系列动作才能走近柳才人的居室,这样幽闭的宫院隐喻了宫廷对青春的锁拘和羁绊。事实上,宫院不仅是柳才人这些后宫女子发挥自己才能的地方,也是她们躲避权力争斗的最后场所。这里"芳草满庭、花木繁茂、山石颓塌、杳无人迹",植物野性地疯长,而人性却被禁锢。岁月苍茫,年华未老,错落的建筑景观,给人曲曲折折的空间感,在这里,空间都在做时间延长的暗示。宫院在作家的笔下往往演绎着最美好的意蕴,女主人公在娴静的时光里过着精致的生活,然而这些无限的时间,也充斥着孤寂的情绪。这个经由人工精心营造的宫院,山水、花木、曲径、游廊共同演绎着古代哲学"天地与我齐一"的思想,四时节律、天地精华都在这个院落里生生不息。在这个封闭的环境中,作家借着这一方天地,感天悟地、体味人生,显示出了被遮蔽的女性经验。在宫院与女性的相互依存中,也彰显出久居深宫的女性坚韧不拔的精神。

建筑空间可以让时间停泊,那些生活和居住过的旧屋可以复原一个人的过去,而那些庭殿楼宇则可以复原一个家族甚至一个时代的过去。时间的味道散落在建筑周围,给建筑增添了无限的美感。蒋勋在《美的沉思》中对建筑的美有着深入的思考:

> "无,名天地之始",老子的话仍使我们动容,它回荡在空无一物的天地中。我们穿过那一次又一次的空间,我们被漫长的廊引带到未可知的世界,我们经由一扇一扇窗的暗示窥探到部分以及部分的外面,我们通过一道一道的门限……那建筑本身从遮蔽风雨的实体转变成一种时间与空间的象征,是"上下四方"的"宇","古往今来"的"宙",而"人"在其中;他在这经纬错综的宇宙中寻找自己的定位;所有可见的部分似乎都只是暂时的假象,而建筑真正的主体是那可供人穿过、停止、迂回的"空白"。[①]

[①] 蒋勋:《美的沉思》,湖南美术出版社2014年版,第243页。

《春香》《盂兰变》某种程度上可以说写的是关于女性的故事，有意味的是，这一切在她们的笔下却是由宅院和宫殿来承载的。这里显示了作家们通过女性的视角和性别的立场来表现发生在这些建筑空间的生活故事。宅院和宫殿在她们笔下表现出了女性的性别气质，作家在日常生活细节描述中，呈现出女性生活日复一日的坚韧。"这样一种品性在历史的宏大叙事中是不为认可的，同样不为认可或被遮蔽的显然还有女性的经验。"① 少数民族女作家的地方意识和女性视角则使她们借由宅院和宫殿这样的空间场所，不仅将被压抑的隐秘的情感显现出来，且重构了这些建筑空间的文化意义。在女性作为一种边缘化存在的时代里，她们的活动范围被限定在狭窄的空间内，她们的创造力更多地体现在日常生活中，无疑也使庭院的日常生活世界得到了更为精彩的呈现。正是在这样的意义上，我们能够更好地理解金仁顺、孟晖对她们笔下女性人物的由衷欣赏。

极具北京特色的四合院是北京文化的一个基点。在北京文化中"四合院"是尊严和地位的象征。霍达在《穆斯林的葬礼》中详细介绍了北京四合院共有的布局和建筑特征。韩子奇购置了四合院"博雅"宅，将原来的"连家铺"内外空间彻底分离。"博雅"宅是一座规整的四合院，"穿过大门的门洞，迎门便是一道影壁"，"影壁和大门之间，是一个狭长的前院，一溜五间南房称为'倒座'"，"后院里东、西厢房各有三间，坐北朝南的是五间上房，抄手游廊把它们连接起来，组成一个四方形……"② 小说中大部分故事都发生在这座规整的四合院中。上房住着韩子奇夫妇，东西厢房分别住着天星和新月兄妹二人，"倒座"则是姑妈的居所。这个传统的四合院格局运用廊和墙把各个房间串联、围隔，各个房间按人物尊卑长幼次序安排使用，这是北京市民的主要居住空间形式。"四合院这种居住方式之所以在中国能如此长久而普遍地

---

① 陈惠芬：《空间、性别与认同——女性写作的"地理学"转向》，《社会科学》2017年第10期。

② 霍达：《穆斯林的葬礼》，北京十月文艺出版社2015年版，第5—6页。

存在，是与中国人的家族观念与传统的社会生活方式密切相关的，它包含了最深厚的中国传统文化中的家庭制度、宗法血缘关系，最能体现传统中国人对家庭生活的理解。"①"博雅"宅这座四合院不仅是北京平民生活的标志，所显现的生活方式和文化精神具有北京传统文化的魂魄："严整刻板而又充满人际依存与人情熨帖。"② 在博雅宅这座四合院里，作家用较大篇幅描绘了婚、丧、嫁、娶等生活习俗，这种京味的建筑空间构成小说独特的地方性背景。小说在描写北京市民的都市心态和生活习俗的深处又多了一层哲学意味。

逐水草而居的游牧民族蒙古族成吉思汗的第二十代传人在辽西朝阳的大凌河畔落脚，在此建立府邸。据传说，1756年尹湛纳希的曾祖随乾隆征讨叛乱，其宅邸被赐封为"忠信府"。此时的忠信府虽然为蒙古族的贵族居所，但是这一地区早已成为农业地区，蒙古人也形成了以农耕为主的生活方式。蒙汉杂居的格局促进了经济文化的交往，忠信府从物质生活到精神文化生活早已融入汉文化因子。尹湛纳希的父亲旺钦巴拉是位擅长诗文、喜欢藏书的学者，贯通儒释道三教。"忠信"是中国传统文化的核心，忠信府在蒙汉文化交流中已形成了一种文化传统。尹湛纳希在文学创作历程中，既继承了蒙古族的文化传统也承续了传统文化的家学相继思想，体现出了农耕时代的"耕读传家"精神。萨仁图娅在报告文学《尹湛纳希》中，从一个文化传承者的视角写了尹湛纳希伟大的一生，以及后人对尹湛纳希的研究历程。萨仁图娅认为："在游牧文化与关东文化，在草原文化与汉文化的交融中，尹湛纳希以其卓绝的思想独立意识与深挚的民族文化情结，固守于传统精神的基础，又拓展于历史的局囿之外。"③ 萨仁图娅详细描述了尹湛纳希家的忠信府及府中的荟芳园。忠信府院子后面有一座花园，名为荟芳园，园内亭轩错落，回廊曲折，绿树红花，群芳争艳。荟芳园对尹湛纳希有着极为重

---

① 邓玉环：《中国当代文学中的"屋"与"人"》，商务印书馆2014年版，第12页。
② 赵园：《北京：城与人》，北京大学出版社2002年版，第93页。
③ 萨仁图娅：《尹湛纳希》，辽宁民族出版社2002年版，第31页。

要的意义,它不仅是日常生活读书之处,更是一个有着深层文化意蕴的空间,它既是遮风避雨的安身之所,又是精神栖息的园地。尹湛纳希在荟芳园的山水花草中得到最大的感动,创作了大量精美的诗篇。荟芳园使尹湛纳希坐享山林之美,这里成为尹湛纳希聚文会友、吟诗育文、话古今大事之地。这样的生活画面,是无数中国传统文人追求的一种理想的生活方式。爱好风雅的文士促使私家园林作为文学交流空间的形成,自然与文人融合的园林,形成了一个思想交汇的文化空间,在空间中文化的激荡流入文学,使得这个文化空间的影响力得以大大地拓展,加深了读者对于这一空间中创作群体的认知,于是文学群体便产生了。这种文学群体的生发,体现了文化的传递性。萨仁图娅写出了尹湛纳希一个开朗的心理空间的审美感受,这种对建筑空间的"深描"式书写,蕴含着中华文化的审美追求。

第三节　女性生命的美学意蕴

自"五四"以来,女作家便开始了对生命意识的叩问,她们的作品展示了女性在历史沉浮中的哀伤与痛楚。可以说,女性文学在长时期的发展中都隐藏着颠覆父权体制的欲望,在对女性生命意识的张扬中表现女性的生命价值。少数民族女性文学在对女性生命意识的探寻中,既承继了人性张扬的一面,又表现出生命之静美的一面。少数民族女作家以其天然的女性敏感,能感受到源自大地深处的心跳与脉动,她们用心灵触摸山川、河流、森林的回响,聆听风声、鸟声、水声的安详,静观草长花开、日升月落的神奇。在中国传统文化中,人与自然往往是相融为一体的,人寓情于自然,自然是人的精神寄托和心灵慰藉之所在。自然环境以及人与自然的关系是地方文化中无法忽略的因素,少数民族的渔猎、游牧、农耕等生产生活方式与自然环境的依赖关系较强,少数民族的生存与自然环境息息相关。少数民族女作家在自然的感召下思考生命的意义,在人与自然的关系中引发关于生命的终极追问,这种追问在创作中表现出对女性生命意识的观照和女性自我生命的关怀。少数民族女作家们在对地方景物的描写中，充满了深层的生命体验，她们的作品记录了一种逶迤而来的生命印迹，从书写草原河流到书写日常民俗，建构了人与自然的生命共同体。

一 生命的故事在流淌

在中国传统文化的观照下，中国哲学具有鲜明的生命哲学特征，其深层意蕴是对现世人生的关注，为现世人生寻找安身立命之所在。尽管道家与儒家在人生终极目的上有着不同的追求，但有两点却是相同的："一是都共同肯定了生命本体的原始意义，都是重视生命的；二是两者都对现世生命的终极性作出了肯定，而排斥了超验的彼岸世界。"[1]《周易》体现出明显的中国传统生命美学特征。《周易·系辞上》说："生生之谓易。""生生"的美学智慧成为中国传统文化精神的重要部分，代代传承下来。至宋代，理学对于生死智慧和审美文化的倾向发展得更为成熟。张载曾说："存，吾顺事；殁，吾宁也。"（《正蒙·乾称》）意为，生时积极有为而处世，死时则安然无所恐惧。这种生命态度和人生修养体现为淡泊宁静的超然。这种传统生命美学思想，潜移默化地影响着中国当代少数民族女作家的创作，她们继承传统文化重视现世生命体验的思想，书写女性内心真实的生命感悟。在骏马奖获奖女作家的散文和诗歌作品中体现得最为明显。少数民族女作家善于呈现真实的生命空间和心灵空间，将艺术与生命真实地统一起来，通过对生命本真的书写传承生命美学意蕴。

在获骏马奖的女作家作品中，有一批散文创作将女性生命的表达作为一个显在的主题，表现出独特的女性心理气质和情感体验。满族女作家格致的散文集《从容起舞：我的人生笔记》从女性视角出发，遥望传统文化，展示女性自我对生命的探寻。赵玫的散文集《以爱心 以沉静》《一本打开的书》以及杜梅的散文集《在北方丢失的童话》等，这

---

[1] 刘方：《中国美学的基本精神及其现代意义》，巴蜀书社2003年版，第165页。

些散文是作家内心最隐秘的经验表达,她们从生活的琐碎事件中抽丝剥茧,将女性对生命最深的感知以个人记忆的形式挖掘出来。作家通过文字将积累的生活经验和情感转化成生命的律动,每个字符都隐含着生命的情感体验。

赵玫对生命的感悟融入对墓地的书写。"不知道从什么时候起,我变得越来越喜欢关于坟墓的描述。"① 她通过对烈士墓的描写表达了对战争和生命的感悟:"清明的烈士墓。像石阶般修筑在山坡上的墓碑。"② 面对欧洲人的坟墓,"我"得到了关于死亡的启示和指引,让"我"慢慢对死亡有了准备,那些雕刻在坟墓上的美丽的图案,使人相信死是美丽的。赵玫在老山前线之行中,看到光秃的山顶上的木棉树,"红色的木棉花怒放在没有叶的枝干上。红得像血。像燃烧的火。然后是无声的坠落"③。赵玫感受到在那种生命同死亡对峙的炮火连天的战场上,生命随时被毁灭的悲壮,那血红的木棉花就是勇士们生命的象征。少数民族女作家对于人与自然界的生命联系把握得更为细腻,她们赋予自然万物以生命,既呈现了自然界的生命活力,也展示了女性自我生命本真的跃动。"从生命意识形成之初始,人类就无时不在为生命的存在而奋斗,人类艺术诞生的源泉和情感动力与人类原始的生命崇拜意识有着密切的联系。生命意识不但使艺术具有能撼动人心的强大内涵张力,也是所有艺术的灵魂住所。"④ 同样,在赵玫的获奖散文集《以爱心 以沉静》和《一本打开的书》中收录的《女儿》《你的栗色鸟》《维也纳森林》《永远的星空》《最后的营地》等散文写了"我"与女儿的故事。"我"独自一人抚养女儿的过程是艰辛的,没有人能代替,不论是冰雪雷电还是刮风下雨,"我"要送她到托儿所、幼儿园,很长时间,没有谁能帮助"我","我"没有哭泣抱怨,坚定地承受着这一份

---

① 赵玫:《一本打开的书》,春风文艺出版社 1994 年版,第 18 页。
② 赵玫:《以爱心 以沉静》,安徽文艺出版社 1991 年版,第 26 页。
③ 赵玫:《以爱心 以沉静》,安徽文艺出版社 1991 年版,第 25 页。
④ 黄晓娟:《生存的渴望与艺术审美的知觉——花山岩画的艺术人类学探析》,《杭州师范学院学报》(社会科学版) 2007 年第 3 期。

命运，慢慢地得到生命的欢愉，送女儿的时候听到林中欢快的鸟鸣，接女儿的时候欣赏见红的落日和变暖的风。她喜欢带女儿去大自然中，感受自然的美好和生命的存在。赵玫通过对女儿爱的表达和对自然的观照，写出了对生命的感悟。

叶广芩的散文集《没有日记的罗敷河》是一部自传性的纪实文本，记录了她在陕西渭河平原罗敷河度过的岁月。罗敷的日子是叶广芩生命中的精粹，是人生中永难忘却的辉煌。当她调回西安从事护士工作后，真真切切地感受到生命的美好与艰难："生命是美好的，生命同样也是艰难的，这是我十余年医务工作的感悟。"[①] 散文家祝勇为满族作家格致的散文集《从容起舞：我的人生笔记》的推荐语写道："格致描述了生活的B面，她善于在日常生活中验证生命的脆弱与无助；喜欢将自己放在绝境里，在冰点中唤醒对生命的欲望。"这些作品充满了鲜明的生命意识，是少数民族女作家内心情感的彰显。

斯普瑞特奈克在《真实之复兴》中用"认知的身体""创造性的宇宙"和"复杂的地方概念"来表现生态女性主义者整体论意义上的生命伦理观。正如学者所言："少数民族作家只有在对个体生命的深切体验之中，才可能真正植根于民族文化的土壤，在现代氛围中表达出有价值的民族意识，在民族文化的特异性中最终寻找人类普泛的记忆和生存的秘密。"[②] 杜梅的散文集《在北方丢失的童话》有7篇是写她早夭的儿子安生的。她从安生的出生写起，一直写到安生的夭折，多次提到她与前夫的矛盾及离异，表现了作家对人生的无奈，对于生命如此脆弱所感到的悲惜。安生短短三年半的生命，是杜梅相依为命的伴儿，是她生命的延续和依恋。"她的伤痛已不止是伤子之痛，而是一种生命之痛，它是原本就深埋在每个人生命之中的，儿子只是一道重重的伤口，使这种生命之痛从切口处迸发而出。"[③]

---

① 叶广芩：《没有日记的罗敷河》，吉林人民出版社1998年版，第213页。
② 丹珍措：《阿来文化心理透视》，《民族文学研究》2003年第4期。
③ 十月杂志社主编：《何时灿烂》，华艺出版社2004年版，第116页。

中国传统文化博大精深源远流长，对宇宙生成的认识和对生命意义的关注深刻影响着中国文化和文学的发展。人在自然中获得生存的智慧，自然也是生命存在的依据，人无法摆脱自然存在。文学和艺术是民族灵魂的映射，在文学的世界，自然是一个有生命意义的世界，作家通过对自然世界和内心世界的文学把握进一步追问生命、生存的意义和价值，通过她们的文学创作，把她们所认识的生命价值和生命意义书写出来并滋养读者。文学担负着文化重构的任务，说到底文学是要有一种对美的追寻，对生活意义的叩问，起到引领人们精神向善的作用。少数民族女作家在经历了色彩斑斓的人生世相和情感的悲欢离合后，体会到了个体生命和时间的有限，在万水千山的历练中充满了对生命的敬畏和感恩。

二　自然生命的诗性存在

海德格尔在《人，诗意地栖居》中认为，人生存的基本特征是学会在地球上找个地方栖居，绝不破坏和污染它，只有诗歌或艺术才能拯救人类，达到人与自然之间的和谐共生，实现诗意救赎。这也是中国传统文化中天人合一的生命哲学的体现，人与自然是完整统一不可分割的一体。中国文化在历史发展中表现出农业文明的特征，人与自然的亲密融贯关系，使作家的创作倾向于对植物的礼赞。自然始终充满着生命的光辉，自然是在人的观照下出场的，自然在与人的交融中被生命照亮。"人们不仅在生存中歌唱自然万物，也在歌唱自然中解释着生命现象，把自身的生命现象与大自然的一棵树、一片云、一只燕子联系起来，自然万物是原始人类图腾崇拜的精神武库。"[①] 在《诗经》中，先人便已书写生命与大地的结缘，反映了人与自然的和谐关系。"桃之夭夭，灼灼其华。之子于归，宜其室家。"（《周南·桃夭》）"野有蔓草，零露漙兮。有美一人，清扬婉兮。"（《郑风·野有蔓草》）桃花、蔓草与楚楚佳人、清扬少女相互映衬，绽放着鲜活的生命之光，触发了人类内心最美好的爱之欢娱。《乐记》载："音之起，由人心生也。人心之动，物

---

① 傅道彬：《中国文学的文化批评》，黑龙江人民出版社2000年版，第10—11页。

使之然。感物而动,故形于声。"人生活在大自然中,自然不仅养育了人的生命和体魄,也陶冶了人的精神,人对自然的歌颂与吟唱,是对自然的回应。《文心雕龙》亦有言:"人禀七情,应物斯感,感物吟志,莫非自然。"涵咏自然、触物生情是我国古代诗歌的传统,延传至今。

自然景物在中国少数民族女性文学中是一道美丽的风景,在地理学意义上自然是客观存在物,但从文化意义上来说,自然是人类文化生成的基础,在人的情感的加持下,自然界生发了更深刻的生命意义。"自然景物作为人类历史发展进程的一个重要因素,它构成了人们生活的环境,对社会经济、民族性格、民风民俗、审美习惯等产生影响。"[1] 少数民族女性也将自然景物作为自己创作中的表现对象,女作家与自然的亲密接触,使她们的情感世界与自然山水的阴晴冷暖有了直接的对应,她们的情感受到自然的影响,作品也刻上了自然环境的印记。

在历届骏马奖评选中,获奖诗歌包括短诗《写在弹坑上》《竹叶声声》《甘孜河——雨季》《草原恋情》《年年花开》,诗集《当暮色渐蓝》《绿梦》《面向阳光》《另一种禅悟》《从秋天到冬天》《雪灼》《我的灵魂写在脸上》《其曼古丽诗选》(维吾尔文)《好时光》《以我命名》等。这些作品的作者来自壮族、水族、蒙古族、俄罗斯族、布依族、彝族、藏族、土家族、羌族、维吾尔族、满族、德昂族12个民族,她们对于自然的观照无不带有作家所在地的地方性特征。辽宁蒙古族萨仁图娅的诗集《暮色渐蓝》带有北方乡村和草原的特色。辽宁满族王雪莹的诗集《我的灵魂写在脸上》以漂移者的身份诉说灵魂之思。四川彝族作家鲁娟的诗集《好时光》中的桃花、桉树、"滋滋濮乌"(彝人祖地现在昭通境内)、"黄茅埂"(常年积雪的一座山)等意象带有四川地理和彝族文化寻踪的意味。《雪灼》《从秋天到冬天》等都带有高原的文化特色。这些诗人以特有地方书写的呈现,传承我国古代诗学传统和生命美学思想,观照茫茫大地的万物生长。自然界的万物在诗人生

---

[1] 车红梅:《北大荒知青文学——地缘文学的另一副面孔》,中国社会科学出版社2012年版,第207页。

命情思的观照下充满着旺盛的生机。从对地理上的草原、河流、雪域的颂歌到植物世界的竹叶、花朵、树木的描写，从时间上的晨昏流转到季节上的四季往复，这些诗作无不将作家生命的感悟融入自然的万事万物中，打造了一个诗性的生命世界。

蒙古族诗人萨仁图娅的诗集《当暮色渐蓝》从大自然中获得启示，感受到自然界一花一草的生命力，从自然中感受精神绽放的光辉。她的诗歌既清新婉约又富有阳刚之气，而且诗路开阔，这得益于她汲取了多方养分，既深受儒家传统经典《诗经》的影响，也深受蒙古文学传统的影响。"我是马背上民族的后裔，根在大草原，生于辽西的一个乡村——朝阳市北票（市）上园乡。""根在草原，生在山区，我自小受到草原文化与汉文化两种文化的浸染与熏陶。"[1] 萨仁图娅生活于辽宁朝阳，这里是蒙汉杂居的农业区，与一望无际的大草原生活区相比，这里更多一些传统儒家文化的影响，她的家庭也是蒙汉结合的家庭，因此在她作品中儒家农耕文化色彩更浓一些。她的另一部获骏马奖的作品报告文学《尹湛纳希》中也表现出浓郁的儒家文化的耕读传家的思想。"家乡的小山村，也就是被称作尖山沟湖之地，竟是地球上第一只鸟起飞，第一朵花绽放的地方。"[2] 这样一个地方，给了萨仁图娅写作的生命力，她以寻求生命的力度和人格的高度为自己的生命理想，并将这种理想融入她的写作中。

多像含羞的少女/向世界吐露着爱/不息的信念在轻轻地摇[3]（《含羞草》）

只要有一点土星/就是一派繁茂[4]（《草》）

---

[1] 萨仁图娅：《我的文学路——代前言》，载内蒙古师范大学中国少数民族作家研究中心编《萨仁图娅研究专集》，中央民族大学出版社2005年版，第1—2页。

[2] 萨仁图娅：《我的文学路——代前言》，载内蒙古师范大学中国少数民族作家研究中心编《萨仁图娅研究专集》，中央民族大学出版社2005年版，第1页。

[3] 萨仁图娅：《当暮色渐蓝》，春风文艺出版社1986年版，第27页。

[4] 萨仁图娅：《当暮色渐蓝》，春风文艺出版社1986年版，第32页。

挺起锐利的剑锋/却是响铮铮的自尊/不可压抑的个性①(《剑麻》)

黝黑的影子摇晃/每一瓣花却都/挑着一个太阳②(《蒲公英》)

少数民族女作家由于生活之地的民族性和地域性特征,更容易受到自然的感召,自然界的万物早已深入她们的心间,她们用细致而诗意的笔致书写自然界的万物,洞察生命的意义。从满族女作家王雪莹的诗集《我的灵魂写在脸上》中可以看出,她对水仙花情有独钟。《遇到水仙》《水仙之恋》《三月,最后的水仙》等诗都歌颂了水仙的洁净清雅之姿。"我"与水仙的相遇,是一种生命的契合,写水仙实则是写自己,是对自我的肯定、欣赏与垂爱。水仙是我国传统名花之一,是高洁清雅的人格理想的象征,王雪莹在诗歌中承续了古典文学的文脉,洋溢着对人间美好情愫的珍惜。正如王雪莹自语:"人生如寄,短暂而渺小的个体生命有如沙漏,在不断的纳入和最后的流失中,只有对于辽阔天地、飘渺人生真切的感怀和深情的回眸、凝视与瞩望所构成的沉郁而惆怅的诗意之美,意趣悠远。"③ 她的诗亦如水仙一般洗尽铅华,显示女性本真的生命情韵,延伸和深化了女性诗歌创作的精神内核。

羌族诗人雷子在第九届骏马奖颁奖典礼上发表获奖感言时讲述了自己名字的由来,她的名字是羌山古碉旁的一朵俄斯兰巴(羌语音译,意为"羊角花",也叫"杜鹃花"),朴素而真实地在浩荡羌风中歌唱生命的不羁。相对于男性诗人,女性诗人往往更容易以"花"自喻,雷子借羌山古碉旁的"花"柔弱的外表下坚强的精神气质,来凸显自己的女性价值和民族的生命力。雷子的诗在羌山的河流与天际中直抵生命的苍凉与悲恸。在雷子的诗集《雪灼》刚刚完成第九届骏马奖参赛申

---

① 萨仁图娅:《当暮色渐蓝》,春风文艺出版社 1986 年版,第 34 页。
② 萨仁图娅:《当暮色渐蓝》,春风文艺出版社 1986 年版,第 28 页。
③ 王雪莹:《文字里的花朵·自序》,载王雪莹《我的灵魂写在脸上》,中国文联出版社 2009 年版,第 1 页。

报事宜之后，汶川大地震就发生了。作为地震的亲历者，雷子深深感到生命之不易，那时候，雷子奋战在救灾一线，抢救生命和包扎伤口是头等大事，忘了诗集参赛的事。历经劫难，她庆幸自己还活着。得到获奖消息时，她和她的同胞甚至为之喜极而泣，她觉得这个奖不是给她自己的，而是颁给整个羌族人民的。在挥汗如雨分发救灾物资的那些日子里，雷子深刻感受到了生命的宝贵和脆弱。羌族主要生活在四川省的高山或半山地带，是一个生活在雪山草地之间的民族，他们的生命与自然紧紧相连，正如雷子在诗集的"后记"中写道："我之所以选择'雪灼'作我的书名，一则是：我生长在雪山草地，生活在羌族聚居地，这里丰富的民族文化养育了我，二则是：我生命中许多来来去去的人，像冰一样划伤过我，似雾一般弥漫了我的青春岁月，似清水洗涤了我思想的尘埃。而灼亮我、感动我的则是今生与一场灵气冲天的瑞雪邂逅，在皓皓苍苍的天地间，在来来去去的寒暑里它始终润泽着、温暖着我的生命，它的另一个名字叫：真情。"[1] 雷子的诗充满了对自然和生命的敬畏，呈现出雪山一般的粗犷与豪迈。

在中国传统文化中，地理是充满诗意的，山川地理与文化人格往往相互融合。布依族女作家张顺琼的诗集《绿梦》将高原的形象和大山的气质融入自我人格的书写中。坎坷的人生经历使诗人更具一种人生的深刻体验，她用饱含深情的诗句凝视着巍峨的群山和雄浑的高原，渗透着少数民族诗人的民族气质和民族精神。

高原的形象，是山的形象/高原的山民像远古的太阳/远古的太阳在高原闪着金光/重现过去，像梦一样[2]（《赶山》）

我荣幸，我是山之骄子/从诞生的那一天起/我就和山一样成熟/成熟的孩子只接受大山的抚爱/融进大山却不曾被/大山征服[3]

---

[1] 雷子：《雪灼》，中央文献出版社2006年版，第122页。
[2] 张顺琼：《绿梦》，贵州民族出版社1991年版，第120页。
[3] 张顺琼：《绿梦》，贵州民族出版社1991年版，第88页。

(《高原的诗，高原的梦》)

诗集《绿梦》通过对高原地理的书写，阐释着生命的智慧，体现了对历史、对民族和对家乡的浓郁的情感。张顺琼的诗具有高原生活气息和布依族的风情，既是对古老文化、对民族命运进行思索，更是对民族文化、民族精神的观照，通过对自然的吟诵传承生生不息的生命之美。

德昂族女诗人艾傈木诺生活在云南边陲瑞丽，滇西秀美的风光和恬静的生活氛围使她的诗充满了自然的灵性。飘摇的边地苇花、浓密的甘蔗林、高大的桑木树在她诗歌中诉说着岁月无伤、历史无恙。安详宁静的滇西世界铸就了艾傈木诺贴近自然的人文情怀，她深爱着这片土地，将自己的生命化成对这片美丽边地的想象。"你在桑木树下／养蚕　种豆　摘瓜／隔岸　一水天涯／我绕过水草和石头／灌醉一朵黄花"[①]（《南桑》）这首《南桑》写了南桑人淡然宁静的生命情态。诗人在斜阳照虚、荷锄而归的古典韵味中，展现了美好的生活场景。从德昂族村寨走出来的艾傈木诺对生命的感悟尤为真切，长久以来病痛一直折磨着她的身体，时而绝望于身体的病痛，时而渴望着生命的延续。肉体的疼痛使她的诗歌伸向灵魂深处，那种纸薄命淡飞越苍凉的生命体验使她写出《清明再祭》《招魂曲》这样哀伤而厚重的诗，那种时间消逝梦想犹在的精神感喟也使她写出《香菜塘》《茶叶菁》《楚冬瓜》这样安详宁静的诗。

在少数民族女性文学创作中，对自然生命的诗意观照无处不在。中国的诗学发展中历来就有"智者乐水，仁者乐山"的传统，自然山水是诗人观照的对象，自然形象的某些特征可以象征人的高尚的道德品质和美好的人格精神。少数民族女作家守护大自然的一切，成为大自然最虔诚的歌者。自然对于她们的意义超越了一般写作对象，从某种意义上来说，自然生命已融入作家或诗人的生命和血液中，并化为文字传递着对大自然的生命之歌。

[①] 艾傈木诺：《以我命名》，云南民族出版社2007年版，第5页。

三 生机盎然的儿童世界

五四新文化运动中对新文学的建设，周作人倡导"人的文学"观，而这一观念的最终形成离不开"女性"和"儿童"的发现。1918年5月15日周作人在《新青年》第4卷第5号上发表《贞操论》开始了对妇女问题的讨论，随后胡适和鲁迅在《新青年》第5卷第1、2号上先后发表了《贞操问题》和《我之节烈观》，更加推动了妇女问题的讨论。而后，周作人在《新青年》第5卷第6号上发表《人的文学》反复论及"儿童"和"妇女"问题，强调儿童的权利与父母的义务。1920年，周作人在北京孔德学校作了题为"儿童的文学"的演讲，可以说是宣告了中国儿童文学的诞生。五四时期伴随着"人"的发现，"儿童"和"妇女"也浮出历史地表，走进现代作家的视野。"儿童"的发现意味着"人"真正发现了自己。现代女作家萧红的《呼兰河传》《小城三月》《后花园》，冰心的《往事》《小橘灯》《寄小读者》，陈衡哲的《小雨点》等，都是对儿童世界的书写。当代女作家柯岩的《寻找回来的世界》、迟子健的《北极村童话》、铁凝的《红衣少女》等建构了鲜活的儿童世界。儿童世界的书写也是作家看待世界的一种方式，自然万物皆有灵性，儿童天生具有感知自然的能力。在骏马奖评奖的奖项中其中就包括儿童文学奖，获儿童文学奖的女作家的作品有苗族女作家贺晓彤的《美丽的丑小丫》和蒙古族女作家韩静慧的《恐怖地带101》，还有部分作品是以儿童的视角来写作或塑造了鲜明的儿童形象，如杨打铁的小说集《碎麦草》中的《铁皮屋顶》《碎麦草》《全家光荣》等，杜梅的短篇小说《木垛上的童话》等。贺晓彤的《美丽的丑小丫》和韩静慧的《恐怖地带101》可以说是严格意义上的儿童文学，是为儿童而写作的作品。杨打铁的《碎麦草》虽然不是儿童文学，却塑造了鲜明的儿童形象，以女性的经验建构儿童世界，通过儿童来看待世界。杜梅的《木垛上的童话》更像是对一个民族的童年经验的回溯，经由小女孩对童话的讲述追寻鄂温克族的历史和文化传统。

这些小说所叙述的儿童的故事也指向了作家所在的地理空间，展现了特定区域空间的自然地理、社会文化和民风习俗，形成了独特的地方性叙事风格。儿童是一个特殊的群体，对空间和地方的感受与成年人完全不同，他们对地理范围的认知首先来自于能让自己感到身心愉悦的小型玩耍场所。他们更乐于在自然界的边边角角中开辟出能够玩耍的地方，这样的地方恰恰能展示儿童的思想、能力、抱负，用自己的小小智慧创出一片令大人也自愧不如的天地。少数民族女作家也注重塑造儿童形象，表现生机盎然的儿童世界。少数民族女性文学对富有自然天性的儿童形象的塑造，对童真世界的观照，寄寓了作家对自然天性回归的渴望和对美好人性的期盼。女作家将儿童淳朴善良、天真烂漫的一面呈现出来，带有自然的清新和活力，表达了与自然相通的天性。

蒙古族作家韩静慧的儿童文学集《恐怖地带101》主要写了发生在科尔沁草原一片大漠上的儿童故事，塑造了一系列儿童形象，反映了草原儿童生活和草原文化精神。在恶劣的条件下，教室里只有一个火炉，同学们的手都冻肿了，有的流出脓来，但仍紧张地复习着。尽管天气如此寒冷，孩子们在课间依然快快乐乐地有说有笑，把校园里的积雪踩得咯吱咯吱响。秋天里"草甸子上也稀稀拉拉开着不少野花，在这个明净的夜晚散发着淡淡的香气，月亮圆圆地挂在天空，很有诗意，同学们燃了一堆火，围着火堆又笑又跳，玩得非常高兴，玩够了便坐在火堆边吃女生们从家里带来的奶酪、奶豆腐、牛肉干"[①]。

布依族女作家杨打铁擅长以儿童视角来讲述故事。《铁皮屋顶》《碎麦草》《全家光荣》讲述的是东北儿童的生活剪影，处处散发着童真气息。儿童视角的运用"为我们寻找作家和文本之间的潜在关系和审美超越提供了另一条思路。而作为一种叙事策略，儿童叙述人和儿童视角在文体叙事学上也具有与成人化、性别化、年龄化等其他的叙述方式不同的意义和作用"[②]。以儿童的眼光观察生活，使作家更容易把握

[①] 韩静慧：《恐怖地带101》，内蒙古人民出版社2001年版，第17页。

[②] 何卫青：《近二十年来中国小说的儿童视野》，《四川大学学报》（哲学社会科学版）2003年第4期。

富有生活情趣的细节描写。杨打铁以儿童的眼光、感觉方式来观察世界，构建了一个独特的艺术世界。

贺晓彤的儿童文学集《美丽的丑小丫》由 8 篇作品构成，分别从不同的角度写了不同生活环境、不同年龄层次的一些孩子的生活。这些孩子身上都充满了自然一般的天真烂漫的童趣，又有着高尚的美好品质。《铁路边的孩子》写了平常顽皮淘气、上课吹泡泡糖，关键时刻却能奋不顾身英勇救人的小学生的故事。《新伙伴》写了城市孩子金娃到农村姥姥家度假，受到了艰苦朴素、勤俭节约、热爱劳动的教育。《美丽的丑小丫》写了在农村抚养长大的小女儿回到城市家中后使专讲排场的妈妈也受到教益的故事。《老师，我们选你当最佳》通过孩子的视角塑造了因教育有方、耐心帮助后进学生而未评上先进，却在孩子心中塑起崇高形象的小学教师的形象。《叶绿素夹心糖》写市委书记懂事的小女儿以自己的模范行为使从小娇生惯养、自以为高人一等的另一个干部子弟的思想发生转变的故事。作者是以孩子们的知心朋友的身份，在亲切而动情地讲述着他们的故事，她对孩子们的性情、心态和精神世界是那样的了解，而她对每一个孩子包括有缺点毛病的孩子又都是那样的挚爱、同情和关怀："她很注意用优良的传统、崇高的品质和奋发的精神教育儿童，但又绝不板起面孔说教，而是通过一个个生动活泼的形象，把自己的心和爱交给小读者，使他们在熟悉亲切的人物故事中，在审美的愉悦中，不知不觉地获得心智的启迪，受到高尚情操和美好心灵的陶冶。"[①] 贺晓彤看到笼罩在孩童身上的纯洁之光，这是照亮尘世的不朽的光源。

《新伙伴》中金娃从城市到乡村姥姥家过暑假，就像欢乐的小鹿，见到乡村的景色"可开眼界啦！""这儿有瓦蓝的天空、青翠的树林、红艳艳的山花、清亮亮的小溪……多新鲜多美啊！呀，这儿的空气都是

[①] 晓雪：《湖南有个贺晓彤》，载《晓雪选集 4·评论卷（二）》，云南教育出版社 2008 年版，第 719 页。

甜丝丝的。"① 这美丽的大自然美景洗涤着金娃的心灵，金娃对在城市中难得见到的自然风光无限向往，儿童的自然天性得以完全释放。《美丽的丑小丫》流露出贺晓彤对城市生活、对奢侈浪费、对养尊处优等"都市病"的强烈反感和批判。同时，也表达了她对大自然和山乡小镇善良淳朴民风的向往与热爱。小说的主人公，无论是由城市进入山村的金娃，还是由山村进入城市的"丑小丫"，抑或是对城市生活与城市充满景仰之情的小女孩华英，都无不体现出作家对这一类少年儿童的关注。金娃是以"剥离式"的模式出现，让乡下孩子的天真无邪来冲决老师的病态；"丑小丫"以"治愈式"的模式出现，她以自己的纯良的品质来针砭妈妈的病躯；华英则表现得更含蓄、更尖锐，她借一块烤红薯，把省歌舞团的歌星帅霞的矫情、冷漠、傲慢揭示得淋漓尽致。华英是一种象征，她的歌唱天赋、她的纯真热情，极易让人联想起她所代表的帅霞的童年，而自私冷漠的帅霞，又似乎预示着小华英的未来。在这一系列儿童形象的塑造中，寄托着作家对儿童身上没有被尘世所污染的爱和善良的美好品德的承续，这是一种真正意义上的心灵归宿。她以这样的方式告诉人们，不要忘记自己的根，不要忘记那小山村的伙伴、小城镇的人们，不要忘记同情和给予、友爱和善良。

儿童文学集《美丽的丑小丫》诞生于 20 世纪 80 年代，正是第一代庞大的独生子女群成长的时期，改革开放带来城市家庭经济的富足，物质的诱惑影响着儿童的成长，他们缺乏艰苦生活的磨炼。在《美丽的丑小丫》中，作家对城乡环境差异对儿童心理的影响给予了关注，批判了奢侈浪费、养尊处优的"都市病"，表达了对大自然的向往，对乡村小镇纯朴善良民风的热爱。由城市进入山村的金娃，由乡村进入城市的"丑小丫"，对城市生活充满向往的华英，都充满着纯朴善良的美好品质，这些纯洁可爱的儿童形象，是真正的"炎黄子孙"，他们继承了中华民族传统美德，并以此美德影响和治愈着成年人的"都市病"。

---

① 贺晓彤：《美丽的丑小丫》，湖南儿童出版社 1986 年版，第 71 页。

第四章 文化传承与文化创新

文化的传承涉及人类文化的延续性，在人类学、社会学、民俗学等领域受到关注。在马克思的"社会再生产"理论基础上，分化出"文化再生产"理论，文化通过不断的"再生产"维持自身平衡，延续和发展社会文化。在民俗学领域中，民俗文化的传承得到了较早的关注。20世纪30年代日本柳田国男的《民间传承论》形成了日本特色的民俗学传承理论。在中国，20世纪80年代的民俗学论著较多用到传承理论。文学是特定地方文化和民族文化的审美表达，是该地方及该民族的文化信息与意义的主要载体，呈现或折射出特有的民族及地方文化色彩，浸润着特定民族和某一地方的思维方式、文化性格、审美风尚等。简言之，文学体现一种特定的文化精神，是文化存在的一种具体样式。文学以其具有的审美性特点，不仅不是对文化的否定，而是一种文化诗学意义上的呈现，文学对文化的传承起着重要的作用。少数民族女性文学承担着保护、传承和创新少数民族文化的重任，少数民族女作家们坚守着民族身份，在寂寞与孤单中为了民族文化存续、民族身份传承而写作。这一为民族文化传承而创作的立场又是当前少数民族女作家普遍存在的自觉而主动的追求。少数民族女作家坚持文化传承意识，才能以更为强烈的文化自觉和文化自信意识，提升少数民族女性文学创作的价值内涵。萨仁图娅在她的报告文学《尹湛纳希》中清晰地认识到这一点："文化的传承需要一种开放性结构和世界性眼光。

文化是一种表意实践，通过符号及其意义的传递，构成社会的意识形态和价值观念。文学作为文化的象征和形象载体，在潜隐的层次上寓蕴着文化变迁的内容和轨迹。离折和整合，是文学存在和发展。"① 少数民族女性文学不断从本民族民间口头文化中汲取创作资源，进行民间口头文学与作家创作之间的互动，诗性思维和哲学精神的互融，传统审美观念和现代文学观念的对话，形塑着少数民族女性文学的文化意蕴，对原始自然生态和精神气息的艺术描绘，对民间风俗礼仪的审美再现，对生死轮回观的民族志书写，使少数民族女性文学呈现出典型的民族特色和地方特色。

第一节 文化反思与文化传承

在多元文化冲击日趋激烈的时代，族群记忆渐趋淡化，少数民族传统文化面临渐趋解体的危机，现代性焦虑使少数民族女作家更自觉地生成民族文化价值重构意识。少数民族女性文学在坚持本民族身份认同的同时，也不断以现代意识去审视本民族在现代性发展中的问题与不足，文学表述的思想观念和价值立场也注入现代性品质。她们的文学创作在表述族群价值立场的同时，也在不断追求民族传统伦理道德的重塑，在对本民族生存与发展问题上，以积极介入的姿态书写着自己的沉重思考。对城乡迁移或传统生活方式日渐瓦解的背景下本民族群体心理和个体灵魂的复杂呈现，对生态灾害语境下边缘族群前途命运的思考，对多元文化碰撞过程中本民族现代性体验和生活经验的艺术书写等，使少数民族女性文学呈现出文化反思精神，这也促使少数民族女性文学的精神价值的生成。少数民族女作家对民族历史、现实状况与未来走向等问题的反思，使得她们的创作显得更加厚重而深刻。

---

① 萨仁图娅：《尹湛纳希》，辽宁民族出版社2002年版，第357页。

一 文化反思与忧患意识

对于乡村的书写，贵州仡佬族女作家王华的长篇小说《雪豆》和肖勤的中短篇小说集《丹砂》可以说是深刻地表现了乡村农民的生活现状。她们不是城市作家对乡土空间的诗意想象，而是以切身的体验真实展现乡村百态。王华和肖勤可以说是仡佬族女作家的代表，她们始终笔耕不辍，积极参与民族文学创作活动，她们的写作不是对民族人物形象和生活状况的表层描述，而是突破了对少数民族服饰、风情、习俗等特征的叙述，把仡佬族的命运和变化放到中国整个社会大变革中去刻画，进一步深入民族性格、心理等民族文化内涵中去挖掘和塑造艺术形象，反映仡佬族先民的历史特色和当代精神。

王华出生在道真自治县三桥镇的一个农民家庭，成年后在农村开始当代课老师，她迷恋这种生活，喜欢与村民们毫无芥蒂地相处。十多年与农民朝夕相处，王华心里刻下了深深的"农民情结"。童年的生命体验和成年后的农村代课时光，成为王华创作中享用不尽的文化资源，她永远走不出心中的乡村，在自己的文学作品中确立了以乡村为背景的写作模式。王华在对民族文化的追寻中，充满悲天悯人的情怀，以自己独特的方式诠释着古老文化与现代文明交锋的隐痛。王华把自己定位于一个山地作家，她的作品弥漫着浓浓的乡土气息。王华用魔幻现实主义的手法虚构了一个又一个村庄，以民族寓言的形式展现农民的群相，探寻民族文化的深层内蕴，反思现代文明带来的后果。

少数民族的文化是在相对静态、稳定的环境下孕育而成的，一旦在现代化急剧变革中面临着超出其承载能力的他文化冲击及生态环境破坏，会影响其民族文化的存续。面对乡村日益恶化的生存环境，各民族作家将自己对生态问题的关注与反思以文学的形式呈现。仡佬族作家王华的长篇小说《雪豆》表现了工业文明发展对地方生态环境破坏的反思。王华的《雪豆》书写以乡村家园失守为主题的地方意识，将虚构的"桥溪庄"作为一种隐喻，反映人类生存状态，将村庄和故事以民族寓言的形式，呈现出民族地区的乡村在社会转型期面临的遭遇。生态女性主义关注生命和人的存在，提出情感与理性相结合的性理之人，指出人是嵌入在自然和文化环境中的存在物。[①] 生态的失守和破坏常常成为文学叙事的基本主题，但是指涉自然和历史两个维面，生态破坏的同时意味着民族历史文化的被浇灭。桥溪庄人在王华的小说中被模糊了面目，作家有意撕碎了他们的具体身份和社会地位，成了社会的零余者。在弱肉强食的社会现实中，他们的生存不断被挤压和威胁。最后，在厂子带来的严重污染下，女人抛弃胎儿，男人死精，桥溪庄人面临了前所未有的生殖恐慌，在最后一个孩子"雪豆"出生时口中离奇迸发的"完了"一词，表明了桥溪庄人走向了生育末路。"灰头土脸的桥溪庄没有雪和雨的滋润，只能由着风把一种坚硬的寒冷挥劈。"[②] 桥溪庄，像茫茫雪野上的一块癣癞，没有一点生命力。王华对村庄的观照，并非出于"他者"的悲悯眼光，而是由自身经验出发，作为生于斯长于斯的文化认同者的一种责任感使然。

《雪豆》讲述了村庄的社会变迁，充满魔幻色彩，饱含着作家对这片土地的深切关怀。当现代文明进入隔绝地区，"走出"成了乡土主人公命运发展的必然趋势。他们势必要终结旧有的生活方式，开始现代文明的生活。从"封闭"到"走出"的生存方式转变把两种文明两个世界联系到了一起，荒蛮边地保有的文化之根与现代文明的对接，没有给当地农民带来什么好处，反而造成了更深的生存困境。这是王华在她的作品中所表现和强调的，再现了处于边地乡村的人们特有的精神和情感。在王华的文本中，能看出在文化寻根与现代文明交锋中，显现出来的某种矛盾心理。她一方面向读者展示了人性的善良，另一方面在这些善良的人身上，又产生一种哀愁，一种苦难。王华的小说更多地表现现代文明与原始文化的冲突，表现了现代文明背后隐伏的悲痛，既有对淳朴人性的赞美，也有对现代文明的批判。

"随着人类文明的演变，农民作为一种身份与群体的存在可以终

---

① 参见袁玲红《生态女性主义伦理形态研究》，上海人民出版社2011年版。
② 王华：《雪豆》，中国电影出版社2007年版，第4页。

结,但是,作为人类生存的思想故乡和精神家园,土地是人类的一种永恒的眷恋情结所在。"[1] 然而,对于失去土地的农民,王华内心有着深深的惆怅和无奈。桥溪庄人纷纷赶着工业的脚步,进厂当工人,他们走出乡土,但又无法融进城镇,享受不到城市化进程带来的利益,仍未能改变他们贫苦的命运。他们走进现代文明,却失去了赖以生存的家园,陷入生存困境中,前路茫茫,不知往何处走。经济的渗透、改变荡涤着传统地方文化,现代工业文明和经济对少数民族文化的"强行"重组或改造,以及大规模的资源开发,使边地乡村的生态环境日益恶化。少数民族青年已不会讲本民族语言,也不知道本民族历史文化,文化传承意识薄弱,本民族文化面临着断裂的风险。这是地方文化传承面临的危机,少数民族女作家对此充满悲悯的情怀与文化反思意识。

少数民族女作家的创作,往往具有诗性的气质,在充满诗性的边地,构筑诗意的艺术世界。诗意的生活是理想的、相对的,体现出作家特有的审美倾向。王华的小说极具地方色彩和民族风情,在这充满诗性的文本中,王华也写出了农民生存的艰辛和劳累,带有不可避免的忧伤和迷惘的调子,这显示出王华构建理想的精神家园的同时又有直面现实的勇气。王华深深体味到理想和现实的落差,她采用荒诞、魔幻主义的表现手法,荒诞的故事承载着一个悲凉而严肃的主题——现代工业社会与传统人情人性的对立和冲突。现代化给人们带来方便的同时,也给以土地为生的农民带来毁灭性的灾难。为适应经济发展的需要,在乡村建工厂,农民失去的不仅仅是美丽的家园,更多的是一种精神文化的失重。环境污染严重的桥溪庄,曾经美丽的家园不再是心中的天堂。现代文明随着强势政治、经济力量对封闭地域的控制和渗透,古老文化传统中的人性美、人情美也被逐渐消解,仅仅成为现代人逝去的一种怀念。

肖勤是一位有着多年基层工作经验的乡镇干部,对于乡村有着深切的体悟,始终"沿着泥土和民族的脉理写作",植根于现实生活,塑造

---

[1] 张丽军:《乡土中国现代性的文学想象——现代作家的农民观与农民形象嬗变研究》,上海三联书店2009年版,第55页。

出一个个个性鲜明的农民形象。肖勤的小说表现乡村留守儿童、村民信访等现象，是一位真正了解乡村的女作家，她对乡村的发现和开掘更让读者动容。正如土家族女作家叶梅的评价："那不仅是文学的发现，也是肖勤作为一位负有责任的乡长、一位深怀母爱的女人的发现。"① 肖勤的获奖小说集《丹砂》中的小说是对乡村底层的观照，她的小说人物都生活在黔北大娄山北麓，那里有着天然的生存环境，自然万物生机勃勃地成长着，而那里的人却在无助与困惑中挣扎。肖勤的基层工作性质使她融入进乡村和农民的世界，她深切地感受到了他们的困惑和迷茫。那是一个只有留守儿童和老人的世界，他们渴望真情的播撒和人间的关爱。肖勤关注着这些弱势群体，把他们诉诸笔端，借文字的力量引起人们的关注。"返乡书写的写作者之所以能以文学的形式，达成对社会敏感神经的触碰，恰恰源于个人经验对其立场和视角形成的重要作用，对个人经验的正视，让他们从理论语境中暂时逃离，获得了观照现实的感性途径。"② 探究底层的文化生态，无疑是底层叙事的有效策略。肖勤试图用文学来帮助大家建构一个更美好、更明亮的精神世界。肖勤始终沿着泥土和民族的脉理写作，写出了民族的记忆和底层生活的真实性，对于疼痛的乡土，她以文学的诗性给予了坚执的拯救。

在20世纪初，随着西方经济、文化的输入，都市开始崛起。全球一体化的加速极大地推进了中国城市化的进程，人口大幅度地流动，社会分化进一步加剧。城乡之间的密切联系被打破，成千上万的农村人口向往着城市的生活，他们以逃离的姿态走进城市。现代都市中的物质文化和精神文化不断膨胀，农村迅速衰落凋敝。越来越多的人经历了从乡村到城市的迁徙和空间的移置，人们面临的是一个多重空间交叠并置的时代。空间的多重性催生了少数民族女性创作的多重要求，她们的创作也就此打开了一个新的空间视野，有力地介入了当下的社会现实。她们的创作表面上是对"三农"、打工、留守儿童等问题的呈现，但实际

---

① 叶梅：《序：肖勤的发现》，载肖勤《丹砂》，作家出版社2011年版，第3页。
② 黄灯：《一个返乡书写者的自我追问》，《文艺理论与批评》2017年第1期。

上，真正支撑她们写作的是少数民族女性知识分子身份，对自身所生存的地方面临的困境的反思。

现代文明的发展进入全球化时代，经济现象掩盖下的生存焦虑与市场不平等不可避免地影响着文学创作领域。在这样的现实语境中，20世纪的文学创作开始出现"文化寻根"的欲望，试图通过文学对民族灵魂进行重新发现与重铸。寻根派作家们不约而同地以现代性城市外的乡村世界作为表现对象，描绘出一幅幅具有乡土特色的风景画、风俗画。他们往往从民族神话中建构起具有现代特色的原始空间，致力于把地域文化重新发掘出来，重新建构一个"美丽新世界"。生于斯长于斯的少数民族女作家，由于女性天然的情感感知力和连接能力，她们对于自我和母族文化之间的联系有着自觉和深刻的洞察和感知，这种感知在创作中常常会有意无意地表现出少数民族聚居地区特有的地方文化景观，并试图探求本民族文化传统在现代化进程中出现的冲突与融合的状态。

二　文化传承与现代的平衡

中华文化是开放的动态体系，其源远流长的发展过程，是一个不断在时间上承继，在空间上传播的过程，在历史和地域的传承中形成了多元文化交融的中华多民族文化。当代少数民族女作家的创作，通过对共同历史记忆的书写、对传统文化的传承走进现代，通过对现代化建设的参与和共享，自觉构建中华民族共有的精神家园。

20世纪80年代以来的少数民族女性文学站在新的文化视野上，在新旧文化冲突中探索人的本性，在本民族古老习俗的真善美中，多重角度地思考人类精神价值，在现代境遇中思索如何保存本民族文化的特性和面向未来的发展，以及如何更好地与其他文化展开对话与交流等，体现出自由、开阔的文化创新空间。

在现代化的进程中，少数民族女作家的创作不约而同地关注到了现代文明与古老传统不可避免地在民族地区所形成的强烈碰撞，她们以不同方式书写传统文化在嬗变过程中的疼痛和重构民族文化精神的思考。

第二届获奖的白族女作家景宜的中篇小说《谁有美丽的红指甲》在传统与现实的冲突中，展示了当代白族女性的生存境遇和精神世界；同样，与景宜同一年获奖的佤族女作家董秀英的短篇小说《最后的微笑》，以现代的视角彰显佤族的传统文化精神。她们的创作为当代文学和文化增添了多向度的审美元素。董秀英的小说集《马桑部落的三代女人》以作者的祖母、母亲和自己为原型，真实地反映了佤族三代女性从愚昧、苦难走向文明的命运，从中概括了佤族的历史变迁，敏锐地触及民族传统文化的积弊，显露出女性历史意识与社会意识的逐渐觉醒。

"与80年代女作家较多关注社会层面问题不同，90年代的一部分女性创作的确更注重个人生活和个人体验，生命意识较强；但如果对'女性写作'的理解不是过于狭隘的话就可以看到，这并不意味着她们从社会生活中逃遁……女性写作并没有统一的模式，也不限于描写女性自身，它是千姿百态的飞翔。"[1] 同样，少数民族女作家的写作在继往开来的文学发展中充满着多层面探索的活力与生机，在对主流文化的认同中凸显差异，书写个性。她们关注传统文化变迁中人与人之间关系的变化，彰显独特的审美价值，展示出一个丰富的精神群体的追求。叶梅是一位具有内在精神思想脉络的土家族女作家，她有着多元的文化背景和开阔的创作视野："我个人的成长与三峡文化的滋养分不开。三峡文化包括与问天、问地、与神灵对话的巫文化、外来文化、移民文化即汉文化的融入。"[2] 不同文化的碰撞和融合在她的作品中有精彩的描述，形成了她对生活的独特感知和在创作中诗性的、富于创造力的表现。她的小说集《五月飞蛾》用一系列充满了鄂西韵味的故事，彰显了土家文化的独特性、民族的生存状态和生命态度。叶梅以一种历史性的眼光通过对土家人在时代变迁中生活境遇的观照，和对走进新时代新生活的

---

[1] 乔以钢:《中国女性与文学——乔以钢自选集》，南开大学出版社2004年版，第222页。
[2] 叶梅:《我的文学创作与三峡文化》，载湖北省图书馆编《名家讲坛》，武汉出版社2007年版，第84页。

人物命运的描写，思考现代文明对传统文化的影响，历史意识与当代关怀的交织形成了作品丰厚的社会感和时代感。达斡尔族女作家萨娜的小说集《你脸上有把刀》是反思现代化的代表之作。作为中华文化的守望者，作品记录了东北地区在"现代化"进程中摆脱贫穷之后，面对传统文化流失导致的刻骨铭心的伤痛经验，她深刻地认识到东北地区的民俗文化是中国传统文化不可或缺的构成部分，民俗文化对东北作家作品独特文化内涵与艺术魅力形成具有重要的影响，这一思考在她的小说《萨满的传说与纪实》中延续，并从现实关怀指向终极关怀。达斡尔族女作家孟晖的长篇小说《盂兰变》既有中华传统文化的自觉映射，也有意识地渗入现代理念，构成对历史和现实的双重体察。

在传统文化走向现代文化不可阻挡的进程中，年青一代的少数民族女作家没有停止过思考和对传统价值的再发现，文化传承和历史书写在与现代平衡中追求新的突破。朝鲜族女作家金仁顺的长篇小说《春香》的突破带有多元性和放射性。小说在融会传统与现代的语境中，塑造了兼具传统温婉与现代独立的朝鲜女性。作者采用现代方式书写历史小说，传统和现代的女性气质在作品中得到完美体现。作为70后的女作家，金仁顺的小说在现实中寻找古典情怀，叙事善于从传统文化立场出发，通过创作蕴含时代内涵的作品，以笔下的人物传承中华文化的气韵情趣，提供具体的生活场景和精神风貌。淡化历史的真实性，更为关注传统文化的传承与现代意义，这是金仁顺追求的审美趣味和文化精神，展示出作者擅于把握文学与历史建构关系的能力，体现出相当深厚的传统文化底蕴和传承创新的自觉。

"文化总是在传统与现代之间的张力中发展前行的。传统文化是在不断创造中形成的，又是在不断创造中被突破和创新而走向现代的。"[①] 当传统进入现代，民族文学必然面向更为复杂的时代内涵。面对传统文化的日渐衰微，如何认识和处理中国现代化进程中传统与现代的对抗、城市与乡村发展的不平衡？鄂温克族女作家杜梅的短篇小说《木垛上

[①] 邹广文：《当代文化哲学》，人民出版社2007年版，第238页。

的童话》在关于村庄故事的讲述中，关注那些曾经以打猎为荣耀和生存之本的村庄人，以及他们在没有猎场的村庄无以维持生计的生活状况，从而思考村庄人在现代文明中面临的一系列问题。德昂族的第一个女诗人艾傈木诺，她的诗集《以我命名》通过个人的成长经历展开对现代性的思考。在现代文明浸染下成长的女孩，因为"不会跳阿爸爱跳的锅庄/不会像阿妈在黑布衣裳上/描红绣朵"，而流露出深切的困惑与伤感。仡佬族女作家肖勤的中短篇小说《丹砂》用独具特色的故事情节描写了丹砂在仡佬族人心目中的重要意义。丹砂是仡佬族独有的文化符号，作者在时代的边缘探索仡佬族根脉延续的文化内核，探索传统文化价值的现代传承。仡佬族的另一位女作家王华的长篇小说《雪豆》在描述落后乡村的苦难中，重点关注的是现代文明极具破坏性的一面，从而引发对现代文明的思考。达斡尔族女作家苏莉的散文集《旧屋》在充满矛盾的现代文明进程中感慨人与人之间纯真关系的流失，为现代人追寻永远的心灵家园。

面对文化内部存在的理想与现实的矛盾，当代少数民族女作家通过创作，对民族文化进行再认识、再创造，在传统文化与现代文化的冲突中寻求传承的平衡，带来多元文化的思考。她们以文学的形式积极探索文化调整阶段中多民族文化的和谐相处，寻求文化基因与当代文化相适应、与现代社会相协调。这一探索不自觉地内化为一种精神动力，表现出主体自信与文化创新精神，及其对本民族文化和中华文化的保存、维护和创造意识。

文化与人们特定的生活方式密切相关，面对文化传承与现代发展，当代作家在复兴优秀传统文化的同时，又要与时俱进地创造凸显本民族特性、具有全人类"共性"的新文化。"真正文化自觉的人，他的精神状态应当是'古今同在'的；并且由古今同在的程度，来决定他的精神的深度和广度。所以复兴中国文化，在精神上，必然是复古的，同时必然是开新的；复古与开新，从精神上说乃是同时存在的。"[①] 中华优

[①] 李泽厚：《世纪新梦》，安徽文艺出版社 1998 年版，第 396 页。

秀文化传统是少数民族女作家创作的精神资源与历史依傍，她们在创作中重塑民族文化，修复民族精神，不断赋予新的时代内涵和现代表达形式，以笔铭记文化传承与创新的种子，传承是创新的基础，创新是传承的提升，优秀的作家是文化传承创新的主要载体。在新的文化理念的熏陶下，当代少数民族女作家的创作以文学的思维方式和审美意识开启了崭新的话语空间，充分体现了在历史和现实、传统和现代、民族和人类之间积极探索的文化姿态，通过对民族文化形而上的精神追问，对美好生活和理想境界的探寻，用优秀的作品参与中国当代文学创作和中华民族共同体意识的建构。

三 传承过程中的危机与机遇

各少数民族文化与汉文化之间既相互影响，又相互促进，正是文化的多元性，才促成了我们中华民族璀璨的多民族文化的繁荣。汉文化与少数民族文化就像一只手上的五根手指，虽长短不一、位置不同，但缺少哪一个都不完整，只有相互协调、互相合作才能把事情做好。各少数民族文化和汉文化的形成都经过了漫长的历史发展过程，有时是因战争、灾荒等导致人口大迁移，促使各民族在生产生活方式、饮食习惯等方面随着地域的变化而发生改变；有时是各民族主动吸收外来文化，借鉴其他民族的生产生活方式以促进本民族的发展。不可否认，在文化认同中也会存在一定的冲突。广义来说，民族认同既包括对本民族的认同，还包括对整个中华民族统一体的认同。从文化认同的层面上来说，各个民族在文化上的认同不仅仅包括对自己民族的文化认同，还要包括其他民族的文化认同。这一认同，是一个动态的过程，是一个复杂的民族心理发展的过程。各少数民族文化与汉文化之间存在差异性，而这种差异性有时会导致其产生孤独、无助、无力以及与他人疏离的感觉。随着文化全球化趋势的加剧，地方与全球、传统与现代、边缘与中心等多元文化的碰撞融合越来越明显，导致少数民族的民族传统、文化身份等问题日益凸显，民族文化危机呈现出来，民族传统文化日渐式微。少数民族女作家表现出对民族文化传统即将断裂的忧思之情。现代性在各民族地区的日益深入，少数民族的文化忧患意识及其在文学文本中的表现程度也更为强烈。

  杜梅的《木垛上的童话》写了现代文明的发展与少数民族传统文化的冲突，以及作家对民族传统文化何去何从的思考。小说描写了大兴安岭地区乡村特有的景观，一排排高耸的白桦林、一堆堆存放在路边的木垛，这是大兴安岭地区人们日常生活场景，而木垛是孩子们玩耍的主要场所。这里的人长久以来以打猎为生，过去可以打到黑瞎子（黑熊），后来只能打到飞龙（一种鸟），现在连飞龙也打不到了。以狩猎为生的鄂温克人只能寻找新的生存方式，通过读书接受教育进城工作，完成生活方式的转变。小恩勒的爸爸曾是打猎的神枪手，赢得族人的很多赞誉。而山普的阿爸接受了现代教育并进城工作，把家也搬到城里去了。山普坚持阿爸的信条"读书有出息"，小恩勒的爸爸认为"打猎有出息"，山普享受着现代文明的成果，吃着棒棒糖，玩着自动枪，而小恩勒爸爸打不到猎物了，面临着窘迫的生活，在小妞妞看来，"打猎有出息，读书也有出息"。小说通过儿童的对话，表现鄂温克族的狩猎生活与现代生活的强烈反差，弥漫着感伤、哀婉的气息，散发出"文化断裂"般极为沉重的忧思情结。小说写出外来文化的冲击与本族群内部年轻一代对民族生存方式的重新选择，以缓解在民族文化消解后的无可奈何或茫然困惑心态。杜梅叙事的最终目的并不是呈现鄂温克人的打猎场面，而是出于对"文化断裂"的担忧和自觉传承本民族文化的担当意识，为这一渐趋消失的生活方式而反思，并试图重构新形势下的族群认同。传统的生活方式以及整个鄂温克族文化在外来文化冲击下日渐解体，使得每一个鄂温克人都为此焦虑彷徨。传统在当前现代语境下发生的变异对鄂温克人的现实生存意味着什么？拿什么来拯救当前鄂温克人的精神困惑和生存危机？诸如此类的问题迫使杜梅的作品从地方书写的角度来思考民族文化何去何从的问题。

  哈萨克族女作家叶尔克西·胡尔曼别克通过对"黑马"的归去，"完成了民族文化灵魂的祭奠。对民族文化精神的失守、民族文化传统的动摇发出了直逼心灵的拷问"①。哈萨克族是一个游牧民族,马是他们生活中重要的动物。小说中的黑马是一匹来自山那边的健壮的黑骏马,赢得了许多人的喜爱,二伯家的儿子和"黄耳朵"都不惜用最大的价值换取这匹马。二伯相中了这匹黑骏马想把它作为大伯儿子婚礼上的宰杀祭品,期望为家族脸上争光。而黑马为了自由,与人类展开了生死较量,最终冲出众人的围堵,纵身跳下断崖。叶尔克西通过黑马的故事,展现了哈萨克文化的历史变迁,以及变迁中人们的痛楚、迷惘、失落。叶尔克西看到民族文化传承过程中的危机,她曾说道:"以一个写作者的理解力和最起码的知识储备,我认为,中国少数民族文化的影响力处于弱势,主要还是因为数个世纪来中国经济社会的发展和国际经济格局的形成而造成的。特别是在近几个世纪中,一些传统文化,不要说在主流文化中,就是在本地域、本民族的文化格局中,也已经边缘化了,或者正在消失。"②《黑马归去》中的黑马已然成了一种渐已消失的游牧民族文化的符号,它的"归去",有一种踏上祭坛的悲壮。

苏莉在散文《没有文字的人生》中写道:"在这个纷扰的世界里,没有人在意这样一个小民族的失忆和我们最终的失语。这样的问题许多和我同命运的民族都在面对,许多人坦然地认为这是世界融合的趋势。可我一直感到隐约的不安和焦虑,因为我想知道我生命中那种特殊的使我感觉陌生而又亲切的力量到底源自何处?为什么我的心中常常涌起由自己的民族而导致的种种创痛之感?"③ 失落和恐慌在这种回忆的情绪之下涌动。她听到祖先的心跳和他们曾经的叹息,困惑于达斡尔的民族文化身份,忧虑于其文化的归属,这都是源于对文化源头的寻根之情和民族精神张扬的需要。当前少数民族女作家不得不以地方书写的姿态,试图从地方文化中汲取身份认同的文化资本,以期在全球化时代的多

---

① 肖惊鸿:《山那边传来大地的气息——与叶尔克西关于〈黑马归去〉的对话》,《民族文学》2009 年第 3 期。

② 肖惊鸿:《山那边传来大地的气息——与叶尔克西关于〈黑马归去〉的对话》,《民族文学》2009 年第 3 期。

③ 苏莉:《旧屋》,作家出版社 2000 年版,第 148 页。

元文化冲击面前维系民族特性。鄂温克族、哈萨克族、达斡尔族等人口相对较少的少数民族，生存地域和生活空间也相对狭窄，文化的存续能力相对较弱，女作家们对传承民族的语言、文化、历史的意识更为自觉。

中华人民共和国成立前虽然各民族文化有着很大的差异，但并未针对这种差异有明确的说明。随着国家的安定，经济生活的发展推动着文化意识的觉醒，人们逐渐明了各民族都是中华民族大花园中的一枝花。满族创造过属于自身的语言、文字，而赵玫作为一位满族作家，在她的写作中已难觅满族母语写作的踪迹。不仅赵玫，其他满族作家如庞天舒、叶广芩均是用现代汉语写作，不过庞天舒的作品中还保留了满语的语言习惯。造成这种现象的成因一方面是受写作者的文化成长环境和生活环境的影响，清朝统治者在入关之后，出于保证八旗子弟的生计和维系统治的原因，将八旗派往全国各地驻防。在进入汉族聚居地之后，不可避免地出现"汉化"的迹象。至清朝后期，只有满族上层统治者和满族官吏使用满语，这时的满语虽然还占据满族的母语地位，但其作用已日渐衰落。对于赵玫他们从小生活在汉文化聚居区的少数民族作家而言，汉语普通话已提升至和满族母语同等的地位，隐然有超过之势，因此"母语写作"并非易事。另一方面还要考虑文学接受和文学传播的因素，少数民族语言写作在当代受众者寡，作品再优秀也无法引起大众的共鸣，这也是当代少数民族母语写作所遭遇的困境之一，而这又给本民族文化的传承带来一定的阻碍。

"全球化"时代的来临也让文化交流与日俱增，这种文化交流带来的效应与变化，也给少数民族女性文学的文化传承带来机遇。20世纪80年代"先锋文学""寻根文学"的集体爆发，就是文化交流的成果，这让中国作家从技术、经验方面得以借鉴已有的文学成果，为写作提供一个成功的范本。但同时也有作家借鉴了外国文学创作经验，被称为"中国的马尔克斯""中国的杜拉"，中国作家在习得西方形式用以书写中国故事的背后，也要警惕西方话语陷阱。"民族正在趋于融合，这是世界大趋势。民族的个性逐渐被削弱，这是同文明的发展同步的。在某种意义上，坚守民族个性就意味着坚守落后。"① 因此，文化的传承离不开文化的交流与融合。

　　思变是文化再生更新的根源。赵玫担任《文学自由谈》的编辑多年，本身也是一位评论家，对于未来少数民族文学的发展和走势有自己独特的见解。在少数民族文学还在中国文学世界里寻求地位的同时，作为少数民族作家的赵玫眼界无疑更超前一步，她早已将写作的舞台放置在世界中央。故步自封、停滞不前绝不是一个优秀作家所为，赵玫1994年受美国政府邀请"国际访问者"计划让她对中国以外的文化世界有了更多的了解。她多次游历海外，将所见、所闻、所想化诸纸上，集结成篇，收录在《博物馆书》《十七岁，骑向美国的单车》等散文集中。赵玫以对中国传统文化的自觉和对西方文化的由衷热爱，让中西文化在她的写作中融为一体，达到诗意的相通，在多元文化共存的"全球化"语境中，找到一条符合民族与自身共同发展的捷径。

　　作为一位少数民族的写作者，赵玫对民族文学的发展抱有很高的期待，"如果中国的民族文学能像世界各国的少数民族一样在世界上产生了深刻影响，那么它就是完成了在21世纪的使命"②。赵玫通过她独特的中西交融的写作方式开掘了一条走向世界的自觉道路，赵玫的选择证明她是正确的。赵玫游走在中西方不同的世界，以一个旅人的身份穿行在不同国度中。她用中国古典气质描述在西方世界的感受。在《海滨墓地》里感受天国的气息；在《在他们中穿行》里，感受安徒生的童话、普希金的故事，从巴尔扎克、雨果到伍尔夫，用自己的感觉去触摸他们的灵魂。赵玫的散文既有西方的现代气质，也有中国的古典气蕴，从她的创作可以看出，中西文化的交融为少数民族女性文学的文化传承带来新的际遇。

---

　　① 田瑛、赵玫等：《关于少数民族文学的问答——少数民族作家答本刊题卷问》，《南方文坛》1999年第1期。

　　② 田瑛、赵玫等：《关于少数民族文学的问答——少数民族作家答本刊题卷问》，《南方文坛》1999年第1期。

第二节　主体自信与文化创新

随着经济全球化的不断加剧，民族地区也逐渐进入现代性的社会语境中，各族文化空间发生了变化，少数民族女作家的身份意识也不断觉醒和深化。她们在融会传统与现代的语境中，积极拓展自己的书写空间，在传统与现代、本土与全球、民族性与现代性等多重张力语境中，进行民族文化再认识、再创造，并在这一过程中表现出主体自信与文化创新。少数民族女性作家建构个体、民族与国家等多元主体身份认同，以文学书写形式来思考本民族文化在中华文化总体格局中的保存、维护以及创造性发展，体现了少数民族女性作家从理性或哲理层面建构人生与时代终极关怀的整体特征，其文学创作实现了价值提升和现代化发展。

我国55个少数民族与汉族之间，在族源、地方文化、生产生活方式、文学发展历程及其民间资源等方面共同展现了多元一体的中华文化魅力。就语言方面来说，56个民族使用的语言就有80多种，有的民族因为分有不同的支系，使用的语言也不同。在文字使用上，有些民族没有自己的文字；有的使用拼音文字；有的使用象形文字。在风俗习惯上更是丰富而多样，由于受地理环境、生产生活方式的影响，不同的民族在饮食方面也各具特色。各民族文化的多样性，共同构成多姿多彩的中华民族大花园，正是这种多样性的存在，使中华文化更加丰富多彩，充满生机。无论是黔鄂的巴楚文化、云南山寨的秘境文化还是青藏高原的雪域文化，共同组成中华文化的一体，也构成了少数民族女性文学的文化特征，这一特征使其文学承担着多民族国家内文化的传承、保护与发展等重任。

一　巴楚文化记忆

长江三峡地区是楚文化的摇篮和巴文化的发祥地。在西周时期，巴地和楚地已经形成了共同发展的两个方国，两地人民在三峡地区同生共长，既有亲和也有征伐，构成巴、楚并存的局面，后被秦所灭。巴楚文化实际上是由巴文化与楚文化在历史发展过程中相互交融、碰撞、吸收、借鉴形成的一种独具特色的文化。巴楚文化的特色：第一，它是一种区域性文化，集中反映在长江三峡地区。第二，它是一种"半巴半楚"形态的文化。《华阳国志·巴志》称，"江州（重庆市）以东，其人半楚，姿态敦重"。这里的"东"，泛指三峡地区。所谓"半楚"，是以巴言楚，实为半巴半楚。即一种非此非彼、即此即彼的综合形态的文化。具体到各县、市，有的巴味较浓，有的楚味较重。第三，巴楚文化融入华夏文化的共同体，并随着历史的发展和演进，但始终保持着自己的地域特色、民族特色和文化特色。① 楚地拥有奇诡浪漫的传统，楚文化与巴文化碰撞融合，形成巴楚文化圈。在行政区划上，巴楚文化分属渝和湘、鄂、黔三省一市。在华夏各民族的交流和融合中，巴楚形成了最富进取心和理想精神的民族。在巴楚文化精神的哺育下，湖南、湖北、贵州的少数民族女作家的作品具有别样的文化意义。湖北土家族叶梅的《五月飞蛾》、贵州仡佬族王华的《雪豆》和肖勤的《丹砂》、湖南苗族龙宁英的《逐梦——湘西扶贫纪事》都表现出了巴楚文化特色。

  土家族女作家叶梅的小说主要以湖北恩施为背景，书写着恩施大地上土家人的生存故事。"恩施这一带位于巫山山脉和武陵山脉的交汇之处，方圆数百里重峦叠嶂，云遮雾罩。"② 美丽的恩施是古代巴文化的发祥地和土家族文化的诞生地之一，是世界优秀民歌《龙船调》的故乡，是湖北省九大历史文化名城之一。③ 恩施是西南少数民族文化与中原汉文化的融会之地，巴文化的巫文化盛行。叶梅的小说显现出对文化痼疾的反思，呈现出对人性美好的追寻。巴楚文化中从《庄子》到《离骚》浓郁的诗性美学思想，在叶梅小说中也得到明显的呈现。叶梅

---

① 蒋昭侠、王丽、曹诗图：《三峡地域文化探讨》，《云南地理环境研究》1998 年第 2 期。
② 叶梅：《五月飞蛾》，中国文联出版社 2004 年版，第 100 页。
③ 袁红、王英哲编：《楚城春秋：荆楚古城文化》，天津大学出版社 2015 年版，第 174 页。

的小说深深植根于长江三峡流域丰富的文化土壤，雄奇壮美的三峡自然风光使土家人对自然万物和社会人生有着独特的理解与感悟。叶梅的创作深入生活，直指人心，极力表现土家人在历史与现实中的命运变迁。她也写出了土家族山寨内外两种文化之间的冲突与融合的过程，并在中华文化母体中寻绎刚强勇敢、重情讲义、旷达坦诚的文化精神，彰显中华民族的美好品格。

  黔北，是风景秀美而经济并不发达的少数民族聚居区，但这又是一块文化底蕴十分厚重的土地，这是仡佬族女作家肖勤生活和工作的地方，这里有她童年的乡村记忆，也有她乡村工作经历。黔北一直是她工作和生活的地方，黔北的淳朴民风和仡佬族文化传统陶冶熏习了肖勤，使得她的作品始终散发着浓郁的黔北大山的气息。在肖勤的作品中，经常出现大娄山的名称，"夏天的大娄山脉，太阳是有年龄的，清晨的太阳是吃着奶的娃儿，饱满嫩白的光芒像娃儿胖乎乎的小肉手，甜滋滋温嘟嘟贴在人身上脸上"[①]。小说集《丹砂》收录的小说都很有生活气息，充满浓厚的地方色彩，因为肖勤对黔北大娄山里的生活相当熟悉。20世纪90年代末，肖勤大学毕业后作为选调生到湄潭工作，十几年的工作经历使她对基层生活有着深入的了解，并与基层群众建立了深厚的情感联系。湄潭位于黔北大娄山南麓，是著名的茶乡，这里氤氲清丽的山川美景与古朴淳厚的民风民俗有机结合，为肖勤提供了得天独厚的创作条件，使她成为近年来发展势头较为强劲的仡佬族女作家之一。她的小说体现了女性对自然环境和社会伦理的观照。黔北大娄山是安放肖勤创作生命的摇篮。

  仡佬族是一个历史悠久的少数民族，主要居住在贵州省中部、西北部、西南部和云南文山、广西隆林等地。这个古老的民族，很早以来就在西南山区繁衍生息，是组成古夜郎的主体部族之一。在道真仡佬族苗族自治县，仡佬族傩文化和丹砂信仰比较完整地保留了下来。傩文化在仡佬族民间的广泛流传和发展，"作为一种文化形态在一定程度上满足

---

① 肖勤：《丹砂》，作家出版社2011年版，第2页。

了仡佬族人的精神追求,给予了人们一定的心灵慰藉,丰富了广大群众的精神生活,发挥着文化传承和教化族人的功能,促进了人的内心及社会的和谐"①。傩文化传入道真地区历史久远,至迟在元明时期就已传入,在六七百年的岁月里,道真傩文化融入了地方特色和民族特色,影响了仡佬人的生活习惯和心理结构。在作家的人生历程中,仡佬族的历史记忆与文化传统对个人的影响是相当深远的。肖勤的仡佬族身份使她不由自主地在创作中寻找远古的民族记忆,她的作品中有着深厚的仡佬族印记。她穿过历史的幽径,对仡佬族的民族代码进行解读,书写的是无尽的民族传统文化记忆。而承载仡佬族民族记忆的丹砂成为他们精神的信仰。丹砂是仡佬人智慧的象征,他们是最早掌握炼丹技术的族群。当丹砂越来越成为一种遥远的记忆时,肖勤发现民族正在患上"失忆症",作为文学创作者的肖勤自觉承担起传承民族记忆的重任,她用手中的笔将丹砂情结融入小说创作中。"仡佬族"三个字,促使她努力寻找着民族的记忆,带着这样的责任感和使命感,她写下了《丹砂》。

在《丹砂》中,对于奶奶早年的经历,堂祖公对"我"说出了全部的故事,说出了或许纠缠了他大半辈子的心中的阴暗。堂祖公始终认为"我"出生时正好与奶奶的魂相遇,因为没有丹砂的指向,奶奶的魂不敢上路,所以附到"我"的身上。在"我"五岁的时候堂祖公为"我"跳傩,把丹砂给了在他看来由"崽他奶"托生的"我",并用余生恪守善行。"这个病床上的老人对他要去的那个世界是执着的,尽管要走一段艰辛的路,可他还对路前面的世界充满着希望。"② 这希望就是来自丹砂的照耀,丹砂可以照亮另一个世界黑暗的路。读过书的爸爸对跳傩仪式已经产生了怀疑,不相信灵魂附体的说法,却又无法解释"我"白天睡不醒,晚上不睡觉以及爱吃红色砂土的习惯,直到医生用科学的方法告之,那可能的原因是小孩子体内缺锌,影响睡眠,会不自觉

---

① 周小艺:《兴盛、衰落与重建——黔北仡佬族历史演变的研究》,博士学位论文,中央民族大学,2011年。
② 肖勤:《丹砂的味道》,《山花》2009年第20期。

地吃一些含锌的东西。原来,"我"对丹砂的"需要"有着不同于奶奶和堂祖公的另外一种意义,那是我生命成长不可缺少的一种元素。"十九岁那年,我嚼着家乡的砂石,骄傲得像头小山羊似的昂首走出了大山。"① "我"生在长在仡佬族文化环境中,饱受丹砂文化的熏染,丹砂让"我"走出大山,走向新的生活。《丹砂》蕴含着肖勤对仡佬族的深沉的爱恋,孩子生命成长中对丹砂的渴求与需要,意味着对仡佬文化根脉的延续。堂祖公的话道出了丹砂在仡佬人生命中如此重要的原因:"那是因为,你的骨头里流着咱仡乡的血,我们仡佬人是采砂人,我们需要丹砂,你也需要丹砂。我们的骨血里都缺不了它,它是奶奶的灯,以后你百年归西了,它也是你的灯。活着你离不开它,死了,你也离不开它。"② 丹砂成为仡佬族历史文化的外在意象,是仡佬人不灭的信念。肖勤自觉地把本民族的思维方式、历史记忆、文化传统,作为自己创作的文化精神内核,使仡佬族历史文化传统借文学作品的翅膀传到四面八方。

二 秘境文化探寻

彩云之南,是云南省的美称。云南是我国地质构造最复杂的地区,境内高山纵横,山高谷深,江河湍急,地形、地貌复杂多样,形成了山重水复和生物多样的自然生态特征。因自然的阻隔、高山河流的分割,形成了一个个相对独立的自然生态区,这为云南秘境文化的形成提供了一个天然的环境。远古时,云南分布着百濮、百越、氐羌等不同源流的古代民族,在长期的生产实践和自然适应过程中,形成了民族多样性的状态。据统计,在云南省38万多平方千米的土地上,居住着51个民族,其中有24个少数民族是聚落分布的,除汉族外,彝、白、哈尼、壮、傣、苗、傈僳、回、拉祜、佤、纳西、瑶12个少数民族人口,占云南省少数民族总人口的94.5%,其余38个少数民族合计占5.5%。③ "因

---

① 肖勤:《丹砂的味道》,《山花》2009年第20期。
② 肖勤:《丹砂》,作家出版社2011年版,第248页。
③ 参见李志华主编《中国民族地理》,上海教育出版社1997年版。

云南特有的自然生态和相对隔绝封闭的环境，使各种文化特质得以保存，所以云南又有'中华民族文化基因库'之称。"① 独特的自然生态环境使生活在云南的各个民族形成了独特的文化心理积淀，在长期的生存环境适应中，也形成了对云南的地方认同感。主要表现在以村寨为单位的地缘情感和血缘情感的交织，区域认同感与民族认同感的并存。在骏马奖的获奖女作家作品中，云南有13位女作家的15部（篇）作品获奖，是骏马奖获奖女作家最多的省份。这些作品体现出云南少数民族女作家对民族文化的书写，是一种对云南各民族文化的传承。这种植根于本地和本民族文化的自我呈现，表现出异彩纷呈的多样化特征。云南境内布满红色土壤被称为红土高原，有着多重复杂的自然地理环境，云南的世外桃源般的丽江、历史悠久的大理古城、神秘的香格里拉、风情旖旎的西双版纳、风景如画的苍山洱海彰显了这片神奇的土地特有的魅力。红土高原滋养着云南各族儿女，在这片山水相依的地方，云南少数民族女作家们用她们的笔描绘出神秘美丽的生命秘境，同时也关注民族文化在新时代下的传承、发展及所面临的困境。她们的作品呈现出独特的文化气息和精神品格。

为何阿佤人得以在如此久远的历史中，较为完整地承继远古祖先的文明？这要归因于这支民族所处的地理环境的复杂性。佤族主要分布在澜沧江和萨尔温江之间的怒山山脉南段，自称"阿佤"，意为"住在山上的人"，属山地民族。佤族人民从远古时代就与我国各族人民共同开拓了祖国边疆，创建了自己的家园和历史文化。佤族文学不仅承载了佤族文化的核心特质和思想内核，同时也构成了中国文学的一个重要的部分，不仅有自己的独特文学个性，也受汉族文学和其他各民族文学的影响。佤族是在中华人民共和国成立之后才有自己的文字的，作家文学才开始出现，在此之前佤族文学主要是民间口头文学。在历届获骏马奖的女作家作品中，佤族有3位女作家的5篇（部）作品获奖，分别是董秀英的短篇小说《最后的微笑》（第二届）、中短篇小说集《马桑部落的三

---

① 赵世林：《云南少数民族文化传承论纲》，云南人民出版社2011年版，第65页。

代女人》(第四届)，袁智中的小说《最后一封情书》(第五届)、报告文学《佤文化探秘之旅：远古部落的访问》(第九届)，伊蒙红木的报告文学《最后的秘境——佤族山寨的文化生存报告》(第十一届)。

董秀英1991年出版的中短篇小说集《马桑部落的三代女人》也是佤族作家出版的第一部文学集。董秀英是佤族文学史上第一位书面文学作家，被称为"结束了佤族没有作家历史的人"[①]。小说对生活在阿佤山的佤族人的信仰、婚姻习俗等进行了生动的描绘，讲述了佤族妇女在中华人民共和国成立前后那一特定历史阶段的生活画面和历史命运。由于军阀的屠杀、迫害，一些佤族同胞逃进深山老林而逐渐聚集成马桑部落。小说主要就是表现了马桑部落形成后一家祖孙三代妇女的生活经历和遭遇。女人叶戛生活在中华人民共和国成立前，她找到了称心如意的丈夫。后来，她的丈夫死在野牛角下，她不得不按照民族习俗成了丈夫的兄弟的妻子，而丈夫的兄弟变成了鸦片烟鬼，叶戛成了他的奴隶，最后惨死在饿鹰的爪下。叶戛的女儿娜海，从小受继父的虐待，继父逼她嫁给了家里有牛的岩经，当她给丈夫生了儿子后，丈夫的脸上才出现了笑容。娜海的女儿妮拉，是父母受了头人的煽动逃跑时丢弃后被解放军救活的。她在政府和老师的帮助下充满希望地走出了大山，到县里读了书。董秀英选择社会大变动的中华人民共和国成立前后那一历史时期为背景，使佤族女性命运的内核更集中地凝聚起来。小说通过三位佤族女性的命运沉浮，把佤族女性历史的发展脉络更鲜明地展现出来。通过独特的构思和形象的笔墨勾勒出佤族人民的苦难史和翻身史，给人浓重的历史感。

袁智中是继董秀英后第二位获骏马奖的佤族女作家。袁智中不仅是佤族作家，还是一位佤文化的研究者，在《佤文化探秘之旅：远古部落的访问》里，详细记录了一个叫作夏多的佤族村落的历史文化。夏多是沧源县名不见经传的村落，位于沧源县最为偏僻的角落，与缅甸仅有一山之隔，这个默默无闻的村落常常被人们遗忘。袁智中以佤族作家

[①] 赵明生主编：《当代云南佤族简史》，云南人民出版社2015年版，第170页。

的身份，对佤文化进行了全面的解读，描写了猎人头、剽牛血、木鼓等与祭祀有关的风俗和事物，在这些早已随风而逝的文化记忆中发现更多真实的历史。伊蒙红木的《最后的秘境——佤族山寨的文化生存报告》全书共29篇文章，作家深入佤族山寨，通过田野调查复现了佤族经历了漫长时间洗礼后文化习俗和生存景象的流变，用大量图片记录了佤族文化的样态。《最后的秘境》既是对佤族神秘文化的探寻，也是对民族文化之根的追溯。描述了佤族原生态的文化现象和历史记忆，从民间故事到口述历史，从原始自然崇拜到外来文化影响，作家用纪实性的文字对民族文化进行记录和深入地解读。佤族人坚守着对自然的认同，秉持一种质朴的原生态的文化追求，他们信奉万物有灵，这种神秘的文化色彩形成佤族传统文化的内核。佤族是一个神秘的民族，源于古代百濮族群，在漫长的历史发展过程中，佤族人过着自成村落的生活，形成了相对稳定的神秘、古朴的佤文化。佤族女作家注重通过文学作品挖掘佤族文化中特有的精神价值，她们的作品成为世界认识佤族、了解佤族的重要载体和媒介。女作家们不仅真实地记录了神秘的佤文化内容，更在精神上传承佤文化的内蕴。由于自然环境的艰苦铸就了佤族坚毅的民族精神，这是文学作品对佤文化的传承中最核心的内容。阿佤人以永不妥协的精神在贫瘠的土地上耕耘，他们的心性在自然中得到锤炼，汇聚成共同的民族精神。

与山地民族佤族不同，云南白族主要生活在平坝和低山丘陵地带，居住在高寒山区的人口较少，主要聚居在大理白族自治州和兰坪白族普米族自治县。大理拥有优越的自然地理气候条件、肥沃的土壤、众多的湖泊水库等，成为远近闻名的鱼米之乡。苍山洱海风光秀美，滋养了白族人热爱生活善待自然的美好品德。白族较早就接受了汉文化的影响，与云南省其他兄弟民族及边境各民族的交往也比较频繁，白族文学也经过历代作家的积累不断丰富和发展。白族女作家的创作具有强烈的本土意识，围绕白族古老的民俗和现代社会生活书写出了一些独具个人特色和地方性审美经验的少数民族女性文学作品。如《谁有美丽的红指甲》就是景宜创作的白族女性生活在苍山洱海畔的生命经历。苍山洱海之畔山清水秀、风景如画，这个美丽的地方赋予了景宜独特的灵性与审美感觉。"我从小生活在苍山洱海间，我的母亲和保姆用白语教我走路，告诉我花的名字，给我讲述祖先留下来的动人故事，我也曾经在大青树下听白族老艺人弹奏大本曲。正是有了小时候的那些经历，我早年的作品大多数写的苍山洱海，写白族妇女的生活。"① 小说用女性意识审视苍山洱海之间的女性形象，深入挖掘了白族女性的心理，展示了白族民俗风情。

景宜的中篇小说《谁有美丽的红指甲》被誉为中国少数民族妇女文学的起步和开篇之作，获第二届全国少数民族文学创作奖。20世纪80年代初期的中国文坛和各地媒体对景宜的出现纷纷给予报道宣传。她的作品被翻译成英、日、印、泰、乌尔都、哈萨克等文字在国内外出版。中国著名文学评论家冯牧先生率先在《文艺报》发表专版评论："景宜小说的突出特点在于她强烈的女性色彩，当然这不仅仅是因为她小说中的主人公大多都是女性的缘故，而是在那一组组错综复杂的矛盾事件和一个个性格迥异的妇女形象背后，所浸透的女性意识——女性对于这个世界的认识方式，从而表现了这些女性的欢乐与痛苦、理想与追求等等。"② 双月岛位于洱海东边，是一个美丽的渔村小岛，岛上主要以白族居民为主，他们坚守着白族的风俗习惯，动听的白族民歌和美丽的民间传说故事流传不衰。火把节是白族古老的民俗，在火把节的前几天，白族妇女和小孩要用凤仙花染红指甲，谁的指甲染得又红又艳就会得到别人的赞扬。景宜通过小说人物性格的塑造，探寻古老的民族习俗在现代化转型过程中面临的冲突与挑战。新一代白族农村妇女白姐为了追求自己的幸福，勇敢地打破白族古老的民俗，对世俗社会发起挑战，在这里我们看到了白族妇女的觉醒。

小说集《谁有美丽的红指甲》获第四届全国少数民族文学创作奖，

---

① 黄玲：《高原女性的精神咏叹：云南当代女性文学综论》，云南人民出版社2007年版，第70—71页。

② 杨恒灿主编：《大理当代文化名人——文史篇》，云南民族出版社2005年版，第95页。

收入其中的《骑鱼的女人》《雪》《岸上的秋天》同样塑造了性格鲜明的白族女性形象，她们既有白族传统女性温顺贤淑的品质，又勇于突破传统，向往和追求新时代的生活。"在新时代的冲击下，这一代的作家在民族文化传承和民族身份认同等沉重的话题面前不断进行摸索。"[1]景宜一方面试图重新找寻民族文化的根，确认自我的民族身份，在作品中思考和构建新的民族特色，表现出对传统文化的传承，另一方面，也表现出对现实生活及民族未来发展的思考和希望。《月晕》和《新船》是两篇相承相连的小说，主要写了白族女性思想意识的变化。面对时代生活的大潮，白族女性蜜婉已经意识到，船商作为一种新兴的行业要比传统的船匠行当有更大的发展机会。她让丈夫离开老船匠，又把老船匠的徒弟们都招为己用。尽管她的行为不被人所理解，但她对于那些"祖先生你来世上，是来做劳力的，不是来做生意的"指责并不在乎，她已经看到了民族文化的发展，必然要与现代文明相融合。蜜婉代表了传统观念在现代思想的冲击下的蜕变和转折，意味着在时代浪潮的冲击下，古老民族的文化传统需要新的蜕变，才能焕发出新的生机与活力。

三　雪域文化传承

雪域文化即青藏高原文化圈包含了高原游牧文化、农耕文化以及农耕经济与游牧经济交错杂处的农牧型文化；从内容看，雪域文化蕴含了青藏高原原始文化、民间文化以及在独特的地理环境和历史文化背景中产生形成的民族性格。[2] 因青藏高原特殊的地理位置、气候条件、地质风貌、民族风俗等而形成了丰富多样、独特别致的雪域文化，壮丽的雪山、古老神秘的民族文化、多姿多彩的神话传说、悠久的民族史诗、原生态的民族习俗等都是地域文化中不可多得的宝藏。书写高原的历史和文化是女作家写作的初衷，也是其创作的原动力。女作家的审美趣味与雪域文化丰富的民间资源和民俗文化紧密相连，她们用现代性视野和价

---

[1] 赵文英：《当代白族作家文学的艺术语言研究》，博士学位论文，华中师范大学，2016年。
[2] 参见丹珍草《藏族当代作家汉语创作论》，民族出版社2008年版。

值理念对雪域高原的神话、传说进行重新审视,她们用文字书写和传承着雪域文化中高洁的人格品质。

20世纪80年代以来,在全球化语境下,作家们适时调整创作心态,对自己的文化身份进行反思与重构,努力探索民族文化的本质与现代的转型。阿来、扎西达娃等作家的小说通过对拉美魔幻现实主义和荒诞派的借鉴,在对雪域文化的追寻过程中,试图找出一条连结历史、传统与未来的路,以期使作家们的创作融入世界文学格局。在当下文学面临的多元文化背景下,女作家却以独特的女性视角对地域文化进行诗性的追寻。她们用幽深的女性情怀追忆着雪域文化背景下女性的心灵史。深沉的民族情怀和独特的女性意识构成当代女性文学的审美特征。雪域文化对女作家的创作产生深远的影响。她们追求心灵的净化和澄明,雪域文化资源自然地融入字里行间,化为心灵信仰的力量。

在骏马奖获奖名单中,央珍和梅卓的长篇小说《无性别的神》《太阳部落》同时获得第三届骏马奖。这些作品涉及从古至今各个时期的历史文化,有军阀混战的安多地区,有社会主义新时期建设的甘南草原,有现世安稳的宁静村落等。这些获奖作品有着共同的特点:基于中华文化认同的文学场域书写雪域高原的人与事,揭示或隐或显的雪域文化密码。这几位女作家在作品中书写个人经验和雪域文化的承继与变迁。

益希卓玛和梅卓是来自雪域高原安多地区的女作家。安多是指屹立在青藏高原中部的阿庆冈嘉雪山与东北部的多拉仁摩雪山之间的广大地区。[①] 安多地区范围大致相当于青海省的海北、海南、黄南、果洛四个自治州及海西五州、四川省的阿坝州北部(若尔盖、红原和阿坝县等)、甘肃省的甘南州及武威市的天祝县。梅卓的故乡具有古老风韵,她的小说便以此为背景对雪域文化进行了一次追忆,实现对地域文化的传承。梅卓的小说《太阳部落》对安多的书写通过对历史事件的追忆、对文化风俗的描写和对历史传说起源的讲述三种方式来完成。雪域文化的神性色彩使她赋予人物与故事以独特的韵味。梅卓一再体悟着新旧时

---

① 参见梅卓《走马安多》,青海人民出版社2009年版。

代交替夹缝里生存的雪域文化。央珍的长篇小说《无性别的神》和短篇小说《卍字的边缘》通过对雪域文化的中心拉萨的书写，写了女性的精神追寻历程。雍措的散文集《凹村》则表现出对康巴世界的精神探寻。

　　益希卓玛1963年秋回到故乡甘南从事文学创作，1980年创作了短篇小说《美与丑》。小说塑造了畜牧技术员侯刚和模范放牧人松特尔的人物形象，展现了生活在甘南达何尼草原的人民的生活，经由独特的性格和心理及生活方式描述，展现了草原人民朴实美好的品格和心灵，揭示了牧民们渴望科技进步的热切希望。小说所描写的"辽阔的大草原上绿波千顷""五彩斑斓的野花""野百灵宛转的鸣叫"无不显示着生活的美好、心灵的美好。益希卓玛的小说以高原女性的视角，把生活在独特地域中的女性生活展现出来，她的小说言说这些生活于高原的女性对美好人生的渴望。更重要的是，益希卓玛极力去展示了她心中的草原在空间和画面上的记忆，展现甘南人民朴实的民风民俗。这种书写不仅仅是对地理环境和社会环境的复现，而是注入了作者自身的文化认同感和对甘南人民情感的想象，使得小说中辽阔悠远的草原承载了比字面意义和三维空间更为丰富的情感因素，深刻地表现了作家对于归乡的眷恋和渴望之情。作品中大量出现的歌谣，同样可以侧面证明这一点。甘南传统文化已融于益希卓玛作品的肌理，彰显出鲜明的甘南地域风情和草原女性的文化心理。广阔无际的湖畔草原、险峻的高山沟壑这样独特的地理条件造就了牧民宽广纯洁的品性和激烈彪悍的个性。益希卓玛将甘南草原牧民的这种独特的个性体现在了小说人物身上，最突出的就是松特尔这一形象的塑造。在松特尔身上，我们可以看到非常立体的草原汉子的品性，通过他，可以触摸到那种充满了棱角但又不失温度的民族气性。小说中对于甘南人民个性的塑造越明显，我们就能越发地感受到益希卓玛对于地域文化的认同。此外，益希卓玛对于民风民俗的生动展示，更是深刻地表现了作家自身的民族身份。她自觉又自信地将民族文化展现在自己的创作中，体现了她对于地域文化的深厚情感和传承意识，有时虽然还不够成熟和深刻，但她能如此自觉地去进行民族文化的展示和表达，对于20世纪80年代文学和社会都在大转型的时期，已经显得非常难能可贵。

央珍的长篇小说《无性别的神》,"摒弃了宏大叙事,刻意展现了主人公的心理波动以折射当时的社会状貌。作者对她自己民族的文化投入了深厚的感情,这也可视作是作者的感情基调。文化中本身就有美的一面和丑的一面,央珍对这两方面都有深刻的认识并都进行了较为深刻的揭示"[1]。小说在日常生活的细微描述中,反映了噶厦政府的权力争斗。写了贵族小姐央吉卓玛的命运变化。作者选择了一个小人物成长的故事作为作品情节展开、演进的线索,把宏大的历史背景推置幕后,使我们体会到作者对小人物或普通人深切关注和深情体恤。

央珍以女主人公央吉卓玛的视角,既写了自由自在的童年时光,也写了一个贵族之家由兴盛到衰落的过程。《无性别的神》以帕鲁、贝西、德康三个庄园和寺院为物质空间载体,通过央吉卓玛的视角展示具有地域特色的日常生活风俗和贵族之家的人情冷暖。小说开篇写到央吉卓玛从外祖母的府邸回到德康大院,她回到这里感受到的是一种寂静荒凉感,这既是央吉卓玛内心的写照,也铺陈了小说整个基调。继而引出央吉卓玛的父亲去世这一事件,央吉卓玛被认为是家中的不祥之人,这个家对于央吉卓玛来说,没有太多的温暖。此后,母亲嫁给了新老爷,央吉卓玛继续着地理空间的流转经历。央吉卓玛的继父去昌都上任,母亲与弟弟陪着继父前往昌都,央吉卓玛被送到帕鲁庄园,在帕鲁庄园,她感受到了短暂的爱和温暖,之后而来的是残酷的现实。她又辗转到姑姑家的贝西庄园,在贝西庄园的生活遭遇使她目睹了人世间的一些丑陋行为,央吉卓玛的心灵依然无处安放。在不尽的辗转流徙后,央吉卓玛已不再是原先的大小姐了,那一身的"野气"已无法融入阔别多年的家里。母亲的不满、父亲的去世,让她的家再也没有了昔日的温暖,央吉卓玛在迷茫和失望的痛苦中忍受着煎熬。重返家园的央吉卓玛再次选择了离开,去寻找最后的停泊地。于是央吉卓玛出家修行,诚心向佛。

---

[1] 蒋敏华:《全球化语境中的文化心理——兼评马原、央珍、阿来的西藏题材小说》,《江淮论坛》2003年第5期。

在寺院修行的经历,让她重新审视过往的生活,这里依然不是她追寻的乐土。直到"红汉人"的出现,刷新了央吉卓玛对世界的认知,决心追寻"红汉人"的脚步,走向一个不一样的世界。于是她坐上牛皮筏离开拉萨,去寻找灵魂最后的"皈依"之地。

同样以宏大历史为背景,降边嘉措的《格桑梅朵》以正面描写英雄事迹为主,通过与敌对分子的战斗塑造英雄的形象,给人一种宏大的历史感。相对而言,央珍在《无性别的神》中用女性的视角观照雪域高原社会发展的历史。央吉卓玛的生活三部曲表现了高原女性的坚韧和生命本质的顽强与伟大。小说通过一个普通女性曲折艰难的生命轨迹,展示了在社会历史不断变迁的时代潮流中,个体如何追寻自我的生命价值。央吉卓玛对自我内心的永恒的追寻注定了她的生活是一种边缘处的流浪,是没有止境没有终点的心灵追寻。央珍的小说既表现出对苦难的切身体悟,同时对女性生命价值的追寻给予深切的关注。

益希卓玛、梅卓、央珍的小说具有浓郁的文化气息,她们小说的审美意蕴不仅仅只体现在民间情怀这一方面,从生命存在的角度和文化冲突的视角,来深入考察她们小说的创作,会发现更为丰富的主题内涵。雪域文化需要走出封闭的空间,与华夏文明相融合,这是雪域高原文化长河绵延流淌的新的动力。

距离益希卓玛获得"第一届全国少数民族文学创作奖"将近十五年之后的梅卓再次书写安多的故事,却表现出了不一样的质素。长篇小说《太阳部落》追忆发生在安多这片草原上的那些惊心动魄的往事:部落与部落之间刀光剑影的搏杀、男人与女人之间复杂的感情纠葛、正义与邪恶势不两立的较量,构成了梅卓小说叙述内容。她以女性特有的细腻目光透视女性的生存境遇,同时也完成了一次对历史的追忆。与天齐高的高原地理让先民的思维空间伸向了天界,这是一个崇尚"天"的民族。天与地的和谐统一成为雪域文化起源的焦点,他们的神话、传说都与"天"有着天然的联系。梅卓基于雪域文化的传承意识自觉追忆历史,在《太阳部落》的"引子"中追忆了赞普的历史,大约在公元前350年前后出现了先民的第一位国王——聂赤赞普。历史传说中，认为聂赤赞普是从天上来的，降落到若波神山之顶，他看到雅拉香波雪山耸立，雅隆地方土地肥沃，于是，下到赞唐贡马山上。牧民们以为他是从天而降的天神之子，便以肩膀为座把他抬回住处，尊他为王，称"聂赤赞普"，意为"肩舆王"①，此后延续30代，直到7世纪松赞干布建立吐蕃王朝，伊扎部落的故事就在此展开。《太阳部落》中的伊扎部落位于青藏高原的赤雪佳措碧湖之畔，东邻严家庄，西邻沃赛部落。小说讲述了20世纪初青藏高原上这两个部落之间的战争。对神话传说的书写是地域文化叙事的重要方式，历史传说中关于祖先起源的叙述，这一围绕着特定地域而产生的历史，具有特定的文化内涵。"多重文化身份的交织带来梅卓文学创作中文化价值取向的多元性，不同文化身份气质在其创作中交融与彰显，不仅带给她于平凡事物中富有诗意的审美发现、形成具有独特审美意蕴的作品，更促成她突破对本民族文化经验的固定想象，多层面反思那些习以为常的现象背后本土观念中存在的问题，通过个性化的寻根溯源在文学层面复苏民族文化记忆在当代语境中的活力。"②梅卓不仅在追忆本民族历史中实现对民族文化的传承，同时在大量日常化生活细节的描述与书写中，也保存和传承了蕴于潜意识中的民族文化记忆。

梅卓在小说里写了极具雪域文化色彩的生活传统。她小说中的人物都具有独特的生命意识，他们对现世与来生的生命感知具有深沉的哲理性思考。雪域文化主张回归自然的观念，与中华传统文化中的"天人合一"精神相契合，这也影响了作家的创作，特别是女作家们将女性内在的生命体验融于作品中，书写了女性对生命的认知、对彼岸世界的感悟。梅卓的文学叙事深藏着对女性自我的审视和对民族传统文化精神的传承。梅卓身上积淀的雪域文化的经验性，是由其家庭环境、社会文

---

① 苏发祥：《藏族历史》，巴蜀书社2003年版，第25页。
② 黄晓娟：《民族文化记忆的女性书写——论藏族女作家梅卓的小说》，《民族文学研究》2012年第6期。

化环境和自然环境等培育、熏陶、体认形成的内在感性或精神性的潜意识。这一文化的影响为其创作发挥想象力和创造力提供了丰富的营养资源。对自身"母文化"的传承和文化自觉，是生存的惯常模式和自身各种感受、情感体会的交集。这些感受经验汇集在她的作品中，时而在人物形象与环境之间表现出一定的审美距离，时而又因感情的深度投入而模糊了作品与作者之间的界限。梅卓小说充盈着丰富鲜活的女性感性元素，体现出鲜明的女性主体意识和历史书写意识。

在第六届全国少数民族文学骏马奖的获奖作品中，男作家阿来的《尘埃落定》，通过主人公傻子的视角透视本民族历史的发展，用魔幻现实主义手法写出了土司家族内部的权力斗争。在阿来的小说中，女性的历史被遮蔽在权力本位的价值观念之下。麦其土司的二太太为爬上土司太太的宝座不择手段，茸贡女土司为了权力不顾与女儿娜塔的母女之情。女性在权力本位的观念下的扭曲与异化，代替了女性对生命本真的追求。相比较而言，女作家梅卓的《太阳部落》最为独特的价值表现在女性话语与历史记忆的关联与融合。梅卓从女性的视角切入对历史记忆的叙述中，表现为女性话语对本民族历史的承续与超越。小说写了三代女性的悲剧命运，祖母阿多年轻时被男人抛弃后独自养育孩子，这种被遗弃的怨恨伴随着她的一生。阿多的女儿尕金长大后，希望做个不被人摆布的自由人，能够主导自己的婚姻。尕金选择了自己理想中的男人，却未能抵挡得住另一个男人的诱惑与欺骗，最终被抛弃。小说还塑造了桑丹卓玛和她的女儿香萨、万玛措和她的女儿雪玛，她们都在现实生活中承受着痛苦与背叛。梅卓在历史记忆的叙述中，挖掘女性痛苦的根源，在于她们过于依附男人，放任自己的欲望，而堕入男性中心文化的暗河中。梅卓在历史记忆中展现女性生存的困境，在历史的暗角中挖掘女性生命的存在。

整体上看，益希卓玛、央珍、梅卓等女作家的创作，摆脱了女性封闭的内心世界和狭隘的自我世界，在雪域文化精神的光照下思考本民族女性的生存。她们一面通过女性写作的自觉实现对女性自我的肯定，一面用诗化的情节和浪漫的语言，在本民族历史的嬗变中展现女性的生命情韵。女性立场的坚守和雪域文化精神的传承是她们创作的思想核心。雪域高原是这些女作家创作的精神家园，也是文学传统延续的血脉之源。梅卓以女性身份追诉本民族的历史记忆，央珍把女性生存的希望和本民族文化延续的希望伸展到雪域之外的现代文明，雍措观照康巴传统文化烛照下的精神世界。高原雪域文化是中华文化的组成部分，在文化的承继与变迁中，女作家们在传统与现代、乡土与都市、民族与世界的文化冲突中，吟唱出关于悠久的雪域文化和中华文化历史的歌谣。

第三节　审美境界的继承与创新

真正的文学创作，是创作主体对世界的心灵感悟，需要作者通过自己的审美能力，创造一个具有审美意境的天地。通常，文学的发展有时代的创新性，更有历史的继承性。文学之树的壮大离不开传统文学的土壤，不论何时，新的文学产生都离不开以往的文化传统，即必须以既有的文化传统作为再创造的基础，才能产生新的文学。丰富发达的民间传统文化作为少数民族女作家创作的文化资源和文化土壤，对少数民族女作家的价值观和审美观产生深远的影响。少数民族女作家自觉地将具有本民族特色的审美意识体现在了自己的创作中。这种体认暗暗契合着少数民族女性文学对于自我创作中的民族现代性构建和对本民族文化传统的反思。

一　基于民族传统的审美品格

中华人民共和国成立以后，我国的社会性质发生了根本的变化，人们的审美意识、审美现象，文学艺术的创作、欣赏等活动，也相应地发生了巨大的变化。但是中华民族的审美传统和文艺传统，在文学创作的过程中依然发挥着重要的作用，对文学创作主体的审美意识生成产生着重要的影响。"我们的文化是最讲情感的文化，在这种文化土壤上滋生出来的审美活动自然就十分讲究情感，最具有充沛感情。""我们民族的审美心理传统比较合理地追求美善结合，比较有效地发挥了美和艺术的强大社会作用。"① 中华民族传统文化是由汉族传统文化和55个少数民族传统文化构成的。中华民族在漫长的历史发展过程中，各民族审美文化互动、交融，形成了多元统一的中华民族美学精神。少数民族的审美文化是中华民族的审美传统的重要组成部分，各民族文化就这样彼此相依，互为传承，不可分离。中国现代女作家萧红的创作体现出明显的传统哲学意识和美学精神，萧红不仅感悟到女性的人生悲苦更展示出了对生命的深沉思考，因而她的作品"体现出超越时空的哲理性的思想，启发着后来读者的思考"②。在我国少数民族女作家的创作中，同样体现出了中华民族传统审美意识。

获骏马奖的女作家霍达和马金莲通过风俗礼仪的描写，传达出作家的本民族文化精神和哲学意识。霍达的《穆斯林的葬礼》的叙事既是一部民族历史传奇，也是一个普通人的生命传奇，同时还是传统文化承继的传奇。那沉重的疼痛之感，既来自于作家霍达"孕育"此书时"分娩"的阵痛，也来自于小说人物在岁月中辗转沉浮的生命之痛。作家在对本民族文化风俗的描写中，赋予人物故事以强烈的文化色彩，在这一背景下展示了民族融合过程中的艰难求索过程。马金莲的小说《长河》写了四个女性关于死亡的故事，从女性的立场直视死亡，已超出一般意义上对于死亡的理解，而是在文化层面开始对生命的终极意义的思考。

云南女作家叶多多的散文《我的心在高原》获第十届骏马奖。她的散文表达了对云南深沉而炽热的爱，书写了云南旖旎的自然风光和多彩的民族风情。叶多多深入云南各地村寨书写大山的美好与村庄的诗意，她的散文建构着云南的诗意空间和文化空间。正如她在自序中所说："我想，我所能做的，恐怕仅仅是在一种积累的空间和时间里，来

---

① 张玉能：《文艺学的反思与建构》，复旦大学出版社2016年版，第14—15页。
② 黄晓娟：《雪中芭蕉——萧红创作论》，中央编译出版社2003年版，第269页。

面对那些山地生命所传达出来的尊严、尊重、敬畏和信息，来表述一些刚刚过去或正在进行的生活情状、高原周而复始的时光以及人们在相互感染中的恐惧、期盼和愿望。"① 叶多多在多重文化交融的家庭环境中长大，使她慢慢对不同民族文化体系的认识从迷茫到认同，从而对云南这片土地的多元文化也有着深刻的认识。云南各民族相濡以沫彼此尊重的文化环境感染着她。

满族女作家赵玫出生在书香门第艺术家庭，她的家隔河而望是一座肃穆的法国公墓。童年时期，她曾在河北乐亭的一个小村庄里与老祖母相依为命。祖母用一个真正的智者的眼光来看待和宽容人世，这样的人生态度也影响着赵玫。"文学始自个人体验，它询问生命存在的依据与境遇和精神的状况与责任，追问人与世界的和谐与不和谐关系，承担人性的真实性与世界的合理。"② 赵玫在她的散文创作中，更关注女性内心对生命的思考，常常体会到生命中的孤独、忧郁感，从而走入精神、情感与灵魂的内世界，这在某种程度上与中国传统生命美学达到了精神上的联系。赵玫在她的散文中建构了一个充满着生命探寻意味的世界。她在墓地、教堂无不感受到来自天国的声音，她寻觅逝者留下的生命踪迹。

在获骏马奖的女作家中，布依族的罗莲和达斡尔族的孟晖都体现出鲜明的哲学思想。孟晖的《盂兰变》，在故事中探讨现世伦理，在抽象思维中探索宇宙本质。小说以互文性手法演绎了《目连救母》的变文，体现的是中国人最基本最朴素的伦理精神和做人的信念。孟晖将权谋争斗、亲情伦理化成五彩的丝线，既铺陈出大唐帝国的恢弘场面，也演绎出尘世人间感动人心的场景。

在骏马奖获奖女作家的作品中，把婚丧风俗、生活习惯等充满传统文化风韵的礼仪展示给读者，实质是将蕴含于其中的本民族独特的审美风格和特殊的民族心理呈现出来。文化与文学并生，文学是文化的重要

---

① 叶多多：《我的心在高原》，花城出版社2008年版，第5页。
② 王本朝：《20世纪中国文学与基督教文化》，安徽教育出版社2000年版，第32页。

构成因素，也就是说，文学创作内容包含在文化各领域之中，这意味着文学创作与文化传统密切关联、相互影响。少数民族女作家基于对中华文化的认同，将本民族文化所蕴含的深层意味灌注于文本创作中，体现出更鲜明的艺术追求。文化传统影响了少数民族女作家的审美方式，使她们的创作向哲学主题、理性精神转化，进而提升了文学的文化品位。女性意识与文化传统相融为一，使少数民族女作家完成了女性穿越苦难生命历程的灵魂书写，彰显鲜明的文化意识，实现女性精神主体的超越。

二 文化中国的美学形象重塑

少数民族女作家的创作突出文化自觉性，发扬主体意识，在对生命和自然的感悟中塑造富有地方特色的美学形象。文学形象的塑造是文化和文学传承的核心，是文学传统延续的中心，与人类的生命经验和生存智慧有着一脉相承的性质。无论生活在什么样的时代、什么样的国家和什么样的环境，对有限生命的困惑、对吊诡命运的无奈、对超越自身的渴望、对美好生活的设想总是缠绕在人们的内心。这意味着各民族和各地方的文化呈现出复杂的样态，既彰显着少数民族女性文学的文化意蕴，又形塑着文化中国的形象。全球化产生的文化认同危机使得地方性认同不断加强。少数民族女性文学的地方认同感也越来越强烈。在全球化的运行过程中，文化认同的发生机制也来源于异质。在地方性认同建构中，既对本民族的认同的同时，又与国家认同同构，在文学书写中完成文化中国的形象建构。

中国文化内向型的气质使中华民族形成了极富尊严的自我意识，这种意识又是中国人强烈的民族自尊心和自豪感的精神源泉，而只有具有强烈自尊心和自豪感的民族才能以"天行健，君子以自强不息"的奋斗精神，去拼搏，去开拓，去发展自己民族的文化，使之尽善尽美。也只有这样的民族、这样的文化，才具有顽强的生命力。中国文化的内向型气质所铸造的深沉执着的爱国主义感情，更是数千年来中华民族保家卫国、发扬文化传统的强有力的精神力量。① 英雄历来是中国文化价值中重要的内容，英勇无畏的精神气概唤醒了民族和国家的新生。少数民族女作家在创作中，塑造了一批不屈不挠的为民族和国家大义而战的英雄形象。霍达共有三部作品获骏马奖，分别是报告文学集《万家忧乐》、长篇小说《穆斯林的葬礼》和《补天裂》。三部作品中的中华文化意识和国家认同感表现得尤为明显，这与其身居中国政治经济文化中心北京有着必然的联系。在《补天裂》中，霍达饱含着中华民族的爱国激情，以历史真实为基础，以真情实感为笔墨，着力塑造了易君恕、邓伯雄、邓菁士等爱国志士在中华民族面对灾难时所表现的英雄气概。当古老的中国面临内忧外患的情况时，这些英雄人物以不屈不挠的民族精神形塑了英雄的中国形象。《补天裂》的出版是为香港回归祖国的献礼，"补天裂"出自远古时代的神话传说，女娲炼五色石补苍天，这一凝聚中华民族原初的奋斗精神的神话，是力挽狂澜救危难于水火的民族精神的象征。易君恕等人是爱国英雄人物的化身，也是中国精神的体现。在力挽狂澜的斗争中，他们以一腔爱国热忱，铸就了中华民族精神之魂。《穆斯林的葬礼》中的韩子奇本着对中国文化的守护之心，忍辱负重，寂寞前行。《万家忧乐》里写了基层领导干部、年轻的电影工作者、名震海外的老画家、远洋渔业的弄潮儿等一批在平凡的岗位上勇于奉献，敢于开拓的建设者，"写出了一个又一个的中国魂！"② 霍达善于发掘在民族振兴中饱经坎坷而又奋斗不息的当代英雄精神。

萨娜在《有关萨满的传说与纪实》中构建了父亲阿勒楚丹和儿子木格迪两重空间，阿勒楚丹保护文化经典和兵书，以维系本民族赖以生存的传统文化。在对传统文化追寻之中，萨娜塑造了英雄的男性形象"索伦"和"阿勒楚丹"，彰显了强劲的民族生命力。肖勤在《好花红》中，塑造了米摆、柿子、花红、苦根、秀秀等鲜明的人物形象，他们向

---

① 参见王会昌《中国文化地理》，华中师范大学出版社1992年版。
② 陈荒煤：《万家忧乐·序》，载霍达《万家忧乐》，人民文学出版社1991年版，第4页。

死而生的生命是一种永生的精神存在。王华写《雪豆》的最初构想源自于对一个水泥厂引起的环境污染问题的关切，便在小说中构想了一个移民村庄，以"生育"话题展开小说情节的建构。王华关注的是有关民生的命题。也就是说，她把《雪豆》的地方性上升到国家层面的高度看待。她看待问题的出发点不是从个人好恶和感受力出发，而是从整个国家利益的角度，把文学与社会发展联系起来，视野更见开阔。王华小说所具有的文化内蕴，使其具有更高的社会学价值。这些女作家讲述了各族儿女的英勇故事，最终汇成一个英雄中国的形象，谱写了中华好儿女的颂歌。

少数民族女作家的创作，应该赋予各民族文化以新的思想意义，重构中华文化精神体系，由此产生新的文化认同感和文化中国形塑意识。益希卓玛的《美与丑》在甘南独特的地域风光和民风民情的展示中，塑造了松特尔的人物形象，从这一人物身上我们看到了一个立体的西部汉子的精神气韵。邵长青的《八月》写了发生在东北小城牡丹江的故事，小说散发着北大荒粗犷野性的气息，在自然的险恶中衬托出人物温暖的人情。马瑞芳的《煎饼花儿》对母爱的歌颂、符玉珍的《年饭》对美好生活的歌颂、李甜芬的《写在弹坑上》对英雄之美的颂歌等，都体现出对中华文化美德的体认与传承。"文化中国"亦是对人类文明共同价值的追求和赞扬，对人世间所有美好品格的书写。少数民族女作家在重塑"文化中国"形象当中，既为少数民族对自身文化精神的体认提供了一种新的认识空间，也为中华优秀传统文化的传承打开了一条路径。

文学是文化传承创新的重要载体。文学是文化的审美性的表达，也是一种诗学意义上的文化呈现。对缺少文字记载的少数民族来说，其书面文学承担着保护、传承和创新少数民族文化的重任。少数民族作家以更为强烈的文化自觉和文化自信意识，既注重对本民族文化的书写也注重对中华传统文化的书写，挖掘文学的文化内涵，构建历史记忆与族群记忆。"'文化中国'是一个文化意义上的中国概念，它蕴含着一个在经济上日益现代化的中国向世界展示自己博大浩瀚的文化内涵、开放进取的文化品格、崇尚和平的文化理想的由衷愿望。"① 少数民族女作家的创作不仅仅是对本民族文化的追忆,还在于她们的创作立足于地方,通过文化创新的方式接通文学互动的脉搏,实现地方形象的分享,从而体现出少数民族女性文学审美观念对文化中国形象塑造的意义。

---

① 金元浦:《重塑文化中国形象》,《学习时报》2016年10月13日第6版。

第五章　叙述策略与文本境界

对少数民族女性文学来说，对本民族文化的追寻和对本民族历史的回顾，正是对中华文化传承与创新的体现。广义上来说，任何一个民族的形成与发展都离不开文化，每个民族在历史发展过程中都形成了本民族特有的文化形态，这也是中华民族与世界各民族之间相互区别的重要表现。文化的传承可以说是"一个民族生存和发展的灵魂和血脉，也是一个民族的精神记忆和精神家园，体现了民族的认同感、归属感，反映了民族的生命力、凝聚力"[①]。中华文化是各民族儿女在长期生产和生活实践过程中积累的物质和精神的硕果，构筑了中华民族共同的精神空间，这个空间为少数民族作家的话语表达提供了丰富的资源，潜移默化地浸润着作品文本的肌理。传承各民族文化精髓，加强研究各民族优秀文化，赋予中华文化以新的生命力也是各族作家的责任和义务。获骏马奖的女作家作品在各自民族文化的滋养下形成了别样的文学面貌，构成中华文化的多元一体景观。

中华文化本身就包含有民族性的特征，少数民族的自然山水和人文风情是少数民族女作家文学书写绕不开的疆域，在梳理少数民族女性文学的社会文化背景、地理学背景、诗学背景、个人追求等因素时，民族文化传统对当代少数民族文学的文化传承与创新产生了重要的影响和作

[①] 刘芳：《中华优秀传统文化：社会主义核心价值观的精神滋养》，《思想理论教育》2015年第1期。

用。少数民族女作家通过文学创作实现文化的传递过程，在这样的过程中，她们通过作品既可以书写文化的传承意义，也可以表达文化在现代社会发展中被赋予的新的意义，既保证了中华文化地方性知识多样化的存在，又丰富了文学创作的多样性表达。

第一节　少数民族母语写作与母语思维

少数民族女作家的创作在总体上不同于20世纪90年代以来女性写作中的封闭的自恋式的写作，更多的是从中华文化认同和本民族文化认同的态度出发，以平实质朴的笔质书写中华文化大花园中的地方文化内蕴，"有效地避开了自我宣泄和自我欣赏的橱窗式写作方式，既写出自己的声音，又传递出本民族的声音，写出了女性的命运、情感与时代、社会的发展之间的紧密关联，用女性的视角切入传统文化，带来深厚的历史性"[①]。现代社会文化发展日益多元化，少数民族女性文学的发展也在多向度多层次上探索形成丰富的样态。在女作家的文化认同与皈依中，既表现为对本民族传统文化的风俗习惯的体认，也表现为对中华文化的精神内核的深度认同。少数民族女性文学既包括女作家用汉语创作的文学，也包括作家使用本民族母语创作的文学，就作家而言，有的作家习惯同时使用本民族母语和汉语进行创作。无论她们在语言上如何选择，都经由生命本体经验出发，在文本世界创造出了独特的境界。

之所以关注少数民族母语写作问题，这不仅仅是民族平等政策在文学创作领域的反映，也是对中国当代少数民族女性文学多元性的尊重。少数民族女性文学的母语写作是本民族文化保存、交流、传承的重要载体，而其汉语写作则是以对中华文化的认同为前提的，是对汉字的思维习惯和表达方式的认同。汉语写作叙述的民俗文化原生态，挖掘和探析

---

① 黄晓娟、晁正蓉、张淑云：《中国当代少数民族女性文学研究》，上海文艺出版社2014年版，第13页。

各民族文化的深层特质,形成中华文化内蕴的多元文化的对话,作为沟通的桥梁,使对中华文化的多层次形象和总体性认识成为可能。在"全球/本土"相互缠绕纠结的当代社会,对于少数民族女作家来说,不仅意味着要承担起保护本民族文化并使之不断传承的重任,而且还要积极寻求能够推动中华文化更好、更快地走向现代化的路径和方法。从这个意义上说,少数民族女作家用双语创作表征着少数民族女作家对本民族文化的诗意想象和渴望被他者认可的一种暗喻。

语言是人类特有的一种符号系统,是用来表达意思、交流思想的工具,语言既是文化传承表达思想的载体,也是文化传承的工具。我国幅员辽阔,不同民族长期生活在特定的文化系统和社会环境中,形成其独特的民族语言,因而,语言被赋予了较强的地域性和民族性。语言是文化系统的核心。少数民族聚居区传统的文化传承是以一种口耳相传的方式进行的,使用其独具特色的民族语言,而现代社会的交往主要是使用普通话。也就是说,传统的民族文化传承的工具是源于生活的、独具特色的民族语言,跨族际交流的工具是具有统一的、标准化的语言。语言属于文化的范畴,是文化的基本组成要素。一个民族的生产生活、思想观念等都是通过本民族语言进行提炼和传播的。从某种意义上说,一个人使用一种语言在进行文化传播和学习时,就是认同这种语言所属的民族文化,并掌握了这一民族的思维方式。民族语言既是传承民族文化的手段,也是一个民族的精神纽带。

在全球化时代,各种文化之间不断沟通与交流,文学文本所蕴含的文化价值呈现出新的意义。"各族群文化、地域文化的存在保持了国家政治文化的多样性,传达了来自不同族群、地方和基层的信息,并使差异性文化要素相互冲突、碰撞与协调融合,促使主导性政治文化在应对各种亚文化的冲击中发展出新的内容和功能来适应不同社会集团的利益和价值诉求,从而避免了自身的僵化封闭。"[①]

[①] 李占录:《现代化进程中族群认同、地域认同与国家认同之间关系探讨》,《中央民族大学学报》(社会科学版)2015年第3期。

一　少数民族母语写作与民族文化传承

一个民族的语言，包含着该民族的思维方式、民族心理、历史传承和文化密码，是该民族区别于其他民族的重要标志。少数民族女作家用本民族母语进行创作，是她们文化自觉意识在民族创作中最突出的一个标志。从根本上说，母语写作是作家在特定时间段、特定民族区域内的文学创作的表现形态，以世界文学和文学人类学角度来看，每一个民族的每一位作家都是人类美好生活的创造者，都是构建精神世界的实践者。为了突出自我书写的民族特质，了解并能自如运用民族语言的民族文学创作者有意在创作时使用了本民族语言，这或许是因为用汉语创作民族文学作品的出现，激发了民族文学进行自我展示和自我寻根的心理，其实这也是文学发展的自然规律，这种使用民族语言的创作使得民族文化传播的路径更加多样化。语言与文化是相生共存的，它们共同承载着民族的文化，全面且深刻地阐释着民族文化的根性，且对民族文化中面貌各异的特殊文化现象能起到更原始的呈现，这也让我们能够更充分地去理解许多文化现象背后的文化内涵。少数民族作家的母语写作构成了中国文学的丰富性，有利于保存不同民族的文化、习俗。同时，一个少数民族作家用母语写作，会将他（她）的母语思维带入文本语言中，从而不自觉地将本民族民间口头文学传统融入写作中，更有利于本民族传统文化的传承与发展。我国绝大多数少数民族是世居民族，它们的母语写作传统形成了本土话语的张力，丰富了中国文学的话语模式，拓展了思维空间。

对部分少数民族文学来说，特别是有着悠久而稳定的书面传统的少数民族，使用本民族语言进行创作已经成为一种长期而且稳定的创作习惯。根据表3统计，在历届获骏马奖的女作家作品中，有8个民族的16篇作品为母语文学作品，其中柯尔克孜族、塔吉克族、景颇族、维吾尔族4个少数民族的获奖作品均为母语作品。可以看出，用母语写作的女作家主要分布在吉林、新疆、云南、四川、西藏，地理位置上属于东北、西北、西南的中国版图的边疆地带。由于其地理位置上远离国家政治经济文化的中心,作为少数民族聚居区,在语言的使用上更多地采用本民族的语言,因而在文学创作中,这些民族的女作家,也偏向于用母语表达本民族的文化和思维方式。语言是人类的精神家园,少数民族女作家在创作中对本民族母语的坚持无疑表达了自己文化上的选择,从而也表现出了自己的本民族文化认同倾向。

表3　　　　　　　获骏马奖女作家作品中母语创作情况

民族	女作家获奖作品总数	其中母语作品总数	女作家获奖母语作品占作品总数比例（%）	所在地
柯尔克孜族	1	1	100	新疆
塔吉克族	1	1	100	新疆
维吾尔族	3	3	100	新疆
景颇族	2	2	100	云南
朝鲜族	7	5	71	吉林
彝族	4	2	50	四川
哈萨克族	3	1	33	新疆
藏族	7	2	29	西藏

在中国少数民族作家的文学创作中,有人使用汉语,有人使用母语,也有人兼用汉语和母语进行"双语"写作。毋庸置疑,语言与人的思维密切相关,不同的语言就会有不同的思维方式,这些不同的思维方式有可能是并列的、融合的,但有时也可能是矛盾的、冲突的。如果一个"双语"作家能熟练运用一种与本民族语言完全相异的民族语言的话,那么,这种语言和思维习惯就会为"双语"作家的文学创作提供一种多元文化的创作背景。在"双语"思维中从事创作,这一过程本身就已具有了多元文化的视角。运用"双语"创作、"双语"思维,并且具有多元文化视角的少数民族作家,在本民族与汉民族的文化选择中,也必然既有融合,又有冲突、矛盾、困惑与彷徨。[①] 这就涉及母语

---

① 参见任一鸣《多元视角的文化优势与困惑——从哈萨克女作家哈依霞、叶尔克西的创作谈起》,《民族文学研究》2006年第2期。

文学面临的根本问题，即如何解决民族性与现代性关系问题。在这一意义上说，母语写作有必要在民族性与现代性、传统化与全球化、身份的血缘性与建构性之间持良性互动立场，在民族文化与多元文化之间、在多元文化与民族文学之间、在民族文学的民族性与人类性之间，形成合理叙事张力。在触摸民族文化精神内核，与感受民族精神升华之间、在肯定民族身份记忆与把握民族身份的世界性因素之间，形成辩证书写视野，超越狭隘的民族视界和封闭的民族意识，追寻现代性与民族性、全球化与本土化的有机融合。只有如此，母语文学才不至于沉浸在单一民族文化认同而忽略发展的多重可能性，才能最大可能地使之成为人类共同的精神家园。

二 母语思维对汉语写作的改造

任何民族的语言都是本民族群体思维方式及文化传统的再现，也必定随着环境和时代的改变而不断扩充或拓展本民族语言的言说范围和所指深度。由现代性日益展开所引发的生活复杂性与心理体验的多层面性，已远非传统文化土壤中孕育生成的少数民族母语所能涵盖的。尽管少数民族作家用母族语言进行文学创作，以熟悉本民族语言思维和生活习惯的优势，赢得了本民族读者的喜爱，以其丰富的异质性的民族特性，丰富和拓展了中国文学的多元化风格，但囿于本民族群体的阅读视野的限制，作家容易对自己的写作要求不高，写作水平容易停滞不前。对于没有文字的民族，文学书写只能借用他民族文字来完成。达斡尔族没有自己的文字，用汉语书写来实现民族文化的传承，正如苏莉在散文《没有文字的人生》中所描述的，具有民族文化传承使命的一群人，用汉语编辑史料，笔录老人口谈过去的事件。达斡尔人用汉语记录民族的历史和文化，在汉语记录的世界里寻找达斡尔民族生命的籽核，在这里汉语写作同样也达到了对达斡尔族文化传承的目的。

少数民族女作家在汉语写作中，为了有效传达和再现自我民族文化传统或独特的地方性景观，而在叙事或抒情中把大量的民间口语融入汉语写作之中，或者以汉语翻译出独具民族及地域特色的民间口语。在这样的文本中，有着明显的母语思维延伸的痕迹，民间口头语言往往以音译的形式表述出来，同时伴有汉语注释以便非本民族读者理解其中的含义。朝鲜族李惠善的《红蝴蝶》中的歌声"哎噜哇折儿西古，多么好啊，海兰江水放声歌唱"将"哎噜哇折儿西古"注释为："是朝鲜族古典民谣的节奏，歌词本身无意，表示愉悦高兴貌。"[1] 叶尔克西的《黑马归去》中的小调唱词："蓝蓝的额尔齐斯河哟，像英雄萨曼的雪青马。白白的云朵哟，像萨丽哈姑娘美丽的衣裳。"[2] 作家将萨曼、萨丽哈注释为："哈萨克著名爱情长诗《萨丽哈与萨曼》诗中男女主人公的名字。"[3] "谁不夸阿爸是个'艾莫日根'呀"[4] 注释为："艾莫日根：即好猎手。"[5] 鄂温克族杜梅的《木垛上的童话》也体现出本民族语言的特点。"远方，是连绵起伏的黛色山峦。在深蓝色的夜空映衬下隐隐约约可以看见几株稀疏的、参差不齐的老树在峰顶被风吹动的轮廓，就像奶奶故事里的那个浑身长刺儿的满盖（魔鬼）一样，沉睡在那里。"[6] "满盖"是本民族语言的音译，文中用括号的形式加以注释。作家们对本民族语言语音的书写增加了作品的地方性特征，真实地再现了本民族的文化与思维。

少数民族女性文学的汉语写作在传统母语思维、口头文学的言说方式与汉语言之间的纠缠、扭结使汉语在写作中发生民族化、地方化的改造与变形。源于原始世界或人神共在状态下的言说方式，生成少数民族女性文学特有的地方性话语，显示出"神性思维"特征，少数民族女性文学对汉语加以民族化、地方化的创造性转换的同时也形成了新颖别致的言说方式，丰富了当代汉语写作。例如，雍措在《凹村》中写道：

---

[1] 李惠善：《红蝴蝶》，民族出版社2000年版，第15页。
[2] 叶尔克西·胡尔曼别克：《黑马归去》，新疆青少年出版社2006年版，第9页。
[3] 叶尔克西·胡尔曼别克：《黑马归去》，新疆青少年出版社2006年版，第9页。
[4] 杜梅：《木垛上的童话》，《草原》1986年第4期。
[5] 杜梅：《木垛上的童话》，《草原》1986年第4期。
[6] 杜梅：《木垛上的童话》，《草原》1986年第4期。

"祖辈给人留下过一句话：'峡谷里再硬的雨，也抵不过这里的岩石。'意为，峡谷里的雨是持续不了太久的。"① 简短的一句话写出了康巴地区人们快乐的生活场景。叶尔克西对自己的哈萨克母语也有着亲切的体认。"哈萨克语是我的母语。这是一个有着长久的历史文化背景的语言。现代哈萨克语中的许多词根远在时空深处。比如，'胸怀'这个词，哈语发音是'KOKEREKE'，词根'阔克'（KOK）过去和现在都是'天'的意思。哈萨克语腾格里神'天神'前边就加有这个。"② 少数民族语言与汉语有不同的思维方式，精通两种语言的少数民族女作家，在词语的深层内蕴中感受到文化的深沉与多样，并选择用最能表达自己情感体验的语言创作文本。

第二节 "双语"写作与文化的交融

少数民族女作家的母语写作承担着对本民族的民族认同、身份表述、文化传承等诸多方面的重任，但在强势文化对弱势文化、主流文化对边缘文化的挤压愈加严峻的全球化语境下，少数民族母语文学如何参与交流、扩大受众范围却是亟待解决的问题，这一问题不解决会在根本上制约少数民族母语文学的持续发展和成熟。毫无疑问，使用本民族语言是民族认同的最直接表现形式，少数民族母语能真实准确地反映和传承本民族文化。但从根本上说，语言是与特定历史时期特定文化生态互动共生的文化载体，任何语言形式都只能适应特定时期、语境下的心理思维和生活形态，是社会环境的产物。当少数民族处于边缘或封闭的环境时，母语是反映本民族传统的生产生活方式和生命体验最恰当的方式。而在开放的社会环境下，文化交流日益频繁，面对现代文化对少数

---

① 雍措：《凹村》，作家出版社 2015 年版，第 60 页。
② 叶尔克西·胡尔曼别克：《美好的倾诉来自于文字》，载文艺报社主编《文学生长的力量——30 位中国作家创作历程全记录》，安徽文艺出版社 2013 年版，第 371 页。

民族传统文化的冲击与交融,少数民族群体的文化视野被打开,单纯的母语写作只能让文化的传播停留在封闭的状态中。为解决这一问题,学界渐渐重视少数民族母语文学的翻译问题。"问题的复杂性在于,母语文学的翻译却因存在母语文化的耗损现象而难以承担起母语文化的传承功能。"① 文学在翻译过程中,会因语言文字的不对称性和翻译者文化立场的问题,难免会出现民族文化遗产被误读或忽视的现象,因此母语文学的翻译并不能很好地解决本民族文化的传承和民族文学的发展问题。在历届获骏马奖的女作家作品中,柯尔克孜族、塔吉克族、景颇族、维吾尔族 4 个民族的女作家作品均是母语写作,未能有女作家的汉语写作获奖,这在一定程度上限制了读者或评论者对其作品欣赏价值的挖掘。面对这一现象,少数民族作家选择本民族母语和汉语的双语写作,无疑是解决问题的重要方式。哈萨克族女作家叶尔克西说:

> 其实,还有两个名称绑定我:一是哈萨克语,二是汉语写作。这是我的"生活"中最坚实、最实在、最充实的地方。"实"是它的核心。在这样的"生活"里,我心灵的天空晴朗,大地辽阔,呼吸顺畅。在两种民族文化视野中穿梭飞翔,使我多了一双眼睛去看这个世界,多了一颗心去感知这个世界,也多了一个视角思考这个世界。这是我"写作生活"的最大资本。我靠它投入,并从中受益。……有的时候,心中依靠着母语的氛围,去寻找第二语言的感觉;有的时候,也在第二语言的感觉中,寻找母语的氛围。而这也正是一个把写作当作倾诉的人,感到幸运的事情。②

并不是只有母语写作才是传承民族文化的最好方式,汉语写作可以扩大受众面,更有利于少数民族文学的传播和民族文化的传承。多元文

---

① 李长中:《当代少数民族文学批评:理论与实践》,民族出版社 2013 年版,第 221 页。
② 叶尔克西·胡尔曼别克:《美好的倾诉来自于文字》,载文艺报社主编《文学生长的力量——30 位中国作家创作历程全记录》,安徽文艺出版社 2013 年版,第 371 页。

化语境下，少数民族与共居于同一地方的他民族相互交融混杂，同一区域的各民族之间相互交流沟通的语言不局限于自己的母语。在文学创作中用他者语言进行书写，既是重构民族记忆的更好手段，也拓展、建构了母语文化的展示平台。随着社会经济、政治、科技、文化的发展，教育的发展和普及也得到了有力地推动，少数民族人民群众因为双语教育的普及而拥有了很高的汉语写作水平。当代少数民族女作家们汉语水平较高，成为熟悉掌握汉语写作的少数民族人才，她们一方面用汉语写作，另一方面描绘少数民族生活、表达少数民族意志，既是少数民族文化的传承人和传播者，又是民族团结、民族融合的践行者，更是中华民族多元一体文化发展交融的推动者。

女作家阿蕾、李惠善、央珍均有母语与汉语作品获骏马奖，在此可以她们的创作为案例来看少数民族女作家"双语"写作以及本民族文化与汉族文化的交融的情况。她们在本民族内部生活时，用于交流和传递信息的多为母语，但在文学创作中，鉴于阅读对象不仅仅局限于本民族读者的现实情况，她们更倾向于用汉语进行文学创作。此时，汉语写作是将本民族的思想和文化向本民族以外的世界传播的最好媒介，是沟通少数民族文化与汉族文化的桥梁。相对少数民族语言，应用汉语进行沟通和交流的人数更多，汉语写作相对于少数民族母语写作，其受众面相对来说也更广大，唯有用汉语写作才更有利于各民族之间的文化交流，有利于少数民族作家们向外部世界传达本民族的声音。这些用汉语创作的作家，"以自我和他者合和的双重文化身份，建构着民族文化的另一种话语形态。他们笔下的民族文化不再是为迎合客体视角的审美习惯而制造出肤浅的民族符号来满足陌生化期待，他们的叙述与表达，使话语霸权下被遮蔽甚至被歪曲化的'自我'得到了还原和真实显现的机会。来去自由，穿梭于两种文化中间的自由之身，也使他们获得了比母语作家更多的话语权，赢得了更多进入文化市场的份额"[1]。

彝族女作家阿蕾是以"双语"（彝语与汉语）进行文学创作的。她

---

[1] 德吉草：《文化多样性视野下的藏族母语写作及解读》，《民族文学研究》2008 年第 3 期。

的短篇小说《根与花》获第二届全国少数民族文学创作奖，1999年彝文版出版。小说集《嫂子》获第六届骏马奖，著名的小说《嫂子》也有汉文版被各类作品选收录。阿蕾的作品一般皆有彝、汉文版，她用双语进行创作，使得她的作品具备浓郁深厚的少数民族文化特色，又具备强烈的现代性色彩，这种"双语"创作的习惯，更是让她积累了丰富的文学实践经验。阿蕾从小在彝族村寨长大，耳濡目染彝族的民风、民情，这些都使她的心灵和思维深深地打上了彝族文化的烙印。彝族人民的热情、真诚、正直、朴素、善良、勤劳等彝族文化的精神本质是阿蕾在其作品中所表现的主题之一。除此之外，阿蕾也在更深一个层面上深刻反思彝族民族文化中流传千古的陋习。毋庸讳言，这说明阿蕾不仅受到了彝族传统文学与文化的深入影响，也在汉文化及各少数民族文化的参照下对本民族文化做出了深刻的理性思考。

　　李惠善生于吉林省延边朝鲜族自治州，这里是朝鲜族聚居区，东与俄罗斯接壤，南与朝鲜以图们江为界。她的朝鲜文小说集《飘落的绿叶》获第五届骏马奖，汉语长篇小说《红蝴蝶》获第七届骏马奖。在她的汉语写作中，有着浓重的东北地方特色。"一幢幢犹如鸡窝式的小草房""陌生的山、陌生的小树林，还有新鲜的空气，使他犹如脱去了冬天的大棉袄，顿觉全身轻松。"① 东北地区长期以来是汉族、满族、朝鲜族等多民族共同生活的区域，多民族生活习惯、民俗风情交汇融合，形成独具东北特色的日常生活样貌。李惠善的汉语写作融入了东北各族人民的日常生活特色。"鸡窝"是东北乡村各民族生活中普遍存在的一种事物，用麦秸秆编的圆形篓子状，水平开口置放在高处，利于母鸡在窝内产蛋。作家将草房形容成鸡窝，形象鲜明直观。"鸡窝""大棉袄"这种修辞体现了东北地方特色，呈现出东北乡村的日常生活景观。"一副褪了色的红色对联在风中飘动着，从黑色的大木板门里飘来浓浓的茴香和胡椒粉味。在一个个犹如撅起的屁股、一边凸出的玻璃罐儿中，放着盐水煮的五香花生、瓜子、松子儿、干豆腐、地瓜干儿等，

_____
① 李惠善：《红蝴蝶》，民族出版社2000年版，第3页。

还有汉族人特有的各色下酒小菜。许多贴着红色菱形字块儿的坛坛罐罐里，装着红方、青方、灰白色的酸菜、铁锈红的疙瘩菜等，满屋子都是酸丝丝的味道。"① 这些各民族生活气息相融相生的现象，在东北随处可见。作家试图通过对日常生活的艺术描述以"超越日常的、物质性的、可以理性预期的世界"② 构建多民族融合的文化存在。东北文化是各民族相互杂居共融的文化，李惠善对东北的书写，并没有只执着于体现少数民族女性文学的特质上，她将目光投射到全人类更具有深度和共性的地方——人的精神世界，这个特点在她的中短篇小说中特别明显。她将历史的、时代的、民族的特质淡化为背景，而潜入人的内心中，去挖掘人在命运的沉浮之中内心所泛起的涟漪，去探索人的精神世界的多样化。

央珍的《无性别的神》的语言应用具有"双语"思维深度融合的特点，"双语"写作与作家"双语"的文化背景密切相关。央珍既受母语的教育，又受汉语的熏陶。央珍从小在高原长大，高原文化元素天然地渗透在她的血液之中，成为她创作的根基。而且央珍受过高等教育，文学素养与许多 20 世纪 80 年代作家相比要显得深厚，因此她的创作视野也更为开阔。少数民族女作家多使用汉语进行文学创作，但她们本身所具有的母语思维在转换成汉语来表达思想意蕴和哲理内涵时，使文本表现出不同的特色。若少数民族女作家单纯用本民族母语进行文学创作，对于占人口大多数的汉族读者来说无法阅读和欣赏到少数民族优秀的作品，这不利于少数民族优秀文学作品的传播。

第三节　跨域写作的审美形式

在文化全球化趋势加剧，多元文化之间碰撞、竞争与融合不断加强

---

① 李惠善：《红蝴蝶》，民族出版社 2000 年版，第 62 页。
② Richard Mathews, *Fantasy: The Liberation of Imagination*, London: Routledge, 2002, p. 1.

之时，少数民族场域内的民俗传统、家园意识、身份认同等问题渐趋凸显，受这一创作心态的影响，一种以民族身份建构为价值导向，以文化原乡为精神底蕴，以民间话语资源为叙事题材的文学书写逐渐成为少数民族女作家的书写常态，表述着一种典型的文化寻根情结和文化传承意识。纵观新时期以来的少数民族女性文学可以发现，一方面在共有的中华文化背景下，表现出与主流文学某种程度上相同或相似的艺术特征和精神指向；另一方面，少数民族自身独特的历史文化传统也催生出特殊的文化品性和精神厚度，构建出丰富多样的价值空间。契合中有突破、承继中有创新，这种文化自觉意识不仅成就了少数民族女性文学在多民族文学版图中的重要存在意义与价值，也从根本上承继、彰显出少数民族在坚守本民族文化根脉与吸纳其他各民族多样的文化资源中的创新意识。

"在现代语境中，少数民族的文化身份至少包括了个体种族文化身份、社群文化身份、民族国家身份和全球文化身份四种。"[1] 各个少数民族的文化记忆共同汇聚成了中华民族的文化记忆共同体，在书写中，少数民族女作家既是在传递和拼接着自我民族文化审美的记忆，也在文学史整体发展的脉络中表现了女性的精神关怀。丰富多样的审美形式构成了少数民族女性作家的创作特质，独特的地方文化和少数民族文化充实了中华文化版图。少数民族女作家在多元文化的话语体系中，从个体的经验出发，在本民族文化身份、民族国家身份的交织中，呈现出多样的文学选择。她们或是思考中西文化的交融与碰撞，或是以超族别的写作传承人类共同的生命意义，或是在跨地域写作中体现国家认同意识。

文学的地方性，并不是对作家出生地和籍贯的简单归类，也不是对纯粹客观的自然世界的描写，而是长期在一地生活的作家与这一地方建立起来的情感、精神和文化的联系。作家迁移的过程，是物理空间的变化过程，完成这个物理空间的迁移，心灵的重构才得以展开。跨域迁移，意味着一种新生活的建立，新的文本境界的生成。布依族女作家杨打铁的小说集《碎麦草》表现出强烈的跨地域写作特征。杨打铁的父

---

[1] 刘大先：《现代中国与少数民族文学》，中国社会科学出版社2013年版，第201页。

亲是黔南布依族知识分子，从贵州大学毕业后分配到东北吉林省吉林市工作，杨打铁便在这里出生长大。杨打铁从吉林市考上中央民族学院汉语系。毕业后，她和当时有志青年一样，想离家远一点，独自闯一闯，于是，自愿去新疆工作生活了近十年。20世纪80年代末，她的父亲从吉林调回贵州，为了照顾老父，杨打铁也从新疆调到贵州社会主义学院。杨打铁辗转经历了东北吉林、首都北京、西北新疆、西南贵州的生活，职业从机关报刊编辑到教师，又从教师转为小说编辑。流转的跨域生活和变换的职业身份，使她在创作时具有开阔的视野。从成长之地到求学之地，从工作之地到还乡之地，杨打铁跨越不同城市，在生活空间的转移和精神空间的回归中创作"他乡"的故事，这种现实地理空间的转变直接影响着杨打铁小说的创作视野。《碎麦草》中的12篇中短篇小说是杨打铁跨域创作的重要收获，显现出独特的文本境界。

尽管杨打铁血管里流着的是布依人的血液，但命运使她一直生活在别处，因而她与其他少数民族女作家的写作有着完全不同的气质，她的作品看不到对布依族文化的书写与认同。也正是这种别处的生活，使杨打铁拥有在多个省份生活工作的多重人生经验，这对于少数民族女作家来说是一种独特的文化优势。她不再囿于本民族的思维经验，跨地域的生活是她对地方书写的重要文化资源。多重人生经验构成相互交叉的文化视角，形成独特的思考空间和书写风格。在不同民族文化区域内生活，她的视野在不断变化的世界里延伸。杨打铁对东北、新疆、北京、贵州的书写，体现出不同地方的不同特色，在自然景观的描写中蕴含着深层的生活经验。童年生活的东北是一派田园静美，新疆的工作生活更多的是日常纠葛。杨打铁的小说并没有布依族的民族特色，也源于其从小没有生活在布依族聚居地，没有感受到布依族的生活状态。杨打铁与其他布依族作家不同，对所生活过的每一个地方都有深切的体验，使得她在小说创作上视野更开阔，能够运用现代表现手法，将后现代主义思想融入创作中。她的小说有西北的风吹过，有东北的阳光照过，也有西南贵州的水汽氤氲过，闪耀着知识女性的智慧光芒，具有现代派气质。跨域写作成就了她的小说，成为第一个以小说获得骏马奖的布依族女作家。

在全球化的背景下，任何一个民族的文学都不可能在封闭的空间中独立发展，各族文学之间的交流与融合是必然的趋势。在文化的交流与融合中，少数民族女性文学的中华文化认同与传承，也与各民族文化有着精神上的对话与沟通。我国56个民族共同构成中华民族的大家庭，共同生活在东方广阔的土地上，共同创造了丰富灿烂的中华文化。其中55个少数民族以其不同的民族传统和文化历史形成了竞相发展的文化体系。每个民族都有不同的风俗习惯以及本民族特有的源远流长的历史文化。各民族有着千差万别的语言、传统和习俗，各民族的文学创作也是在多种文化互相影响下不断繁荣发展的。少数民族女作家的创作亦表现出跨民族的写作特征，以反映各民族共通的生存境遇与生存感受为基础，以艺术境界和人类精神家园的建构为目标，将地方情结、民族认同意识与人类共同体意识相结合。"如果一部民族史诗要使其他民族和其他时代也长久地感兴趣，它所描绘的世界就不能专属某一特殊民族，而要使这一特殊民族和它的英雄品质和事迹能深刻地反映一般人类的东西。"[1]少数民族女作家始终坚持一种强烈的中华文化认同意识，能够将本民族文化的书写置于中华文化的传承中加以生发，用一种跨族别的写作姿态呈现文化的多样性。少数民族女作家在跨族别写作时，并没有把他民族的风俗文化看成是猎奇的资源，而是以普遍的美学原则和人性指向为最高追求。文本往往因为异域质素而散发出独特的魅力，引起了读者的共鸣。

岑献青是一位旅居首都的壮族女作家，创作以散文见长。虽在异乡，她的内心仍一直牵挂着壮乡的土地，她的许多作品中也都书写了对壮乡的回忆和思念。即使是在书写他乡他事的作品中，也常常可以读到与故乡有关的元素，这与她的乡情是分不开的。如《大山情》中写到了"我"来到了北方的山村，但故乡却蓦然在脑海中闪现："我是壮家姑娘，家住在中越边境，那儿终年常绿，门前有弯弯的小溪。"并将这

---

[1] [德] 黑格尔：《美学》（第三卷·下册），朱光潜译，商务印书馆1981年版，第124页。

种情绪传递给了当地的老乡。故乡从来不是岑献青创作情绪的束缚,也没有划定她创作的地缘,她的作品中,山村、城市、南疆、北国、历史、现实和幻想无限交互,故乡的人和事同样可以自如纵横其中。故乡的人和事或成为故事的发端,或在他乡他事中审视和反思自我民族、揭示生命的意义。"在汉文化和壮族文化的互动中融合,经历了中华文化和现代都市的洗礼,在阅历了丰富的生活之后,岑献青的创作具有元文化视角,远在北京的她依然关注着壮族的历史、现在及未来的发展,注重现代意识对壮族生活的冲击,深入观察和体验本民族改革开放时代生产方式、生活方式的急剧变化和人们观念的变革。"① 壮汉的互动融合、中华文化和都市现代性的交互洗礼和丰富的人生经历,使得岑献青的创作具有了更加多元的文化视角,她在创作中回味故土的点点滴滴,也在首都的生活中意识到故土的局限性,所以她的作品中常常可以看到现代性的观念和事物对于壮家传统生活的巨大冲击,而壮家人在这种现代冲击下的思考与探索也是她观照的切入点。岑献青的民族情感不只体现在对故土的怀恋上,还体现在她时刻关心着故乡人民的精神和思想状态的变化和发展,她用现代性的视角去观照壮族的历史,关注壮族的过去和现在,这其中更隐含着她对壮乡未来发展的关切和思考。

王雪莹生于辽宁省开原,在哈尔滨生活多年,毕业于哈尔滨师范专科学校中文系。对于王雪莹的创作来说,满族的身份特征并不明显,她更倾向于从地理的角度和精神层面去追忆故乡,以舒缓郁结多年的怀乡情结。王雪莹的故乡位于辽北山区,"故乡仿佛一根卡在喉咙里的刺,每一动念都会有隐隐的痛"②。2009 年,辽宁大学出版社出版了《开原历代名媛》将王雪莹收入其中并给予了很高的评价,王雪莹才真正感受到自己是实实在在的开原的一分子。"几十年的胸中块垒瞬间瓦解,眼泪不由自主地涌了出来。"③ 王雪莹对出生地辽宁省开原、生活地黑

---

① 黄晓娟:《女性的天空——现当代壮族女性文学研究》,《民族文学研究》2007 年第 2 期。
② 王雪莹:《沿着诗歌的道路还乡》,《作家通讯》2012 年第 8 期。
③ 王雪莹:《沿着诗歌的道路还乡》,《作家通讯》2012 年第 8 期。

龙江省哈尔滨及河北省廊坊均有深厚的感情,并将对这些地方的情感写入诗歌中。对冰城哈尔滨以雪、冬天、秋天为意象,写出了诗人对哈尔滨生活的深切体验。故乡的雪滋养了她的诗心,纯洁宁静的雪之精灵融进她的文字中,使她的诗散发着自内而外的古典气韵。对移居地河北廊坊的描写,多为大风、种子等意象,写"大风吹走种子""吹到哪里就在哪里安家"喻指自己的移居者身份。故乡的大风吹来泥土的气息、槐花的香气,这些都是诗人记忆中的存在。王雪莹的诗传达对生活的深刻感悟,是关于女性内心秘密与生命体验的书写,也是关于女性、灵魂与生命的写作,充满了对生命的深切感念和对生活的超然顿悟。透过诗人对流动的居住地的考察,可以看出王雪莹以其行走的空间景观,践行出深沉的生命体验。

在全球化的时代,原有的相对封闭的民族文化只能是一种理想的存在,随着人口流动性的加强,单一封闭的民族文化状态逐渐瓦解,不再固定于某一特定区域,慢慢进入他者的文化空间。而他者文化也通过现代传媒的发展,进入自己民族文化空间内,各民族多元人生价值的社会格局开始形成。尤其市场化的价值指向,大众文艺极大地消解了自20世纪30年代以来的精英文学意识,迫使文学整体观念发生裂变。因此,文学的多元化既有了产生的可能,也成为社会的呼唤与迫切需要。由于现实主义的深化与拓展,"文学是人学"的命题在"文艺复兴"时期得到牢固确认。在此基础上,张扬人性与个体、强调价值多元、削弱政治意识形态诉求、强化民间意识、兼顾娱悦功能等,成为一股强劲的多元文学思潮。一批少数民族女作家已不满足于停留在本民族层面的思考,她们有着强烈的跨民族的创作指向,试图通过地理空间的流转,表达别样的人生图景。对于一种文化传统,封闭不是保护,隔绝不是传承;开放才是最好的坚守,发展才能更好地保护,而创新才是真正的继承。任何文化的健康发展都要以开放、进取的姿态吸收各民族文化的优秀因子,以补充民族文化的新鲜血液。少数民族女性文学不只是对本民族的历史和文化的书写,而关涉的是整个中华民族的国家记忆和文化传统。跨越民族界限的写作趋向,具有穿越历史时空,超越民族界限的永恒意义。

整体来看，少数民族女作家始终坚持着中华一体的文学书写，少数民族女性文学也因此表现为中华文化的认同与传承特性。中华民族传统文化是由汉族传统文化和55个少数民族传统文化构成的。中华民族在漫长的历史发展过程中，各民族文化互动、交融，最终形成了中华民族多元一体的文化格局。中华文化是开放的动态体系，处于持续性的变化和构建中，而少数民族女作家对中华文化的认同和传承主要可以分为现实层面和精神层面。

首先是现实层面，少数民族女作家们通过对各民族历史记忆，传统器物、人文空间、自然地理、习俗文化、语言文字等方面的具象反映，在此基础上提炼出其中蕴含的中华文化的精髓，并对其进行文化寄托和情感灌注。

其次是精神层面，对各民族文化中所共同的中华民族精神文化的表达和承继。在不同民族地理、历史、语言、器物、空间、语言文字、习俗的沟通和交流中，体悟到多民族文化所构成的中华文化那些根本性和共同性的精神诉求，如和谐统一、包容气度、仁义品格、坚韧不拔、奋斗进取等优秀精神品质。而其中，爱国主义和爱国情怀是中华民族最深厚的精神传统，这一点被集中表现在她们的文学作品中，寄托了她们对中华民族的深刻认同之情。

少数民族女作家本就生活在多元文化的话语体系中，她们从个体的经验出发，在本民族文化身份、民族国家身份的交织中，呈现出多样的文学选择。但在不同的书写选择中，不变的始终是她们超越个性去寻求的中华民族认同意识和对中华民族命运的关切，这构成了少数民族女性写作的最大基调。少数民族女性对中华民族现实境遇的反映和优秀精神的弘扬，透露出性别写作中的独特光华，其形成的作品气象，体现着"文化中国"的独特性和厚重。也正是在这个过程中，中华文化的精髓得到进一步传承，各民族优秀文化得到更大程度的发展，中华文化在少数民族女作家的笔下，绽放了新的生命力。

下 篇

中华文化的多元呈现

第一章 满族女性文学的传统文化传承与创新

——以获骏马奖的满族女作家作品为例

"中国自古就是一个多元一体的统一的多民族国家"[①]，各民族交流融合、休戚与共，血肉相连，古往今来各族人民共同创造了光辉浩瀚的中华文化。"汉文学与少数民族文学、各少数民族文学之间，是一个有机的整体，是多元一体的格局，不是简单的组合，更不是互相游离。"[②]千百年间，满族书面文学经历了从"本民族的历史文献典籍"中萌芽，到清代的满汉双语创作，再到最终因历史原因满语湮灭，并转入汉语创作的发展过程，此后，"满族与汉族在文化上的彼此界限愈发模糊起来"[③]，满族文学在一路坎坷中砥砺前行，在创作题材、技法、文化思想等方面吸收继承汉族文学，同时作家特殊的民族背景所造就的文化烙印使满族文学在一定程度上又有别于汉族文学。

全国少数民族文学创作骏马奖自 1981 年开设以来，以高标准和高质量的评选要求评选出了各少数民族优秀的文学作品。满族女性文学自邵长青的《八月》获得第一届短篇小说创作奖，截至第十二届，几乎每届都有她们的身影，第五届更是出现了赵玫的散文集《一本打开的书》和庞天舒长篇小说《落日之战》同时获奖的情形，文学创作奖的

[①] 梁庭望、黄凤显：《中国少数民族文学》，山西教育出版社 2003 年版，第 5 页。
[②] 梁庭望、张公瑾：《中国少数民族文学概论》，中央民族大学出版社 1998 年版，第 42—43 页。
[③] 关纪新：《满族书面文学流变》，中国社会科学出版社 2015 年版，第 37 页。

殊荣来自这个古老的民族,也在反哺着一代代年轻的创作者。作为中华多民族文学的一个重要组成部分,新时期以来的满族文学以强劲的生命力不断发展,从全国少数民族文学创作奖获奖情况来看,满族女性作家已经形成了一个创作激情旺盛、极具当代审美和创作意识的作家群体,她们深受满族和其他民族文化的交互、多重影响,以多样性的女性写作记述着满族人民对中华传统文化及其思想内涵的当代传承与审视,文字中传达出满族女性作家德行兼修的自我修养、中庸的处事之道,以及群己和谐的中华人文精神。

第一节 女性写作与满族传统文化的传承

中国几千年的历史既是一部多民族融合史,也是气势恢宏的中华民族的诞生史,孕育出了生生不息的中华民族文化传统。"民族融合是人类历史发展的自然趋势。"[①] 自五四新文化运动以来的中国女性文学发展是一个不断探索和丰富女性作为"人"的内涵与价值的过程,从女性个体的心灵世界到人类群体的社会处境,当代满族女性写作关注女性经验与生命故事,从中华传统文化中汲取精神力量和民族品质的养分,表达当代知识分子的生命责任感和人文精神关怀。

当代众多满族女性作家中,叶广芩自成一格,她的作品总是散发出传统文化的"韵味儿"和大彻大悟的"心劲儿"[②],"中庸之道"的写作笔调让读者迷恋至深。在第六届全国少数民族文学奖获奖散文集《没有日记的罗敷河》中,叶广芩以第一人称"我"追忆"沉重"又"轻松"[③] 的个人记忆,透过特定历史时期下的个体人生命运与生存状况再现复杂又浓厚的满族旗人情感色彩,显露出满族特有的文化品格和

---

① 色音:《民族融合与文化融合》,《青海社会科学》1989 年第 4 期。
② 关纪新:《满族书面文学流变》,中国社会科学出版社 2015 年版,第 460 页。
③ 周艳芬、叶广芩:《行走中的写作——叶广芩访谈录》,《小说评论》2008 年第 5 期。

民族精神。清朝贵族后裔的身份为作者接受文化熏陶、文学气息的滋养提供便利，熟谙《打渔杀家》代表的一类贵族精致文化和《锯碗丁》代表的众多底层民俗文化，这种非比寻常的高雅庙堂和俚俗市井相互交融的生活体验所带来的人生感悟和文艺素养，使得叶广芩将满族的文化品格和民族意识转化为文学创作的灵感和源泉，满族旗人特殊的民俗文化、京味儿的语言，以及家族中的珍贵器物，都幻化成叶广芩特色女性写作中的文化符号，例如父亲的鼻烟壶，舅舅卖的开花豆，以及文中频繁出现的古诗文等。无论是在京的童年生活还是调往西安之后，物质匮乏的生活和工作中的磨难并没有把"我"推向一个暴戾粗鄙、埋怨一切的人，这一切都归功于文学世界的相伴和对传统文化的热爱，因为汉族民间叙事诗《陌上桑》里的诗句，"罗敷河"在"我"的眼里变成了一条女性化的河流，是给予"我"生存启迪的精神依托，叶广芩将心灵寄托于文学与自然以释放人生苦闷，散文中如此引经据典的篇幅之多既展示了汉族文学文化对满族作家的内在影响和作家自身丰厚的文化底蕴，也折射出了作者内心对中华传统文学文化深深的自豪感与喜爱之情。

传统民俗和古典文学作为中华传统文化的重要组成部分，同时也是叶广芩在满族贵族文化和平民文化之间游历成长的生活内容，它们成为创作文本中绕不开的文化符号，同时，女性写作也以其丰富真切的个体经验完成对传统文化的传承。

在第十届全国少数民族文学创作骏马奖获奖诗集《我的灵魂写在脸上》中，王雪莹以个人独特的女性生命体验书写对世界之大和丰富生命的审视与敬畏，正如作者自己在序言里写道："一个严肃的诗人每天都重新起程，行走在以词语为表象的内心探险的路上。"[①] 在《遇到水仙》中，王雪莹以"水仙"这一意象指代爱情，文字成为情感的代言符号，以委婉清纯的笔调描绘一个成年人的爱情，流露出作者对于心灵悦动景象的审美情绪，以个体生命的精神和经验探究人类灵魂深处的

---

① 王雪莹：《我的灵魂写在脸上》，中国文联出版社2009年版，第4页。

"爱与梦、伤与痛""渺小与卑微、坚持与守望"①。而满族血液里流淌着的对自然、生命的敬畏和共生之情，促使作者在诗集里多使用"蝴蝶""阳光""花朵"等具有明媚色彩的词语，字里行间扑面而来的是浓厚的生活气息和天然从容的透彻感。

对于满族女性作家来说，性别身份和民族身份的多重影响构成其文学维度的丰富性和复杂性，她们通过写作绘制多姿多样的女性精神图谱，进而表达女性的生命诉求，她们上下求索，并不囿于狭隘的女性意识发掘，用语言符号勾勒出跨越性别、民族身份的人类共同的人文世界，其思想内涵深深根植于中华民族传统文化精神。

第二届全国少数民族文学获奖短篇小说《丹顶鹤的故事》，边玲玲塑造了一个大学毕业后自愿申请去往丹顶鹤自然保护区，在荒芜的环境中潜心丹顶鹤研究的青年小伙裴宁，与毕业后选择城市喧嚣的老同学赵凡相比，作者透过对裴宁这一人物的细致刻画和描写，有意投射出当代知识分子的某种理想世界和精神追求，一种回归乡土自然和追逐生命气息的淡泊宁静。而文中对于朝鲜族姑娘乌梅温暖热情、能歌善舞的形象塑造，表达了作者对不同的少民族文化的关注和接纳。超凡脱俗的丹顶鹤吸引着裴宁甘愿用一生来驻足探索，唤起了赵凡心中消逝已久的美好，对美丽异族姑娘伴舞的描写，歌颂着恬静自然的环境中同丹顶鹤一样美好的事物，作者用丹顶鹤表征个体生命冲破欲望的浮华和虚妄之后，灵魂到达的崇高境界，这种道德上淡泊名利、回归自然、救赎自我的人生路径恰恰呈现了传统儒道文化中所强调的"天人合一"的哲学思想。"人与女人，人的尊严与女人的尊严在边玲玲的小说中，既是一种纵向的逻辑递进，又是一种横向的内在契合，是社会普遍关切与性别特殊关切的有机统一。"② 作为一位满族女性作家，边玲玲以独具特色的女性视角讲述时代青年在物欲横流的社会中奋力维护人格尊严的故

---

① 王雪莹：《我的灵魂写在脸上》，中国文联出版社2009年版，第5页。
② 范庆超：《身份多元型作家与文学潮流的多方对话——边玲玲与1980年代文学潮流》，《河北师范大学学报》（哲学社会科学版）2016年第6期。

事，演绎当代人对中国古典文学中陶渊明所构建的人文精神世界的追寻与传承，体现了中华传统文化对满族女性作家文化修养的浸润和内在影响。

作家格致是"新散文运动"的代表人物，散文集《从容起舞》曾获第九届全国少数民族文学创作骏马奖，其书写"以'纯客观'的方式，真实再现凡人琐事以及深蓄其内的本原与尘世情绪"[①]。与边玲玲相比，格致更关注在男权文化困境中女性的生存哲学，从表现女性成长时期特殊的生命体验到强调女性意识、质疑长辈重男轻女这一传统文化观念中男尊女卑意识在家里、村子里的天然合法性存在，散文中传达出了作者对性别文化和社会人生的深刻思考。例如在《减法》中，"减法"象征着人生道路的复杂，最后的结果是一个终于成功落户到城里读大学的"我"，而成长路上的她们因为生理成熟，丢了贞节等缘由被学校抛弃，因为生命从属于贞操是村里人的共同认识，这一观念也默默影响着"我"。在《转身》中回忆年少时的母亲曾被苏联骑兵侵犯，"我"与男性朋友第一次拥抱时带来的种种不适和危险的感觉，以及被男性骚扰的经历，作者以个人经验揭示女性成长中的风险和不易，以此凸显对男权文化的反抗。同时，作者以"漫漶、枝蔓"[②]的文字描述"我"与男性周旋对话的漫长场景，更有意强调女性的善意与柔和能成功化解来自男性的威胁和危机，这一点在《医疗事故》中也同样得以印证，作者细致展开自己与年轻中医相亲时险些被侵犯的经历过程，着重凸显其本意表达，展示女性天然被赋予的感化暴力的强大力量，救赎了在法律边缘游走的施暴者，心怀坚强忍耐、宽容慈悲的母性品格，这一思想内涵复归了中华传统文化中以伦理道德感化人性、救赎人性，以柔克刚的精神资源。格致以先进的文化角度审视和反思幼年时闭塞环境中的女性生活和情感状况，直面女性现实问题的忧闷，也在文中保留了女作家对和谐美好两性文化的期待和试图构建文明文化的责任感，并流

---

① 关纪新：《满族书面文学流变》，中国社会科学出版社2015年版，第465页。
② 关纪新：《满族书面文学流变》，中国社会科学出版社2015年版，第465页。

露出对中华传统文化精神的依恋感。

在格致的长篇散文《替身》中,她描绘了在乌拉古城内人们依靠懂巫术的"大神"来诊治病痛、驱魔赶妖的乡村日常生活图景。在这个古老的地方,传统的巫文化将人同时赋予了肉体存在和替身存在。当面对生病的"我",母亲召集众神在人间的替身——大神,制作一个"我"的替身来保佑"我"。对这种巫文化的推崇和信仰影响并支撑着逆境中的人们,以至于后来"我"的丈夫发出了"世界已经改变,人神必须联手,共同努力,才能保佑一个孩子安全长大"[①]这样的感慨,这种古老的文化习俗通过满族旗人的血液沿袭至今,在经历了真理与科学的考核之后仍在现代旗人心中有所保留,这个语境下,它并不是医治身体病痛的良药,而是旗人心灵的寄托。而文章中出现的对东北满人女子吸烟的风俗和满人房间布局陈设的细致描写,展示了作者对于满族文化习俗和满人日常生活细节的关注,这是作者熟悉的"家"的环境,也是流淌自血液里的民族文化审美认同。然而,这种对本民族感知和了解却是来自母亲这个汉族人,"文化混血儿"的身份并没有给予格致天生的满文通晓能力,在《在边疆的大风中》一文里,童年时她通过游戏在"古老的泥土"中找字,长大后在书柜中、在家谱上以及在研究室里追寻民族文化根源,执着地探索有关满族文字的故事,审视现代性浪潮冲击下的传统边缘文化消解,在现代与传统、满族与其他民族文化的碰撞与交融中找到归属感与认同感。

满族传统文化本身所固有的不容忽视的父权制语境也不可避免地侵蚀女性心理,这种影响明显地体现在女性创作的文化心理上,即便是当代满族女性作家的女性书写,仍可以从格致的散文中嗅出她本人对于童年时期父母偏心兄弟忽视自己而内心酸楚的味道,这种态度似乎与边玲玲呈现的对于中华传统文化中特殊的文人情怀,渴望隐逸的精神截然不同,但是前者通过无限释放女性的"善"以反衬男性的"丑",与后者对古代男性文人建构的人文精神世界的向往都属于当代女性书写情绪的

[①] 格致:《从容起舞》,时代文艺出版社2007年版,第256页。

一部分。而在叶广芩和王雪莹的女性话语空间里，豁然自得、通达明澈的心境更为突出。如此女性写作的多样性证明了女性也是可以超越传统家庭关系中的身份，成为中华传统文化在新时代的传承者。

满族作家庞天舒的长篇小说《落日之战》充满着"寻根"的渴望，体现出强烈的文化认同感。庞天舒通过梳理史料，重构了1114年冬天的那场著名的辽金大战。阿保机统一契丹所建立的大辽国于916年开始，称雄北方的百年霸业被女真族首领完颜阿骨打打败。这一段历史无论是史料记载还是民间流传，都是无法抹灭的存在。庞天舒作为蓝旗兵的后裔（满族镶蓝旗人）从小就听着老祖母讲述的满族先人征战沙场的英雄故事，给了她童年灵魂的感召。长大后，她勤奋攻读历史资料，获得了关于金、满在那一片原始森林里筑建的民族精神和民族气质，于是驱笔驾车踏遍北国古战场，寻访她金人祖先的文明与智慧，构建了一个东北白山黑水的"地方"历史。小说的第一章开篇讲道："公元一一一四年，冬至刚过，由外贝加尔湖吹来的寒潮像一支正在迁徙的庞大妖魔家族，嘶吼着越过鄂霍次克海，袭向了宽广的拉林河谷，在某一天夜里莅临辽朝的边塞小城宁江州。"[①] 宁江州（约在今吉林省扶余县东石头城子）是一座辽廷经营多年的大城，四周城墙高耸，城郭完全依中原样式修建，城防坚固，易守难攻。城西北的鸭子河[②]已集结了来自各处的辽军，集结完毕，谁料想阿骨打已亲率3700名骑兵，星夜兼程疾趋混同江[③]上游连夜潜渡，黎明登岸偷袭辽军，借风火攻，首先击败萧嗣先所领军队，然后连续追击溃逃辽军百余里，又斩杀崔公义、邢颖等辽将，缴获甲马3000余匹套，接着，兵马不歇，又追至斡邻泺击败辽军萧敌里部，斩杀、缴获不计其数。[④] 满族崛起于东北，灭明而建立清朝。庞天舒的《落日之战》以满族历史的书写，冲击当代文坛的历史

---

① 庞天舒：《落日之战》，人民文学出版社1994年版，第7页。
② 今松花江西段，即吉林省扶余县与黑龙江省肇源县之间的一段河道。
③ 松花江与嫩江在吉林省三岔河汇合后的一段河道，它注入松花江后形成南黄北黑水色，因此这一河段被称为混同江，亦被称为东流松花江。
④ 参见李强《金太祖阿骨打的完颜家族》，金城出版社2014年版。

小说之风，不仅获得了好评，还赢得了骏马奖。

《落日之战》在对北国古战场上的英雄故事的讲述中，庞天舒运用丰富的满族文化元素和古老的神话传说营造了神奇迷离的满族文化氛围。庞天舒不仅创造了一段完整的感人故事，而且讲述了满族在求生存的过程中艰辛而奇妙的历程。在杀伐争战之外，民俗仪式与坚贞的爱情糅合在一起，透视出人类生命之初的神性与古朴。小说多处描写了女萨满跳神的场景，"主持的女萨满击打抓鼓，甩动腰铃，在山野老林河岸溪边冲来奔去，喋喋地念叨着咒语。""当阳光到顶，河水滚灼，盘角公羊所食之草再生力最强时，女萨满全身具四方鬼灵的神力，旋摆起自己，踏祥云升至高空，饱吸一口九天纯净之气，飞落死者身旁，朝他的口耳眼徐徐吹去，空气灌进了死者身子，人们看到那毫无知觉的躯体在鼓胀，仿佛大地伸出了手掌缓缓托他升向天空。"[1] 在女萨满仪式的指引下，死者的灵魂得到飞升，并最终死而复生，这是一种对生命不衰的美好期望。神秘的礼仪是满族先人对生命原始图腾的顶礼膜拜，在满族文化中，万物有灵，灵魂不灭，人死后死者的灵魂可以重新投胎转世，获得再生的能力。小说显示出独特的艺术风格和民俗价值，用形象生动的语言描摹出了如诗如画的满族先民生活场景，在沉重、悲壮的英雄史诗中又散发着灵动、飘逸的浪漫色彩。满族古老的历史与文化在作家的想象与建构中复原，古老而久远的情歌和神歌重铸着一个民族生生不息的精神。

当代满族女性文学并不囿于书写女性主体经验与思维，其以宏阔的现代性视野和丰富的传统文化内涵探讨人类共同的人文追求，谱写满族传统文化的当代传承，考量生命活动在现实中的终极意义。尽管文学体裁不同，女性写作通过当代文学的审美表达形式守护并传承着中华文化的共同记忆，构建中华民族共有的精神家园，文本始终贯穿着对个体生命存在形式的关怀和对个体精神世界的关注，既保留精神上的独特性、差异性，又在文化中国的意义上会通为完整的版图，绘制了当代知识分子探寻文化源流、回归精神家园的秘径，表达了对文学精神和文化感染

---

[1] 庞天舒：《落日之战》，人民文学出版社1994年版，第5页。

力的坚守与自信，在整体上形成了一种人类价值审美的共通性，并在精神内涵上自觉地归一为对中华文化和满族传统文化的传承。

当然，当代女性不仅在精神与生命价值上有独特的诉求，她们也同样具有男作家广阔的文化视野对满族消逝的传统文化进行审视。赵玫在散文集《一本打开的书》中有一篇《我的祖先》，其中写道："我的祖先是被他的母亲在游牧的马背上生下来的。而临到我们，便不仅有了宫廷里的皇族的高贵也有了王朝覆灭衰败之后的凄凉。我们怀着那一份高贵的凄凉，便只能将一颗执着的心，投入对先祖无限崇敬的缅怀中"①，作者对于本民族的历史别有一番感慨，满族曾经古老的生产方式决定了其游牧民族特有的骑射狩猎文化，在北京建都之后，清朝贵族阶层为了稳固政权开始在一定程度上汉化以吸收容纳汉族精英阶层，直到政权被推翻，满族旗人流离失所。满族在风雨飘摇、时代变迁中留下的只剩一座又一座的建筑，它们所代表的是祖先曾经的辉煌，现在却成了没有了生命力的文化符号，而一代代不断成长的族人们对于满族特殊文化记忆是缺失的，在满族文化日渐式微并呈现相当程度的汉化的情况下，赵玫关于满族的叙事更像是一种文化想象："在生命中的一个必然的时刻，我像悟出天机般悟出了满族女人的命运……于是我写了长篇小说《我们家族的女人》，用这篇作品完成了我1991年对于民族的认识。"② 赵玫将多元的文化情感默默地融入创作，并与女性作家天然的女性意识相互结合，以现代女性的心灵感悟满族女性的命运，书写对满族故事的想象，在文学创作中追溯身体里的满族文化基因，完成对祖先的认识与缅怀。

第二节 中华文化传统的当代性思考

文学文本中的文化踪迹即表征着少数民族作家本人对于本民族文化

---

① 赵玫：《一本打开的书》，春风文艺出版社1994年版，第254页。
② 赵玫：《一本打开的书》，春风文艺出版社1994年版，第255页。

和民族身份的一种认同,当代满族女性作家的多样性创作固然彰显了各民族文化的相互交融与多元共生的文化生态环境,这种多元共生的文化生态记忆也在潜移默化地浸染着满族女性作家的文学创作,二者相辅相成。"面对浩瀚如烟的传统文化,摒弃什么、传承什么,是一个时代的大命题……求新求变,是时代的要求,是一个国家民族发展的要求。"[1]由于现代化进程所引发的社会空间和地理环境的变化,在传承与阐发少数民族传统文化的同时,满族女性作家的书写也表达了当代知识分子的一种明确的文化自觉,思考并审视满族传统文化的变异、消亡,或者以文学创作将满族传统文化加以创新,延续满族传统文化文脉。

战争这一命题是历史的、沉重的,当满族女作家面对这一叙事主题,她们擅长从女性的情感经验出发表达对战争和历史的独特解读,战争题材的获奖短篇小说《八月》创作于1979年,正值新时期文学对革命现实主义、人文主义等文学思潮的恢复阶段,邵长青的抗战叙事没有对日本侵华战争的非正义性进行直接地惯性讨伐,也没有对战争场面进行宏大描写,作者以战争背景下日本女人踏上中国土地寻找参战的丈夫这一故事为引,讲述流浪异国他乡的日本女人遇到逃难中的中国男人们,由一开始对中国人感到害怕恐惧到最终与中国人生死相依,并互相产生亲情感的这一变化过程,审视战争文化中的"人"和"人性"。邵长青将千百年来中华民族"德""仁"的精神传统通过当代文学审美表达的改编创造,构建为具有当代认同感的精神价值,即"人道主义"精神。面对那段共同的战争历史,无论中国人民还是日本人民都是战争的受害者,战争导致了中日两国人民无家可归,这一历史事件本质上对人类构成的心理精神创伤不容忽视,作者对于战争的描述超越了简单的国家民族叙事,以人类存在和发展的视野理解、澄明民族精神文化,表达了全世界不同文化背景下人们对于"和平"和"家"的共同追求与渴望,而这一世界级议题的答案就埋藏在浩瀚如烟的中华文化之中,即使战争中落魄的中国人,面对来自侵略国的弱者,仍会心存"德性"

---

[1] 孟繁华:《传统文化与当代性》,《光明日报》2017年10月10日第16版。

和"仁道"。

　　同是战争题材文本，庞天舒《落日之战》中的少数民族战争史荡气回肠，青年的爱情故事感人肺腑，小说追溯了满族先辈女真族人开疆辟土的峥嵘岁月，以及契丹等其他民族的多舛命运。北宋汉女苌楚在动乱纷纷、狼烟四起的背景下无力掌握自己的命运，却始终保持心中的忠贞与赤诚，以爱为生命箴言，宁愿背负背叛的罪名也要挽救契丹骑兵刀下女真老人的性命。当得知斜也等女真人背信弃义，计划南下侵宋时，苌楚心中对养育自己的汉族家园深深的大爱超越了儿女情长的小爱，痛苦并决绝地斩断了与斜也的联系。庞天舒塑造的汉族女性是一个颇具现代意识的人物，对古代女性形象的颠覆性书写这一自觉性文化创造活动本身充分体现了作者强烈的当代女性意识，史书中的女性是祸国殃民的红颜祸水，诗歌中是不知亡国恨的男性权贵的附庸，然而在文本中作者实现了对传统女性刻板印象的文学书写突围，赋予女性铮铮铁骨和寸寸柔肠的正义品质，用女性形象诠释温婉善良和刚毅不屈的中华美德，代以演绎当代知识分子理想中的崇高的中华民族道义和大爱精神。

　　满族女性作家构建女性历史书写，在历史叙事中想象女性的参与，以文化传统创造再生产的方式颠覆了传统文化中的女性被动性地位，解放男权文化对女性的精神束缚，为文化多样性发展注入新的生命活力。《落日之战》既是英雄的颂歌，也是爱情的吟唱。庞天舒既在满族历史与英雄故事的书写中追念满族先祖的丰功伟绩，又在悲欢离合的爱情故事的演绎中思考女性的身份存在。主人公苌楚在多年的边疆征战中，她的命运随着战争不断被改写，时而是汉人，时而是女真人，时而又是契丹人。为了生存，女性自身的民族身份可以轻易被置换。在残酷的战争中，苌楚先后嫁给辽军大将萧挞不野、金国大元帅斜也，她的丈夫们都是在战场上善于征战的英雄，而她只能不断在战场上寻找丈夫的身影。女性作为战争的牺牲品，处于被塑造、被改写的命运。苌楚常常追问"哪儿是我的家？"庞天舒用女性的视角看待中华民族的历史发展，记录了女性生命存在的状态。

　　历史中的女性深受男权文化影响，这种现象也延续至今。满族作家赵玫的散文集《以爱心 以沉静》和《一本打开的书》，曾分别获得第四、第五届全国少数民族文学创作奖，这一事实足以说明作者文字中内含的强劲生命力和紧扣读者心灵情感审美的巨大能量。作者突破传统的家庭婚姻观念，以文学联系现实世界，排遣心中爱情和婚姻失败的痛苦，通过文字构建的文学世界，超时空地与杜拉、伍尔夫、三毛等女性作家进行精神对话和心灵交流。赵玫通过写作使自己成为有独立精神领地的女性，为女性的存在身份寻找答案。一个女性到底应该是男人的爱人、家庭的主妇，还是带着孩子的单身女人、父母的女儿，在这样的追问中赵玫于坚韧跋涉中摆脱爱情的折磨，蜕变成长为一个具有独立精神的女性，以沉静的爱心对待父母、女儿和身边的朋友，获得对自我精神生活的真正把握。散文中展现了女性作家个体心路历程中的真情与挚爱，探索女性生命中的多重身份，追问女性的生命价值，表达当代女性对家庭、婚姻以及人生的豁达态度。赵玫尊重女性，更懂得欣赏女性，在《漫漫长安道》中，赵玫回忆了那位被历史尘封的一代女皇，尽情抒发对武则天的崇敬与爱怜，她将武则天描述为"不息的灵魂"。武则天除了在政治上取得了辉煌成就，也是个在"天命、权力与人性之间苦苦挣扎"的"女人"，然而赵玫却将这个女人与法国美丽的杜拉区别开来，"她们不同。杜拉纯粹是为了爱，或者是为了远离孤独；而她则是为了生存、挣扎，和某种冥冥中的天意"[①]，武则天身上凝聚着的中华女杰面对生存的勇气和意志深深吸引着赵玫，这种女杰文化在经历了男性的刻意丑化、西方女性主义冲击之后才真正成为中国当代女性自己的精神文化。

第三节　多民族共荣共生的文化意识

少数民族女性文学显现着一个潜在的话语症候，即不能被硬性纳入

---

① 赵玫：《一本打开的书》，春风文艺出版社1994年版，第276页。

中国文学或汉族文学甚至女性文学的知识谱系之内，而是呈现出独具特色的民族性特征的殊异性的文学现象。她们以众声和鸣的方式在中国当代文坛彰显着独具特色的魅力，以其独特的女性经验和地域书写特征成为中国文学和文化的亮丽风景。众多获奖的作品，尽管其主题风格、叙事方式等方面不尽相同，满族女性作家始终保持开放、包容的文化精神，以当代文学想象呈现满族文化，例如对家族身份的介绍、日常生活的展示，以及对民俗文化的描写等。然而在新时代下，各民族的文化不断发展和交融，族群边界的痕迹不再清晰，满族文化记忆被重构成为中华文化的特色基因，这些获奖女性作家本身的民族意识更多指向中华民族共同体意识，因此她们对于满族文化的阐释既依赖于本民族的文化符号，又呈现和谐的中华文化共同体意识，女作家们对各时期历史事件的客观描述即是佐证。

庞天舒曾在参加全国第三届少数民族文学创作会议时这样谈道："当今的世界各个民族就是历史上的民族、人种相互融合的产物，民族文学也必然如此……我本人的创作就是民族文化融合的现象。"[①] 这种多民族文化意识在《落日之战》中也多有体现，小说虽然写的是满族祖先女真族、辽国契丹族以及北宋之间的少数民族部落战争，但个体的少数民族身份所赋予的特殊性与差异性被放置在人类必要的生存正义性之后，作者的战争叙事不失公允，以客观的态度正视中华多民族间的交融史。契丹将军林牙大石在国破家亡时满腔热血希望找金人报仇雪恨，在经历了多次战争后却又向西跋涉千里重建西辽，只为避免部落间的战争，以求安逸和平的生存环境，甚至在西行途中吸收了一队志同道合的沙漠部落族人。在庞天舒的叙事话语中，无论民族身份是什么，和平富足的日子才是人人都向往的幸福生活，这些既是人性情感的感知过程，也是对人类生存真谛的认识结果，完成这些都需要和平稳定的内部执政环境和外部邦交环境，然而汉族与少数民族游牧生活生产方式的不同，造成了汉族"农耕为生"的固有习惯，游牧民族则需要不断征战其他

---

① 庞天舒、赵玫等：《关于少数民族文学的问答》，《南方文坛》1999 年第 1 期。

民族开疆拓土，当金人顺利攻下辽宋都城后，杀红了眼的战士肆无忌惮地将愤怒发泄在无辜的城中百姓身上，此时战争之初的目的已经完全湮没在对弱者施暴的血腥之中。战争导致了一个民族的胜利和一个民族的消殒，"一场胜利的战争，往往也就是引诱胜方走向反面的'落日之战'"①。

在另一个维度上，庞天舒的战争叙事跳脱了单纯的满族历史书写，在完成满族历史叙事的同时，在民族性的基础上以全人类的视角质疑战争的暴虐与复仇心理的破坏性。女真将军斜也与契丹将军萧挞不野在战场上厮杀拼搏时，也不妨碍他对这位英雄的崇敬；而后与辽宋汉人蔡靖相遇时，又被蔡靖的忠诚和勇气所感动，然而，在和他们碰面之前，斜也只是个满腔国愁家恨的复仇者，庞天舒对斜也这一人物的多视野考察即消解了民族之间的绝对界限，人不只具有民族性，更应该具有人性，战争无论是为胜方还是为败者带来的终究是毁灭，只有和平幸福才是不同民族众生共同的生命诉求，民族间彼此尊重、平等共存、求同存异，这便是对多民族共荣共生这一文化意识的深刻阐释。

满族女性作家以现代知识分子深沉的使命感通过创作开启文化寻根之旅，在女性身份、少数民族身份这两重身份维度中建构人生与时代的终极关怀，勾勒主流男权文化语境下女性记忆中的史实，将边缘群体意识通过叙事文本呈现出来，以此实现价值提升和中华文化现代化建构。同时，面对自身特殊的民族身份，女性作家自觉地将满族文化视为中华文化的重要内容，在保证文化生态平衡的基调下，依靠文学创作传承传统文化记忆，开启新的文化传承之门，呈现满族女性作家既承担着本民族历史命运和文化精神的书写任务，又自觉扮演着传承中华文化的角色。

学者李鸿然曾这样评价庞天舒："刚过20岁的'小格格'就能取得这样的文学成绩，不只是个人才情和勤奋的结果，也是时代使然，与满族和整个中华民族文化养育有关。"② 庞天舒自己也意识到，虽然是

---

① 关纪新：《当代满族文学的"族性"叙说》，《民族文学研究》2012年第2期。
② 李鸿然：《中国当代少数民族文学史论》（下），云南教育出版社2004年版，第550页。

满族出身,却是被汉文化养育大的,成长之后再重新走入满族的民族历史,将血液深处的民族记忆和童年时的民族文化浸染力唤醒,于是拿起笔书写她的民族。可以说,她的创作就是民族融合的产物。《落日之战》充分展示了作为女作家的庞天舒细腻、深邃的写作风格,对满族历史的追忆与"落日"的光辉交织出一个民族在血雨腥风中成长的画面。在历史小说创作的意义中,庞天舒构建了一个民族生存的史诗,使东北大地增加了深层的精神意蕴,"从以往的闭塞、落后,变成了远古、粗犷和有张力、有生命激情的地方"[1]。而且在某种意义上说,使东北超越了自身,庞天舒不仅仅是在讲东北,更是在讲中国,或者说借东北的历史讲述中国的历史。

满族女性文学一方面在书写创作中保存自己本民族的历史记忆与文化精神,另一方面吸收借鉴其他优秀的如汉族等各民族文化,将传统文明与现代意识相结合,注重对人性以及对人的现实生存状况的关怀,通过文学想象构筑并再现民族文化图景,在中华文化共同体意识的格局中,将本民族文化与各民族文化相互交融,在现代语境中拓展延续满族传统文化基因,并对满族传统文化精髓进行再发现、再认识、再创造,统筹兼顾本民族与中华民族的文化传承与文化创新,建构各民族共有精神家园的方向,映衬着对中华文化的认同和归属感,在这一过程中自觉地表现出主体自信和文化创新意识,充分体现了当代满族作家的中华民族共同体意识。

总体来说,当代满族女性文学在大时代背景下对传统文化的书写呈现出一定的辩证性思考,作品中既有对传统文化思想内涵的继承和发扬,又表达了对于传统文化的时代思考与创新,满族女性作家们以丰富的文学活动表达文化认同感,彰显民族文化自信,同时这种连通古今的文学创作消解了传统意义中的民族畛域和狭隘的民族主义,深化并超越了文学和文化传统。

作为中华多民族文学重要组成部分的满族女性文学,其文化现象存

---

[1] 徐新建:《多民族国家的文学与文化》,人民出版社2016年版,第89页。

在本身即具有一定的文学史意义。民族文学的书写主体不再只是男性作家，女性作家或引领小说体散文的"新散文"艺术手法，或通过小说、诗的创作，以更细腻的观察视角丰富了当代文学中的女性形象，为文学传统注入时代的文化考量，阐释有关民族、战争、人性、人生等主题的思考，体现了当代女性作家独特的审美内涵和民族文化意蕴气息，同时又为中华多民族文学投入新的文学力量。

第二章 蒙古族女性文学的草原情结与中华文化认同

——以获骏马奖的蒙古族女作家作品为例

少数民族的地理位置的边缘性，决定了其在文化上的独特气质，在多元文化的冲击下仍能坚守文化个性。少数民族女作家把本民族的命运与边地文化联系在一起，将深邃、敏锐的目光投向广袤的大地和遥远的历史，关注本民族文化的发展。蒙古族有着悠久壮阔的民族历史，丰富且多样的文化传统。作为第一个入主中原的少数民族，其文化特质中带有着豪迈霸气的高原气息，传统中呈现着独具特色和魅力的民族气质。蒙古族文学也如其历史一般，有着悠长雄厚的命脉，蒙古族作家所营构的具有多重内涵的文本，深刻地烙印着蒙古族的民族记忆和民族精神，呈现着北方民族的独特气息。中华人民共和国成立以来，蒙古族人民在党和国家的带领下，迈向了新的时代，蒙古族文学不仅深刻保留着其独特的民族特质，还积极响应时代和党的号召，深度地拥抱了中华文化，汲取其他民族有益养分，体现出蒙汉融会贯通的精神气质，蒙古族文学因此再次焕发了勃勃生机，在当代文坛上贡献出了一批又一批有分量的佳作，如李准的《不能走那条路》《李双双小传》、玛拉沁夫的《茫茫的草原》、扎拉嘎胡根据历史故事改写的《嘎达梅林传奇》、朋斯克的《金色的兴安岭》等。蒙古族女作家们也毫不逊色，在国内外各大奖项上接连有所斩获。在国内最有分量的少数民族文学奖项骏马奖中也见到了许多蒙古族女性作家的身影,如敖德斯尔和斯琴高娃合著的《骑兵之歌》就获第一届骏马奖长篇小说集奖;萨仁图娅以诗集《当暮色渐蓝》、报告文学集《尹湛纳希》分别获第三届和第八届骏马奖;齐·敖特根其木格以中短篇小说集《阿尔查河畔(蒙古文)》、乌云其木格以诗歌《草原恋情》获第四届骏马奖;乌仁高娃以散文集《天痕(蒙古文)》、韩静慧以儿童故事集《恐怖地带101》获第七届骏马奖。(由于语言问题,蒙文写就的《阿尔查河畔》和《天痕》暂不纳入本章研究。)这些奖项的获得证明了新时期以来的蒙古族女性文学以一种锐意开放的进步姿态迈入了当代少数民族女性文学的花园之中,成为园地中一朵奇葩。虽然这些作品创作题材和形式十分多样,内容也不尽相同,但在新时期以来的蒙古族女性创作中,仍能看到一些民族骨血中流淌的文化共性和对中华文化的积极接纳和融合。

第一节 蒙古族历史文化传统的体认和承继

蒙古族是我国北部地区的一个主要的少数民族。最早发源于额尔古纳河东岸一带,蒙古族族源为公元前5至前3世纪,驻扎在额尔古纳山脉一代的东胡部落,最早就过着"俗随水草,居无常处"的生活。在历史的变迁中,部落名称逐渐由东胡变为蒙古,13世纪初,以成吉思汗为首的蒙古部落"黄金家族"统一分散于蒙古地区的诸部落,建立了蒙古汗国,逐渐形成了作为蒙古族的民族共同体,又在其后三次西征,同时挥师南下,历经七十载,建立元朝,统一了中国。

蒙古族的游牧文化注定了其生活方式和自然的贴近,逐水草而居,注定了蒙古族的生计与自然之物有着密切的关联。游牧文化信奉万物有灵,常赋予火、山川、树木、日月星辰、雷电、云雾、冰雪、风雨、彩虹和某些动物以人格化的想象和神秘化的灵性,将其视为主宰自然和人间的神灵,这种贴近自然的文化观念因为和蒙古族游牧文化的相近而得到了接受和认可。由于生活与自然的贴近,自然的万物都可以与蒙古族群众产生联系。草原上的狼、鹿、熊、牦牛、鹰乃至树木都被蒙古人视为图腾所崇拜。《蒙古秘史》开篇第一句话这样写道：成吉思合罕（可汗）的祖先是承受天命而生的孛儿帖赤那（苍狼）和妻子豁埃马兰勒（白鹿）。即苍狼和白鹿孕育了成吉思汗的祖先，鹿和狼因此成为蒙古族重要的图腾。

一个研究者曾说过："一个民族审美观念的形成，主要有两个方面的因素，即外在和内在两个方面。外在方面主要是指一个民族赖以生存的自然环境（地理、气候、植被、水土等）；内在方面是指一个民族特有的思维方式、道德心理、文化背景等因素的影响。这些都会影响到一个民族的审美意识活动，而这些因素又通过一个民族的思维方式直接或间接地表现出来。"[①] 蒙古族千百年来赖以维系的游牧生活是一种极度依赖自然恩赐的生活方式，注定了蒙古族整体的文化经验、民族心理和审美也将紧紧贴近着自然而生发和解读，这种文化逐步形成为蒙古族共同心理特质，孕育了蒙古人民顽强的性格、野性狂放的品质，这一点从蒙古族的图腾信仰中就可以看出。这样的文化心理和审美认同深刻地镌刻在了蒙古族的文学艺术创作中："蒙古族特定的生产生活方式，恶劣的自然地理环境，神秘的萨满教信仰，在很大程度上规制了蒙古族审美心理特征的产生和发展；独具游牧文化特征的民族审美心理的个体和群体，创造了具有强烈主观抒情性的蒙古族文学艺术。蒙古族民族传统的审美心理习惯在很大程度上影响了蒙古族文学刚性之美的特征，同时蒙古族文学刚性之美作为渊薮贯穿始终，占据主导地位。"[②] 在这种自然、游牧文化之下催生的蒙古族文学，充满了自然野性和神秘的魅力。蒙古族的文学中处处可以看到这种游牧文化影响下的野性壮阔之美的体现。游牧生活中恶劣的自然环境、狩猎而居住的生活方式、不断防御凶猛野兽攻击的漂泊生活，以及神秘的草原催生了丰富的民间故事；游牧文化的自然信仰催生了动物的图腾神话以丰富且神秘的蒙古族祭祀歌和祝赞

---

① 张胜冰：《从远古文明中走来——西南氐羌民族审美观念》，中华书局2007年版，第50页。
② 杨晶：《刚性之美：蒙古族审美观念研究》，黑龙江人民出版社2013年版，第46页。

词；充满战斗性的生活方式和四方征战的民族传奇历史催生了雄浑豪放的英雄史诗，如广为人知的《江格尔》；辽阔的草原和放牧文化催生了悠长多变的民歌……蒙古草原以其辽阔多变的地形和广博的胸襟接纳了蒙古族，也让蒙古族在这片土地上成为一支勇敢传奇的民族，也造就了蒙古族内容丰富、足迹真实、民族色彩浓郁、数量巨大、体系完整的蒙古族文学。

波澜壮阔的文化历史流变是蒙古族真正的灵魂所在。草原独特的地理景象塑造了蒙古族人的文化心理和民族审美，而这种心理和审美又通过蒙古族人民去推动蒙古族波澜壮阔的历史和文化的发生和前进，人和景是蒙古族灵魂的外在投射，而文化和历史才是塑造蒙古族人民族特性的重要内在来源，蒙古族女作家们积极对蒙古族的历史、文化习惯进行了记叙，以表现她们对民族内在灵魂品质的认同和坚守。

这种对历史文化的追忆在获骏马奖的几位蒙古族女性作家的笔下皆有体现，但表现得最为明显和突出的，还在于萨仁图娅的《尹湛纳希》。《尹湛纳希》获第八届报告文学奖，主人公是伟大的蒙古族文学家、思想家，也是第一个从事蒙文长篇小说创作的蒙古族作家，开创了蒙古族语言创作长篇小说的先河，在蒙古文学史上占有重要地位。尹湛纳希是成吉思汗第二十八代传人，父亲是一位清朝爱国将领，尹湛纳希一生未曾入仕，在壮年时经历了家道中落，感情不顺，人生的变故对他的人生观产生了极大影响，让他从一个贵公子转变为关注社会问题发愤著书的作家，靠着续撰亡父未完成的《青史演义》和自己创作的长篇小说《一层楼》和《泣红亭》名留历史，成为蒙古族最知名的作家之一。尹湛纳希自叙创作其最为知名的著作《青史演义》的缘由在于："他要写成《青史演义》以提高民族自信心。"[①] 所以尹湛纳希励志续写此书，振奋精神，以期复现蒙古族壮阔的历史，复兴勇猛的民族血统。《青史演义》以编年体和传记体结合的形式描写了成吉思汗自诞生后七

---

① 齐木道吉、梁一孺、赵永铣等编著：《蒙古族文学简史》，内蒙古人民出版社1981年版，第143页。

十四年间的历史，尹湛纳希通过生动的故事情节，描写了成吉思汗戎马一生统一蒙古，逐鹿中原的英雄事迹，如泣如诉地展现了蒙古族波澜壮阔的历史图景，也让尹湛纳希因为这些小说成了记叙民族伟大历史的重要文学家。萨仁图娅跨越时空，以一种蒙古族精神的文学传承，接下了尹湛纳希记录历史的笔，从多角度叙写了尹湛纳希的一生，因为："同乡，同族，我怎能不写？我不能不写！"① 这种文学的传承一方面体现了新时期的蒙古族女性参与历史和传承的主动性，另一方面也可体现出蒙古族女性地位在历史的前行中不断得到了重视和认可。《尹湛纳希》并不只是对一个文人一生的简单叙述，萨仁图娅是将尹湛纳希的人生放置到了蒙古族历史文化的大背景中去展现的，让尹湛纳希的个人命运与历史和时代同呼吸，共沉浮。萨仁图娅《尹湛纳希》第一章"济世岂在武"和第二章"最是忠信府"通过晚清的政治史实和蒙古族的历史图景之间比照考证了尹湛纳希个人的生活轨迹，还详实地考证了尹湛纳希创作动机、过程与晚清时局变动之间的联系，将一个作家的人生融入晚清整个蒙古族的命运沉浮中进行考量，甚至更往上溯源，对成吉思汗时代的历史，乃至整个蒙古族的历史进行了极为详实和多角度的考证和钩沉，以和尹湛纳希叙述的成吉思汗在时空之中遥相呼应和对话。蒙古族的历史和文化借由文学跨越了时空，产生了奇妙的共振和回响。更为特殊的是，萨仁图娅在《尹湛纳希》的创作中，不只采用了史学笔法平实记叙历史，而是更多地采用了文学性很强的散文笔法，寓情于景，移情入史。"我努力把文学性、艺术性、史料性汇于一体，使民族性、地域性、时代性融为一炉。取舍与偏重，还是文学。"② 萨仁图娅在记叙中注入了自己作为一个女性对母族历史的深情，展现了一个女性对母族文化细腻入微的观察力，让《尹湛纳希》一书绽放了性别的光辉和民族情感的独特光华。

在这些蒙古族女作家的笔下，除了有令人神往的草原美景的描绘，

---

① 萨仁图娅：《尹湛纳希》，辽宁民族出版社2002年版，第386页。
② 萨仁图娅：《尹湛纳希》，辽宁民族出版社2002年版，第386页。

更多的是对生活在草原上形形色色的蒙古族人民的描绘。作家们通过自己的笔，塑造了一系列草原人物的群像，叙写了草原文化对草原人民的塑造，让这些人物在作品之中栩栩如生。蒙古族女作家韩静慧从儿童的角度来对蒙古族人民的文化品格进行了观察和塑造。关注草原儿童的成长，挖掘他们非同寻常的感知自然的能力。韩静慧的儿童故事集《恐怖地带101》中，塑造了一系列蒙古儿童的群像，用儿童的性格特质来投射蒙古族文化对整个民族人民，乃至初生的儿童们的深刻影响。蒙古族世居粗犷豪放的自然环境和文化历史如何影响和塑造了草原儿童仗义、乐观、直率的"野性"生命。初中生巴雅尔，被称为"敖查的小公狼"，没人敢惹他，时常给别人带来破坏性的影响，这样一个具有草原的野性的男孩，也蕴含着天真纯朴的一面，在陈格老师的正确引导下，最终取得了优异的成绩。草原儿童在桀骜不驯、蓬勃野性的生命张扬中，讲求的是崇信重义的美好品德。韩静慧在《六（二）班的奇人怪事》中塑造了"泼女"佳妮的形象。女孩佳妮是"最大号的怪人"，因为她属于那种强硬派的缺少女孩味的人，学习一般，长相平平，少言寡语。尽管很多人不喜欢她，但她身上依然有着非常可贵的品质，对身有残疾的大伯的孝顺是无人可比的，别人欺负大伯，她就又泼又辣。佳妮对大伯始终存有一份感恩的心。佳妮从咿呀学语起，就跟大伯最亲、最近。大伯在一岁时，因为母亲照顾不周从窗台上掉下去，摔坏了，就慢慢长成了驴脸马相和怪异的身体，因此得不到家人的关爱。但大伯是个极有忍耐力的人，对家人的歧视从来不曾反抗，每日里拖着残疾的身体拔苗、锄地、挖粪，干家里最脏最累的活，住在狗窝一样的小偏房里，吃着残汤剩饭，无悔无怨地生活着，每日脸上洋溢着融融的笑意。大伯四十岁了仍无妻无子，他把佳妮当宝贝似的疼爱，别人取笑自己从不动怒，但若是孩子们扔石头砸着了佳妮，会把眼睛瞪得牛眼一样大骂，把淘气的孩子吓跑。爸爸妈妈和奶奶对大伯冷眼相待，外人也欺负大伯，佳妮为保护大伯开始变得泼辣，不允许任何人惹大伯。佳妮侍候了大伯五年，大伯用残疾的身体挣钱供佳妮读完小学、初中。爸爸妈妈也改变了对大伯的态度。佳妮泼辣的外表下，藏着一颗明辨是非、重义守信的美好心灵。

《衰草依依》中的达椤是蒙古族学生中的头儿，只要他一竖眼睛，班里的男生都围着他转。"达椤"在蒙语中意为"沙岗子"，在草原沙漠里沙岗子上长的全是沙棘和仙人掌，也正隐喻了达椤这个男孩浑身是刺不好惹的特点。蒙古先民在迁徙过程中，不断地同原始、自然交战。蒙古族少年儿童秉承着忠诚和正直的游牧祖先的气质，倔强、早熟，热爱草原，虎虎有生气。茫茫的草原和浩瀚的大漠孕育了草原儿童原始野性的生命，草原人在大漠的风沙辗转中变得粗糙和成熟起来，拥有着强悍的生命力。草原儿童的成长也离不开他们的生命守护者——老师，他们把青春和热血注入草原的教育事业中。张洁的《从森林来的孩子》中的梁老师在艰苦的条件下依然关爱孩子，培养孩子，传承了传统师道也传承了一种人格精神，柯岩的《寻找回来的世界》中的倩倩，自身也成为照亮儿童生命世界的光。韩静慧在《衰草依依》中同样写了陈格和沙棘两位老师，为了草原上的孩子们献出了自己宝贵的生命，用自己的爱心守护着草原儿童的生命成长，用生命向草原播撒文化的种子。

除了对草原儿童野性的描绘，在其他作品中也同样出现了对草原人民的生动塑造。如《骑兵之歌》中对桑杰老汉的塑造，桑杰老汉年轻时是个给富人放骆驼的牧民，为了生计，桑杰老汉几乎走遍了旗里的每一个地方，正因为这种流浪的草原生活，桑杰老汉的生命被草原滋养着，草原上的每一个蒙古包都曾是他的家，蒙医的火针土药、神秘的祝赞词、草原上悠扬的马头琴声、蜿蜒的呼麦、香甜醉人的奶酒，熏陶了桑杰老汉的肉体和灵魂，因此桑杰老汉身上就保持了较为强烈的蒙古族特质。又如老一代牧民巴特尔，小说通过对他坐囚车游全旗中唱起悲愤民歌的场景的描写，以及他作为一个熟知马性的牧民对马群蹄印的判断等细节的描写，塑造出了一个作为成吉思汗子孙的蒙古族人民勇武、彪悍、机警的特质，让巴特尔身上绽放出蒙古族人牧马生活的诗意，也显现了蒙古族人骨血之中原始的粗犷之美。在这些人物形象的塑造中，小说通过对民族人物的塑造，体现了人物背后隐藏的蒙古族独特的民族生产生活方式和文化传统。

第二节　作为蒙古族文化意象的草原书写

作为一个有着悠久的历史和文化传统的民族，自远古时代起，蒙古族主要驻扎和生活在祖国辽阔广博的漠南、漠北地带，也就是今日的内蒙古自治区和外蒙古地区。蒙古族所生存的北方地带，主要为欧亚大陆的高原地带，地形地貌上多以高原、高山、沙漠、戈壁、山谷为主，形成了天高似穹庐、地阔多草原的壮美辽阔自然景观，但同时高原气候恶劣，干燥寒冷，冬长夏短，土地贫瘠的另一面也相随相生，使得蒙古族人民无法从事农耕生产，只能依赖游牧、狩猎等生产方式维系生产，也让蒙古族人民因此形成了逐水草而居的独特游牧文化。游牧生活是一种极度依赖自然恩赐的生活方式，注定了蒙古族整体的文化经验、民族心理和审美也将紧紧贴近着自然而生发，这种文化逐步形成蒙古族共同的心理特质，孕育了蒙古族人民顽强的性格、野性狂放的品质。

蒙古族所居住的地理环境和游牧生活方式影响了世世代代蒙古族人的审美和认知。世居的草原是蒙古族人心中最魂牵梦萦的家园，辽阔的蒙古草原承载和延续了蒙古族的命运，像一片源源不断的乳源一样养育了蒙古族人的生命，也滋养了他们的文化心灵，可以说草原早已自然而然地融入了蒙古族的骨血之中，成为蒙古族的一个民族地理文化意象。从远古起，蒙古族的先民就创作了许许多多与草原相关的文艺作品，如蒙古族的长篇英雄史诗《江格尔》《格斯尔》，就代表了远古时期蒙古族文学的最高成就，这些史诗不仅写的是蒙古族的历史，更是草原文化最忠实的记录者。《蒙古秘史》更是以第一部文人创作的蒙古族书面历史传记开创了"草原文学"的文人创作先河。所谓草原文学，根据研究者的定义："就是反映迷人的草原之美的文学，歌颂草原人之美的文学，描绘出草原之风俗画的文学，着力表现草原人民的风俗习惯、生活情趣、风土人情和各民族团结和谐的文学。"① "草原文学"这一概念随着文学的发展、作家风格的成熟、文学界不断的辨析,渐渐形成一种极具区域性和民族特质的文学现象,也出现了一批相当庞大的书写草原的作家。虽然草原上的世居民族并不止蒙古族一支,草原文学也无法与蒙古族文学直接画等号,但不可否认的是,草原哺育了蒙古族的骨血,增殖了蒙古族人狂放的生命力。这种草原情结也同样深植在蒙古族作家的笔力之中。蒙古族作家们,带着对草原浓重的眷恋,自觉地在书写中描写作为民族意象的草原。蒙古族深植于草原的创世神话《麦德尔娘娘开天辟地》、英雄史诗《江格尔》、记叙草原神秘现象的祭词和神歌,民间流传的歌唱草原和草原人情的祝赞词、长调,都以其丰富多样的形式和内容点滴而有力地记录和反映了蒙古族人在草原生活中历经漫长的历史进程和足迹,生动、多样和形象地反映了蒙古族游牧社会生活的全景。可以说,蒙古族文学汇集了草原文学的大成,传承和拓展了北方民族草原文学的内蕴。因此有研究者认为:"整个蒙古族文学可以形象地称为'草原文学'。因为'奶子味'和'大草原'是蒙古族文学的主要标志,是它的生命和灵魂,也是它的最本质的'特性'。"② 所谓草原文学风骨的具象特征,根据相关研究者的总结,大约有以下三个特质:一是取材于自然、牲畜和牧人生活;二是有英雄精神和阳刚之美的内在审美取向;三是最高审美要求是崇尚人与自然自由完美统一。③ 这种文学特质,取决于草原自身开阔又复杂的地理特质和蒙古族人粗放的游牧生活习性,这些因素影响下,草原文学呈现了刚柔并济、悠远写意、神幻浪漫、动物化类比的表现手法。草原文学在地理的依托、人民骨血的延续、文化文学的传承中,奔向了更多样成熟的艺术空间,形成了一股极具地域气力的创作现象。在获骏马奖的蒙古族女作家的七部获奖作品中,都与草原有着直接的联系。蒙古族女作家们在作品中对草原寄予了

---

① 刘成:《草原文学新论》,作家出版社2013年版,第9页。
② 刘成:《草原文学新论》,作家出版社2013年版,第16页。
③ 参见刘成《草原文学新论》,作家出版社2013年版。

深刻的情思，体现了对草原文化的认同和草原文学的坚守。此外，她们还以草原女性特有的敏感和坚韧，书写出了草原辽阔、狂放之外细腻、柔丽的另一面。

敖德斯尔和斯琴高娃合著的《骑兵之歌》，就是蒙古族草原文学的鲜明代表。该小说讲述了在解放战争的过程中，祖国北疆草原上一支英雄的蒙古骑兵部队，以独勇之姿粉碎了封建上层分子与国民党反动派勾结、破坏人民革命的阴谋，用鲜血和牺牲换来了草原的春天。小说不仅展现了草原人民解放斗争的历史画卷，谱写了壮丽的蒙古族英雄骑兵之歌，还展现了如诗如画的草原风光和蒙古族色彩浓郁的风土人情，此外还塑造了哈达巴图、扎拉森这样一批个性鲜明的草原人物形象。小说中草原情节展现最深刻之处在于用大量的文笔描绘了巴林草原的美丽风景和蒙古族牧民的风俗画卷，小说内容说明中也明确提及"本书的故事在浓郁的草原气息和蒙古族特色中逐页展开"，小说开头第一句，就是从巴林草原的景象描绘开始的："一九四六年春天，千里草原和高山峻岭刚刚脱下银色的冬装，西北风滚过无边的戈壁、茫茫的沙漠和层层山峦，呼啸着，旋转着……天蒙蒙亮，望见远处一线火光，象草地和烟雾之间划了一条鲜艳的红线。在乌力吉木伦河两岸，野火燎过的土地上，展现出一片崭新的嫩绿青草，吐着野花的清香，使人感到分外温暖而舒畅。"[①] 寥寥数句话，就展现了草原上辽阔的景象和作家对草原的情怀，伴随着小说故事情节的进展和人物行动的推进，小说中持续展现了更多的草原风光和牧民生活图景，烘托出了浓厚的草原生活气息，使得小说中蒙古族人民性格中热情、善良、正直的一面，以及草原骑兵的勇猛有了深刻的现实依据。小说虽然为了文学创作的需要，大量避开了具体的地名和人名，但从小说种种对草原风光的描绘、草原人民个性的塑造中透露出了作者对草原的依恋，作者在小说再版后记中也提及了自己的这种草原情结："我怀着对亲爱的故乡眷恋之情，只保留了两个真实地名：一是我出生地的河流，'奶汁'一般香甜的乌力吉木伦河；一是在

---

① 敖德斯尔、斯琴高娃：《骑兵之歌》，人民文学出版社1979年版，第1页。

我的童年时代，用自己天屏般的躯体挡风遮雪的大兴安岭支脉，巍峨的哈尔根台山。"①

萨仁图娅对这种地理性与居民的关系有着更为深刻的认知。萨仁图娅所著《尹湛纳希》，以纪实手法，书写了清末著名蒙古族文学家尹湛纳希的一生，在《尹湛纳希》中，萨仁图娅积极地将这种地理因素和主人公的品行和成就联系起来。一方水土养一方人。历史地理是历史文化的一个载体和基础。历史名人从来就外在于人文地理的母胎，如果说历史名人为鱼，人文地理是水；历史名人是树，生存之境是土地。离开一定区域的人文地理这个自然与社会交汇的总体背景，去奢谈历史名人，无异于缘木求鱼。是草原造就了尹湛纳希的胸怀和对蒙古族历史文化传承的使命感，反过来，尹湛纳希以这种文人的使命感成就了蒙古族历史的保存和草原文化的生命延续。"根在草原，他是成吉思汗'黄金家族'第二十八代嫡系子孙；生在辽宁朝阳，他以匍匐之姿使身心与土地紧密结合。"②"尹湛纳希以一颗能够融解的心灵，融解在辽西大地上。他像这片土地一样，厚实和博大，永远不会消失。强大的责任使命感与强盛的生命力，紧密合一，不可分离。博大的爱力，也并非所与人能够拥有，而只能是人类当中最优秀的一部分人才始终葆有。"③

在将蒙古族草原文化与尹湛纳希勾连之外，萨仁图娅也将自己与草原进行了心灵捆绑式的映射。在萨仁图娅的诗歌中，直观地呈现出蒙古草原民族独有的民俗风情，诗人用女性细腻、抒情的笔触挖掘出蒙古民族的心理痕迹，饱含深情地刻画蒙古民族血统中特有的豪放乐观、坦率洒脱的民族品格。蒙古草原给予她滋养、激情和成长，再加上生活外延的扩展，传统文化在内心深处投射的光和影的景象更加清晰，使她更靠近本民族文化灵魂的本质，在对本民族文化的回归中，具有的文化传承性又构建出故乡的历史空间。她的诗歌更多的是对这种草原之情的积极

---

① 敖德斯尔：《〈骑兵之歌〉再版后》，《草原》1983 年第 2 期。
② 萨仁图娅：《尹湛纳希》，辽宁出版社 2002 年版，"自序"，第 1 页。
③ 萨仁图娅：《尹湛纳希》，辽宁出版社 2002 年版，第 24 页。

表达，如《塞上草》：

> 从萧瑟梦中醒来
> 取出密封的爱
> 一片又一片
> 在原野上抖开
> 大自然赋予你青春活力
> 你还给生活以嫩绿色彩[①]

草原的特殊景观激发了萨仁图娅意犹未尽的想象，诗人将心灵投射其间，自觉地对草原生活进行了诗意的歌唱，使得草原充满了生命蓬勃的美感和动感。萨仁图娅通过对蒙古族生活的独特感受和体验，通过诗意的建造，表达了她对草原景象书写背后的广阔生命和深刻的生命意识和坚韧气质的认同。草原承载了萨仁图娅的蒙古族文化意识与生命情怀，虽然居住在辽宁，但对草原风情的书写和追忆的笔调中，她建立起了和蒙古族文化源流沟通的精神之桥。对于草原的追忆和感情的勾连，既是对逝去的历史的追踪和重建，也是保住了自己生命中最根深蒂固的文化之根。

这种草原诗意的认同在另一位获骏马奖的女诗人乌云其木格身上也有体现，她获奖的诗歌《草原恋情（二首）》中同样记叙了对草原的依恋之情：

> 草原，从牧人的双目
> 伸展开去
> 还是那样不修边幅
> 小河深情地为它
> 梳理蓬发

[①] 萨仁图娅：《当暮色渐蓝》，春风文艺出版社1986年版，第39页。

从春到夏
从秋到冬
痴心不改，但
总是那么不如意
曲曲弯弯
弯弯曲曲①

在乌云其木格笔下，草原不仅仅是一个感情的寄托，还是被她的笔幻化出的具有感情的实像，草原像一位不识风情的小伙子，而河流是一位娉娉袅袅的含情少女，在诗意的交接间产生了朦胧的爱意。这种草原意象的具象化，不仅让诗歌充满了多样的趣味性，也让草原充满了一种年轻的蓬勃生命力，在这种生命活力的注入中，直率地表达了女诗人对蒙古族地理意象的情感和草原精神价值的重视，同时还重构了女作家对于蒙古族精神家园的重新想象。

蒙古族女作家这种草原情结的诗性展示，其实也与蒙古族自身草原文学传统有着很大的关系。蒙古族是骑在马背上游牧草原的民族，策马狂浪、飞鹰走马的习性使得蒙古族人有着勇敢奔放的激情；草原天高地阔使得传音空旷，这让蒙古族日常表达情绪的歌谣都带着悠长的韵调，如蒙古长调、呼麦中就可以见这种气韵的显现；加上草原文学本身就生长于史诗之中，韵散结合本身就是草原文学独特的一种表现手法，蒙古族自古以来的歌谣之中表达激情的韵文形式特别发达，形成了蒙古族自身抒情浪漫的诗性。新时期以来的蒙古族女诗人们，同样受这种民族浪漫诗性气质的熏陶，她们的诗歌中都自觉带有一种浪漫的蒙古族情调，以及对草原的深重情感。但同时她们又都受过高等教育，在中华文化的熏陶下成长起来，这让她们的创作不自觉地带有了一种现代性的诗歌创作技巧，加上她们身为女性的细腻和柔软，这些因素都让蒙古族女诗人的创作带有了更具包容和开拓的诗象气韵。

---

① 乌云其木格：《草原恋情》（二首），《诗刊》1995年第6期。

韩静慧的《恐怖地带101》倾向于从儿童角度发掘草原新生一代背后投映的草原精神，以及作家对草原文化的认同和接受。科尔沁草原草甸与沙漠相连，四季鲜明，景色不同。冬天"大漠上到处是厚厚的积雪，积雪把大沙漠四周稀少的草儿都埋住了，只露出枯黄的草稍和一丛丛沙柳棵子，狂风将雪花掀起，在空中飞舞着，扑打着，教室的墙壁也挂上了厚厚的白霜"①。在韩静慧看来，大漠平平坦坦，大漠人的思想也简单纯真。"她热情地歌颂了草原的传统文化和人的精神品质，并以敬仰之情向读者们讲述了一个个催人泪下的感人故事，同时也在作品中呈现出草原般的气质：广博、神秘、自然、纯朴、自由。"②《恐怖地带101》表现出草原特有的野性的生命力，展现了人的本真性情。

蒙古族生活在广袤的草原上，这里雨量奇缺，气候温差大，寒冷干旱的季节较长，温暖湿润的时期较短，有大片的沙漠和戈壁，植物生长的环境受限，主要以旱生低温草本植物为主。在这种开阔的生存空间中，自然的风险时常光顾，大雪、坚冰、风暴侵袭着他们的生存环境，为了应对这种严峻的自然挑战，决定了草原民族在与自然的对抗与进击中，必须张扬原始强悍的生命意志，也就形成了蒙古族人民冒险、勇敢、乐观、崇尚英雄的文化精神。草原人强悍的生命意志在孩童时期便已彰显出来。韩静慧生长在草原，非常熟悉草原的环境与气质，草原的气候、民俗等自然文化景观在她笔下真实地反映出来，并服务于她的创作。

草原文化的刚猛、鲜活、充满着旺盛的生命力，这正是中华文明的根本与源头。在长河落日、大漠孤烟和山川戈壁中寻找蒙古族精神和性格，是草原文学发展的根本所在。草原游牧生活一代一代积淀和强化着游牧民族的性格，那刚强进取的精神是支撑中华文明的支柱。20世纪30年代端木蕻良的《科尔沁旗草原》《大地的海》《遥远的风沙》等以

---

① 韩静慧：《恐怖地带101》，内蒙古人民出版社2001年版，第31—32页。
② 王亚玲：《韩静慧儿童文学的文化内涵》，《沈阳师范大学学报》（社会科学版）2010年第6期。

草原上家族的兴衰际遇为原型，围绕着土地开发，浓缩了时代的变迁，展现了波澜壮阔的宏伟气势。新时期以来，郭雪波的《大漠狼孩》《银狐》等也是对科尔沁草原的书写，书写沙化土地上的生态危机和人与自然的复杂关系，思考草原文化的历史发展和命运走向。作为女性作家，韩静慧没有从宏大叙事和历史发展的视角关注草原，而是善于挖掘草原儿童的生命本质，将他们视为自然化的精灵，在草原风情的烛照下，呈现出坚韧乐观、自然而率性的品质。韩静慧构筑了一个多彩缤纷的儿童世界，她赞颂原始强悍的儿童生命力，在纯净质朴的心灵中亲近自然。她试图用这种来自草原的原始人性作为参照系，给纷繁复杂的现代社会注入新的活力。这一创作心态，可以看出韩静慧有深深的草原情结，她热爱着出生成长的科尔沁大草原，熟悉这里的一草一木，了解草原精神，同时也着力探索如何将草原文化与农耕文化相融合。对草原儿童天性的赞扬，是草原儿童的"代言人"、草原文化的书写者与传承者。

第三节　开放心态下的文化吸收

"民族观是人们对民族和民族问题的根本看法以及处理民族关系的纲领原则。"[①] 从历史上来看，蒙古族从来就不是一个故步自封的民族，在蒙古族形成的早期，其文化和传统中就有着与多方文化融合交汇的痕迹和历史。如蒙古族的远古图腾中除了狼和鹿，也有对龙的信仰，还有的部落有牦牛乃至树的崇拜等，从图腾崇拜和各类神话传说中其实也能反映出蒙古族一直有着与汉族以及北方各民族相互交融的密切联系。在蒙古族横跨欧亚大陆的征战时期，这种文化的交融就更是必然的了，蒙古族自动吸收了域外文化因子，带入本族的文化经验中，使得蒙古族的文化呈现了复杂多变的样貌。蒙古族挥师南下入主中原的时期，更是非常自觉地汲取了中华文化中的有益成分，在进行文化治理中采用了大量

[①] 罗庶长：《马克思主义民族理论》，中共中央党校出版社1990年版，第92页。

汉族文化，使用汉字，体现了蒙古族包容并蓄的文化观念。可以发现，蒙古族在自身的历史发展进程中也从未拒绝外来文化的交融，以一种极为主动的姿态开放地接纳了他族文化的有益成分，所以蒙古族的文化中也可见其他民族精神文化的渗透。

内蒙古社会科学院草原文化研究课题组专家们就曾对蒙古族这种草原文化核心理念进行了十二字的精准概括："崇尚自然、践行开放、恪守信义。"①"践行开放"就是指蒙古族这种平等开放观念深刻的民族气性根植。蒙古民族骨血之中本身有着如同草原一般开拓的胸怀，体现出蒙古族人豪放的性格和勇于突破自我的精神境界。从整个蒙古族的历史来看，蒙古族从来就没有自我封闭，故步不前，而一直在游牧生产实践的基础上，从经济交流与中原内地以及世界沟通等方面，铸就了草原民族开放的心态、豪放的性格和进取的精神，以及开放豁达的心态待人待事，尊重、善待不同的文化，这种开放的民族精神在文学中同样得到了继承和体现。

早在晚清时期，蒙古族文学的先辈尹湛纳希就接受了知识阶层中刚开始萌芽的人本主义思想。尹湛纳希对于各民族在习俗、信仰等方面存在的差异，持有平等的看法。他自学了蒙、汉、藏、梵，四种语言文字，并将自己所学他族知识运用到创作中去，他在《青史演义·纲要六》中提出，不能贬低其他民族的文化习俗，各民族在文化上的差异，确保了人类文化形态的多样性。在此基础上，他又提出了各民族之间要和睦相处、相互尊重、平等相待的主张，他指出："有些智者总以为中原地区才是纲常细密的地方，才得到日月之精华，才能出现真正的智士仁人，除此之外，都只能是乖决恶鄙之徒。大凡阳光可以照射到的地方，都会出现某种贤者和智者。"② 尹湛纳希的民族观，富有近代民主意识，对于处理各个少数民族间的关系，具有深刻的现实意义。这种平等的民族观念通过萨仁图娅为尹湛纳希书写的传记中得以继承下来，也

---

① 刘成：《草原文学新论》，作家出版社2013年版，第80页。
② 尹湛纳希：《青史演义》第一册，内蒙古人民出版社1979年版，第18页。

成为二人之间的一个共同体认。萨仁图娅在《尹湛纳希》中谈道:"他以民族文化为根柢,以生命体验为精髓,将游牧文化、关东文化、草原文化与汉文化相交汇、相融合,于是写出了第一部蒙古族的长篇小说……在尹湛纳希的文学世界里,我们可以明显地感觉到中国古典文学的情感模式和中国传统的思维观念与审美情趣悄然而有力地释放着能量。……他写作时汲取的是无比丰富的中国各族文化的智慧,并以其杰出的天才创造出独具系统的审美文化原则,这是他存在于人类文化史上的别人无以代替的真实价值。……他所确立的一切:大文化观、大民族观、大地域观,是一般人所难以企及的。"① 在传记中萨仁图娅对尹湛纳希也采用了多角度全方位的方法,还原尹湛纳希作为社会人受各种因素影响,表现出尹湛纳希性格特征最终形成的历史必然性,也就勾勒出尹湛纳希成为蒙古族著名人物的历史必然性,萨仁图娅甘愿拜服在这位蒙古族文学先辈的脚下:

在不凡的开创者与先驱者面前
我愿感受与理解
不同文化交汇所催生的一切②

为尹湛纳希记言著说,一是展示蒙古族文人开放的文化胸襟,二是自觉地将这种平等的民族观念在新时期蒙古族作家现代民族观念的观照下,向大众更广阔地传播。

这种平等的民族观念在其他小说中也有体现,较为突出的就是新时期文学中对于蒙汉关系的表述。在《骑兵之歌》中,更多的是谈到蒙古族人民与汉民族人民之间的并肩作战的兄弟情谊。战争年代,蒙古族经历了较长时间的战乱,在战争面前,蒙汉人民并肩作战,共同抵御外侮,建立了深厚的友谊。中华人民共和国成立之初,蒙古族地处北疆,

---

① 萨仁图娅:《尹湛纳希》,辽宁民族出版社2002年版,"自序",第3页。
② 萨仁图娅:《尹湛纳希》,辽宁民族出版社2002年版,"献词"。

对国家的民族政策还难以彻底贯彻,加上历史原因,蒙古族与其他民族之间仍然有着较大的民族隔阂。中华人民共和国成立初期国家将建立平等团结互助的民族关系作为重要民族政策推行,对民族地区实施医疗、教育、建设等方面的支援,所以中华人民共和国成立后的蒙古族文学叙事中都有着民族互助建设的描述。蒙汉民族关系的文学叙事在这种背景下呈现了新的发展趋向,具有了更为丰富和深层的意义。蒙汉关系在新时期的小说中,由于更多表现为一种"兄弟"关系而受到瞩目。这种兄弟关系的叙事主要表现为:"作家们始终循着马克思主义理论中'以阶级问题统摄民族问题'的思路,向读者展现蒙汉人民的在政治、经济方面的相同处境、共同命运,并以此确证民族团结、互助、共同繁荣的必要性与可能性。"[1]

如果说蒙古族作家们对待不同民族间的差异更多的是建立在一种平等团结观念下的书写观照,那么对于中华文化而言,就是一种整体性的接受和认同。作为少数民族的其中一脉,蒙古族是中华民族的重要一员。蒙古族女作家们自觉地用写作拥抱母族文化,更拥抱着孕育了蒙古族文化的中华文明。她们通过写作自觉地对中华文化加以传承,有时候,这种传承并非有意为之,而是作为中华儿女的一种无意识的情感表露。

如萨仁图娅的诗歌中就处处可见对这种中华情怀的拥抱。"她的诗与席慕蓉的诗虽然色调风格有所差异,但都可视为中国文化之树的鲜花。它们同那些旨在宣泄人的'纯自然属性'的诗相异同,正表明中国文化浸润的爱情之花意韵深长隽永的本色。"[2]

这种中华情怀的表露在小说中也有表现。如《骑兵之歌》中对于接受了革命观念的蒙古族人物形象的刻画,就可以看到蒙古族人民对于中华民族感情的流露。如小说中的宝力高,他是蒙古族穷苦人出身,从

---

[1] 包天花:《当代中国蒙古族文学叙事的性别研究》,博士学位论文,南开大学,2013年,第27页。

[2] 特·赛音巴雅尔:《中国蒙古族当代文学史》,内蒙古教育出版社2009年版,第206页。

小就顶替富人的孩子进了学校,接受了教育,这让宝力高和别的穷人不同,成了有文化有知识的人,所以他最先信奉革命的道理,即使后来地位高了,也未曾忘记奴隶出身的姑娘乌仁托蒂。通过对一个接受了先进观念的蒙古族青年的塑造,展露了中华文化对少数民族群众的深远影响力。

小说中对蒙古族革命女性乌仁托蒂的塑造不仅体现了一种中华命运共同体的人物观照,还表现了蒙古族作家对于少数民族女性的发展期待。乌仁托蒂是一位奴隶出身的蒙古族姑娘,从小在王府受尽折磨,但是她有一个参加了革命的兄长,和宝力高这样接受了革命教育的恋人,她也得到了感化,逐渐转变为一个有革命和翻身觉悟的女性,她的身上寄托了作家对蒙古族女性解放获得平等的期待。

在小说对人物的塑造背后,也有作家自己对中华文化的认同。斯琴高娃回忆她与作家敖德斯尔一同完成描绘草原人民解放斗争历史画卷等作品的创作过程时曾谈到,在进行创作之初,她是不通汉文的,但是她有很强烈的用汉文创作以宣扬民族文化和中华精神的欲望,因此不断学习,主动到内蒙古大学进修汉语言文学,经过不断提升,最终与敖德斯尔一起创作出一系列反映时代、具有厚重草原文化色彩的作品。这种主动向汉语创作靠拢的态度,能看得出斯琴高娃并没有封闭在蒙古族的内部世界中,而是以一种主动的态度参与中华文学的构建,体现了蒙古族女作家对中华文化主动接受和传承的自觉心态。

综上可见,蒙古族女作家所创造的文学世界,博大而高远,其对于少数民族文化的传承和表达、对蒙古族草原意象的书写、对其他少数民族文化的吸收,以及对中华文化精神的认同,表现了蒙古族文化自身的丰富特质,更表现了蒙古族文化精神中的开放和包容,这对于中国多民族发展、少数民族团结和中华文化精神的延续性建构,具有较大的现实意义和深远的影响。

第三章　达斡尔族女性文学的文化美韵与女性心灵抒写

——以获骏马奖的达斡尔族女作家作品为例

达斡尔族是东北"三少民族"之一，有着悠久的历史和文化传统，主要分布在内蒙古、黑龙江、新疆等地。达斡尔族文学起源于民间口头文学，有着丰富的神话、传说、民歌、谚语等资源，集中体现了达斡尔族人民征服自然、向往自由美好生活的追求。19世纪中叶，达斡尔族著名诗人敖拉·昌兴用满文拼写达斡尔语，创作了《巡察额尔古纳河格尔必齐河》《巡边即兴》《春节》等几十首叙事诗歌，由此开创了达斡尔族作家文学的先河。达斡尔族小说创作起步于1949年中华人民共和国成立之时，这一时期的创作主要以讴歌新社会、新生活、新人物为基本主题，注重与现实政治相结合。20世纪五六十年代，是达斡尔族小说创作的开创和奠基时期，产生了索依尔、孟和博彦、巴图宝音、乌云巴图等一批作家，他们在时代精神的感召下，展现了达斡尔族人民的新生活图景。80年代以来形成了一支女作家创作队伍，苏华、阿凤、萨娜、苏莉、娜日斯、杜娟、敖文华、敖继红、孟晖、张华、苏雅等，这些女作家以女性的敏锐与细腻创造出独特的达斡尔族文学世界，展现出达斡尔族的审美理想，为达斡尔族新时期文学增添了一种充满爱意的温柔，丰富了达斡尔族文学创作的表现手法。在历届全国少数民族文学创作骏马奖的评选中阿凤、孟晖、苏莉、萨娜四位女作家获奖，为达斡尔族女作家创作群体增添了浓墨重彩的一笔。

第一节 文化技艺的美韵传承

随着经济全球化的发展，文化也日渐多元化，达斡尔族女作家往往从个体生命经验出发，在文学书写中表现出丰富与多样的状貌。达斡尔族女作家当下的文学实践，既有对优秀传统文化的坚守，又有对男权传统的批判。达斡尔族女作家的创作，从整体上看与 20 世纪女性写作的思潮共融共生，既显现为女性文学在民族化和本土化方面的探索，又在现代性的探索中彰显超越传统的先锋性特征，在中华文化的传承与创新中展现了一种别样的途径。达斡尔族女作家因其自身受教育程度的提高而具有开阔的创作视野，在理论层面更容易接受中西文学理论的多元化资源，在创作中往往打破了单一的民族性书写，在文学创新思想的指引下，重视文学的形式和内容的时代性特色。阿凤、萨娜关注草原的生活和草原文化的传承，孟晖则将笔触伸向历史的深处，展现华夏文明的万千气象。她们的作品展现了传统技艺的美韵，是中华文化传承中不可或缺的一笔。

一 勒勒车：草原文化传统的绵长记忆

勒勒车是草原游牧民族重要的交通工具，有"草原之舟"之称，在草原游牧民族的生产生活中发挥着巨大的作用，草原人民的生活离不开勒勒车。草原地带的自然环境比较复杂，有湖泊、河流、沙漠、草场、山峦，使得北方游牧民族逐水草而居，频繁搬迁，搬迁过程中又常会遇到恶劣的气候，狂风、暴雨、冰雹、大雪，威胁着人畜的安全，勒勒车适合在这样的条件下运输。高轮木制的勒勒车轻便灵活，适合载物，用于运送日常生活用品，车轮很窄，对草场损坏很小，轮径很大，保证它能通过冬天过膝的积雪和夏天积水的沼泽。一旦家庭在新的地方驻扎下来以后，车又成为衣柜或储物柜。勒勒车从古至今始终伴随着草原上生活的达斡尔族、蒙古族、满族等民族的生活,逐渐形成了独一无二的文化——勒勒车文化。对车的依恋,实际上是达斡尔族人心理积淀中对游牧文明的依恋。

阿凤的《木轮悠悠》讲述了达斡尔族的制车技艺。小说开篇即写道:"从一百多年前开始,呼伦贝尔草原上的勒勒车几乎全是达斡尔人制作的手工艺制品。对此若有异议的话,我愿意奉陪重新论证。"① 达斡尔族另一位女作家萨娜在她的小说集《你脸上有把刀》中也对勒勒车有详细的描述:"勒勒车除了额尔门沁、莽格吐一带的达斡尔人打造得有模有样,别处的勒勒车还算勒勒车吗?顶多不过是会挪动的木架子,随时会稀里哗啦倒架。安达赶着显然是能工巧匠制作的能上山下谷,能行走沟壑草泽的勒勒车,从闹哄哄的城里用白酒、布匹、盐和一些稀奇古怪的东西来换山货……"② 勒勒车文化表现了草原上的游牧民族强大的生命力,在艰苦的自然环境下仍然生生不息。北方草原环境的自然条件催生了达斡尔人的制车技艺。

在达斡尔人看来,一个真正的男人,应当能上山伐木放排、狩猎、制作大轱辘车(勒勒车)。列日奶奶看两个孩子骨骼长得差不多了,就让他们俩随大人们进山伐木,学做大轱辘车。

达斡尔人的大轱辘车由车毂、辐条、辋子、轴和车棚五大部分组成,全用木材制作。这种车轮子大,但具有体轻灵活,能上高爬坡,下山走斜坡不翻车的特点。适用于山地、平原、沼泽地。选材上一般都选择阳坡的黑桦做车毂和辋子,柞树做辐条。阳坡地的光线强烈,水分蒸发快,树木越大木质越硬,木丝越变得弯曲,增强了纤拉力。车制作最后一个程序是涂抹苏子油煎熬的油漆,使木质变硬,增加不怕水的功能,同时也增加车的寿命。所有这些制作过

---

① 阿凤:《木轮悠悠》,载中国作家协会编《新时期中国少数民族文学作品选集·达斡尔族卷》,作家出版社2015年版,第118页。

② 萨娜:《野地》,载萨娜《你脸上有把刀》,大众文艺出版社2003年版,第239页。

程都是属于达斡尔人独特的工艺，已有三百多年的历史。虽然没有用文字从理论角度论述、记载工艺的每一个环节和全部的程序，但达斡尔族的男人们都很熟练地掌握它。①

勒勒车是游牧民族文化长期发展的产物，早在秦汉之际生活在北方草原地区的匈奴人已掌握了造车技术，南北朝时期鲜卑等民族造车技术已相当高超。达斡尔族的制车技艺是个古老的手工行当，工序繁杂。在小说《木轮悠悠》中，达斡尔人视制作勒勒车的技艺为男性生命精神的展现。达斡尔族一个真正的男人要会做勒勒车，这是对传统手工技术的坚守和传承。达斡尔族的勒勒车制作技艺看起来简单，整个制作过程中没有一条墨斗线，没有统一的严格尺寸，不用工作台，有一块空地就可以完成全部工序，但是也有它内在的技术。随着社会经济的发展和科技的进步，勒勒车逐渐退出历史舞台，除少数地区还在使用外，其他地区已很难见到勒勒车，掌握勒勒车的制作方法及制作技能的人越来越少。所以勒勒车的保护与发展面临着严峻的挑战。对于勒勒车这项游牧民族伟大的创造，国家给予了足够的重视，并在2006年5月20日，蒙古族勒勒车制作技艺经国务院批准列入第一批国家级非物质文化遗产名录。② 小说结尾写到学制车的兄弟俩已经年迈，当年喜欢的姑娘也成了老太太，草原开始退化，人们的生活方式已由勒勒车的迁移生活，变成了一家挨一家的村子的定居生活。阿凤既写了游牧民族对新生活的向往，也写了对勒勒车文化传统的绵长记忆。

勒勒车是游牧文明的杰作，"勒勒"是赶车的牧民吆喝牲口的声音，勒勒车最适于草原生态，车轮碾过的地方野草依然能蓬勃生长。勒勒车记载了北方游牧民族与自然界和谐相处的美好生活。人与动物、植

---

① 阿凤：《木轮悠悠》，载中国作家协会编《新时期中国少数民族文学作品选集·达斡尔族卷》，作家出版社2015年版，第122页。
② 参见赵敏艳《北方游牧民族的交通工具勒勒车》，《赤峰学院学报》（汉文哲学社会科学版）2016年第2期。

物共同生活在天寒地冻的北方边疆，悠悠的车轮印出文明发展的遗迹。勒勒车整个车身没有一处铁件，均是由就地取材的白桦木制成，表现了达斡尔娴熟的工匠技艺及在恶劣的天气中的生存智慧。搬家的时候，车是有严格的顺序的，最前面的是篷车，后面依次是佛爷车、衣服车、粮食车、闲物车、柴薪车、水车等。男人们多骑马、骑骆驼，通常坐车的是老人、孩子和妇女。在日常生活中，勒勒车也是接送老人、孩子、宾客的高级代步工具。在游牧文明中，勒勒车文化也体现了传统仁爱精神，尊老爱幼的美德在勒勒车文化中不断传承。勒勒车在辽阔的草原上丈量着土地，悠悠地爬过草原母亲的胸膛，缓慢而安静地驮载着牧歌般的生活。拂去岁月的风尘，依然能看到勒勒车所体现的草原人民的聪明智慧和简约的美学原则。勒勒车就像人类灵魂的摇篮，孕育着人与自然的和谐共生之美。

二 织锦：华夏文明的万千气象

在当代女作家中，孟晖的创作有着独特的审美意义。作为达斡尔族女作家，孟晖兼有学者的身份，著有文化史研究著作及研究性随笔《中原女子服饰史稿》《维纳斯的明镜》《潘金莲的发型》《花间十六声》《画堂香事》《贵妃的红汗》《金色的皮肤》《唇间的美色》《古画里的中国生活》《花露的中国情缘》等作品。孟晖1987年发表了第一篇短篇小说《夏桃》，随后发表短篇小说《苍华》《蝶影》《春纱》《有树的风景》《千里行》及中篇小说《十九郎》。2001年出版了第一部长篇小说《盂兰变》，2002年获得第七届少数民族文学创作骏马奖，2007年、2014年列入南京大学出版社经典文库分别再版。

优秀的作家爱好是多方面的。孟晖曾受过中古文物史专业训练，对于名物考证尤其热爱，她将这一爱好和追求投入写作当中，对其创作产生着素质性渗透。孟晖的作品善于用想象来丰富历史的血肉，以写意的飘逸风格专注日常生活叙事，着意于对传统文化精神内核的挖掘，在坚守属于自己的艺术风格的同时探索出独特的审美情态，从而在异于常规的书写中赋予传统文化无与伦比的生命力。

《孟兰变》讲述的是公元 7 世纪唐朝武则天当政时期的宫廷故事。宫廷的权谋与奇幻的情缘，在华丽的轻罗翠钿中，铺陈出一段真切的历史图景。对于历史，美国著名的历史学家贝克尔定义为："历史就是关于所说的话和所做的事的记忆。"① 诚然，文学创作中的艺术眼光不仅仅是历史眼光，历史在孟晖的文学表达中是通往过去的时光隧道，蕴含着独特的文化价值。

　　在历史的长河中，人类活动的场景表现为不同形式的物质文化。"一种文化就是一种过程中的文化或一种过程中的生活方式。"② 在《孟兰变》中，孟晖用想象细致地描绘出唐朝社会生活的许多细节，从女性的妆容、服饰、发髻，到宫廷贵族的起居饮食、行为举止，小说以女性经验建构日常叙事，复活了唐朝洛阳的物质生活和精神生活状态，呈现出由精神价值和生活方式交织的文化共同体。小说华丽丰盈，立意高古，真实可感，弥漫着古色古香的气韵，呈现出极大的艺术张力。

　　器物知识的展示，负载着民族的历史、传统及人物精神状态、行为方式。同时，在历史长河中形成的丰富多彩的民间文化也得以呈现。孟晖的《孟兰变》以工艺器物为切入点，在唐代贵族日常生活的描述中，指向复杂的人际关系和政治争斗。孟晖把武则天专权的权谋争斗退为幕后，将工艺文明复兴的璀璨艺事推置前台。绫罗锦绣、织金炼玉、薰香缭绕都留下了文明的久远痕迹。这也足以说明孟晖所受过的古代文物史专业训练的功底。孟晖在《孟兰变》中描写的织锦技艺，从更高层面上是对中华文化的展现与传承。"凭艺事论史事，就生活看政治，自成一片天地。"③ 孟晖将唐朝高超的织造工艺呈现在读者面前，书中展示了《天工开物》中的织作锦绫等复杂织物的花机图示、缂丝织机绘制图以及大量的出土丝织物文物图示，真实地呈现了古代灿烂的织锦文

---

① ［美］卡尔·贝克尔：《人人都是他自己的历史学家：论历史与政治》，马万利译，北京大学出版社 2013 年版，第 236 页。

② ［美］杰伊·麦克丹尼尔：《生态学和文化——一种过程的研究方法》，曲跃厚译，《求是学刊》2004 年第 4 期。

③ 王德威：《薰香的艺术（序）》，载孟晖《孟兰变》，南京大学出版社 2014 年版，第 2 页。

化。孟晖详细描写了团窠花、折枝花等织锦纹样，石榴娇、猩猩血、胭脂水、樱桃红、杏子红、银红、退红、天水、春水、荷叶、柳丝、浅草等千百般色彩相异的丝线，这些丝线织出一幅幅绘画一般的彩锦，鸟兽在其上飞驰栖止，变化多姿，花木在其中迎风承露，尽态极妍。宜王化成的蛇以金线相赠，柳才人以此发明了金锦的织法和"通经断纬"的纺织技术，即采用各种彩丝制成纬线，与经线交织，使图案盘织出来。在织造时，使用"通经断纬"的方法而制成的手工花纹织物，是"织中之圣"，唐代以后被称为"缂丝"。织锦技艺体现了中华民族的智慧与才干，美轮美奂的丝绸织锦艺术是中华文明的辉煌结晶。孟晖将这一精巧的传统工艺渗透在小说的各个层面，孟晖以一种匠人精神详细描摹出中华文明的纺织技术，自觉承传着中华文化的博大精深，铺陈出华夏文明的万千气象。

让历史文化在当代小说中复活，或许是孟晖创作的动机之一。因此，《盂兰变》在叙述惊心动魄的宫闱故事中，孟晖注重对传统文化的继承，尽情抒发对传统文化的认同和依恋。工艺器物是她观照历史的切入点，通过对工艺器物的描写，再现了中国历史发展进程中物质文明的高度发达。小说在政治的风云变幻中，执着于传统工艺器物、服饰装扮精工细致的描绘，展现唐朝灿烂的物质文明所包含的中华文化美韵。例如：在对于古人服饰、发髻、生活器物等日常生活细节的描摹以及对于民间节庆风俗的再现中，蕴藏着斑斓多姿、活色生香的曼妙世界。孟晖还注重通过对传统工艺、节日、仪式的书写表现古代文化观念，呈现出唐朝人的伦理观、道德观。儒道释的传统文化思想和古典的画堂渗透在她的小说中，她习惯于用讲故事的方式来传达历史感受和思考人生的真谛。

孟晖在小说《盂兰变》中用娴熟的笔致描写了唐朝高超的织造工艺和锦绣华美的服饰，将精美的东方文明艺术呈现在读者面前。织造工艺是中华文化中物质文明的重要成果，最早可追溯到距今六七千年前的母系氏族社会。织造工艺从最早的葛麻织物到丝织品的出现，中国成为最早发明蚕丝加工技艺的国家，创造了精美绝伦、巧夺天工的丝织佳品。以中国洛阳、长安为起点,形成贯通欧亚大陆的"丝绸之路",成为欧洲人获取中国丝绸,学习织造工艺,制造美服的重要通道。

织锦是众多丝织品家族中重要的一员,因织造精巧、质地华贵深受人们喜爱。据汉刘熙《释名·释彩帛》载:"锦,金也,作之用功重,其价如金。"古人把锦与金的价值同等看待,视锦为珍宝。唐以前的织锦技艺以经线起花,唐代发明纬线提花技术,使织锦工艺向前推进了一步。纬锦是以两组或两组以上的纬线同一组经线交织而成,纬锦织机较经线起花机复杂,织出的花纹繁复,颜色亮丽。"颜色则由比较单纯趋于复杂,经纬错综所形成的艺术效果,实兼有华丽和秀雅两种长处。"[①]锦纹配色和图案设计上更加灵活多样,唐也开始发展"金锦",在丝线中加入金线或铂金线,从而织成高贵华丽的上等面料。金锦技术的出现反映了当时人们的聪明才智。

小说中的男主人公宜王李玮是武则天的孙子,女主人公才人柳贞凤是太子的旧人。太子故去后,柳才人奉旨移居九成宫。"柳才人坐在巨大的织锦花机前……手持织梭,足踏地杆,一梭一梭地精心织作一幅花树对禽间瑞花纹的彩锦。"[②]织锦成为柳才人精神的寄托,相对于充满权力之争的现实世界,具有拯救意义。宜王与柳才人的故事发展也主要因织锦工艺而展开。织锦"与其他织物相较,具有内容变化丰富,图案更加深沉、含蓄的特点,它从某种意义上能体现华夏民族传统的服饰文化心理"[③]。孟晖在小说中用看似轻描淡写,实则颇为考究的语言,写出了织锦纹样的变化多姿:"织锦的纹样,无非是由十几或几十色彩丝织就的变化规矩的团窠花、折枝花,中间间以样式、姿态相同的人、禽鸟鱼虫或文字的彩纹,如同兵卒列阵一般整齐有序地在锦面上排列开来。"[④]孟晖对传统技艺的描写已超出一般小说的虚构状态,利用考古

[①] 沈从文:《花花朵朵 坛坛罐罐:沈从文谈艺术与文物》,重庆大学出版社2014年版,第243页。

[②] 孟晖:《盂兰变》,南京大学出版社2014年版,第36页。

[③] 赵联赏:《服饰智道》,中国社会出版社2012年版,第203页。

[④] 孟晖:《盂兰变》,南京大学出版社2014年版,第36页。

发现和科学研究成果弥补了文学想象的空白。传统文化的气质与传统工艺的魅力在孟晖的小说中合二为一，丰赡博厚的传统修养丝丝渗透在作品中。她擅长于从遗留下来的丰富历史遗迹和记载中，用灵感与想象构思一段真实，通过文字的记忆、想象，再现和重构传统。"任何一个人在文学上的价值都不是由他自己决定的，而只是同整体的比较当中决定的。"①

古代人们为美化衣饰，用针线绣出各种美丽的图案，产生了独具东方美韵的刺绣。刺绣的高超技艺，是织造工艺的重要组成部分，古代劳动人民用聪明和智慧创造出刺绣工艺，对古代礼服的发展演变和服饰文化的繁荣起到了重要的促进作用。刺绣的技艺和图案也成为君臣、官品、民官的界定物。小说中赵婕妤的绣作能令善织锦的柳才人称赞。赵婕妤在薄如蝉翼的白单丝罗上绣满了海涛、山峦、瑞兽、祥云和彩禽，并间以缤纷杂花，针法极其精到，深浅、远近、阴阳层层换色，极尽生机变化。唐代的刺绣技艺体现出在当时的时空条件下，人的自然性、社会性与历史性交织出的特殊历史情态。

小说通过对刺绣织锦这些知觉形式细致入微的描绘，展示出唐朝人的生命形态，捕捉到了中华文化再生的核心元素，体现出中华文化认同的向心力。作家对人物心理现象进行复杂描摹，尤其关注人物的精神潜影，"小说中对于各项工艺技术的狂热，都只是为了再现中国历史的种种'真实'"②，对传统技艺展开专业的描绘，将传统工艺技法进行了巧妙的文本转化，烦琐细致而又巧夺天工的织锦工序在小说中得以真实呈现，以及传自古波斯的圆金线制作工艺，在孟晖的叙述中重新焕发出炫丽的光彩。

在大浪淘沙的历史长河中，是非成败转头空，唯有艺事巧思在源远流长的文化中留下不可磨灭的印记。"无论是一批织锦或是一团金

---

① [德] 恩格斯:《评亚历山大·荣克〈德国现代文学史讲义〉》，载《马克思恩格斯全集》第1卷，人民出版社1956年版，第523—524页。
② 孟晖:《盂兰变》，南京大学出版社2014年版，第447页。

线，一支新曲或是一个香薰球，只要精益求精，就能成就自在的价值。而对朝廷的残暴，艺术不是逃避，反而代表了颉颃、救赎的姿态。"① 传统艺术典范渗透在小说的各个层面，是孟晖文化情怀的寄托，是对失去美好的救赎。通过对传统技艺的再现，展示中华文化的博大精深；通过对精美器物的描写，寄托了对物质文明的赞美。至此，孟晖在宫闱绮丽的锦绣中铺陈出大唐的万千气象，"孟晖的索隐探微不是在发思古之幽情，而是充满了一种厉扬韬奋、天工开物的气概和精神"②。

此外，小说善于用人物妆容和服饰变化展示人物的性格，详细铺排了柳才人和宫女们精巧而细致的妆容和精美的服饰，表现出古代戏剧表演的特点。通过对黛眉、高髻、翠钿等细致的描绘，使情感与外物相应和，将单纯的语言描写变化为流变的动作，潜意识场景与历史场景描摹的结合，从而达到与历史人物的神会。

历史的意义通过对历史资料的回忆和阐释得以显现出来。"如何使那远去的时代在中国文化今后的发展脉络中再次开花结果，从而获得真正的复活；如何让我们对戴逵等伟大艺术家的苏醒的记忆，不仅仅停留在恢复他们原有的历史地位，而是成为启动新的创造激情和生存激情的动力，才是摆在今天美术史学者面前的不可推卸的责任。"③ 孟晖的成就在于将近乎活化石的壁画、出土实物用语言的描述，呈现在公众的美学视野中，彰显了唐代社会的勃勃生机。

第二节 神秘色彩的审美风格

神秘文化根植于传统文化，文学创作与神秘文化书写亦不可分割。拉美魔幻现实主义作家对本土文化资源的发掘以及对原始印第安文化、

---

① 王德威：《薰香的艺术（序）》，载孟晖《盂兰变》，南京大学出版社2014年版，第2页。
② 芳菲：《万缕横陈银色界——孟晖〈盂兰变〉及其他》，《书城》2008年第9期。
③ 孟晖：《潘金莲的发型》，江苏人民出版社2005年版，第297页。

玛雅文化的探寻获得了巨大的成功，引起世界文坛的震惊，激发了中国当代作家对当代文学之"根"的追寻，神秘色彩在寻根小说中广泛呈现。"在中心文化与边缘文化、儒家正统文化与非正统的民间文化、汉民族的大传统与少数民族的小传统、城市文化与乡土文化之间，寻根派作家偏重于后者，认为后者不仅属于民族传统文化的范畴，而且是更重要的民族传统文化之'根'。"[1] 在达斡尔族女作家的创作中，在对神秘梦境的描绘中，建构出独具特色的神秘的审美风格。达斡尔族女作家的创作，立足于地域文化，在展现古朴生活的基础上，融合了历史故事、神话传说，晕染了独特的神秘色彩，她们的小说借民间生活展现生命的野性。

一　生命体验与神秘梦境的书写

将对于生命与死亡的参悟引入文本，是孟晖创作的又一用心所在。神秘往往被其视为一种观照世界和人生的文化哲学，表达她对外在世界和生命现象的情感体悟和哲学思考。小说《盂兰变》表达出历史沧桑、命运无常的多重主题。对传统文化精神的探究是隐藏在小说文本之下的另一个潜在文本。在佛经讲唱和人物故事的文本互现中，小说获得超越时代的象征含义。

《盂兰变》为读者呈现的神秘，是一种朦朦胧胧的氛围。"盂兰"是梵语"倒悬"的意思，即人被倒挂，盆是指供品的盛器。七月十五这天供此器具可解救已逝去父母、亡亲的倒悬之苦。现在民间仍然流传着七月十五中元节盂兰盛会的习俗，以此追忆亡亲，供奉斋僧，形成了中华传统的追悼逝者、布施众生的文化精神。小说中有大量的《目连救母》变文的演述，《盂兰变》亦可看作是《目连救母》故事的变文：宜王从出生起便"不知有父母"，对生母的思念及对其死因的追寻成为宜王终生难解的心结。《目连救母》在小说中多次出现，成为宜王短暂一生艰辛寻母故事的潜文本。《目连救母》影响了宜王的人生转变。宜

---

[1] 王铁仙等：《新时期文学二十年》，上海教育出版社2001年版，第73页。

王听讲经后，顿悟人生，在盂兰盆节这一天，散尽家财，哀悼生母，完成精神的超脱和救赎，重构中国传统文化精神和人格魅力。

"艺术眼光敏感于具体的生命状态"[①]，小说在对宜王、柳才人等人物的塑造中，着重于对具体的生命状态的刻画，以独特的生命体验获得对人性深度的探析。在血雨腥风的政治夹缝中生存的宜王与柳才人，他们用自己的方式成就了不一样的人生。宜王在薰香球的香烟氤氲中只求做一个好金匠；柳才人幽居深宫，忘我投入织锦工艺中。二人不曾谋面，却心有灵犀，执着于对文化艺术的追求。孟晖写出了传统中国人对于文化艺术的深邃体验与忘我追求。小说还塑造了性格鲜明、形象迥异的人物。有重视情义的底层人物，小说对这些小人物虽然着墨不多，却体现了中国传统的人性之美与善的存在。工匠施利虽来自胡地、身世孤苦，但他精湛的技艺令人佩服，对弱者的关照令人感动；工匠张成与绣女的兄妹情深，也令人动容。与之对比的，有游戏人生、无视真情的王公贵族，为权谋铲除异己的女皇，无法无天的永宁。这种人性的善与恶的悖论存在，是孟晖对历史、对人性的深层叩问。传统的文化基因以艺术的形式呈现，古典意境传递着现代的迷惘，包含着对人性本质探究的力量。

在现代科学看来，"梦"是人大脑的脑干部分在睡眠状态下发出的信号，这些信号使人感知到影像和声音。而在中国传统文化中，"梦"充满了浪漫的情怀，梦魂观念在历代文学作品中影响很大，屈原的《楚辞》中"昔余梦登天兮，魂中道而无杭"，把梦视作魂游，上天入地无所不能；司马相如的《长门赋》中"忽寝寐而梦想兮，魂若君之在旁"，梦中远去的爱人又来到君王的身旁；李白的《长相思》中"天长路远魂飞苦，梦魂不到关山难"，灵魂可以自由自在地行走于天地山河。"梦"在古代典籍中还承载着哲学的使命。战国时期的《列子》记载了蕴含哲理的古梦。《庄子·齐物论》记载的"庄周梦蝶"以梦境与现实若即若离的状态，表现对人生、现实主体存在性的怀疑，透视人生

[①] 余秋雨：《伟大作品的隐秘结构》，现代出版社2012年版，第43页。

的虚无,召唤精神的永恒,体现了道家学派的哲学思想。

"梦"作为一种独特的文化现象,绵延至今,作家往往通过"梦"来表达人生的哲理。曹雪芹的《红楼梦》通过宝玉梦游太虚幻境来说明人生的无常。佛教认为现实如同梦幻泡影,"梦"是佛教十喻之一。"梦"是小说《盂兰变》的关键,梦境与现实以一种自由的方式在小说的叙述中交替呈现。宜王居于洛阳的别业,如履薄冰地长于深宫;柳才人居于长安的九成宫,日夜与机杼为伴。柳才人在梦中与化为小金蛇的宜王在小说的一开端就相见了,此后,宜王一次又一次地在熏香的梦中与柳才人相会,在真实的世界与外在的客观现实缝合,梦里梦外的交替叙述中,孟晖通过神秘感显现宿命感,挖掘悲剧命运背后的历史原因。

作为至高无上的女王,武则天权威的阴影遍布现实生活的每个角落。小说通过武则天的孙子宜王李玮和九成宫才人柳贞凤灵异交往的梦境,书写荣华与权势的虚幻,人事兴亡尽含于"变"中。小说中的悲剧既是偶然又是别无选择的必然,由梦编织而成的小说,既有历史盛衰的无可奈何,又是集体的传统在个人的想象中重构、传承。

从时间的维度来看,宜王追随一次又一次随缘而起的梦境,远离了宫廷的阴谋与杀戮,消弭了现实的异变权谋;从空间维度来看,梦游九成宫超越了地理的局限,将素未谋面,又与东宫事件关系最为密切的宜王与柳才人联系到一起,体现出禅意的时空观,表达人物内心深刻的孤独感。梦是对自我命运无法把控的异化形态,体现了人与人、人与自我的灵魂在重重冲突中艰难地超越。小说在叙事上带有《红楼梦》的通灵之说和感伤情调,尤其是对"象"与"意"水乳交融的理解,传递感知经验,像是对生命的隐喻,塑造出有生命质感的人物,触及活态的人生,表达出文化深度的情感哲思。

随着现实与梦境的来回穿梭,小说中的人物经历着两种不同的时间维度,虚实相生,时间与空间界限的模糊与融合,是对传统文化的追溯和引申。小说在传统文化背景中关注生命本体和生存方式,在心入、情入的书写中,历史不再是不会言说的文物,而是意味深长的独特风景,有温度,触手可感;有情怀,发挥出现世的作用。梦境与现实交织,其社会功能与象征意义呈现多元的层次感,呈现出多层面、多角度的空间对生命意义的探寻,以追忆的方式再现往事。梦境与人生真相的交错,梦的结束也是现实生命的结束。孟晖借梦境抒发对于时间和空间无限追问的情怀,将读者引入哲学的维度去思索,在历史本身的有机生命中感慨历史,感慨人生。

孟兰节是中国传统的鬼节,是跨越生死界限,通过祭祀使阴阳相遇的特殊日子。作为以历史为题材的小说,孟晖用现代小说的形式传达古典文学的传统意蕴,注重中国传统文化氛围的营造,注重意合、气韵和具相,同时又善用现代视角重新审视传统。孟晖关注普遍性的生存命题,以世俗生活为参照,在传统文化的回溯中,赋予对现代生存的启示,成为探求中华文化精神的路径。在艺术追求上,《盂兰变》血脉相承着古典与现代之间的美学联系,多种艺术元素的综合性创作完美结合,用细密的笔墨精心编织一幅贯穿历史、呈现传统文化的写意画卷,表现了内心的极度平静和对审美高度纯粹的追求。

二 关东文化的遗存

关东文化,一般是指明清以来在东北地区所形成的区域文化。因其位于山海关以东,故称其为关东。[①]"在精神文化和行为文化方面,关东文化区别于中原和关内其他文化的特点。表现为:以豪放、旷达、质朴厚重、宽厚包容而绝少排他性为特点的关东人群体性格特征,这一特征来自于关东大地白山黑水的濡染,来自于多民族的融合,来自于汉族移民带来的儒家文化的影响:多元碰撞,兼容并包。"[②] 东北地区的居民对"东北"概念的认同感远大于对省籍的认同感,与这一地区的历史和风俗文化有着密切的联系。历史上,"东北"一词源于近代,辛亥革命后,张学良宣布东北易帜后,"东北"取代清代发源地"满洲"。现在通常意义上的东北地区,一般是指辽宁、吉林和黑龙江三省。事实

---

① 参见王会昌《中国文化地理》,华中师范大学出版社1992年版。
② 胡凡:《关东文化特点刍议》,《光明日报》2006年4月18日史学版。

上，在内蒙古自治区的东部广大地区，人们的生活习惯、自然地理环境都与黑、吉、辽三省有着相同的特征。大兴安岭位于黑龙江北部和内蒙古境内，重峦叠嶂，林莽苍苍，有平原、丘陵，大兴安岭呈东北—西南走向，地势从东向南逐渐升高，东西两侧坡度不对称，东陡西缓，两侧的自然带呈明显的地域差异，以东多森林，以西多草原。东西两带有广阔的山林和草原，各民族文化在这里交融生长，体现了共同的审美质素。朝鲜族、达斡尔族、鄂温克族、生活于东北的满族等女作家的作品，在一定程度上体现了共同的文化特质和鲜明的东北地方特色。

北方边疆，特别是东北地区是现代与原始相交织的特殊地带，这里有着原始文化的遗存，是一片充满神性和灵性的土地。北方大兴安岭地区自古生长着茂密的原始森林，气候严酷，坚冰不消的冻土时间持续较长。古代北方人类的寿命也相对较短，为了满足这一特定区域人们生存的需要，萨满教得以产生和传播。"从国际萨满教文化圈来看，信仰与传播萨满教文化的国家与民族，属于地球北半部分的温带、亚寒带与寒带地域的文化传袭现象。"① 萨满与其他民间信仰的不同在于，其重视疾病治疗技能，这是为驾驭苦寒的环境生发的一种精神向往和生存活力。萨满对北方文化精神的塑造起着重要的作用，是北方不可取代的特色文化之一，已融入博大精深、丰富多样的中华文化整体之中。生活在这一地带的满族、鄂温克族、达斡尔族等民族在严酷的自然环境中形成了粗犷豪放的性格。

达斡尔族流传的萨满文化，萨满信仰是达斡尔族人的心理旨归，作家在进行文学创作时不可抑制地受到原始文化的影响，使文学创作具有一种传奇和神秘的色彩。"萨满教文化使现代东北文学批判、解构了中原及江南广大地区汉族中心主义与儒家文化霸权，而现代东北文学在提供丰富多彩的'地方性知识'的同时，也为中国文坛贡献了很多新鲜的陌生化的文学经验。"② 独特的萨满文化给予达斡尔族女作家丰富的

---

① 富有光：《萨满教与神话》，辽宁大学出版社1990年版，第7页。
② 闫秋红：《现代东北文学与萨满教文化》，暨南大学出版社2012年版，第22页。

想象和灵感,她们在现实事物的基础上加以更新改造,创造出许多新的形象,并在作品中营造神秘的文化氛围。达斡尔族女作家萨娜是一个沉迷于萨满精神与礼仪的人,她的小说大多充满着神秘性。中短篇小说集《你脸上有把刀》中收录的《阿西卡》和《有关萨满的传说与纪实》,讲述着大兴安岭的故事,写了大兴安岭达斡尔族萨满教信仰,展现了达斡尔族的文化精神。萨娜生活在莫力达瓦这个萨满教盛行的地区,她的小说创作受原始萨满教的影响较为明显。朝鲜族金仁顺的《春香》也描写了萨满跳神的场面。满族庞天舒的《落日之战》也对萨满跳神的民俗事象作了精彩描绘,塑造的萨满形象是神性智慧的化身。这些小说都对东北大兴安岭萨满风俗文化进行了深入的描写。"游牧民族在动荡不安的生活里形成一种坚定不移的认识——适者生存。没人可怜倒楣蛋,特别是哭哭泣泣的男人,流血不流泪的格言如同血液一般流淌在他们体内。"[①]生活在北方的游牧民族始终传承着一种坚勇顽强的生命精神。女作家们不断地深入对边疆自然和历史的理解。她们的创作营造出神秘的氛围,凸显着达斡尔族作家思维中跳跃的灵动之气,一种切身的生命体验。

萨满教观念的核心是万物有灵和灵魂不灭。生死实属自然,大可不必过于纠结形式,无家也意味着四海为家,无论身处何处、以何种方式存在,都为族人祈祷和祝福才是萨满的终极使命与价值。《有关萨满的传说与纪实》中达乌尔坎萨满的故事更是神奇诡异,惊心动魄。他耗尽毕生精力创作关于军事方面的著作,著作中的语言神秘莫测,意味深长,具有令索伦族勇士为其抛头颅洒热血的神奇力量。

达斡尔族女作家萨娜在《阿西卡》中写了老家敖拉氏屯阿西卡姑姑的故事。阿西卡姑姑诞生的土地有"飞鸟、河流、山川以及一望无际的森林",寂然无语流淌着的嫩江"从远处的森林顺流而下,穿过丘陵和平原地带,穿过莽莽的原野和田地"[②],小说用"广阔"这个词诠释了对这片土地的理解。尽管阿西卡姑姑最终没有当上萨满,但辽阔的

[①] 萨娜:《阿西卡》,载萨娜《你脸上有把刀》,大众文艺出版社2003年版,第106页。
[②] 萨娜:《你脸上有把刀》,大众文艺出版社2003年版,第103页。

原野上回荡的神秘的歌声,是对阿西卡姑姑的赞美。在《阿西卡》中,萨娜设置了"我"所在的空间与"我"的大姑阿西卡所在的空间的双重并置,通过"我"这个家族历史的探访者的视角展开叙述,在阿西卡的空间里,作家的笔触推进到达斡尔族的历史深处,追忆日渐退化的优秀文化传统,挖掘民族精神资源。"我用苍天赐予的生命和博大的平静来感念我的祖先和逝去的亲人,他们像雾状的阳光一样既遥远又亲近。"① 小说中的"我"在另一重叙述空间缅怀或重构民族的辉煌,汲取民族的精神资源,使这种民族精神得以代代传承下去。

费孝通认为:"从人类学社会学的角度看,世界上所有的文明都蕴涵着人类的智慧,每一种文明都值得我们关注、研究,从中汲取营养。"② 萨满教不仅塑造了东北地区的文化精神,还"和北方少数民族的文化艺术、道德法律、政治哲学、民俗风情、医药卫生之关系密切"③。东北的少数民族女作家以一种自觉意识,传承着萨满教文化在生活中的意义。萨满同医生一样为人看病,萨满舞蹈是一门神学艺术,萨娜详细描绘了萨满舞蹈的神性美:"不说它节奏多变的击鼓以及怪诞奇异的曲调,单就其舞蹈者腿与手势的繁复幻变,更何况它的腰部、头部细节动作以及腾空、跳跃、翻滚的高难姿势,足以令人目不暇接,喟然赞叹了。"④ 萨满文化的诞生与东北荒寒的自然条件分不开,在这样的条件下,人们的生命安全常常受到威胁,于是通过萨满跳神活动祈求神灵祛病消灾,体现了对生命的一种理解。

第三节　女性自我心灵的抒写

达斡尔族女作家苏莉、阿凤、萨娜、孟晖等都具有较强的女性意识,

---

① 萨娜:《你脸上有把刀》,大众文艺出版社2003年版,第136页。
② 费孝通:《论文化与文化自觉》,群言出版社2007年版,第442页。
③ 黄强、色音:《萨满教图说》,民族出版社2001年版,第66—67页。
④ 萨娜:《你脸上有把刀》,大众文艺出版社2003年版,第108页。

表现女性追求自由独立的精神，以女性的立场关注现实生活和民族历史，洞悉人生百态，批判男权的文化统治。她们用独特的视角关注生活的那片土地和土地上的人们，她们的创作也表现出改革开放的新时期达斡尔女性所面临的焦虑和痛苦。她们凭借着女性自身特有的敏感、细腻感受本民族的历史与文化，思考现实女性生存、生活的诸多问题。阿凤的小说集《木轮悠悠》、萨娜的小说集《你脸上有把刀》所收录的小说都以一种极为深刻的女性思考，从不同的角度，在语言风俗、生活方式和传统习惯等方面探索女性自我心灵的密码，关注达斡尔族女性主体的不断成长。

一　女性生存命运的拷问

美满的婚姻是两性幸福生活的源泉，婚姻爱情是文学创作的一个重要的主题，特别是女作家的创作，对婚姻爱情的关注，在文学的长廊中不断回旋往复。在中国传统社会中，男女地位的不平等，自由恋爱和婚姻情感又为礼教伦常所阻断与排斥，加上女性在婚姻中处于屈辱的依附地位，女性命运往往受男性文化规约的影响，女作家更容易用女性的视点揭露被历史遮掩的受压抑的女性现实境遇。达斡尔族女作家阿凤从1981 年发表《一个达斡尔族姑娘的心》开始，到20 世纪90 年代末出版小说集《木轮悠悠》，近20 年的创作过程使阿凤成为达斡尔族作家中重要的一员，她用不俗的文学功力和独特的女性视角，解读达斡尔族女性的心灵世界。阿凤的小说集《木轮悠悠》收录了《遥远的月亮》《咳，女人》《五叔和系白纱巾的女人》《娜木日》等18 篇小说，反映了达斡尔族女性的现实生活，在对达斡尔族女性命运的观照中，探索传统文化对女性心理的影响。萨娜的小说集《你脸上有把刀》中的《多事之秋》《感情理想主义者》《你脸上有把刀》《一种走向》《过程》表现城市青年男女的婚姻爱情故事，描写城市女性的婚恋与生活史。

阿凤小说的故事内容并不复杂，没有激烈的冲突，也没有曲折的情节，在日常生活描写中刻画女性心理和人物性格，表现出女性苦涩的人生境况和泪中有笑的不懈追求。《五叔和系白纱巾的女人》故事源于阿凤童年真实的生活经历，小说用儿童的视角记叙了"我"的五叔的婚姻爱情悲剧。"我"无意中发现五叔珍藏着一张照片,照片上是一个系着白纱巾的美丽的姑娘。五叔与系着白纱巾的姑娘是青梅竹马,互相爱恋,但姑娘家里反对他们结婚,五叔气不过,一怒之下杀了姑娘家养的牛,导致他坐了三年的牢。小说主要描写了五叔从大牢里出来的一系列事件。五叔喜欢弹奏达斡尔族特有的传统民间乐器木库莲,总是传出一丝忧伤的情调,五叔吃苦耐劳,肯下力气扛大包,虽然挣钱不少,但始终没找到正式的工作。后来五叔娶了五婶,五叔和五婶关系并不好,经常吵架,五叔染上了抽烟喝酒的坏习惯。五叔的爱情悲剧导致了人生悲剧,五叔无奈、凄苦的一生源自于爱而不得的痛苦,这个系白纱巾的女人是五叔心里的光源,是荒漠中的绿洲。

《遥远的月亮》写了达斡尔族一家三代女性的命运悲剧。表姐跟"我"的妈妈同岁,表姐从小没有妈妈跟着奶奶长大,十八岁的时候表姐在奶奶的安排下嫁给了比她大十几岁的男人,婚后表姐面对婆婆和丈夫的威严,过着麻木的生活,她一连生了十二个孩子。表姐的大女儿葛根莎日乐个头高挑,眉清目秀,当过独唱演员。但在她的生活环境里,男性不允许她施展才能,在男权的压迫下,女性无法培养自己的才能,即使具备才能也无用武之地。她奶奶说姑娘上台演戏不好,就安排她结婚嫁人,葛根莎日乐不得不与自己的恋人卡索分开,婚后第二年便生了女儿色得热。色得热并没有得到爸爸的关爱,总是被爸爸像拎小鸡似的拎来拎去。色得热很乐观开朗,读完初中没考上高中,十九岁生了孩子六个月后就离开家去做保姆。《遥远的月亮》中的达斡尔族一家三代女性与佤族女作家董秀英的《马桑部落的三代女人》中的佤族三代女性有着相似之处,阿凤和董秀英都对边地民族女性的代际命运给予关注,写了三代女性艰辛的情感历程。阿凤通过塑造表姐、葛根莎日乐、色得热三个鲜活的女性形象,在她们的人生轨迹中探求男权文化统治下女性生存密码。"女性权力与自由的真正获得是离不开经济、文化、习俗等诸多因素的制约。"[①] 在这种文化习

[①] 托娅:《试论达斡尔族女作家阿凤小说的女性意识》,《民族文学研究》2002年第4期。

俗的规约下，她们对做人的权力毫无所知，一味地顺从他人对自己人生命运的安排。在第三代女性色得热身上具有敢爱敢恨的性格，相比她的姥姥和母亲，能够勇敢地冲出家庭的羁绊，思索人生命运，向往新的生活和新的爱情。但在社会上她又难以寻找到理想的归宿。阿凤通过小说，阐释女性生存的命题，女性只要永不失去对生活的热爱之火，永不放弃对美好生活的追求，幸福的生活即便像月亮一样遥远，也终有抵达的一天。

达斡尔族女作家阿凤的小说始终保持着对女性生存的追问，对女性生命的本质和意义进行不倦地探寻。阿凤的小说视角独特，文笔细腻，布局巧妙，描写达斡尔族女性生活的场景，关注女性价值的社会实现、女性自身因袭的历史惰性、女性为争取进一步解放、自身应具备的品格与素质等更高层次上的问题。《咳，女人》中的"我"是一位自信自立的女性形象，尽管婚后一直因未能生育而受到婆婆的冷遇，但她还是坚持自我独立的人格个性，并不以生育为人生最终旨归，敢于冲破男权思想的束缚追求自我价值。

萨娜的小说集《你脸上有把刀》既有对达斡尔民族传统文化的书写，也有对城市女性婚姻爱情的思考。在婚姻爱情题材小说中，主要描写了两性关系中的性别冲突，揭露了男性世界的卑琐、自私、丑恶和虚伪。《你脸上有把刀》中的金林，是个自私的丈夫，对于妻子的成功不但不为之高兴，反而处处提防猜忌妻子的成功会导致出轨，迫使妻子史红成为家庭主妇。当妻子失去光鲜亮丽的外表和独立自主的精神气质之后，金林觉得这样的妻子才是安全的。作为接受过现代教育的男人，在金林的眼中，妻子就是生儿育女的工具，不能有自己独立的事业和价值追求，在这一男权思想的压抑下，妻子史红不得不放弃事业，回归家庭。伍尔芙把男性眼中的女性称之为"屋子里的天使"："要有同情心，要温柔妩媚，会作假善于使用女性的各种小手段，不要让其他人看出你有思想。最要紧的是要表现得纯洁。"伍尔夫奋起"自卫"，杀死了这位象征男权的"天使"。但同时她不得不承认，在现实中这位天使其实很难杀死。她的阴影将长期笼罩在职业女性的心头。在伍尔芙看来，杀死"屋子里的天使"是每一个女作家职业的一部分。伍尔芙还指出,女性的思维、感受、激情等特殊体验和男性不同,但是男性却不允许女性表达自己的体验,而且这种禁令已经成为一根无形的绳索紧紧地束缚着女性,女性尚没有有效的办法挣脱它。达斡尔族女作家的写作对这一文化传统进行批判,不论是乡村中的劳动妇女还是城市职业女性,她们的解放和独立之路艰难而曲折。

阿凤与萨娜以自身的文化经历来表达不同的女性经验,阿凤笔下的婚姻表现为女性依附和顺从男性,以及顺从被男权思想异化的家长,萨娜笔下的婚姻则是互相利用、猜忌、欺骗,男性要追求私欲,女性要维护感情和自尊。《多事之秋》中的四个男人都是有妇之夫,却不约而同地出轨、搞婚外情,他们风流成性、见异思迁、背叛家庭,妻子们又都用自己的方式维护婚姻的尊严,褚成的妻子毅然地离开移情别恋的丈夫,艳丽一次次原谅丈夫最终也以自己的出轨回击男性的背叛。萨娜从女性的立场出发,揭露和批判了男性的自私和虚伪。"特别值得称道的是,她在展开情节时,不是简单地强调一种理性的因果关系,而是从人的情感、从人的复杂心理结构出发,通过打破人物心理的平衡状态,顺理成章地展现人物心灵深处突然发生的一种他自己都没有料想到的裂变反应。"[①] 女性在自我价值的实现中,遭遇了来自男性世界的磨难与困顿。

二 心灵往事与本民族风情的追忆

往事记忆是每个人生命的起点,滋润着每个人的灵魂,成为人们观察、体验和认识这个世界的基石。达斡尔族女作家苏莉的散文集《旧屋》获第七届全国少数民族文学骏马奖,主要描写了作家记忆中的风物习俗、童年趣事。苏莉以一种平淡清新而又细腻的笔质,讲述着自己生命印迹中的人与事,蕴含着丰富的文化内涵。苏莉回望着达斡尔族的传统文化,展现了一种民族认同的经验,字里行间溢满对本民族的热爱之情。

---

① 李萍、宋桂珍:《边缘的价值——论达斡尔女作家萨娜的小说艺术》,《今日科苑》2010年第24期。

在苏莉的散文集《旧屋》中作家对家乡莫力达瓦的场景风物的回忆与叙述中，寄寓了对这片土地的爱与恋。面片儿、奶食、柳蒿芽、干菜、向日葵、旧屋等承载着作家对家乡的心灵记忆，反映到作品里则呈现出真实与诗意交织的地方色彩。苏莉对日常饮食和生活的关注，对民族文化的观照和体认，将自己的情感构筑在本民族所食用的柳蒿芽、奶食等食物上，从她的作品中能缓缓流出对于达斡尔这一群体的爱恋。在《旧屋》《牛的故事》《面片儿，奶食和粗话》《老蟑和干菜》《风筝走远》等散文中，作家借助每一个场景，每一个事物，讲述着心灵的故事。对故乡传统习俗的回忆与描绘，在优美的文字中表现了传统习俗中的乡风民情，充满浓浓的人情味。在传统习俗的回忆中，苏莉对达斡尔民族的情感升华为对文化的哲思，在感性的描述中，充满着理性思辨色彩。故乡的传统文化是无价的精神遗产，代代相传的习俗已成为一个民族特殊的民俗文化的一部分。

家乡莫力达瓦始终是作家苏莉心中的一方神圣空间和安顿灵魂的地方所在，散文集《旧屋》表现出对这一片地理空间民族文化的深情眷恋。苏莉一再在散文中强调记忆之重要，在《岁月收藏》中写了童年攒糖纸、攒胸针、攒硬币的收藏趣事，结尾写道："我花许多时间对回忆中的一切反复品味，一点一点地发现自己曾疏忽的东西，自己不小心遗失的东西，我一点一滴地找回它们，让它们重新散发光彩，然后再把这些熠熠闪光的东西写出来，使它们成为一种永恒的真实，然后我的生命就留在里面了，我就看得见自己了，我于是真切地存在了。这真的很让我欢喜。"[①] 苏莉在时间距离之外回望着自己的成长之地，有着深刻的生命体验，是对自我生命之源的回望。

《牛的故事》写了小时候家里养牛、挤牛奶的趣事，达斡尔人与牛建立起一种特殊的情感，难以割舍，牛的生命已渗透到达斡尔人的生命之中。牛是母亲的命根子，母亲在生命弥留之际仍然是对牛至死的牵挂。"我只剩下了回忆。我常常在回忆中的生活里再次发现一些原来自

[①] 苏莉：《旧屋》，作家出版社2000年版，第107页。

己忽略了的真实,发现那些遗失的情感,我常常在新的发现的触动下,热泪成河。没有人能明了我心中所能体味到苦痛,和我感到过的喜悦,它融在我的生命里,融在我血肉之躯之内,早已无法剥离。"[1] 从根本而言,人们之所以会对往事记忆产生一种依恋心理,是因为对童年生活之地的风物熟悉和放心,对声音和味道的记忆深入骨髓,给人一种安全感和归属感。在苏莉的散文中,这种归属感和安全感首先来自于故乡的人与事。《牛的故事》《旧屋》《没有文字的人生》等散文,充满对母亲和奶奶的感恩与思念之情,因为有母亲和奶奶的细心呵护,童年的日子才多了人间烟火的温馨气息。这种对往事的怀念是一种强烈的地域文化认同感。

苏莉的散文集《旧屋》写出了对远天远地的草原的审美体验。达斡尔民族是生活在草原的民族,作家的笔下总是对草原充满着无限的情怀。"远如梦远如一种古旧的情怀,一封从夏天那里寄出的信在内蒙古草原迅即结冰。"[2] "我忽然想起少年时曾在黄昏奔跑在田野中,想起许久以来都不曾闻到过的泥土和野草的气味,想起牛和马,想起那处望不断的向日葵田。"[3] 不论岁月如何走远,家乡草原和田野在苏莉笔下都是这样的充满诗情画意。达斡尔族的自然环境和历史文化在她的笔下演化出一种精神气韵,地方风物的熏陶和浸染,使作家不断回望往事,"我的灵魂就这样使我充满了往事,实际上我没经历过什么,可我一出生就沉浸在陈年旧事的感觉里"[4]。故乡本身的存在就如同这暗夜里的光,始终指引着前行的方向,不论人生走向何处,回望来时路,依然有一束光照亮着未来。

在散文集《旧屋》中可以清晰地感受到作家苏莉这种浓烈的民族情结给她的作品增加了灵性。知识和阅历不断增长,时间和空间的距离

---

[1] 苏莉:《旧屋》,作家出版社2000年版,第72页。
[2] 苏莉:《旧屋》,作家出版社2000年版,第75页。
[3] 苏莉:《旧屋》,作家出版社2000年版,第95页。
[4] 苏莉:《旧屋》,作家出版社2000年版,第95页。

逐渐拉开，这些都有助于作家形成凝重成熟的文化审视视角。苏莉在对故乡往事的回忆中生发出对达斡尔族传统文化的传承与创新的思考，通过回望的方式表达了对本民族文化的爱与忧思。《没有文字的人生》更像一曲美丽的乡村挽歌，对随着时代的发展而日渐消逝的达斡尔语言充满无限的怀念。当奶奶、妈妈、爸爸相继离去以后，家里不再有达语的幽默，就连达斡尔人一贯所保持的生活方式也被后天所接受的各种影响所冲淡，苏莉写出了自己的忧思。文学从来都是对世界的反映和对人生的观照。

每一位作家在生命旅程中都离不开与成长之地的情感联结，从而产生一种内在的民族情结。对于"故土"的依恋与亲近是每个人与生俱来的情愫，自古以来，中国传统的农耕文化土壤和华夏民族"土色土香"的乡风民俗所积淀和凝固成的思乡恋旧的社会文化心理，必然会潜在地影响着作家的创作。"旧屋"是作家苏莉一片精神净土和灵魂栖居之地，故乡的袅袅炊烟、虫鸣鸟唱、溪流水塘早已沉潜在她的生命体验中，成为创作的不竭源泉。正如苏莉自己所说："对于汉语写作来说，我是属于边地的、异族的、女性的，因而也是令人隔膜和无足轻重的；可对我自身而言，这种境况带给我的同时也是一种完全出自于本性的自在的写作，并因此而能于默默无闻之中保持自己的独立和自由。"[①] 苏莉的写作是一个达斡尔女性心灵的喃喃自语，既是一个女性心灵之路的印迹，也是一个民族的心灵之路。

[①] 苏莉：《旧屋》，作家出版社2000年版，第195页。

第四章 回族女性文学中的生命意识与文化传承

——以获骏马奖的回族女作家作品为例

回族作为我国少数民族之一，在我国历史文化发展的大背景中，又具有着独特的历史来源和发展特点。早在公元7世纪中叶，唐代开放自由的环境吸引了一批阿拉伯人和波斯人来到中国经商，他们便是回族人最早的先民，被称为"蕃客"，他们在中华大地上通婚繁衍，历经数代发展，最终形成了今天的回族。回族的发展形势，使得其文化观念一定程度上根植在了中华传统文化的土壤之中，又融合了世界其他地区的文化特性。由此看来，回族是一个源于异域，形成、发展在本土的少数民族，回族人口的分布又是目前中国少数民族中最分散的，但这种分散却丝毫没有影响回族族群整体的发展，这是和中国很多其他少数民族所不同的。这种特殊性值得我们更进一步地对回族的文化、文学、心理等各方面进行关注和研究。

作为回族文化传承与发展的重要力量的回族女性群体，如霍达、马瑞芳、于秀兰等，她们积极从事文学创作，写作涉猎诗歌、散文、小说乃至纪实文学等领域，书写了较多优秀的作品，也斩获了不少文学奖项，她们的创作不仅丰富了回族文学的格局，更是成为推动回族文学向前发展的中坚力量。自骏马奖开始评选以来，回族女作家创作出来的优秀文学作品接连斩获骏马奖各类奖项，使得回族女性文学受到了文坛的瞩目。在迄今为止的十二届骏马奖中，六位回族女作家以八部作品获得了骏马奖的各类单项奖：其中马瑞芳的《煎饼花儿》获第一届骏马奖的散文集奖；霍达的长篇小说《穆斯林的葬礼》获第三届骏马奖长篇小说奖；霍达的纪实散文集《万家忧乐》获第四届骏马奖散文集奖；梁琴的《回眸》获得第五届骏马奖散文集奖；白山的《血线——滇缅公路纪实》获得第五届骏马奖纪实文学奖；霍达的《补天裂》获得第五届骏马奖长篇小说奖；叶多多的《我的心在高原》获第十届骏马奖散文集奖；马金莲的《长河》获第十一届骏马奖中短篇小说奖。回族女作家在骏马奖的奖项斩获说明了回族女性文学的实力，也表现了她们对少数民族文学乃至中国现当代文学所作出的创作贡献。

纵观获骏马奖的回族女作家的创作，题材内容虽然涉猎广泛，主题思想也不尽相同，但这些作品都体现出了回族女作家们自觉而又浓烈的生命意识。她们或是在作品中详尽又深刻地展现女性在社会中的生死爱欲，以此展示对女性生存状况的思考和关怀，展现了自觉的女性意识；或是展现作为社会基础一分子的"人"的个体的生存勾画，以此凸显对作为人的生命、生活状态的审视和反思；在女性个体和作为人的个体基础上，她们还延展了对生命和生存的书写，将笔触深入本民族，乃至国家社会的肌理中，进一步写出了作为女性一员、作为回族乃至国族一分子的生命体验，将个人与性别、个人与民族、个人与国家紧密联结，显示了回族女性作家们自觉积极的社会生活参与热情和生命意识深度。

第一节　个体与群体的生命意识展现

回族女作家在女性层面，作为"人"的个体层面乃至民族国家层面对生命、生存、生活等层面进行观察与审视；她们的作品还不仅于此具象之处，更是将目光放远，往生命的深处探寻，将目光投射到更内在的生命根源，表达了对女性生存悲剧、人生的内在哲理甚至国家生死存亡的深入思考，并在此基础上表现了她们的生命关怀。回族女作家们在回族文化和中华文化的双重熏陶中继承了其中的文化品质和精华，并以澎湃和激越的热情去表达自我，书写着女性对生命和生存的感知，对民族与国家的热爱和关怀。这表现了女性主体意识的觉醒，女性同男性一样是国家民族生存的共同参与者和文化的创造者，她们也可以同男性一般表达对民族和国家的热爱与关怀。因此以生命意识来研究回族女性作家的作品，使得我们可以更深层地挖掘作品中凸显的女性主体意识，使得我们可以更深入地去发现女性与其生存的生命之根与文化之根的内在联系，使之不仅具备女性意识的内涵，还具有了哲学、文化学、人类学、价值学乃至民族学的多方面建构意义。

一 女性自我生存的关注

在中国的文化传统中，女性言行主要受控于以男性为中心建立起来的家庭，在家庭的单位中，以父权、男权的意志为统领。"作为对母系社会群婚制的反动，父系社会最初便是以'家'的方式（或者氏族家天下的方式）将那一具有敌对意味的性别控制在自己意志中的。"[1] 男性为了保有绝对的性别控制权，将女性深深地隐没在作为社会最小单位的家庭最深处，几千年来的中国女性，要接受男性审美观念的掌控，要无条件接受男性至上的性别观念，要接受男性制定的所有行为规范和精神守则，甚至女性的话语和文字都由男性来进行尺度划定。在男权至上思想中制定的女性的话语权利和行为自由尺度，近乎于无。这种男权绝对的控制权，不仅仅在家庭为主的小单位和小细则的具象之中有体现，其更加深层且顽固地表现在政治制度和伦理纲常之中，甚至渗透在整个中华文化的骨髓之中，成为引领和沿袭中国数千年的集体无意识。这种传统文化中男性对女性控制的绝对权限，也可以从有关女性的大量俗语如"大门不出，二门不迈""男主外，女主内"等中可见一斑。在这千百年来的集体无意识中，中国女性牢牢地被控制在家庭的最底层，社会的最边缘处，只有当被男性社会需要之时，才被冠以"人妇""人母"等工具性的空洞指向。她们只能沉默，渐渐湮没在了历史之中。"因而

---

[1] 孟悦、戴锦华：《浮出历史地表》，河南人民出版社1989年版，第5页。

在两千年的历史中,妇女始终是一个受强制的、被统治的性别。"① 她们的生命意义,也近乎完全消磨于这种压制和被迫的沉默之中,成为一种隐性的在场。

回族文化本身就是根植于汉族文化的土壤之中的,加上回族女性原本就以中原人的身份嫁与"蕃客"加入了回族,这就使得回族的女性观在一定程度上继承了汉族文化因子。而回族女性的社会地位,在现实中的情况却十分复杂。成长在中原大地上的回族,一边保留着本族原有的文化特质;同时作为中华民族的一分子,回族也融合了中华文化的部分传统。

至近代以来,大举传入中国的西方思想将封闭的封建文化敲出了裂纹。自"五四"伊始,社会变革意识的高涨,在一批有志之士的领导下,中国开始迈入由文学艺术界所发起的新文化运动时期。破除数千年封建守旧文化的专制便成了他们的首要目标,中国社会文化中封建和守旧的成分被极力摒弃,中华文明在弘扬"德先生"和"赛先生"的倡导下开始呈现出更加开放的格局,迎来了更包容、更先进的发展空间。女性命运在这场文化运动中也走向了明朗,回族女性更是在这种开拓中迎来了光明的希望。"回族女性对已有权利的极度珍视,对受到侵犯的权利的竭力维护和对权利要求的努力争取,妇女权利意识开始真正成为回族女性发自内心的强烈意念。"② 回族女性开始进入女学,接受教育,积极争取属于女性的社会地位。同时,回族女性争取个人权利的意念不仅仅表现在社会活动中,她们还积极响应着文学艺术领域的变革,用笔触去书写回族女性的命运变迁。如抗战期间,回族文学刊物《月华》等,就开始出现了女性作家的身影。尤其是在新世纪女性文学的大力发展之下,回族女性的表达从过去的被遮蔽走向了主动言说的开阔空间。在创作时,回族女创作者不可避免地要从自身所处的女性身份及群体入

---

① 孟悦、戴锦华:《浮出历史地表》,河南人民出版社1989年版,第2页。
② 刘宁:《妇女权力:转型时期的主体回归与社会实现》,《山西师大学报》(社会科学版)1998年第3期。

手，深刻表现女性在社会中的真实生活状态和精神世界。其中既有表现女性现实生活处境，确立女性生命本真存在的外在一面，也有表现女性作为一个个体的内心世界活动的内在一面。在这些叙述中，回族女作家们深刻地表现了女性要争取自我命运，却仍未完全摆脱传统束缚的焦虑和忧思，同时也真实地表现了对女性在面对困难与苦难时的坚韧与进取等美好品质的赞美。

在对女性生命外在本相的展示中，回族女作家们更倾向于从自身入手，以自我最天然的性别视角，最真实的生活体验去表现回族女性天然又独特的性别本能。女性个人成长乃至孕育的体验常常自如地由她们笔下流露而出。如在梁琴的《回眸》、马瑞芳的《煎饼花儿》和叶多多的《我的心在高原》中，便可以明显看出对女性的生命存在和欲望的感受表达。如《回眸》中，梁琴以多篇文字记录了自己成长和生活中所遇到的种种人事物，如贫困的童年里，和哥哥姐姐睡在堂屋"通腿儿"的记忆；中秋买到最廉价的糖饼，却舍不得下口；母亲为了爱情放弃优渥家世，最终只能终生埋头于繁重廉价的劳作中；而"我"也延续着母亲的选择，一生也活在"爬格子"的清贫之中，但在这些故事中，无论是"我"还是"他们"，都无悔自己内心做出的选择。在马瑞芳的《煎饼花儿》中，对于生活的困苦有着刻骨铭心的回忆，因为家庭的清贫，自己甚至是从未尝过家门口的油饼和煎包的味道，而由母亲收集起来的最下等的煎饼碎，反而成了记忆中无上的美味；原本大家闺秀出身的母亲，嫁入了清贫的回医之家，也心甘情愿沦为只顾得上柴米油盐的家庭主妇，但她们却未曾退缩，仍以最坚韧的品格撑住了生活的压力；同时也以顽强乐观的心态去面对家庭生活。在她们笔下，家庭不再是仅由男性所主宰和发声的场域，家庭中的女性也有着自我存在的必须意义，也能表达自我最直接的生活感受。她们笔下的女性，承载着多数的家庭责任，但仍然乐观豁达地面对着家庭的一切。如《煎饼花儿》中的《马老太语录》、《回眸》中的《卤牛肉》等文中都可以看出，家庭之于女性不再是森严冰冷的性别等级的镇压，而是可以看到女性对于家庭生活中话语权的改变和占有，同时还表现出了更加平等融洽的家庭关系。

她们作品中尤为蕴含深意的部分，还在于她们对于孕育的相关叙述，更是隐含着女性对于性别地位改变的深刻含义。过去女性对于生命的孕育和教养，被视为隐秘甚至羞耻的存在。"生"与"育"在过去是更多地被赋予了工具化意义的动名词，女性在生育过程中的生命感受与体验，却如同她们的身份一般被排斥在社会之外，只能被动地压抑在女性内心之中。但是在这些回族女作家笔下，生育不再是冰冷空洞的指向，她们赋予了生育自然浓烈的母性感情色彩，孕育于她们而言，充盈着巨大的愉悦感和满足感，这是女性天然的母性所带来的特殊生命体验。她们将这种在过去视为隐秘的经验倾泻而出，在马瑞芳的《家庭喜剧一箩筐》、梁琴的《冬天里的一把火》《好的梦》等文章中，我们都可以看到，女性对于子女成长的每一个瞬间那种自然流露的欣悦，这同样是女性生命意识的独特表达。

除去同为女性的孕育体验外，这些女作家大多都从艰苦岁月中走过来，苦难之中的磨砺，成就了今日的她们，因此她们对岁月和生活的感悟也尤为深刻和相似，因为那正是她们所真实经历和感悟到的生命。在她们笔下的自己和"她者"，都如所有普通女性一般，承受着大多数的家庭责任，那段艰苦的岁月使得她们遍览并承受了生活的困苦，但她们仍以女性柔弱却十足坚强的脊梁撑起了家庭，也撑起了生命。过去文化历史重压下的女性只能消磨自我的存在，但在回族女作家笔下，女性的美好与坚韧品格、女性在社会之中的独特意义却得以显现光芒，也正是这些苦难，造就了今日回族女性，或者作为一个普通社会人的女性顽强进取的精神，她们以自我对生活的努力，对生活的记叙，表现了女性也能如男性一般在社会中占据一席之地，也能让生命绽放别样的华彩。

若论及对女性生存本相和内在心理的综合叙述，在获骏马奖的几位回族女作家笔下，对女性生命关怀在霍达的《穆斯林的葬礼》中格外引人注目。霍达虽然将《穆斯林的葬礼》故事主线标注为承载着梁家命运的两代玉匠梁亦清与韩子奇身上，通过这两位男性来表现中国一个家族的历史沉浮和其所承载的时代命运。但小说中的几位女性却构成了另一道亮眼的故事线。作为故事主要角色的三位女性，成了推动故事向前发展的"行动元"。梁君璧作为整部小说中最传统的女性,她的性格中有着回族文化坚韧包容的美好品格,但她的守旧与偏执,却使得她成为最令人无法忍受的一个近乎反面的角色。当面对丈夫和妹妹的私情与这份私情的"结果"——韩新月时,她表现出了最大的包容与克制,最终承担了抚育孩子的责任,但失控的亲情和爱情所产生的恨意却在她心中生根,日益繁茂,逐渐转移到了子女身上,她以狠毒的语言攻击"女儿"韩新月与汉族教师楚雁潮的爱情,以充满心机的手段拆散了儿子的恋情并让他另娶别人,最终梁君璧在苦难的磨炼和女儿新月人性光辉的映照下,获得了内心的救赎。梁君璧的妹妹梁冰玉,有着自觉又独立的女性意识,是敢于在情感和人生上做出自我选择的现代知识女性的代表。在她所面对的每一段感情中,都保持着果断的态度去抉择,虽然陷入不伦之爱,但最终仍然醒悟过来,勇敢地去追逐自我人生的意义。而幼女韩新月,则是回族女性由旧向新过渡中的更新时代的女性代表,她身上不只有包容、纯洁的美好品质,有对美好爱情与自由的向往,同时她还承载着回族女性追求个人价值,承载与发扬民族文化的更远大的志向。霍达通过这三位女性的形象塑造,表现了回族女性在新旧文化中所要面临的必然困境,展现了回族女性为突破这些困境的心路历程和现实挣扎。最终困境没有压垮三位女性,她们用各自的方式摆脱了内心束缚。在霍达眼中,女性有追求自我的权利,也有自主选择爱情的权利。在《穆斯林的葬礼》中,霍达以广阔的历史视野和细腻的感情纠葛将新旧时期女性内心的矛盾、苦闷、坚守和追求多方面地表现了出来,她用梁君璧、梁冰玉和韩新月几位女性的个体生命书写了回族女性群体的生命状态,表现了她自觉的女性意识,体现了她对回族女性生存的关爱与思考。

讲述和展现自我,是上天赋予每一个个体的权利。表现身为女性的天性,也是女性天然应有的权利。而书写女性的自我,更是文学和社会赋予女性的应有的自由。在这种权利中,女性得以展现她们在日常生活、在人的精神所构成的精神世界中独特的生命存在及意义。在这种以女性为本的生命叙述中,女性生命存在的独特意义更加丰富地得到展示，回族女作家们也得以进一步展示自我对女性外在的实际生存和精神世界的关怀之情，这构成了回族女性作家生命意识中的一个鲜明的侧面。

二 "人"的个体生存注视

在书写作为女性的生命感受之前，还要有基于一个人的生命的思考。每一个个体，都先具备着最基础的作为人的生命感受，而后才附加上性别感受。纵观回族女性作家的创作，在女性意识之外，她们的视线更多地投注在个体生命的经历与感受中。所有人与所有事都可以成为她们的关注对象与叙述题材，她们观察底层的普通人，观察身边人身边事，她们在个体日常生活中注入对生命的理解与感受。她们在这种生命的思考中表达了对人性的更加深度的探寻："一个研究语言、文学的人，应该懂得语言的奥秘，文学的精髓，那就是'人'，人的思想，人的情感。人是多么复杂的一种动物，语言和文学的创造者，语言和文学中永恒的主角；几千年来，人用文字写着人的命运，却至今不能使它穷尽，或许命运之谜永远也无法解开；从来没有一个人能真正透彻地了解和掌握自己的命运，只不过以各不相同的方式和不可知的命运较量而已，或逆来顺受，或奋起拼搏。"[①] 她们以沉稳的姿态，以作为女性特有的细腻和丰富的情感深入生活的肌理中，叙述人在生活面前的复杂生存状况和孤独的情境。回荡在她们作品中的是个体生存状态、人物命运和境况的关怀之情，那同样体现了她们的生命意识。

就如作家叶多多，她的散文集《我的心在高原》中记录了她在云南澜沧一带少数民族聚居地数十年的行走与亲历，虽然那片山地常常以多民族杂居产生的多元文化与特异民俗为世人所关注，但叶多多更多地投入到对那片质朴土地上的个体生存的观察中，她深深地与那片土地上人民的生命状态所共情。一方面是为了那片土地上最淳朴的文化和灵性被破坏而痛苦，另一方面更是为了他们的贫困和艰难的生存而焦虑。她

---

① 霍达：《穆斯林的葬礼》，北京十月文艺出版社2001年版，第430页。

想告诉世人，多少人正无比艰难地活在这片外界看来是世外桃源的土地上，虽然时常为他们的困苦所惊讶，却也被他们柔韧顽强的生命力所惊叹。如此闭塞和贫穷，山民们却仍然一代又一代生生不息地扎根并繁衍在这片土地上，靠的并不只是山地贫瘠的给予，还依靠着山民们以天地万物为灵的强大内心信仰，在那份巨大的信仰中，他们忍受着自然的给予，接受自然最原始的指引，坚信生命没有绝路。"窘迫与困顿并没有带走人民生存下去的勇气和欲望，即使生活已经到了那样的无可去处，天堂里的阳光依然在大多数人的心灵里时隐时现，歌声和舞蹈依然没有从大地上消失，人们依旧在漫游，在憧憬，在期盼，在坚守，在冥想，在晒太阳。……可以肯定的是，那些朴素生命承担苦难的韧性和耐力让我长久地汗颜，也有了一些信念。"[1] 在这片山地所散发出的贫瘠却又巨大的生命力中，叶多多感受到的不仅仅是震撼，她的生命感受也同样得到了更新，生命是必须拥有信仰的，那种信仰带来的内心的平和力量是物质难以替代的，也是在快速发展的现代社会中难以寻到的，这种生命观察所受到的教育与震撼使得叶多多对这片土地上的人民由衷地钦佩与喜爱，这也让她有了继续长久坚持行走乃至栖居于此的愿望。她对云南少数民族同胞生存命运的这种关注，不仅表达了她对故土的依恋，更是表现了她对生命的底层关怀。对山地包容万象的文化特质，对山民们独特精神世界观察和感受也便构成了她作品中独特的生命意识印记。这种通过族群个体的生活来反思生存，在他人的生活观察中发现信念的过程，表现出了叶多多细腻丰富的心灵世界，也表现了回族女作家对个体生命的关怀。

相比叶多多那样借"他者"来表现人的生命律动，梁琴则更倾向从自身入手来进行生命和心灵的剖析。她的作品《回眸》，通过短小精悍的散文来表达普通人在飞速发展的现代社会中所遇到的种种心灵的异变与思考：《只想听听你的声音》中回忆与朋友同学散失又再度重逢时却已变化的心境，"什么时候，你竟变得如此冷漠，如此世故了？当年

---

[1] 叶多多：《我的心在高原》，花城出版社 2008 年版，第 1—3 页。

那极单纯,极热情的姑娘哪儿去了?呵,不要冷漠,不要世故。"① 而在物价飞速上涨的经济时代,回族女性面对生活也同样有着巨大的困惑与纠结:物质与精神,该何去何从?"你的心境再也无法平静、尽管你依然鄙夷'满嘴铜臭',然而张开了翅膀的物价,大面额的国库券,叫你想洒脱也洒脱不起来。"② 但在这种环境中,梁琴最终仍然依从了心底自然的决定,坚守在自己清贫的职业和写作爱好中,"收起你那如痴如梦的胡思乱想,老老实实爬你的'格子',守望你的麦田"③。除去社会大环境的经济压力之外,回族女性在职场上也同样要面临着各种各样的艰难与选择,譬如调动与分房,梁琴也同样要面对这样的困扰:"虽说人人都吃尽了调动的苦头,然而人人都心甘情愿地讨这份苦吃。"④ "分房子,神经都被水泥搅拌机搅拌过了。"⑤ 然而在职场现实的种种挣扎中,梁琴发出的仍是回到精神世界的呼唤:"人的肉体固然需要空间,人的精神岂不更需要空间?"⑥ "即便是普通人,困顿中仍然保持那一份良知与尊严,宁可忍受肉体的痛苦,也要静静地守住自己的灵魂。"⑦《回眸》薄薄一本小册子,时间上跨越了几代人,空间上跨越了大半个中国,记录的全是身边林林总总的普通人与普通事,但在这些普通之间,梁琴却在探索着一个广阔的人的心灵世界,她在试图观照他人,其实也是在观照自我的内心。虽是对他人的记述,却反映了她作为一个回族女性对世界的思考以及自我内心的成长与变化。她的笔,不仅表述着对生活的回忆与记录,更重要的是笔触直指人自身,内里注入了她身为女性对社会、他人乃至自我生命的思考,她在把握人在社会历史进程及日常生活中的生命躁动时,去思考人的生存的多面性,同时对社

---

① 梁琴:《回眸》,百花文艺出版社1994年版,第13页。
② 梁琴:《回眸》,百花文艺出版社1994年版,第13页。
③ 梁琴:《回眸》,百花文艺出版社1994年版,第65页。
④ 梁琴:《回眸》,百花文艺出版社1994年版,第114页。
⑤ 梁琴:《回眸》,百花文艺出版社1994年版,第85页。
⑥ 梁琴:《回眸》,百花文艺出版社1994年版,第87页。
⑦ 梁琴:《回眸》,百花文艺出版社1994年版,第68页。

会的观察中时时刻刻都警醒和鞭策着自己作为社会一分子所要担任的种种角色的初心,去保持内心的纯粹,有着一套明确的自我价值观与人生观。她总带着一丝忧思去注视人的现实生存,深入人的精神世界,既洞穿生命的暗面,却也守护着心灵的明面,寥寥数笔,却直指人灵魂深处,让人警醒,去正视生命带给你的种种选择,去发现自己心中那片被功利社会所失落的沙漠绿洲。正如潘旭澜在《回眸》序中所言:"它们像一滴滴晶莹剔透的露珠,映射出作者内心世界诸多角落……她只着意于传达自己感受所迸发的火花……梁琴笔下,没有伟人名人及他们足以垂之史册的行状,只有一些性情各异的普通人,在她心灵窗户的多层面投影。"① 梁琴写的是他人的故事,却是在忠实地表达着一个女性生命中的内心波动。这种内心的波动,恰恰就是回族女性生命意识的自觉表达。虽然梁琴笔触微小,多描摹个体生存,但短小精悍的故事中又无处不体现着他对人生的终极关怀和敏锐的心灵感悟。这种关怀与感悟将梁琴与其他书写者区别开来,笔触虽微小,却可见她试图以小文字窥探人复杂内心世界的勇气,有着沉甸甸的生命关怀分量。

三 族群生存的思考

回族的文化虽然最早来源于域外,但却是在中华文化核心的大环境中逐步成型和发展起来的,作为我国多民族的一个重要构成,在历史交错纵横的发展之下,它主动地认同了中华文化,并将其吸收到自己的民族传统中来。最早,当外来的"蕃客"在中国经商定居时,势必就要受到一定的中华文化的影响。而他们与本地女子通婚并繁衍子嗣后,女子与后代都纳入回族的身份体系中来,但这种行为本质上已经将中华文化吸收到了本民族的血脉之中,已初见中华民族共同体一分子的雏形。而在回族形成的主体时期元代,回族人民更是褪去了先前初入唐宋时"蕃客"的侨居色彩,在元代对接受与学习先进汉族文化的多项政策推进下,汉族文化逐渐为回族人民认可和接受。为了获得自身更好地发

---

① 梁琴:《回眸》,百花文艺出版社1994年版,第87页。

展，回族人民纷纷学习汉语和儒学，并争相入仕，出现了许多有名望的回族政治家、文人，由此也可见中华文化对于回族的影响力和穿透力。至明代回族深入发展成为一个具有较为完整族群感的民族主体，在明初统治者禁止回族"本类自相嫁娶"后，更是加速了回族与中华民族融合交汇的脚步，尤其是此时期正是宋明理学发展的高峰期，回族对儒学的研究和认同感更加深入，出现了一批具有影响力的政治家文人，如海瑞、丁鹤年等，特别是出现了李贽这样的在我国文化思想史中的重量级人物，此时更可见儒学对回族的影响力；至晚明，以王岱舆为代表的一批有志复兴本民族文化的回族精英引领了一场"以儒释经"的文化自救活动，他们以儒、释、道、佛等中国传统文化中的概念对回族的文化和文学经典进行进一步阐释，使得回族文化与中华文化的融合得到了更深的推进，更多的回族群众也加深了对中国传统文化的理解和认同，自觉地去维护和传承中华文化，而同样，回族文化也获得了更大范围的了解与延续；至晚清到近代，中华民族危亡使得回族更自觉地将自己置放在中华民族大家庭的身份中，在情感上和行动上与其他民族同胞一样，团结一致抵御外侮，回族文学界出现了《月华》《回教大众》等著名回族刊物，多数刊登抗战文章，促进了回族民众国家意识和中华民族共同体意识。在这样长期而持续地与中华文化接触、学习和接受的过程中，回族人民意识到了中华文化对本民族发展的重要性，逐步走向了对中华文化的认同、保护与继承中，这更是加速了回族文化与中华文化融合的进程。而这种认同和继承也渐渐成为回族人民无意识的习惯，就像融入血脉一般自然。

因此族群的意义对于回族人来说便不再只是作为少数民族中的"回族"一层含义，还包含着作为中国人的国族含义。中国儒家文化注重"和为贵"，而回族文化中同样将"和"放于首位。同时，回族对中华文化深度认同的历史背景下，爱国的观念也被深深地印入回族人的观念之中。"受地域观念的影响和儒家文化的长期熏陶，回族把以汉族为核心建立的统一国家政权视为正统，遵循和风行中国传统政治理念……爱国有为是回族人民在看待和处理民族小我与国家大我之间关系方面最具代表性的价值观念。"① 回族作为中国国别的一员，自然不可能回避所身处的这个民族与国家所遇到的危难。因此回族女性也以这样的思想来要求自己。有国才有家，只有将自己置入族人与国人的角色中，以己之力联合众人，保护国家与民族的和平稳定，作为人的个体的存在才能更加稳固与健全，因此在她们的作品中也倾注了对国家和民族生存的思考和表达。她们用细腻柔软的女性笔触，深入民族国家的宏大叙事中，以女性独特的视角去注视家国曾经遭遇的苦难，展现了更加独特的性别文化视角。

霍达便是一个积极将创作与民族、家国命运联结在一起的回族女作家。在《穆斯林的葬礼》中，霍达所写的"梁家"，并非只是表现一个回族玉器家族的兴衰史。霍达借用梁家命运的沉浮，隐秘地展现了回族文化的发展史，以及整个中国历史所经历的一段坎坷。在这段历史的阵痛里，回族人民将自我命运与民族、家国命运勾连一致。梁亦清一生清贫却坚定地追逐琢玉的事业，为守信雕出宝船吐血而亡，体现的是回族人民意志中的那一份不屈；韩子奇一生忍辱负重，拜师琢玉，民族危难之时，仍将保存和弘扬中国的玉文化为首任，体现了身为中国人的一份责任感和爱国情怀；韩新月顽强进取，在重病缠身的情况下仍不忘自己承载的民族与家国责任，生命将熄之时，仍坚守要向外界传播中华文化的初心。在梁家人身上所体现出来的精神，其实也是回族精神与中国精神中所流传下来的美德——顽强与坚韧，这也是我们作为一个大国的文化得以延续至今的根基。霍达在小说个人命运与族群命运的同步之中寄托了自我对国家民族命运的关注与思考，表现了回族人民的崇高的民族精神和爱国意志，使得这段历史将长久流淌在中华民族的血脉中闪耀玉般的光芒。获得第五届骏马奖长篇小说奖的霍达作品《补天裂》也同样表现了霍达这种家国一体的叙述。霍达以丰富的历史积累及强烈的责任感和忧患意识，真实再现了爱国志士易君恕在戊戌变法失败后逃亡香港的坎坷人生经历和不屈的抵御外侮的精神。霍达在这些作品中对易君

---

① 马宗保：《试论回族文化的基本精神》，《回族研究》2008 年第 4 期。

恕等一系列爱国人士的刻画，不仅仅是对个人命运和生活发出的感叹，更是透过个体完成了对民族历史和社会的关怀，在对民族国家命运的叙述中，传达出来的是霍达忧国忧民的意识，也是中华民族千百年来对生命意识持续不懈的呐喊。

另一位生于云南长于云南的女作家白山则更倾向于将生养自己的这片土地的历史与国家历史相连。她的获奖报告文学集《血线——滇缅公路纪实》记录了抗战期间为保住边境线而修筑滇缅公路的历史，作品通过对筑路期间参与工程的百万云南同胞所遭遇的难以想象的危险与苦难，修筑滇缅公路历经反复坎坷的历史进行了多方面、多角度翔实的记述。在《血线》中，饥饿、离散、疾病、死亡遍地皆是，这条公路不知承载了多少云南人民的血泪，但为了保住家园，云南人民仍愿意以生命为代价换取家国的平安。滇缅公路是抗战血线，却也是云南人民心灵的血线，饥饿、疾病、死亡，都是所有人生活中所面对的最不美好的问题，这些问题的深入探究和叙述使《血线》贯彻着悲凉凄婉的痛感。但在这令无数人、无数家庭惨痛的不美好中，却孕育着中华民族血脉延续最美好的"生"的希望。那段历史虽然惨痛，但仍然蕴含了滇西人民逐步升华的爱国精神，也表达了中华民族涅槃不死的精神所向。白山将滇缅公路当成了民族血脉和民族精神的容器，讴歌了为这条公路付出了巨大心血和惨痛代价的云南人民、爱国同胞和国际人士，不遗余力地通过滇缅公路历史的叙述来表达自我对国家历史的关怀和思考，正如《血线》结语所言："这条路，包含了一段拯救祖国的历史；这条路，凝聚了几辈人的奋斗，成长，探索，挣扎，风险，牺牲；这条路，是高原人精神的体现；这条路，是高原和祖国母亲联系的血脉……这条路，已成为这块血色土地的图腾和灵魂！"[①] 作为民族国家一分子的自觉意识让这些书写者们跳脱出了女性自我内心和个体的小格局，奔向了民族国家生存历史的宏观书写。随着民族国家命运的沉浮，她们以激越的姿态去回应民族文化的脉动，丰富了回族女性文学的形式和内涵，也丰富

---

① 白山：《血线——滇缅公路纪实》，云南人民出版社1999年版，第451页。

了民族历史的生命思考。

第二节　"以血为墨"的生命意识之源

书写生命原本是文学永恒的主题，古往今来多少中外作家都试着用笔书写对生存的感悟，探索生命的起源和奥秘，对生命价值的意义追问。但每个个体对生命的感受千差万别，他们之间的生命书写当然也是不尽相同的。而回族女作家们的生命书写又有何不同？回族女作家们以身为女性自觉的生命律动来书写她们对女性生存的体认；与母族回族血脉相系的民族情感使得她们必然要执守母族的文化血脉，既是试图保存那在开放的社会中逐渐流失的宝贵民族文化财富，也是试图要与他族、与大众表现自我，构筑一条能互相认识与沟通的桥梁；回族原本就是深植于中华文化的根基中成长起来的少数民族，回族文化与儒家文化早在千百年前就已经进行过深入且多角度的对话与融合，回族女作家们接受更多的也是现代教育，因此对中华文化的继承也在她们书写中自觉或不自觉地得到显现表达。性别、民族身份、历史文化在她们心中互相激荡，也在她们的笔下相互纠缠，这些不同的因素在她们的作品中既表现着融合的一面，也在某处有着互相的裂隙，回族女性文学生命书写中的独特张力与色彩由此得到了显现。

一　女性自觉的生命律动

细究回族女性所遭受的性别压抑，有着历时久远又相当复杂的历史因素。在最初的回族历史中，独身入唐的"蕃客"定居蕃坊并与本地女子通婚，回族由此繁衍壮大，而女子一旦嫁与"蕃客"，便意味着要与丈夫拥有同样的民族身份。回族女性是回族文化产生与延续的重要参与者和贡献者，但在漫长的历史长河中，她们的境遇有着诸多变数。

一方面以中国传统男性为中心的封建宗法思想不仅烙印在汉族女性

的身上，也同样烙印在回族女性命运中。中国女性囿于家庭之中，被"男耕女织"与"父子相继"限制了身心的自由，变成了沉默的性别。另一方面，回族的形成过程中，其文化不只含有域外成分，也自觉地融合吸取了中华文化。对回族女性来说，"回族文化在有关女性问题上集两种文化中对妇女的不利因素于一身，进一步强化了对女性的压迫"[①]。虽然回族女性同样身处沉默的遮蔽，但她们的内心依然保持着对回族文化传统的热爱与坚持，也保留着对生命、对国家、对世界的思索与关怀。新时期以来，回族女性作家们以身为女性的自觉，试图打破历代女性的沉默，表述身为女性的自我对女性生命也有着独特体验，试图为女性自我的生存做出陈述与发声；她们还积极充当女性生存权益的代言者。同时我们还应看到，传统文化给回族女性带来的并非只有负面的压抑，其中的优良成分也自觉地被她们所继承与吸收，她们笔下的人物因此而显现出美好而坚韧的美德，这种特质也是女性生命律动的外显表征之一。在性别的沉默被打破后，她们以女性独有的细腻、丰富的生命律动书写着女性自我对生命与世界的独特感受。

这种生命律动于回族女作家自身来说，最明显的就是表现在她们对女性自我生存的关注。尤为明显的便是霍达的《穆斯林的葬礼》，小说虽然主要只写了梁家几位回族女性所面对的种种困境，但透过表象，我们能看出霍达试图以性别个体投射族群命运的创作意愿。她以一个回族家庭的几位女性折射出了整个回族女性群体的生存境遇，并对此进行文学上的关怀。《穆斯林的葬礼》中失爱的梁君璧内心痛苦，但最终这个女性仍然以回族女性坚忍的品性扛住了家庭和婚姻中的种种苦难，包容了丈夫的出轨，将妹妹与丈夫的女儿养大成人，在战乱时苦苦撑起了一个家。她代表着回族传统女性"在思想认识的深层结构上还没有真正建立起自觉的主体意识"[②]。而妹妹梁冰玉却是和梁君璧不同的，初具

---

① 孙燕：《从性别意识看回族女性——访中央民族大学民族学与社会学学院副院长丁宏》，《中国民族报》2006年第3期。

② 骆桂花：《社会变迁中的回族女性文化环境》，《青海社会科学》2006年第6期。

现代意识的回族女性,她一生追求个人的尊严与自由的爱,当爱上姐夫并生下女儿新月后,却发现自己所托非人,自己的价值观也与这个大家庭格格不入,不惜漂泊远方半生追求人生的真正意义;而她的女儿梁新月,相比于家族上一代女性游走于传统与现代之间,她更像一个融合了二者文化中优秀因子的性别融合体:她坚守着内心的信仰,也坚信自己要有更远大的追求,因此她的身上便闪现了纯洁、善良、包容又坚定等多种美好的品格,虽然在长大成人的过程中遭遇了求学遇阻、爱而不得、重病缠身等不幸,却依然不忘初心追求着自己想要成为一名翻译家的梦想,直到临终前还记得尚未翻译完成的鲁迅书稿……新一代的回族女青年梁新月正像回族研究者所说的那般:"青年回族女性与老一辈相比,表现出更强的独立性和自主性……她们希望用自己的努力创造与上一代完全不同的生活。青年回族女性一般有一定的文化知识,视野开阔,接受新事物、新信息的渠道较多。她们不愿意在昨天的权利里徘徊,更愿意着眼于明天的创造。所以,她们较之于在旧的文化氛围中生活久长的老一辈来说,在实践中进取性和求异性更强些,在心理仪式上独立的低层次需要开始向高层次需要发展。"① 霍达塑造的这几位女性身上,融合体现了新旧时期回族女性身上的种种特质与美德,这种融合也正是历经了新旧交替之间的霍达所感受到的回族女性自我的变化,这种变化既是作为回族人的自己的命运,也是"她们"的命运。霍达对女性形象的这种塑造与关怀也获得了评论界的许多肯定。

相对于霍达和梁琴对女性生命律动的显性表述,一些回族女作家则往往以更隐蔽的姿态来表述女性自我的生命感悟,她们的作品中,对自我性别的表达更趋于隐象。如马瑞芳的散文集《煎饼花儿》写的也是身边人身边事,但相比梁琴富于女性的忧郁深沉笔触,马瑞芳更倾向于以一种诙谐又朴实的视角来审视生活,该散文集虽然也有不少篇章描写自我对生活及生命的感悟,还忠实地记录了身边亲人朋友,熟悉的学生和学者们的风采,乃至于形成了独具马瑞芳特质的"学者文学"。在回

---

① 骆桂花:《社会变迁中的回族女性文化环境》,《青海社会科学》2006年第6期。

忆过去艰苦岁月的《煎饼花儿》等文章中,可见她对时代进步所带来的新生活的感慨;在回忆亲人的文章如《祖父》《等》《遗产》中,可见她追忆一个回族家庭的关系,以及一个回族女儿在家庭中所要面对的情感。虽然她的作品中并未见特别明显的性别意识的表达,但从《等》《马老太语录》《女人和嫉妒》一些篇目中,尤其是在《等》中母亲临终的等待,让马瑞芳感受到了身为母的女性一生对子女的等待和期盼,写尽了一个回族母亲顶起一个家的坚韧,展现了回族女性美好的品格。在这些文字的间隙中我们也能看出"她人"的生命体验也潜在地影响着她自己的性别思考,而其自我也对生命有着独特的感受,更重要的是,回族女性作家这种创作本身,就已体现了回族女作家对于生命表达的积极态度。

相比于在笔下抒发自我的生命感受,另一位回族作家叶多多则身体力行地去突破以文字感悟生命的界限。居住在有着复杂地形地貌、资源丰富、民族交杂的云南地区,叶多多勇敢地走出作为一个作家、一个女性的舒适区,不断行走在云南的各个山区中,通过行走来观察他人生存状态,寻找生命的意义。最终集合成了散文集《我的心在高原》,以行走和影像结合的方式突破了过去文字所带来的限制。更重要的是,这种行走所给她带来的震撼远超她过往对生命的感知:生命是需要信仰的。在贫穷艰苦的生存条件下,云南山区的人民不仅仅靠血肉之躯在支撑自我的生存,那些看似玄幻莫测的传统和信仰,才是支撑他们存在和延续的精神内核。在这个过程中,行走于云南山区也就近乎成为叶多多的一种必须坚持的信念,她渐渐远离了城市,一头扎在了这片红土地上,将心交给了这个地方。过去人们行走是为了延续生命,而叶多多的行走则是为了发现生命的意义,以行走观察生命,以笔描绘生命,以影像记录生命成为她探索生命律动的独特方式。过去的女性生理和心理都被拘围于家庭之中,而现在能这般自由而坚持地行走对于女性的生命意味着多大的解放与自由?在这种自由里,叶多多既是在感悟生命,其实也是在对女性生命更进一步的自我舒张。在这舒张里,她对生命的感悟和拷问才得以一层一层深入。

在这些回族的女性话语中，我们得以发现她们对生命有着多种多样且独特的感悟方式和表现手法，无论是笔下人物的塑造还是自我的观察和体悟，都是她们对生命自觉自发的一种律动，她们将这种律动转化成为文字，既是留住那些曾让生命悸动的瞬间，也是保留住民族的血脉，更是在记录女性自我的生命感知。她们对他人和自我生命的表达中可以窥见回族女性群体美好坚韧的品格，更重要的是在这种生命意识的表达中，她们对女性意识不仅仅像以前那样将女性置于与男权的二元对立之中，而是渐渐能从他人和自我的生命历程中去剖析女性自己，升华自己，去发现和推动女性自我心灵的成长，多角度地去表现女性的生命态度。正如少数民族文学研究者姚新勇对少数女性话语的研究所言："转型期主流女性话语表现为女性、女性的身体逐渐由集体、人民、革命、民族的从属中摆出来，获得女性意识和身体的'自我'拥有。"① 而无论她们对生命的感知是有意识还是无意识的，她们都以自己独特的方式塑造了一个丰富的美的世界。

二 中华文化的传承

根据费孝通《中华民族的多元一体格局》的论述，中华民族作为一个一体化的结构包含了五十多个民族单位，这些民族单位构成了中华民族的多元。"它的主流是由许许多多分散存在的民族单位，经过接触、混杂、联结和融合，同时也有分裂和消亡，形成一个你来我去、我来你去，我中有你、你中有我，而又各具个性的多元统一体。……中华民族成为一体的过程是逐步完成的。看来先是地区分别有它的凝聚中心，而各自形成了初级的统一体，比如在新时期在黄河中下游及长江中下游都有不同的文化区，这些文化区逐步融合出现汉族的前身华夏的初级统一体。"② 由文中的论述我们可以得知，地区的交汇不仅仅造成了

---

① 姚新勇：《寻找：共同的宿命与碰撞——转型期中国文学多族群及边缘区域文化关系研究》，中国社会科学出版社2010年版，第87页。

② 费孝通：《中华民族的多元一体格局》，《北京大学学报》1989年第4期。

人员、地理、政治区域划分构成的变更和融合，同时也是不同民族文化之间的交合最终汇成了中华民族的文化统一体，这就是我们现在所谈到的中华文化。

而若论及中华文化的构成，虽然糅杂着各民族纷繁多样的文化因素，但"道教、佛教、儒家是中国传统文化的精髓"①。究其根本，中华文化仍以儒、释、道几家为主构成了主要的文化体系。在回族文化历史发展的过程中就可以窥见儒、释思想为首的汉族文化对回族的影响，这种影响促成了回族人民一直以来对中华文化的认同和自觉继承。从历史文化心理上来说，相较于男性，回族女性与中华文化有着更为深切同源的亲切感，她们能更自然、更主动、更深入地去理解中华文化，并对其产生认同，也自觉地去进行文化继承。可以说这种文化认同感和主动传承意识也融入了回族女性作家的生命中、思想中和写作中，成为一种自然的创作心理。她们深知回汉文化纠缠相生，若是缺失了回族文化，中华文化便也缺失了其中重要的一部分，但若让回族发展脱离中华文化的这个母体语境，也无法成就其今日回族的发展。因此在作品中她们自觉地以本民族的眼光来观照这种中华民族的多元一体格局，不仅突出地去表达本民族的文化特色，更是积极地去传承中华文化的精神，叙写中华文化优秀的一面。

获骏马奖的五位回族女作家都是在民族交融的文化大背景下成长起来的，这几位女作家基本都生长于知识分子家庭，多数居住于现代化程度极高的城区，如北京、济南、南昌等城市中，虽然她们的家庭还保持着一定的回族文化风俗习惯，但也必然深受中华文化的影响。且在成长过程中，她们所接受的教育也都是传统的汉文化教育，因此在文化心理上对中华文化则能产生更深的认同感，也非常自然地融入了汉族社会。例如霍达，出生、成长也终身定居于北京这样一个最具有深厚中华历史文化底蕴的城市，虽然霍达出生于一个传统的回族珠玉世家，但她接受的一直是传统的汉族教育，自小热爱文艺的她，少年时期便考入解放军

---

① 叶小文等：《儒释道三家的当代对话——"中华之道儒释道巅峰论坛"纪实》，《中央社会主义学院学报》2010年第6期。

艺术学院学习戏剧表演，后又转而学习外语，工作后又在史学家马非百的培养下研习中国历史。艺术、外语、文学和历史相关领域知识的丰富累积，使得霍达对于中华文化有着更深入的理解和认同，甚至是深入潜意识的一种依恋，由此也不难理解霍达作品中深厚的中华传统历史文化气息从何而来。正是由于这些知识的积累和对中华文化的情感，霍达自觉将自己的创作重心倾注到了对中国历史文化的关注与关怀中去，从进行创作伊始，她便将大量的精力投入了历史剧的创作中，她早期创作的《公子扶苏》《战斗在北平》《鹊桥仙》《江州司马》《秦皇父子》等历史剧，一经面世，就已经获得许多关注，初步展露了霍达对中国历史文化的热爱与传承之心和她个人的文化影响力。而备受瞩目与赞誉的《穆斯林的葬礼》发表后，更是能从其中看到霍达对中华文化的坚守之情，在这个叙写了一个回族家庭三代人沉浮的故事中，我们能看到回族并非孤独地沉浮于历史，而是随着中华历史的起伏而起伏，或许我们更加注意的是小说中回族独特的风俗习惯文化，但细读之下却更能发掘霍达在对中华整体历史的着力之重，也能看出她对中华文化的感情之深；小说中"郑和航海船"的玉雕，代表的既是回族精湛的制玉工艺和厚重的民族文化底蕴，而玉雕所反映的历史事件，更是中华民族的一段骄傲，它灌注着玉匠梁亦清作为一个回族人和中国人的骨气和承诺；"玉王"韩子奇，时时刻刻认传承传统的玉器技艺和玉器文化为己任，在面对民族危亡时，在家庭和他珍爱的玉器事业的两难选择中，仍然做出了要保护中国玉器文物远渡伦敦的选择，在战后又毅然决然地返回中国，重振在战乱中荒芜的中国玉器界；就连韩子奇的幼女韩新月，在接近生命烛火熄灭之际，还执着地要与楚雁潮一同完成鲁迅《故事新编》的翻译工作，坚定着自己要宣传中华文化的梦想……体现了回族人民对中华文化的认同与强烈的爱国热情，霍达也通过这些人物形象的塑造表现出她对中华文化自觉传承的责任感，正如她所言："'文化是民族的血脉。'报告中的这句话让我不禁心头一震。'血脉'二字，准确地道出了文化的生命力和传承性。如果说，一个国家，一个民族，经济和国防犹如骨血，而文化则是血脉。骨肉支撑起躯体，血脉使躯体充满生命的活力，并且把扛着国家和民族印记的 DNA 传承下去。"① 霍达正是在这条"血脉"的牵动下，执着地在创作上投以对中华文化的关注与记录，她想在那些历史诉说中寻找和记录母族及国族的文化根系，并将其凝聚在中华历史文化的大体系之下，这便是她对中华文化自觉传承精神的表现。

  而另一位回族女作家马瑞芳则更具有代表性，出生于回族中医世家的马瑞芳，也颇具家学遗风。祖父与父亲都为山东青州的回族名医，都曾担任政府职务，祖父更是同盟会成员，家学深厚，长居于有着厚重儒家文化积淀的齐鲁之地，他们也包容地吸取着中华文化的精神，清白、谦和、刚强，始终将对国家的责任放于第一位。一家人体现着"吸纳了博大精深的儒家文化精髓，进而在回族人朴实耿直、勤劳勇敢、执着于理、宁折不弯、长于农耕、喜好商贸、乐善好施、怜恤孤贫、周济他人的诸多群体特征的基础上，又揉进了齐鲁文化中的仁义道德观念和讲求文明、好学上进、刚直不阿、热情好客、诚实守信、追求真理等儒家学说的精神"②。马瑞芳的文集《煎饼花儿》中，时常能看到这种精神的体现，例如《祖父》一文中，祖父的家训"脚踏实地，不发大话，将飞者翼伏，将噬者爪缩"③，就体现着马瑞芳一家所坚持的兼容并蓄的儒家美德和回族刚直朴实的价值观，因此祖父在面对汉奸县长发出的出诊邀请时，仍然不惧权势，怀着铿然的民族气节断然回绝；在面对卫国抗战的八路军时，又从不吝赞美："这些八路，大智大勇，为国舍家，真不愧是为黄帝子孙。"④ 而如《父亲的痕迹》《遗产》《等》等文章中，更可见马瑞芳家人对中华精神的坚守。父亲身为县长，一生兢兢业业，始终如谦谦君子一般亲和待人，将百姓的需求放于首位，深受爱戴；母亲出自开明的书香世家，接受过私塾教育，始终用最传统的儒家思想要求自己也教育子女，一生秀外慧中，明义守礼，寄望于儿成峰

---

① 霍达：《传承民族血脉是文艺工作者的天职》，《光明日报》2014 年 3 月 14 日第 6 版。
② 王菡婕：《黄河与泰山的馈赠——山东回族基本面貌素描》，《回族文学》2003 年第 6 期。
③ 马瑞芳：《煎饼花儿》，作家出版社 2008 年版，第 7 页。
④ 马瑞芳：《煎饼花儿》，作家出版社 2008 年版，第 9 页。

陵、女成芝兰;在这样的家庭中成长起来的子女,自然也秉持着儒家的礼义,甘守清贫,始终奋斗在自己的工作岗位上,扮演好自己的角色。因为他们都坚信:"因之布衣穷居而不忧,草野泥途而不怨,见宵小以毛发丝粟之才青云直上而不羡……中国之大,也自能容得一部分寒士布衣蔬食潜心学业,以'迂腐'为美丽,以'鲁直'为美妙,以'憨戆'为美好。"① 一家人都以儒家"孝悌忠信,礼义廉耻"为品德的准则,就如孔子所认为的"为仁之行五者于天下":恭、宽、信、敏、惠。这种儒家精神的坚守,也使得马瑞芳在文学领域对中华传统文化情有独钟,一生扎根于古代文学研究之中,以对《聊斋志异》和《红楼梦》数十年的深入研究和独特的解读成为我国《聊斋志异》与红学研究的专家,对于《聊斋志异》和《红楼梦》中女性形象的解读更是具有十分先锋的女性视角。此外,她还将对儒学的理解灌注入文学创作方面,创作出了《天眼》《感受四季》等"新儒林"小说,可见其对中华文化之醉心与热爱,这种在中华文化研究和创作上的醉心,也正是她对中华文化自觉传承的一种表现。

而两位在云南地区生活的回族女作家白山与叶多多的创作,也可见她们对中华文化精神不自觉或主动的认同与传承。女作家白山来自于一个传统的知识分子家庭,在回族身份之外,从小白山的父亲就一直以中华传统的教育方式来教育白山:"从我很小的时候,父亲就要求我们做一个正直的,正派的,善良的,宽厚的,积极向上的,有丰富的精神追求,对平凡生活充满了挚爱的人,可以有缺点,但绝对不能泯灭良知的人。父亲一直以一种中华民族的传统美德来教育我们、要求我们,并以他的人格力量感染了我。"② 正是在这种中华精神的熏陶下,白山对于生活,对于祖国,永远怀有崇敬之心,甚至融入了她的生命,成为一种潜在的意识:"对于生我养我的祖国,对于一个英明的领导人,对于一个进步的时代……我永远心怀感激和珍惜。这似乎是一种有些过时的风

---

① 马瑞芳:《煎饼花儿》,作家出版社2008年版,第27页。
② 白山、陈约红:《白山访谈》,《滇池》2002年第3期。

度，然而我习惯如此。"① 对生活的热爱和对祖国的感激，使得成年后走上创作之路的白山，能自觉地、发自内心地从生活、从生养自己的云南土地中发现其中的力量和自己对它们的情感。其次，同是作家的父亲白平阶早年便将自己对这片土地的感情注入到对滇缅公路的书写之中，在父亲的影响下，白山也深深地被滇缅公路修筑历史中的精神所震撼和感动，父亲的创作中断后，白山接过了父亲的笔，以中国文化中最传统的血脉相继的方式去完成这段中华历史的书写和传承，这种书写的传递蕴含的既是一个家族文化血脉的继承，更是作家对中华历史的传承，既是责任，更是一种情感，不从创作内容谈，仅从这个行为中，就可谓意义特殊。在《血线》中，白山叙写的不仅仅是那段滇地人民守护国家安全抢筑滇缅公路的历史，也是中国人在面对民族危难前所表现的精神和气节，这种精神的源头，正是中华文化中所蕴含的巨大的精神力量：爱国、奉献、勤劳、勇敢、奋斗……正是这些精神的集合和延续，造就了中国的强大。也是对这种精神的认同和记录，使得中华文明得以更加长久而持续地存留在人类的文化历史之中。

相对于白山激昂的民族感情叙述，另一位女作家叶多多则更倾向于从云南山地的山水之中发现其中所蕴含的中华文化与精神。"在云南山地，人们从来不会留意到身边的风光，却很小就学会让自己像树一样深深扎根于土壤，寻找赖以生存的食物。这是必要的。降生在哪里是无法选择的事情，靠天吃饭的日子也不能不让人纠心……但快乐还是需要的。每当节日，或仅仅是某个想唱歌想跳舞的夜晚，山地的人们都会把篝火点燃，弹着弦子尽情唱歌跳舞，所有的身体围着沸腾的篝火一遍遍地咏颂、祈祷、诉说和祈福，然后，在沿着被篝火照亮的夜空，奔向冥想中的天堂。在这些山地，神灵是无处不在的，它们不仅仅存在于火塘、山崖、泉水、草木、飞花，还沿着山转，绕着水走，和所有人的祖先连在一起，和壮家的生长谷物的收成连在一起。"②

---

① 叶多多：《我的心在高原》，花城出版社2008年版，第5页。
② 叶多多：《我的心在高原》，花城出版社2008年版，第4页。

在叶多多的文章里，看到的更多的是人与自然一直秉持着最古老的相处方式，千百年来人一直在寻求与自然和谐沟通与共处的可能，他们尽量顺从山地的自然去生存，没有柏油马路，没有钢筋水泥的大楼，没有机器的轰隆声，只有自然对人勤恳劳作的赐予。当西南贫瘠的土地使得山民们尽人事也无法取得富足的生活时，他们便将山地的草木万物赋予灵性，将其神化，并向之祈愿。因此万物有灵，人、自然、神灵之间缠绕相生，诡谲变幻，时而矛盾冲突，时而快乐与美好，呈现出道家向往的最朴素的"人法地，地法天，天法道，道法自然"的境界，万物相生相息，中华文化中所蕴含的"天人合一"精神便如此真真切切地被叶多多的山地叙述记录下来。在云南少数民族山区不断地行走、停留、思考，叶多多在所观所感的种种触动中也逐渐洗涤了自己的心灵，脱去了城市里的浮躁心境，灵魂生出安宁的平和。在行走和创作中，叶多多收获的不只是对云南山地的感情，也是她对中华文化的无形认同和继承，她的创作也就自然跳脱了种种文学名词、概念的框定，而获得了文化的、生命层次的更深层的拓展。

三 文化身份的选择与坚守

从总体上看，在"多元一体"格局的影响下，中华文化以统领的姿态引导着各少数民族结成一体格局，但若离开少数民族的多元化色彩，离开各民族自有的文化个性，中华文化也将黯然失色。各个少数民族不同的文化特征造就了各个民族的个性，最终汇成了中华文化多元化的构成。而作为各个民族区分自我与他人的民族文化便是其传承延续和发展的血脉。"'民族性'是至关重要的，它是该文学存在的独特标志和核心价值所在。风格殊异的民族文学才最终赋予人类文学多姿多彩、活泼强健的深远生命力。"[①] 因此，保持各民族特征与文化精神，保持民族文化的独特个性，也成为许多少数民族作家终生的命题。作为在中国分布最广泛的少数民族，族群居住又是较为分散的大分散、小集中形

[①] 王继霞：《20世纪回族文学价值研究》，中国社会科学出版社2009年版，第21页。

式，在多民族文化混杂交汇的现状下，回族何以在今日仍然保持着稳定的族群体积和民族心理，这与回族自身的文化个性是分不开的。正是本民族的文化特征将他们与其他民族区分开来，形成了极具回族特色的文化血脉。在一代又一代回族人的坚守之下，保证了回族作为一个族群的延续。这与回族人对自我民族文化的认同和坚守是分不开的。回族文化犹如脐血联结着每个族人，源源不断地将本民族的文化精神传输给族人。少数民族文化的生命之力是天然的，它深深地刻在每个族群成员的血脉与精神之中，它生命力之强大，使得即使族人与该民族脱离了实际上的环境"脐血"之连，远在多元文化交汇的环境中，二者还依旧有着生命和精神上的相依和相连。这种感情烙印在每个回族人的生命和心灵之中，也就成为回族得以传承和保持个性的根由。这种感情不仅仅是单向的，同时也是双向互动的。在他们获得民族文化的哺育之时，牢牢记着自我的生存的族群文化之源，他们积极书写自我族群历史，在现实和心理中保持着母族的个性之外，还积极沟通外界。这既是向外界表现自我民族的存在，保护自我民族文化的个性；同时，也是试图以自我联结并跟随外界的脚步，使得自我不至于故步自封而日渐式微，他们明白只有取他者所长，才能走得更远。因此回族人在开放地接受别族文化，积极跟随时代向前之时，也在努力地保持自身文化的个性。书写自我，便是这种联结的文化表征。将民族文化特性输入文学创作之中，表达回族的文化风格特性，便成就了文学的民族性特征。"少数民族女作家往往在其作品中不断实现本民族的历史文化记忆，表现出少数民族文化的神奇魅力。"[①] 因此回族女作家在生命书写中自觉传承中华文化的同时，也同样在积极地传承本民族的文化特色，这既是她们有意为之，却也是族群血脉的天性使然。

回族有着悠久的制玉历史，玉文化是回族历史的一个重要组成部分。回族女作家霍达出生于一个传统的回族珠玉世家，使得她能深刻地

[①] 黄晓娟、晁正蓉、张淑云：《中国当代少数民族女性文学研究》，上海文艺出版社2014年版，第29页。

了解回族的制玉文化传统，在她的小说中，可清晰地看到这种对于回族文化的自觉体认。《穆斯林的葬礼》中，霍达对回族玉器历史的信手拈来，对玉器知识的了然于心，对梁亦清、韩子奇这样惜玉如命的玉匠形象的刻画，都可以看出霍达对回族技艺传承的内心投影，这种投影其实更是霍达自觉对回族文化的追忆和记叙。此外，《穆斯林的葬礼》之所以获得如此巨大的成功，还在于小说中对回族文化生活详尽而生动的描写："《穆斯林的葬礼》对民族文化意识的追求既表现在对人物的文化心理特征的开掘上，也表现在全书浓郁的民族文化氛围的描写中……作家一一道来，精彩而不繁冗，仿佛一幅优美的民族民俗风情画卷，显示着小说在文化审美意识和情趣上的自觉追求。"[1] 小说在出版后频频获奖，以及电影和电视剧的改编翻拍，更是让更多的人了解到回族作为一个民族的文化个性和特征，回族文化在更大范围得到了传播。这种民族个性，并非是霍达自我执意渲染的，而是真真实实地存在于回族文化的内核之中，霍达做的，便是如实地转达与表现它："我无意在作品中渲染民族色彩。只是因为故事发生在一个特定的民族之中，它就必然带有自己的色彩。"[2] 这既是霍达对自我民族文化的自觉展示，是她作为一个回族人自觉的情感表达，也是其作为一个回族文化使者在建造回族内部与外界文化的沟通桥梁。只有沟通内部与外部，文化才能获得更好的理解，也可能获得更大范围的延续。这种沟通不仅延续了民族的生命力，有时也联结了女作家自我的生命意识。

拨开回族女作家文学创作中的"民族性"张扬这一层面，潜入回族女作家的创作心理之中，还可看到回族女作家们在作品中与回族文化生命层面的沟通。"民族文化是一个民族历经时代变迁而积淀下来的精神内核，同时也是民族身份意识的源头和基本内涵。在漫长的历史发展过程中，民族文化的变化、发展和丰富，势必会影响到民族成员民族身

---

[1] 特·赛因巴雅尔主编：《中国少数民族当代文学史》，北京十月文艺出版社1999年版，第640—642页。

[2] 霍达：《穆斯林的葬礼》，十月文学出版社1988年版，第784页。

份意识的形成与发展。"① 在积极延续民族文化，沟通回族与其他民族的文化桥梁之外，这种民族意识的张扬也进一步展现了她们对生命的感悟能力。"两世并重、敬畏生命的人生观和崇尚清洁、直面生活的道德观是回族文化的核心理念。"② 这种回族文化的生命观念也贯彻在她们笔力之下。在她们的作品中，常常不自觉地流露她们对回族文化理念的认同。如《穆斯林的葬礼》中最纯净的少女韩新月，在即将迎来美好人生之时却又陷入最绝望的死亡之际，她始终没有放弃当下的生活，放弃自己的理想，直到坦然面对死亡。她的身上也体现着一个回族人所坚持的"两世并重"的文化观念："积极投入今世生活，努力奋斗，完善道德，满足人性合理欲望；又强调后世生活才是人类永恒的归宿。"因此在面对这位少女的死亡时，葬礼显得如此纯洁和庄重。在立体的角色塑造中，霍达将自我对回族文化的认同灌注到了笔下人物身上，体现了回族人民丰富而又立体的人文个性。在其他作家笔下，这种回族文化观念也有不同的表达。回族女作家梁琴则是通过自己的生活去践行回族的价值观，在《卧夏》《挤车》《躁动的灵魂》等散文中，梁琴无论是在叙写生命中所遇到的那些有着美好纯洁品德的人，抑或是描述自我试图在浮躁的世界寻找自己心灵的一片小天地，踏实生活的心路历程时，都可以看到她对于生命之纯粹，内心高洁的追求，回族文化观念中的"清洁观"不只被贯彻在实际生活中，还注入了心灵的追求中，同时也可以看到回族"两世并重"的文化观念在她思想和文学追求之中的表现。

这种对民族文化的体认和叙写，对回族作家叶多多而言，则更复杂得多。叶多多出生于云南，这里原本就是集多个少数民族融合汇聚的文化交融地区，而她出自一个"文化混血"的少数民族家庭，父亲是彝族人，而母亲是回族人，叶多多从小接受的是汉文化教育，成年后叶多

---

① 黄晓娟、晁正蓉、张淑云：《中国当代少数民族女性文学研究》，上海文艺出版社2014年版，第68页。

② 王继霞：《20世纪回族文学价值研究》，中国社会科学出版社2009年版，第65页。

多组建了自己的家庭，丈夫是哈尼族。在这种多民族文化混合交融的家庭环境中，叶多多曾产生了极大的迷茫。但多年的"混血文化"生活，反而滋养了叶多多的精神世界，也拓宽了她的内心边界。多种文化交融的日常生活体验，使得她得以用不同的视角反思自我，审视生活，审视生命，审视自身所属民族的文化。"在云南这片土地上，我的家庭不是个案。各民族共同生存，多元文化彼此尊重，这就是我离不开的红土高原。"[①] 当叶多多真正开始创作后，她意识到，正是这份曾经的迷茫给了自己无限的创作源泉，多种文化的融合催生了更加丰富的创作灵感，多种文化的碰撞在她的笔下产生了耀眼的火花，叶多多自觉地走入这片精神交互的世界，也成了她自觉深入云南，探寻这片土地精神内涵，探寻不同族别文化信仰的动力。这也使得她对于少数民族文化有着格外热烈的感情："她骨子里涌动着的民族气息，使她所有的文字表达都具有民族背景。"[②] 这种民族气息并不只限于回族，她用更开放的心态，积极接纳其他民族的文化，深入云南山区，深入多个民族所汇聚成的文化场中，意欲探寻这种交融的民族文化中的精华与魅力。《我的心在高原》中的散文，便氤氲缭绕着丰富而又多彩的少数民族气息。云南地区汇集着大约26个民族，占了中国民族总数的近半，各民族混居交杂，文化相融，而云南山地地形多崎岖险峻，复杂的地形也造成了交通不便，作物难以高产，多数地区闭塞落后。在那样贫瘠的山地之中，人们要面对的不只是生活的烦恼，还有生存延续的困厄，甚至种种突如其来的险恶情况与灾难，但山民们相信那是族群的"神谕"或是"天命"使然，他们相信万物有灵，一切都是原始的，具有灵性的。山地少数民族的歌舞神话便由这种对神的信仰之中而来。万物之间附着的灵性便是他们的信仰。他们皈依着自然之神，顺应着最古老的劳作规则和秩序，默默接收着自然的予取予夺从不想试图去改变自然，因此总是特别容易满足。这种信仰不止贯彻在意念之中，更是渗透到了生活之中，他们总

---

① 牛锐：《回族作家叶多多："我的心在高原"》，《中国民族报》2013年12月20日第11版。
② 牛锐：《回族作家叶多多："我的心在高原"》，《中国民族报》2013年12月20日第11版。

是更信赖火塘这样的自然给予之物而不愿接受便利的电灯;当面对家中小儿的急症时,山民们更愿相信这是触犯了"科尼"(灵魂),举行法事驱鬼而不愿就医,因此也就产生了老扎俄、阿布这样通灵的传奇人物,他们更愿意以自我族群千百年来的传统来处理生活中面对的问题而不愿求助现代的技术。他们的心事与烦扰,更愿意同族群千百年来所信奉的神灵祈求与沟通,来求得问题的答案和解决方法。因此山间隐秘的角落里,常见烛火晃动,祈祷呢喃,青烟缭绕。在这通灵的信仰中,他们便获得了生命的释然与满足,获得了对生死的坦然。虽说这多数时候看起来并不科学和理性,但却带给了他们心灵的安宁与平静。这既是山地文化中愚昧的一面,却也是这份文化始终得以保持和延续下来的原因之一,同时还是这片山地文化灵魂始终能保持着自然、灵性与单纯的缘由。山民们面对外来的诱惑和撞击,在自身难以改变贫瘠的自然境况下,是对民族之中自然神性的平静信念吸引着他们始终扎根于此,不愿离去,即使在一定程度上接受了现代的生活,但她们心中仍然保持着对族群原始生存理念的坚持,这也在一定程度上保持了这片土地灵性、淳朴和单纯的完整性。此外,少数民族的交杂使得云南地区催生了丰富灿烂的民俗文化,即使是这片土地所共同向往的神灵,在各族中却有着不同的存在与表现方式,为此又产生了各族不同的节日和欢庆节日的仪式,各种文化你来我往,最终在云南山地上产生了大量的风俗、古歌、神话与歌舞。加上叶多多本身就具备多重民族文化的积淀,在这片土地上行走、生存、写作的叶多多更是如鱼得水。叶多多穿行在多民族聚居地,接触了拉祜族、哈尼族、傈僳族、彝族、瑶族等民族的人民,在与他们的接触中,叶多多也常为他们的落后痛心、奔走,但她也深深地为这片土地上所充斥的自然灵性与原始生命力的另一面所震撼,为这片土地上丰饶复杂交缠的文化所沉醉,产生了难以割舍的依恋之情。"那片土地不只给了我生命,实际上我整个文学创作也是由于那片土地给了我滋养、给了我激情,也使我靠近了灵魂的本质。"[①] 在行走中,她逐渐

---

① 牛锐:《回族作家叶多多:"我的心在高原"》,《中国民族报》2013年12月20日第11版。

发现了自我只有归属到这片少数民族扎根的土地中，返归于少数民族最质朴的文化中才能得到生命的归真。"城市给我提供了很好的教育、生活环境，但是在文化认同上，我是孤独的，总觉得隔着一层东西。我不知道这种隔膜是自身造成的，还是源于主流文化对于少数民族文化的视而不见。"[1] 于是自己也身体力行着这片土地上少数民族的生活方式，逐渐退出了城市生活，搬到乡下，每日生活从生起火塘、烤茶、打理菜地开始，将自己沉淀到民族文化最原始的地方，也是情感最亲近的地方，保持着独特的民族心性。这些文化和情感的积淀，便成就了叶多多独特的"混血文学"，流露在她笔下的，便是丰富的云南多民族民俗故事的另类叙写，此外字里行间还充满了自然与神秘气息的表述。表现着她对山间这种淳朴文化的向往和追求。

我国"多元一体格局"决定广袤的中国大地上所蕴含的文化是多种文化因素互相影响、流动和融合的产物。若从族群生成的起源开始追溯和分析，回族也是多种民族文化融合而成的文化聚合体。回族延续至今的"分散聚居"的方式决定了回族的文化群落分散在国内各大文化群落之中，不可避免地要受到其他文化群落的影响，并且实际上这种文化因素的内部流动更为复杂。获得骏马奖的回族女作家们都出生于较为传统的回族家庭中，但同时她们大部分又生活在多民族文化的聚居地。一方面她们接受的是汉族的文化以及教育方式，她们的文字中也自觉表述着对中华文化的认同与传承；另一方面，在她们成长的过程中，无论是从社会、家庭各处又必然继承了关于回族的文化传统与习俗，有些通过家庭的继承秉持着十分坚定的回族文化传统，也或多或少地保留着回族的生活习惯；这联结着她们与回族的情感，她们也自觉地通过书写表现与回族的情感关联，呈现着回族的文化个性，这既保存与延续了回族文化，也进一步将回族文化向外界推广以让其获得了更大范围的接受和更好的发展。还有女作家生活在多民族文化交融的少数民族混居地区中，她们对"母族"的意义含纳就变得更复杂宽广。表面上看，她们

---

[1] 牛锐：《回族作家叶多多："我的心在高原"》，《中国民族报》2013年12月20日第11版。

的民族身份属于回族，但她们的文化心理又不再单一指向"回族"。这就符合学者姚新勇所提出的多民族国家中的"文化夹居者"身份，拥有着汉族与非汉的文化交融心理。在这种文化混居中，她们选择了汉语书写，但作品中随处可见的回族文化传统、习俗、用语等方面的记叙又表明她们对回族文化的认同、热爱与坚守，此中也可以看出回族文化在她们的文化心理和创作上留下的不可磨灭的影响。女性自觉的生命感受、对回族文化历史的情感、对中华文化的认同，种种所见所感所得，构成了她们创作中的生命意识之源，源源不断地哺育着她们的心灵，更是源源不断地供给她们创作的灵感与素材，回族女性书写也因此呈现了丰富而多元的创作面貌。

第三节　回族女性生命意识书写的意义探究

20世纪末，回族女性被禁锢在家庭的小天地中，沉默在男权之下，被冠以"母亲""妻子""女儿"等工具性的能指，与一生无法接受教育，无法接触社会的过去相比，她们的地位确实得到了极大的提升和发展，而当她们开始拿起笔诉说自己，讲述他者，参与共同人类命题的思考，则表现出一种空前的进步。女性得以从现实、家庭的解放迈向了心灵的解放，以更自由的态度书写着作为女性的自我、人的自我、回族人民的自我，甚至中国人的自我。女性生命便由之前被冠以的"空洞的能指"迈向了自我的生命意义的追寻、对他人生命意义的关怀、民族国家命运的思考，其中所蕴含的意义，无论是于她们还是于文学和社会而言，不可谓不深厚。

一　性别的"在场"

作为一个在"五四"之后才艰难"浮出历史地表"的性别群体，女性在千百年来受到了太多的压抑，承受了太多的沉默。"男性创作了女性的词、字，创造了女性的价值，女性的形象和行为规范，因之也便创造了女性的一切陈述。"① 女性的价值完全隐匿于男性为巩固男权统治的家庭单位和烦琐严苛的规则之下，消磨了自我所有的表达和价值。以至于当这沉默被打破，女性的话语始终小心翼翼又格外艰难地蹒跚着。在"五四"时期激烈又彻底的社会变革底色下，女性解放为女性走入社会、言说自我带来了机会，但女性不得不随着变革也被冠以反叛的姿态，直到"娜拉"的形象出现才得以明确树立自我形象，女性的意义只在于"为'我是我自己'的出走"中得以瞬间的实现；而后，"关于女性和妇女解放的话语或多或少是两幅女性镜像间的徘徊：作为秦香莲——被侮辱与被损害的旧女子与弱者，和花木兰——逾越男权社会的女性规范，和男人一样投身大时代，共赴国难，报效国家的女英雄"②。女性始终处于与社会、男权对立面的角色中，若是要打破这对立，女性的生命被规限于三种姿态，要么就如"娜拉"式决绝地出走，但出路何方却始终没有答案；要么就如"花木兰"式变装为男，泯灭自我与男性同一才能实现立足；再或者就如"秦香莲"式的示弱，以对男权的伏低来完成女性弱者价值的肯定。但这是否就是女性在社会和自我之中所能拥有的全部价值和仅能拥有的姿态？当然不是，但在激烈变革和社会前进的摸索阶段，必须经历从"打破"到"重建"改头换面式的巨变，才得以真正而彻底地获得进步。而女性，也必然要在这股浪潮中自觉或不自觉地往前大步奔流。我们必须承认，这样反叛或同化的姿态保留了女性存在的一丝孱弱的位置。但这种对立的反叛或与男性的同一，也仍是以激烈态度为底色的男性主导的社会变革对女性所报以的期盼，这种期盼只是为了让女性顺从男权社会所提倡的社会变革的节奏，顺应以男性言说为主流话语的社会期盼，这仍然只是符合男性社会期盼的女性言说。女性的"在场"，仍

---

① 孟悦、戴锦华：《浮出历史地表——现代妇女文学研究》，河南人民出版社1989年版，第13页。

② 戴锦华：《涉渡之舟——新时期中国女性写作与女性文化》，北京大学出版社2007年版，第4页。

然只是符合男性社会期待的"在场"。我们必须要承认"现代中国女性文化的困境之一，联系着个人与个人主义话语的尴尬和匮乏"①。女性，始终只能活在社会，乃至男性所期待的理想状态中。女性与家庭、男性的二元对立，更多是为了符合社会前进和变革的期望。传统社会中的男尊女卑观念由过去的堂皇而转为隐匿在社会变革的底色之后，女性仍然遭受着种种不公的对待与评判，她们对自我感受的言说，对自我价值的追寻仍然困顿。

在中国传统的文化观念中，妇女的地位完全依附于男性，"妇人，从人者也，幼从父兄，嫁从夫，父死从子。"类似的观念在中国社会流传了千百年，她们一直被驱逐至社会的边缘，充当着男性家庭中的如"人母""人妻""人女"之类的"工具角色"。除了被剥夺意志上的自由之外，女性的言说和行为更是被男性牢牢把控在手中，"男子居外，女子居内，深宫固门，阁寺守之、男不入，女不出，男不言内，女不言外，内言不出，外言不入"。女性失去了言说、行动、意志上的全部自由，逐渐变成了隐没在中国历史之中的性别。回族女性除去其民族身份之外，其性别身份同样要身处这种性别文化语境中，因此也同样隐匿于历史的沉默。

因此，不得不说，在社会大变革的底色下，女性有了走出家庭的机会，有了接受教育，参与社会生活的权利，甚至承载了男性一起承担社会使命的职责，这也为她们今后的发展储备了精神上的力量。中华人民共和国成立后到改革开放前，女性写作虽然刚起步，但仍有不少女性作家涌现，并受到了公众的关注和赞许，这为回族女性的创作带来了希望与生机。而在新时期文学开放的浪潮下，女性获得了更广阔的社会空间和言说力量，女性文学也随之得到了更广阔的发展，女作家甚至形成了群体力量，一度从话语边缘走到了话语中心。在这种社会背景下，随着社会的进步以及女性意识逐渐觉醒，回族女性的地位也有了大幅度的改

---

① 戴锦华：《涉渡之舟——新时期中国女性写作与女性文化》，北京大学出版社 2007 年版，第 4 页。

善。当对女性的遮蔽被揭开后，回族女性拥有了更丰富的选择机会，她们也能走入学校，走出社会，走向自我，她们由过去的沉默，过去自我立场的被迫消解中，渐渐寻找并重新确立了自我价值，找到了属于女性自己的"在场"。获骏马奖的这六位回族女作家，在除去身为女性最基本的"人母""人妻""人女"身份后，以作家身份和回族身份勾连起来的她们，还有着属于各自的社会角色，如马瑞芳是文学研究员、大学教授；霍达既是翻译家，还是编剧；梁琴、白山均担任着报纸杂志的编辑；而叶多多更是身兼多职，同时担任着记者、编辑、摄影师、唐卡画师、编剧、纪录片导演等工作，她们身体力行地表现着女性今日自我的"在场"，摆脱女性作为历史的"他者"的身份，确立女性也能如男性一样承担社会责任，共同构建文化的责任和使命。当然，对于有着丰厚文化积累的她们来说，仅仅是作为一名社会工作者来确立自我的价值，确立女性的在场是远远不够的，她们对女性自我的存在，对于生命，对自我的文化的归属有着如此多的感悟待于倾诉，于是，拿起笔书写感受也就成了自然而然的事情。回族女性越来越敢于发声，在文学领域，回族女性文学响应着中国女性文学的步伐，回族女性以女性自身的细腻和热切的情感积极自觉地表达着女性自我的感受，用书写来表达对女性个体和群体生命的关怀和思考。在写作中她们也意识到，女性不仅仅只能在男权的价值标准中才能确立自我的价值，女性也不仅仅在置于男性与女性二元的对立中才能确认自我的存在。女性自我的生命有着广阔的天地亟待着自我去挖掘，去发现，去成长。因此她们的笔下，便少见了将女性置于男性对立面去审视和思考，而是更注重挖掘女性实际生命中的感受，精神世界的成长。如在霍达的《穆斯林的葬礼》中，梁家女性命运的沉浮隐喻了霍达探究回族女性自我精神的成长的意图；看似专横无情的梁君璧，面对丈夫与妹妹的背叛，和他们的私生女新月，她常常被内心的怒火燃烧得愤怒难耐，但她仍以一个姐姐和一个母亲的胸怀将新月抚养成人，在发现新月的心脏病病情时，她虽常常表现冷漠，但对新月的关心也常不自觉地流露出来，尤其是新月的死，也让她醒悟了自我的过失，逐渐放下了仇恨，原谅了所有，表现了一个回族女性经历生活磨砺后品德的逐渐成长与完善，虽然这成长确实来得很晚，但她终归是完善了自我。梁君璧的一生，表现了回族传统女性突破内心桎梏的艰难历程。而对于妹妹梁冰玉，则是一位与梁君璧截然不同的女性代表，梁冰玉作为一个出走的"娜拉"式的人物，执着地要寻找属于自己的尊严、自由与爱，梁冰玉这样的形象塑造，象征着新时代的知识分子女性对于传统价值观念的更新，她在错综复杂之中，与亲姐夫发生了不伦之情，最终发觉看似风度翩翩的姐夫并非良人，她不愿被这个陈旧的家庭所困，毅然出走寻找自己的理想。梁冰玉有着新时期女性独立、自我的性格特征，同时她的经历也展示出新女性寻求自我过程中可能会遇到的艰难。但无论如何，梁冰玉的经历依然表现着现代女性独立的人格意识萌芽和壮大的过程。小说中女性命运的走向，是霍达将回族女性现实生命置入文学的艺术式投影，她想表现一个回族女性，或者仅仅作为一个普通女性在社会中的生存，需要经历多少的磨炼与困难，而女性如何以自我生命的柔韧扛起命运的考验，追寻自我生存的圆满。这体现了霍达对女性生命的关怀之情。

而其他从自我的角度出发去挖掘女性生命成长的回族女作家，如梁琴与马瑞芳，更是从一个更加自我的角度去发掘女性的生命"在场"，如她们在散文集中自然地表达着作为一个母亲养育生命的欢欣，言说着生育给女人带来的并不只是传统中的困顿与束缚，女性也同样能在生育、在后代的成长中收获巨大的满足与快乐，这是一个女性天然的本能，一种并不羞于启齿的本能。她们的散文，还对自我的生命进程和内心世界进行了细致剖析，写出了知识分子女性在现实生活中也会遭遇的烦恼，写自己内心坚守的信念，写出了对美好品德之人的欣赏，也表现了自我对人格、品德的无限追求。在她们的作品中，冲突斗争、命运的困厄已然成为次要，而对女性生命的表达，女性内心成长的挖掘，却是最闪亮的光点，这无疑丰富了女性文学的内涵，也为女性话语在文学社会的发声增添了一丝分量，使得回族女性文学成为中国女性文学中的一道清新亮丽的风景线。她们的作品也因此闪耀着生命的独特性别美感。

二 民族的"在场"

如果仅仅以性别的角度去阐释回族女性文学创作的意义,是不完整的。文学创作本身是作家对于个人生命经历、生命体验、个人意识、信仰独有的感受和把握能力的体现;是作家对于自我所属的文化记忆、族群历史、时代精神的个人化理解的再现。因此要探析回族女性作家书写的意义,除开她们对于自我性别的独特生命体验之外,我们不能避开她们所属的族群文化对其创作的意义,也无法回避去探析她们的创作在族群文化之中的位置。

回族女性在经历了千年如其他少数民族女性同样的沉默之后,她们的文学创作,无疑是打破这种性别、文化沉默的最有力的方式,她们以自己的笔,书写了自我在民族之中的存在,表现了女性在天然的"母性"属性之外,还有着自我的思想、有着民族文化场域中的身份立场以及国家成员的立场。表现了民族女性由性别和文化的被迫隐匿直到在民族文化中强有力的主动"在场",确立了女性在民族中的自我存在。如霍达的《穆斯林的葬礼》就书写了回族女性在回族历史文化中的重要位置,梁君璧对回族文化传统的坚持,表现着她对自我所属的族群文化的坚守和热爱,虽多数时候显得不近人情,但这种坚持却使得回族的文化传统习俗得以深刻地影响和保持着梁家的回族文化氛围,更宽泛一些说,也是这种执着,使得回族文化得以一代又一代传承和延续;而梁冰玉和梁新月,则表现着新时期的回族女性也能如同男性一样追求自我的梦想与独立的人格,表现着回族文化并非只有一如既往的传统与固守,也有着开放包容的一面。而马瑞芳、梁琴等回族女性,既在笔下书写了其他回族人的美好品格,还身体力行推广和传播族群文化,体现着现代回族女性为族群文化的贡献,这种坚持不仅仅流露在她们笔下的文字中,还表露在她们自身行动中,文学研究员、大学教授、杂志编辑、民族文化纪录片导演等社会角色的参与,并在这些社会角色中注入自身民族视角,以本民族的视角和身份去理解和建构他者文化,并在其中反思本民族文化发展的困难,搭建起了回族与其他民族文化沟通的桥梁,也推动了本民族文化的向前发展,更是表现了她们以一个回族人的身份自觉投身民族文化建设的民族责任感和社会责任感,成了推动民族文化再生者与民族价值的创造者。

此外,在民族融合的历史背景下,我们还要注意到回族女性在历史境况下较为特殊的身份存在,吸收了多种文化的回族,拥有着文化交融的特殊性。回族女性身份和心理时常在多种文化交汇所形成的文化场域之中游离。以及生活在多民族聚居区的回族女性,拥有着更多的文化体验和身份,这给她们带来了微妙的民族心理和文化视角。而获骏马奖的几位回族女作家,均是在这种汉文化熏陶与回族文化交混的文化背景中成长起来的,可以说拥有着多重的文化身份。这些文化身份并非固定不变的,而是流动、交互地出现在她们的个人生命经历、心理、文化观念中。"文化身份根本就不是固定的本质,那毫无改变地置身于历史和文化之外的东西。它不是我们内在的、历史未给它打上任何根本标记的某种普遍和超验精神。它不是一成不变的。它不是我们可以最终绝对回归的固定源头。"[①] 她们自觉地接受和认可了本民族文化,也自觉吸收了各种文化对自己的影响,也在此之下呈现了一种微妙而复杂的"民族混血"状态。但这种"混血"并未限制她们的叙事与民族认同,这种边缘的视角反而给她们带来了更丰富的文化心理和更广阔的视野去审视自我民族和国家历史文化。"由于不同民族的文化参照系出现在他们的视野之内,他们也就较为从容地获得了一种主动去比较、分析和选择的优势,可以在这样的优势地位上建构自己交汇型的文化价值观。"[②] 在不同文化体系的接触下,她们自觉接受和吸收了众多文化中有益的营养,并将这些营养注入了对生命的体验和感受中,也注入自己个人的思想文化体系中,充实了自我的文化体系。如霍达,虽然成长于一个传统

---

① [英]斯图亚特·霍尔:《文化身份与族裔散居》,陈永国译,载罗钢、刘象愚《文化研究读本》,中国社会科学出版社2000年版,第212页。

② 关纪新、朝戈金:《多重选择的世界——当代少数民族作家文学的理论描述》,中央民族大学出版社1995年版,第130页。

的回族家庭，但从小接受的汉文教育使得她自觉对汉文化产生了深厚的情感，同时她还吸收了中华文化中优质的养分，在成长中自觉形成了对多民族文化包容认同的文化心理，并将其注入对生命、对文化的理解中，因此，她的作品中既带有鲜明的回族文化特色，如常在人物语言中点缀回族口语、作品中也常常展现回族风俗描写，但作品中的语言、思想内涵、叙事的方式和角度又拥有着十分突出的汉文化特质，她笔下的人物，也有着对多种文化融合包容的心理，可以看出"混血"心理贯彻在了她的生命态度之中，她在多元文化的营养中培养出了包容开放的心性，并以之体察自我的生命、观照自我生活其中的族群、社会和世界，她的作品也因此呈现了丰富的文化包容气息。

有些回族女作家成长并生活在多民族聚居区，文化"混血"对她们的意义更加复杂和深刻。如叶多多，从小生活在多民族文化交融的云南，文化"混血"的内涵得以在她身上呈现更丰富的面向，叶多多的原生家庭本就是回族、彝族、哈尼族交融的少数民族家庭，而她对云南乡土的热爱使她自觉深入这片土地的各处，不断行走在各族人民聚居的村落，在对他们日常生活的观察中为他们的生命态度所震撼，吸收了各族文化的精华，并将之渗入了自己的生命观、世界观、人生观中。"我并不认为仅仅应该把苦难写出来，还要传达一种信息——生活的贫困，不等于精神的贫困。我认为自己的审美取向、我关注的东西是正确的。"① 她还在融合各族文化精华的基础上对文化进行了再加工，形成了具有自我特色的，更包容和交杂的文化新体系。因此，在叶多多笔下，更可见一种氤氲环绕着的神秘气息，她对澜沧山谷中那些山民的描写，总带有着一丝丝神性，而那片土地充斥着丰富的玄奥故事，山地间的一草一物都摇曳着灵性的光彩，哪怕黑熊、麂子都具有人似的灵魂。这种"万物有灵"的生命气象，便是来源于叶多多所吸收的山地民族文化的气息。在这种"混血"心理的流动中，女作家们还有意无意地将在我处融合后的新文化体系反哺和重新注入其原民族的文化体系之中，呈

---

① 牛锐：《回族作家叶多多："我的心在高原"》，《中国民族报》2013年12月20日第11版。

现了回族文学更丰盛的面貌，也就造就了叶多多作品中汉族、回族、彝族、拉祜族、哈尼族、苗族等多元少数民族交融相生的繁盛文化色彩。回族女作家的创作也因此使得少数民族文学创作呈现了文化交融往来的和谐气象。

在回族女作家这种"混血"的文化书写中，我们能看到一个明显的特质，就是坚持本民族差异性的特色，呼唤着多民族文化多元共生。她们明白，是回族文化哺育了她们的文化生命，那是必须延续的生命之脉，随后，她们成长过程中逐渐在多元文化的浸透中获得了更丰富的体验和感受，因此也极力促使回族文化同其他民族文化融合。这种书写民族文化的方式，并非是作者选择固守某族立场或者有意迎合汉文化的重心地位。而是由文化本身的流动性和交融性所决定的，我国多民族文化本身就以"多元一体"为构成特点，多种文化你中有我，我中有你。民族文化想在多元文化流动的世界中独善其身，是难以做到的，也是为本民族发展不利的，封闭必然会导致落后。以同为"文化夹居者"的学者姚新勇的研究视角来看待这种创作，可以视为少数民族女作家们通过文学来寻求汉族与非汉文化平衡与和谐的"第三条路"，即为试图用创作打破不同民族之间的文化壁垒，既是想向他族介绍本民族灿烂的文明，也是在寻求本民族与他族之间的沟通，以此获得不同民族之间的文化认可。在这种文化"混血"的状态下，只有用开放的心态去面对生命中多元文化的构成，少数民族文学和文化才能获得更好的发展与生存。"中国少数民族女性文学以个人化的言说方式，把少数民族的历史文化、生存状态和内心世界展现出来，在民族文化的滋养下确认和建构了自我的民族身份，寻找自我的文化身份和在世界多元文化中的位置，找寻民族文化的内蕴，重新认知和建构民族文化。"[①] 也正是在"混血"状态下的创作中，回族女性才得以更全面地展现自我的心理和生命状态的丰富与复杂；才使得回族文化得以更明确地建构和前行，也才能使得

---

① 黄晓娟、张淑云、吴晓芬：《多元文化背景下的边缘书写——东南南亚女性文学与中国少数民族女性文学的比较研究》，民族出版社2009年版，第51页。

少数民族文化乃至中华文化得到更繁盛的发展。"而中国境内少数民族先天地拥有多元共生、互补互融的文化传统，更能深刻地理解文学创造过程中文化的'异质同构'所意涵的重大意义。所以，不论是否受到创造主体个人文化视野、思想观念、感情倾向的制约和限制，不论是否对本民族文化的总体发展趋势有无正确的把握，少数民族文学创作都必须和只能走向'文化混血'之途。也只有这样，才能在更厚重、更深刻、更博大的意义上创造出划时代的、里程碑式的我国各少数民族文学的伟大篇章。"[①] 正是在这种"混血"的创作中，催生了女性作家在生命体验、少数民族文化感知、文学创作上的丰富性，回族女性这种独特的生命体验，构成了她们作品中丰盛生命意识的来源；同时，也使得回族文化在不同文化精华中得到了更丰腴的滋养，回族女性的创作也因此呈现了独立、丰富的审美风貌；回族文学也得以呈现更包容与开放的发展盛景；少数民族文学也便呈现了更丰富的文学格局。

三 主流话语的参与和构建

考察回族女性的创作，在性别和民族身份之外，也不能忽略她们作为一个社会成员的身份。仅仅局限于自我角度的女性文学不能涵盖女性写作的全部，审美空间只停留在关注自我、个人以及与个人相关的身体、欲望和梦幻，无形中阻断了通往正义、崇高、理想等价值生成的通道，文学一旦失去了必要的人文关怀和对人类生存最起码的价值观照，写作的积极意义也会变得苍白。自我的存在是发挥自身价值、获得社会价值的前提，真正找到自我，是依靠通往与男性平等地参与社会，参与竞争，实现女性自我价值的思维方式和行为方式来实现的。在自救的路途上，未来的女性文学发展应在女性的个体身份确立以后，从个体生命出发，去展现历史和现实生活，在世俗关怀与人文关怀的有机结合中最大限度地实现女性文学的意义生成，通过参与社会的发展，重建女性与

[①] 罗庆春、刘兴禄:《"文化混血"：中国当代少数民族文学文化构成论》，《民族文学研究》2006年第1期。

社会的必然联系，使女性文学真正成为女性由身份焦虑走向精神澄明自由的文本参照和思想支持。写作对于她们不再是一个封闭而单纯的指向，而是不同身份、不同地域、不同文化、不同经验之间的交流对话。在考察回族女作家写作的意义生成时，我们还应看到她们创作除去性别身份和民族身份之外的内涵。在回族女作家的创作中，生命意识不只表现在对性别和民族的焦虑上，还有着对人的生存、精神世界的关注与思考，这种对于人的关怀，不仅仅在女性文学和少数民族文学中有意义，可以说这种文学的生命思考，对于所有人、全社会、整个国家都有着普适性的意义。对生命的思考和关怀，是所有人必须要面对的最基础也最终极的问题，只是在不同的情况下有不同的区分而已。而回族女作家们生活在不同的地域中，丰富的文化文学积淀使得她们拥有着不同的视角和深度去看待不同的人生，她们所观察到的人及其生存各有其状，其作品中的生命意识与生命关怀也就呈现着多样的面貌。如女作家梁琴，在《回眸》第一辑中叙写了身边许多平凡人的人生，在这些平凡生活中，梁琴挖掘了许多并不完美的普通人身上所具有的美好品格，并表现了对这种美好品格的赞许，而第二辑"尴尬人生"中，她又通过《夜想千条路》《躁动的灵魂》《走不进图书馆》等多个篇章叙写了20世纪90年代末改革开放下，面对突然繁盛的经济，社会普遍存在的趋利浮躁心理，在文章中她对这种现实生活的浮躁进行了拷问，在这浮躁的红尘中，人们都被物欲改变了行为标准，人要如何才能保持纯净高洁的初心？梁琴试图通过自己的笔为心灵找寻一片安逸的世外桃源，梁琴的文字中，蕴含的不仅仅是女性生命的感受，其中也蕴含了她作为一个社会人，作为一个作家对社会问题，对普通人生要面对的生存问题的思考。而相对于梁琴审视城市喧嚣文明中的社会问题，叶多多则把笔触放到了云南贫困山区的人们，她笔下的云南山地，地大，多山，地形复杂，交通不便，物产贫瘠，在这样的地区生活的人们，每天疲于奔命却难以温饱，物质的贫瘠却没有妨碍人们精神的丰盛，在穷困之中，人们仍然树立起了自我的信仰，坚持着自我的传统，在信仰中求得心灵的安定，并以顺应自然的心态生存在这片山地上，即使困顿与挣扎，仍不愿离去。

叶多多想在这样困难的生存图景中表现的是即使艰难困苦,也要树立生存的希望,表现了积极向上的生命意识。"生命的残酷,不仅在于生的艰难,死的痛苦,更在于人性和美好传统的丢失。生活在这样的境遇中,人们要么麻木,要么发疯,这种悲剧是广大的。所以,文学在揭示悲剧的同时,也应该像锋利的钢针,刺破黑暗的帷幕,让新鲜的、灿烂的阳光照亮生命,给生存带来光明,带来新的希望。"① 文学是人学,对人的生命意义的追求,是文学永恒的话题。回族女作家以自己的笔叙写了不同文化背景下人的生存问题,无论在城市还是在山地,无论是城市人还是山民,对生命的思考与追问,对美好生活的追求,是永远不可能停止的,这种思考也因此具有全人类的普遍意义。正如叶多多所说:"作为一个文字爱好者,我觉得在写作的同时更应该拿出行动来。不仅仅是为了少数民族的命运,我希望每个人的心灵深处都应该有这种责任感。同时,我也要求自己有节制地,负责任地使用文字,要求自己对这个世界保持最大的善意,保持最真诚的祝福与祈祷。"② 在这种意义上构建起来的回族女性创作,表明了回族女性作家跳脱了性别和文化身份的限制,上升到了人性的根源层面,表现了回族女性文学的全面视角。

回族女作家马瑞芳,身为一个学者、教授,她生活中接触更多的也是学者和学生,因此她的作品中常常可以看到对国内许多著名学者的生活素描,也常见对学生生活的描写,这种创作里,她灌注了对生活在一个文化圈中的文化人的生存关注,通过对他们日常言行的挖掘,去发现这些学者和学生身上谦逊、正直、勤奋等精神的闪光点,"较为系统地,多方面地为高级知识分子树碑立传。将正史、野史融为一体,展示我国著名学者们艰苦而卓越的人生道路,描写他们生活中鲜为人知的轶闻趣事,张扬老一代知识分子身上那种虽'炼狱'也不能泯却,挚爱光明,追求科学,献身祖国的精神瑰宝及其严于克己,不尚名利,清正

---

① 叶多多:《时代呼唤生态的民族文学》,《中国艺术报》2013年12月13日第3版。
② 牛锐:《回族作家叶多多:"我的心在高原"》,《中国民族报》2013年12月20日。

淡雅，平易谦逊，誉满天下，绝无骄矜的高风亮节"①。作品中表现了她对这种美好品格精神的赞美，也表现了美好品质对于生命的可贵。以至于形成了具有个人特色的"教授文学"，开创了对这一类群体生命关注的文学和文体先例。因为工作机会使然，她在创作中还对外国留学生的生活给予了关注，细心地观察了接触的一些留学生的思想观念和性格爱好，挖掘了他们不同的个性、不同的观念，以及在差异之中共同保有的对中国友好的感情。对留学生群体的关注，更是扩大了马瑞芳笔下生命思考的路径，也扩大了那个时代中外不同文化背景下的群体对对方的了解，她对留学生生活观察的系列文章连续多次发表于《香港新晚报》，这也成为内地与香港民众对留学生群体甚至外国文化了解的窗口。在这个意义上，马瑞芳的创作沟通了普通人和学者，中国和外国文化之间的交流，其文学创作也就呈现了更为丰富的生命关怀图景，也呈现了更为深远的文学和文化意义。

此外，回族女作家对国家历史问题的关注与表述，也具有国家文化层面的文学意义。如霍达的《万家忧乐》中，以大量事实和数据展现了在市场经济初始阶段我国社会所经历的种种社会问题，以清醒的态度对一些不公或不雅的社会现象进行了批判，在这些时事的叙述中，霍达寄托了对国家发展深深的忧虑和思考。这种思考表现了回族女性对社会主流话语的积极融入与建构。在社会时事之外，回族女作家还积极表达着对国家历史文化的思考，如白山的《血线——滇缅公路纪实》则以纪实的态度去忠实地展现了滇西人民一段众志成城不惜代价保家卫国的历史，填补了一段滇西抗战历史的空白；又如霍达的《补天裂》展现了戊戌变法失败后流亡香港的京师举人易君恕的坎坷人生经历，香港新界爱国志士们奋起抗英却遭到无情镇压，写出了香港被拱手让出的惨痛历史，展现了一曲爱国志士们宁死不屈、抵抗外侮的历史悲歌。无论是《血线》还是《补天裂》，这些展现中国民族血性的历史小说都表现了回族女作家对国家存亡的关怀之情和充盈澎湃的爱国热情，同时还表现

---

① 赵慧：《当代回族女作家马瑞芳创作简论》，《回族文学研究》1993年第3期。

了回族女作家自觉参与国家历史文化记忆的构建、对社会主流话语的构建和反思，积极参与了国家主流文化的"在场"。体现了回族女性创作的社会意义。同时，《血线》和《补天裂》的创作分别填补了小说主题中的文化记忆的空缺，《补天裂》更是在"抒情的热闹与强烈同叙事的荒歉与贫乏构成了回归文学基本状貌"的当下出现，填补了"回归文学"长篇小说的空白，因此被誉为"回归文学"的扛鼎之作。而从马瑞芳的"教授文学""留学生文学"到霍达的"回归文学"和白山的纪实文学，我们都可以窥见回族女性在创作上的开拓和创新，她们在思考的深度、情感的强烈、题材内容的拓宽、形式的创新等方面，都在进行着文学版图的探索和前进，这也表明了回族女性文学对于中国当代文学版图的补充和发展。在文学写作中，这些少数民族作家在自觉坚守本民族文化传统，认同本民族文化身份的同时，不断融入中华民族的主流文化当中去。他们对本民族的优秀文化既热爱有加，又保持清醒理智的批判态度。在对民族文化的追忆和留恋的同时，发出对主流文化与现代文明的思索、追求与扣问，并最终实现了对中华多元文化的传承与坚持、反思与认同。回族女性以多样化的生命思考和创作风格拓展了文学创作的审美空间，构筑了丰富的文学世界。体现了在自觉坚守性别立场和文化立场之外，回族女性也时刻不忘自己的国家成员身份，以个人书写融入中华文化之中，以创作者的自觉投身到当代文学的建设中去，表现了她们以自我生命拥抱国家文化的真诚。她们以民族身份和性别身份去努力消解回族传统和中国传统封建专制对女性的性别压制，同时还自觉结合了二者共生的优秀之处，她们以自己的创作实践提升了生命的意义和质量，展现了回族女性特有的话语风貌，丰富了回族文学的内涵，更丰富了中国当代文学的格局。

第五章　布依族女性文学的现代意识和古典意蕴

——以获骏马奖的布依族女作家作品为例

布依族是个历史悠久的民族，自古就在南盘江、北盘江、红水河流域及其以北的地方生息繁衍，在长期的生产劳动和社会斗争中，布依族人民以自己的聪明才智，不仅创造了丰富的物质财富，而且也创造了优美的文学艺术。在当代生活的背景下，布依族同汉族以及其他兄弟民族一起，共同缔造了祖国光辉的历史和灿烂的文化，为祖国的发展和中华民族的繁荣昌盛做出了自己应有的贡献。布依族女作家始终注重用女性特有的视角客观地观照自己和身处的世界，创造出具有多重意蕴的文学作品。从小说、诗歌中可以看出布依族女性面对世界的广阔视野和精神空间。张顺琼的诗集《绿梦》、罗莲的诗集《另一种禅悟》和组诗《年年花开》、杨打铁的小说集《碎麦草》曾获全国少数民族文学创作骏马奖，这些作品体现出多元的特色和现代意识。她们植根于本民族的土壤，又融入现代意识，展现丰富的布依族女性心灵世界。她们的文化情结与汉语书写的汇合，是一次传统与现代，本民族文化与全球化的多方面强力碰撞，她们不会去刻意媚俗，只是在时代发展的脉动中显示一种与众不同的诗歌个性和文化原生力，唱出来自遥远边地的女性声音。

第一节　现代意识的观照

布依族女作家杨打铁的小说并没有表现出明显的民族文化特征，而是在多元文化语境中，书写了一个知识女性对现代世界的独特观察和对现代人生存境遇的独特思考，创造出超越传统的文本新境界。杨打铁是第一位获得全国少数民族文学创作骏马奖的布依族女作家。获奖作品《碎麦草》也是杨打铁出版的第一部作品集。小说集《碎麦草》列入贵州省文联"青年文艺人才培养工程"资助的"新夜郎文艺丛书"出版。全书共由《铁皮屋顶》《碎麦草》《短期旅行》《全家光荣》《远望博格达》《无人落水》《雨中序曲》《桑塔·露琪亚》《他们在阳台上》《槐下》《老狼来了》《心作良田》12篇小说构成。这部小说集具有超越传统叙事的新元素，作家丰富的人生经历造就了小说多样的文学境界。叙述视角和陌生化的叙述方式，使小说具有独特的审美特征。这对于少数民族女性文学创作来说是难能可贵的。

一　跨域创作的开阔视野

杨打铁，原名杨洲颖。父亲是黔南布依族知识分子，从贵州大学毕业后分配到东北吉林市工作，杨打铁便在吉林省吉林市出生长大。杨打铁从吉林市考上中央民族学院汉语系。毕业后，她和当时有志青年一样，想离家远一点，独自闯一闯，于是，自愿去新疆工作生活了近十年。20世纪80年代末，她的父亲从吉林调回贵州，为了照顾老父，杨打铁也从新疆调到贵州社会主义学院。杨打铁辗转经历了东北吉林、首都北京、西北新疆、西南贵州的生活，职业从机关报刊编辑到教师，又从教师转为小说编辑。流转的跨域生活和变换的职业身份，使她在创作时具有开阔的视野。从成长之地到求学之地，从工作之地到还乡之地，杨打铁跨越不同城市，在生活空间的转移和精神空间的回归中创作"他乡"的故事，这种现实地理空间的转变直接影响着杨打铁小说的创作视野。《碎麦草》中的12篇中短篇小说是杨打铁跨域创作的重要收获，显现出独特的文本境界。她的作品贴近现实，贴近生活，题材广泛，为布依族文学增添了新的亮点。

《远望博格达》和《无人落水》写了一群志愿到新疆支边的知识青年的生活现实。两篇小说的女主人公都叫"宝莉"，《远望博格达》里的宝莉陷入写作的瓶颈中，要考虑生孩子，又要照顾远在吉林的父亲，还时不时担心会有外遇的丈夫。面对这种困境，宝莉时常想象自己打破规矩的束缚，像安佳一样与男人鬼混，放荡地生活。《无人落水》中的宝莉与已婚者北子有着复杂的情感纠葛，甘愿充当他的情人。两篇小说中的"宝莉"都处在精神的困境中，杨打铁借用天山的地域意象——天山的最高峰博格达雪峰，作为小说人物的精神引领，营造了高远冷峻的意境。博格达雪峰耸立在遥远的天边，是俗世人们心中神圣的雪山，是吉祥高远的象征，"远望"也就构成了一种精神的膜拜。

杨打铁在借主人公宝莉的故事，写出了自己的感受："新疆远离海洋，处于欧亚大陆腹地，乌鲁木齐在它偏北的中间地带。宝莉在这里生活了八年多，仍然感觉站在这片大地的边缘。"[①] 博格达雪峰以海拔五千四百米的骄傲顶着蓝天，它悠远、宁静，超越了一切卑琐和忧烦，严峻孤傲，与俗世中的男女遥遥相对。杨打铁在小说中隐晦地传达出这样的思想：只有用诚实正直的生活，宽容善良的心灵，勇敢不屈的性格，境界高尚的智慧才能抵达圣洁的高峰，才能抵御现实生活的困境。

作为布依族女作家，杨打铁从小便远离自己的故乡，从西南边疆到东北边陲，离散在布依族文化之外，倾听和感受的更多的是中华文化观照下的他族世界。在杨打铁的小说中，可以看到不同地域人不同的生活侧面。《铁皮屋顶》《碎麦草》《全家光荣》具有明显的东北生活气息，充满了童年单纯静美的田园之气。《铁皮屋顶》具有浓郁的田园风格和诗化意向，有一种宁静闲适的淡远之美。

小说《碎麦草》中描写了青砖瓦房的院落、粉色水萝卜、市区边

[①] 杨打铁：《碎麦草》，贵州人民出版社2004年版，第60页。

上的松花江、民居内的土炕等，都是东北的生活场景。杨打铁在这充满东北生活气息的场景中，缓缓讲述着关于童年的故事。《全家光荣》里面的人物涉及吉林、新疆、北京等不同地域。"我"的家在东北，二姨在新疆，姨在北京，舅舅去当兵。小说写了年三十在各地的亲人都回到东北姥姥家过团圆年的气象。"我们在家准备晚饭，刮鱼鳞，拔鸡毛，洗菜，蒸扣肉和香肠……我们盘腿围坐在炕桌前。一桌的饭菜，红葡萄酒瓶的脖子上系着蓝绸带。"① 在这一片幸福团圆的氛围里，远在外地当兵的舅舅也请假回来了，更增添了幸福的味道。小说虽不是杨打铁本人的自叙传，但却带有鲜明的个人经历的烙印。"我"作为家庭中最小的成员，观察和体味着简单而幸福的生活，体现了中国传统文化的团圆与和谐之美。

《雨中序曲》的故事发生在红土高原的一座山城，这里没有分明的雨季，天气却是晴两三天阴两三天的。红土高原地处亚热带气候区，被广袤的森林和山峦所覆盖，气候呈温湿性特征。哈明和小俞这对恋人的生活就在水汽弥漫、雾气氤氲的时空里缓慢地铺展开来。哈明和小俞是从县城里考到城市里的大学生。毕业后哈明留在城市，小俞回到县城当起了高中语文老师。哈明救了自杀的房东女儿，房东女婿愿意给哈明一份工作同时也可以把小俞调到一起，但是要求他把小俞心爱的狗让给房东女儿。"小俞再也没法相信自己还能坚持什么把握什么，什么都那么脆弱、易逝，那么容易受到伤害和掠夺，你得到什么和失去什么都要付出代价。"② 小说弥漫着一种生活无处不在的无奈感。在这座青溪环绕的山城里，临水聚集的人们，哪个也逃不掉生活的无奈，就像河畔的青石板路，总是被绵绵的雨水所淹没。

《桑塔·露琪亚》讲述的也是发生在一个四面环山的小城的小人物的生活。高亚吃回扣拿到十万块钱，偷偷摸摸地买了套房子，但这并没有带来多少快乐。吹牛的东北人老费不务实，把高亚的房子卖给别人就

---

① 杨打铁：《碎麦草》，贵州人民出版社 2004 年版，第 52 页。
② 杨打铁：《碎麦草》，贵州人民出版社 2004 年版，第 103 页。

消失得无影无踪。老费出现在这座人口密集的山城的那一天,阴雨绵绵,这也仿佛奠定了这篇小说的基调,人物内心弥漫着一种阴郁的情绪。"这些年我过得非常压抑,钱并没有给我带来多少好处。我没有安全感,我总是惶恐不安……"① 在无奈中,高亚选择了考研究生,考到洛阳的母校,离开这座山城。高亚走后,"我"感到的是前所未有的虚无,"我"对这座不伦不类的小城也没有什么好感,对自己也从没满意过。"我"的生活始终被理想和现实的冲突牵绊着,让人心烦意乱,又透不过气。《雨中序曲》和《桑塔·露琪亚》都带有鲜明的云贵高原气息,地理闭塞的山城,并没有阻挡现代生活前行的脚步,现代化的春风和泥沙一起卷入山城的连绵水汽中,让人应接不暇。杨打铁将原生态的现实生活还原,表达人们精神世界的困窘与无奈。

二 自我退隐的距离之美

在叙述视角的运用上,杨打铁显出超出性别的特色,通过多种视角的运用,成功地将"自我"隐去。杨打铁善于根据不同故事的需要,采用不同的叙述视角,以不同的角度来观察世界。小说集《碎麦草》的叙述者,有时是男性,有时是女性,有时是儿童,通过变换叙述视角,达到对创作主体遮蔽的作用,很好地消除了"作者的痕迹"。通过淡化主观评判,客观地揭示平民百姓艰难的生存意识和抑郁的生命意识。正如王黔在小说集《碎麦草》序中所言:"几乎在每一篇作品里,她都在展示自己的同时把自己隐藏。仿佛那些她已经展示的和尚未展示的都是她痛楚的伤口。……更贴切的说法是,她故意让文字,让小说在文本上掩饰和掩盖了自我的痕迹。"② 这种自我的退隐,有着鲜明的后现代主义印记,没有大悲大恸大起大落的曲折情节,更多的是对人生悲剧的理性思考。

1. 双性视角:超越性别身份

作为女作家,杨打铁的小说关注的对象并不都是女性,男性、老

---

① 杨打铁:《碎麦草》,贵州人民出版社2004年版,第118页。
② 王黔:《碎麦草·序》,载杨打铁《碎麦草》,贵州人民出版社2004年版,第2页。

人、儿童在她的小说中都占有相当大的比例。杨打铁的创作,没有鲜明的女性主义立场,她关注生活中的男女老少,关注各色人生,因此她在选取叙述视点时,会根据主人公的性别与身份来选择。著名作家铁凝说过:"我想文学还是从人出发的,文学本质上是一件从人出发的事情,有的时候纯粹的女性作家她会退居第二位。但当然你本身就是女性,在提性别的时候,你不能说你是一个自然的生理的身份,但是一个作家确实应该有超越你的性别身份的这种意识,或者说希望获得一种更好的能力、更开阔的心胸。"① 杨打铁同样践行这一视角原则,避免陷入性别的纯粹视角的自赏和自恋,从而扩大了作品的气象。

双性视角使杨打铁把自己与小说人物等同起来,杨打铁能够避免用单一女性的狭隘视野去洞察社会各阶层、各年龄段人的生活遭遇。《短期旅行》的叙述者"我"是个男性青年,"我在我妈眼里,属于那种精力充沛偏爱往坏道上走的青少年。"② 杨打铁通过"不良"少年的视角,塑造了一个叫"老三"的过着乌七八糟生活的男青年形象。老三偷了单位价值上万元的摄像机被抓,引出"我""老三"与警察之间的种种纠葛。这篇小说使用男性第一人称叙述视角,小说中的"我"有时是参与者,有时是旁观者。

《桑塔·露琪亚》中的"我"叫刘立明,是个电脑工程师,"三十一岁的光棍"。"我"、高亚、老费三人是同学兼好友,高亚非法得到十万块钱后,经历了从买房装修的兴奋,到自知理亏的压抑,从失去房子后的轻松,到发奋考上研究生的心路历程。作为旁观者的"我"也是小说中的一员,"作者隐藏在作品中人物身上,通过作品中这个角色自己的观察和讲述来表现人物的命运,读来让人感觉客观真实"③。

杨打铁观察生活的角度不是单纯的女性化视角,与同时期的女性私

---

① 铁凝、王尧:《文学应当有捍卫人类精神健康和内心真正高贵的能力》,《当代作家评论》2003年第6期。
② 杨打铁:《碎麦草》,贵州人民出版社2004年版,第29页。
③ 黄晓娟、晁正蓉、张淑云:《中国当代少数民族女性文学研究》,上海文艺出版社2014年版,第185页。

人化写作相比，杨打铁不注重描摹女性孤独幽闭的自我体验，而是以开阔的视野描摹社会人生里的小人物小角色。《他们在阳台上》《槐下》《老狼来了》《天作良田》几篇小说运用男性第三人称视角叙述人物故事。创造了读者与人物之间的亲近关系。《无人落水》《远望博格达》以女性人物为主人公，但第三人称叙述视角也没有鲜明的女性色彩，是一种淡漠性别的叙事状态。

2. 儿童视角：跨越叙事年龄

收入这部作品集中的《铁皮屋顶》《碎麦草》《全家光荣》讲述的是东北儿童的生活剪影，处处散发着童真气息。儿童视角的运用，"为我们寻找作家和文本之间的潜在关系和审美超越提供了另一条思路。而作为一种叙事策略，儿童叙述人和儿童视角在文体叙事学上也具有与成人化、性别化、年龄化等其他的叙述方式不同的意义和作用"[①]。以儿童的眼光观察生活，使作家更容易把握富有生活情趣的细节描写。

杨打铁以儿童的眼光、感觉方式来观察世界，构建了一个独特的艺术世界。《铁皮屋顶》里的叙述者"我"是一个中学生，小说讲述了"我"和"我"的双胞胎兄弟安武，以及校长夫人的外孙子"蝙蝠"之间的生活趣事。中间夹叙着老校长家在"文化大革命"期间所遭遇的厄运。小说用孩子的视线来观照居于他们意识之外的世界。跨越年龄层次，使作者对于特殊历史事件的评价消失于文本之外。而小说中的"我"与周围的世界始终保持着一定的距离。由于"我"这个年龄段处于人生的懵懂时期，对于大人的生活和复杂的世界无法理解，因而，通过"我"这样一个叙述者的设置，为杨打铁审视这种生存活动提供了一个意味深长的角度。小说在探讨人生基本的存在意义的同时，也展示了美好的、正面的人性人情。《全家光荣》与《铁皮屋顶》一样，也是运用了第一人称的儿童视角，通过"我"小宝莉的所见，反映了家庭里各个人不同人生状态。在市场卖冻鱼的妈妈、离婚的二姨、当兵的舅

[①] 何卫青：《近二十年来中国小说的儿童视野》，《四川大学学报》（哲学社会科学版）2003年第4期。

舅在"我"的意识里上演着不同的故事。

《碎麦草》运用了第三人称的儿童视角,讲述了女孩李小丽的日常生活。在第三人称的儿童视角里,小说这样描述"卖冰棍的小脚老太太":"雪白的头发朝后梳拢绾成髻,胖嘟嘟的脸蛋,像一只干干净净的大白兔子。"① 全篇都是通过儿童眼睛来描述李小丽所遇到的各类人物,以及她在学校里、家里、街上的细碎生活场景。杨打铁仅用一句"左胳膊戴着'红小兵'袖标",轻描淡写地交代了小说的背景。在小说故事的展开中,这一特殊的时代背景似乎并不与人们的日常生活有什么关系。杨打铁通过懵懂少女李小丽的视角将这个特殊年代里的家长里短和平凡人生徐徐展开,就像打开一幅日常生活的风俗画。邻居家的"老妖婆"、同学"二驴子"、卖冰棍的小脚老太太及她的外孙女"疯子"等都是少女李小丽成长过程中,平凡的时光里遇到的平凡的人。这里看不到创伤性的童年经历,展示的是一个平凡生长的女性童年的生命故事。

杨打铁的小说难得有较长的环境描写,在《铁皮屋顶》中却用了较多的文字将田园之景绘于纸上。"我们家的院子不大,别人家也这样,都用密密匝匝的小榆树围起来,修剪整齐,不让它们长高。院子里种包米和豆角,豆角蔓往包米秆上爬。没人种牵牛花,它们自己长出来,缠住榆树不放,开着紫色、白色和粉红色的喇叭花。瓢虫的俗名叫花大姐,也喜欢榆树,贴在榆树叶上,像黄豆瓣那么大。……白蝴蝶多得要命,谁家花多就爱去谁家。白蝴蝶最喜欢韭菜花,只有老校长家有韭菜花,白蝴蝶就成群结队地飞去了。"② 不禁让人想到萧红的《呼兰河传》那充满田园风光的后花园。在这篇小说中,描写了美好的童年田园生活,与现代文学的乡土田园小说相比,没有凄婉悲凉的色调,有的只是单纯静美的童真与童趣。

通过这些描写可以看出浓郁的东北生活气息。作家杨打铁是在吉林

---

① 杨打铁:《碎麦草》,贵州人民出版社2004年版,第15页。
② 杨打铁:《碎麦草》,贵州人民出版社2004年版,第6页。

省吉林市出生长大的，她的童年经验留在东北这片土地上，因此她对孩童生活的描写主要来源于东北的日常生活。可以说，以童年视角写就的小说其实是对杨打铁童年经验的书写。杨打铁在小说里呈现的是自我童年的记忆，它构成了人生中最为真实而基本的东西，在女性对日常生活观察的眼光下，"成年人的感知范畴时不时地会掺杂着由早期经历所引发的情感。而诗人有时能够抓住这些来自过去的饱含感情的时刻。诗人的语言像家庭相册中的照片一样，可以使我们回想起失去的童真。"① 段义孚在论述空间、地方与儿童的关系时曾追问："什么是儿童世界的感情基调？什么是他对人和对地方依恋的本质？"② 然而这样的问题是难以回答的，儿童无法解释一个地方所隐含的情感，因此这些对地方的怀念富有诗意和情感的文字不会出现在儿童自身的创作中，而只能经过成人的创作才得以展现，只有作家或诗人才能够重寻少年时的美好情感。在当今全球一体化的时代，社会流动性日益加速，就个体而言，缺少童年记忆会导致精神焦虑和情感紊乱，也可称为地方缺失或离乡的焦虑。因此，童年经验对一个人的影响至关重要，对童年生活之地的追忆具有重要的道德力量与精神治病之功效。对自己童年之地的书写可以使作家再续人与地方之间的亲缘纽带。作家通过作品创构了一个童年家园以弥补其现实的缺位，也因此实现了小说主人公在精神上与地方的再次融合。

三 超越传统叙事的诗性升华

新时期以来的中国当代文学受西方后现代主义影响较多，表现出明显的后现代主义特征。这种后现代主义审美特征以对传统的反叛与超越为旨归，以冷静客观地展示人的生存状态和生命体验为追求，在创作上

---

① ［美］段义孚：《空间与地方：经验的视角》，王志标译，中国人民大学出版社2017年版，第16页。

② ［美］段义孚：《空间与地方：经验的视角》，王志标译，中国人民大学出版社2017年版，第16页。

颠覆了传统现实主义小说的叙述风格。杨打铁的小说突破了传统的叙事方式，吸收了后现代主义精神，与罗兰·巴尔特的《写作的零度》中关于"零度写作"的理论相契合，冷静、客观、精确地描述周围的现实世界，在作品中不动声色、平静而近乎淡漠地讲述平凡人物的小事情、小事件，近而展现出这些小事件背后的沉重人生。杨打铁力图探索出能够代表现代人的复杂处境和感受的小说，"从语言到架构，从字词到句段，从貌似平实简单的凝重到偶尔间禁不住的神思的小小飞翔，她的作品已经挣脱出技巧与审美的限囿，进入对存在的诗性沉思"[1]。

小说集《碎麦草》中的12篇小说，写了不同年龄、不同职业、不同性别的人的日常生活。杨打铁用冷静得近乎淡漠的语调讲述人物的故事。她的小说始终以一种超越传统的笔调缓缓铺陈开去，语调时而轻松调侃，时而幽默诙谐，时而冷静旁观，文字永远是干净简洁的。正如她在《远望博格达》里描述主人公的生活："夫妻俩尽量把小日子过得简洁明快，避免流于平俗，努力增强幽默感。"[2] 这也正是杨打铁写作的标准，把文字写得简洁明快，富有幽默感，小说也就不会流于平俗，将读者引入变幻莫测的境界中。

《远望博格达》《无人落水》《他们在阳台上》写一群青年知识分子的生活真相。杨打铁小说的人物始终在生活中体味着聚散沉浮，她用冷静的语调在梦幻与现实的错位中传达出生命的沉重感。杨打铁对文学艺术形式和表现手段不断进行探索，采用象征、意识流、黑色幽默等手法，使作品打破了时空顺序、淡化了人物形象和情节。杨打铁对文本叙事一贯追求完善，甚至达到近乎苛求的挑剔，语言始终保持空灵明净，文字张弛自如，从自我的生存体验中提炼出闪烁着个人性灵光泽的语言机制。杨打铁在散漫、随意的笔调中向读者展现了一种现代生活状态。

杨打铁小说在创作手法上力求出新，不落俗套，采用西方后现代派小说的创作技巧——碎片化的拼贴手法来揭示作品的主旨。后现代派作

---

[1] 王黔:《碎麦草·序》，载杨打铁《碎麦草》，贵州人民出版社2004年版，第3页。

[2] 杨打铁:《碎麦草》，贵州人民出版社2004年版，第55页。

家以解构的方式来反对整体性和中心主义,批判和颠覆传统的宏大叙事,倡导文本的不确定性。杨打铁用碎片式的拼贴手法构建出全新的小说模式,把一些看似无关联的话语、事件拼凑在一起,打破了传统小说的理性叙事方式,创造出多元的文本境界。

小说集《碎麦草》大量运用碎片叙事,从生活的日常琐事来展现人生的困顿与无奈。小说《短期旅行》中写"老三"被抓后,警察找"我"了解情况。写到"我"在录像厅里被警察找到时,追忆了这个外号叫"柬埔寨"的警察曾追过"我"姐姐,又写了"我"姐姐歪着脑袋看人的怪模样。小说写到"我"去找自己的女朋友肖莉,又打电话给妈,说到小时候母亲带"我"去商店买衣服,说到妈差点有个弟弟,再回到打电话上,又说到王永新在广场摆摊位。《无人落水》也同样运用了碎片化叙事。小说写主人公宝莉到游泳池游泳的情景,中间穿插着北子在医院、宝莉与北子夜晚幽会、北子老婆怀孕等小事件。这种叙事碎片在她的小说中多次插入,散落在文本的不同位置,使小说在平静的叙述中充满变异。

看似冷静的叙述背后,却是浓浓的化不开的情绪,杨打铁以极其细腻的笔调勾勒出世俗人生图像,"她的作品大体表现了现实与理想的错位而让读者从中透出了那种'沉甸甸的人生'的沉重感"[①]。小说集《碎麦草》中的小说主要是在探讨小人物的生活片断,在近似冷静的叙述中,追踪现实生存困境。打碎整体性的叙述方式,呈现碎片化的叙事,把生活的琐碎内容拼贴成一幅人生的原生态景观。《短期旅行》里的"我""老三",《桑塔·露琪亚》里吃回扣的高亚、吹牛诈骗的老费,都是一群生活在底层的小人物,他们不是宏大叙事中的英雄人物,没有英雄气概和无私的精神,解构了传统文化中的英雄形象,这些人物不再是精英立场,而是陷入萎靡的状态。小人物、小故事、小感觉构成小说的基调,从小处进入人性更隐秘的深处,构成真实的审美感觉。

杨打铁血管里流着的是布依人的血液,但命运使她一直生活在别

---

① 农文成:《报纸写作实践》,贵州民族出版社2005年版,第312页。

处，也正是这别处的生活，使杨打铁拥有在多个省份生活工作的多重人生经验，这对于少数民族女作家来说具有独具的文化优势。她不再囿于本民族的思维经验，成就了她对他民族地域书写的重要文化资源。多重人生经验构成相互交叉的文化视角，形成独特的思考空间和书写风格。在不同民族文化区域内生活，她的视野在不断变化的世界里延伸。杨打铁对东北、新疆、北京、贵州的书写，体现出不同地方不同特色，在自然景观的描写中蕴含着深层的生活经验，童年生活的东北是一派田园静感，新疆的工作生活更多的是纠葛。杨打铁的小说并没有布依族的民族特色，这与其从小没有生活在布依族聚居地，没有感受到布依族的生活状态有关。杨打铁的小说书写其童年所生活的东北地方生活，这与生活在贵州的布依族作家的创作内容有着截然不同的区别，使得她在小说创作上视野更开阔，更多地运用现代表现手法。这成就了她的小说创作，使她成为第一个以小说获得骏马奖的布依族女作家。她的小说有西北的风吹过，有东北的阳光照过，也有西南贵州的水汽氤氲，闪耀着知识女性的智慧光芒，具有现代派气质。

第二节　古典诗学意境的传承

罗莲是一位端庄静穆的布依族女子，20世纪60年代中期出生在贵州高原一个寒冷的冬天。1985年开始诗歌创作，在海内外报刊发表诗作三百余首。组诗《年年花开》和诗集《另一种禅悟》分别获第五届、第六届全国少数民族文学创作骏马奖。罗莲是一位勤奋的诗人，白天从事繁忙的工作，夜深人静的时候拿起笔写诗，经过十多年的灯下苦吟凝结成诗集《另一种禅悟》，在海内外引起强烈反响，充满了佛法哲学与禅宗的领悟精神。罗莲本人亦是一位佛教信徒，法名慧莲。寂寞清苦的生活使罗莲深深地领悟到人生真谛，她善于将中国传统文化意象作为其诗意的载体来表现富有智慧的人生顿悟，建构了一个空灵的精神境界。罗莲把诗的种子撒在时光的河流中，把对人生的禅悟写进文字里，她在红尘之外倾听命运的钟声响自彼岸。她的诗歌清新明丽、温婉质朴，并且以禅入诗、以诗喻禅，充满了佛法哲学与禅宗的领悟。

一 中华传统文化意象的生成

意象是文学理论和创作中的一个重要概念，属中国古典美学范畴。早在《周易·系辞上》的"圣人立象以尽意"便开创了意象理论的先河。"意"是思想观念，是作者的内在的精神。"象"是事物的客观形象。作为"精神"的"意"，是虚的，不易捉摸的。因此，文学作品中需要立"象"，以显示作者的"意"，即通过客观可感的"象"，让"意"得以显露。对于"意"和"象"的关系，王弼在《周易略例·明象》中有比较完整的论述："夫象者，出意者也；言者，明象者也。尽意莫若象，尽象莫若言。言生于象，故可寻言以观象；象生于意，故可寻象以观意。意以象尽，象以言著。"[①]"意象"即"意中有象，象中有意"，在王弼看来，"意"产生"象"，内在情感导致具体的物象的呈现，而具体的物象又依靠语言来表达，语言是"意"与"象"沟通融合的桥梁。"意"与"象"相互表里有机结合构成主观感情与客观物象的对立统一，这种对立统一极大地扩大了诗歌的文化张力。汉代的王充在《论衡·乱龙篇》中较早地把"意象"作为一个话语来使用，"夫画布为熊麋之象，名布为侯，礼贵意象，示义取名也"[②]。他认为，画在画布上的熊麋的物象，不仅仅是客观描画外貌样子，而是包含着画者内心的想法。人生万事，世情万变皆可化成意象。诗文作者皆可把主观感受和情致意蕴与具体的客观物象融为一体，通过有效的语言表达呈现情景交融的艺术效果。

中国古典诗词的花意象最早从《诗经》中便初见端倪。《楚辞》进一步确立了花意象的人格象征内涵，到了唐宋时期又将咏花诗词推向了极致。在中国古典诗学中，花的意象显现出深厚的文化底蕴和人

[①] （魏）王弼：《王弼集校释》，中华书局1980年版，第591页。
[②] （汉）王充：《论衡》，陈蒲清点校，岳麓书社2006年版，第209页。

格形态，展现了中国文化精神的新境界。在罗莲的诗集《另一种禅悟》中的众多意象可以归纳为植物意象和器物意象两大类。植物意象中，主要以花和菩提树为主，尤其是花的意象出现的频率最高，内涵也最丰富，构成其意象体系的主体。如，莲花、梅花、菊花、水仙、桃花、昙花等，这些意象承载了丰厚的禅宗文化内涵。可以说，对罗莲诗歌意象的解读成为理解其诗文化意蕴的关键。单从诗题上来看，《另一种禅悟》中以莲为题的有6首，以梅为题的有4首，以菊为题的有2首，另外还有写桃花、昙花、水仙、橘、草莓、樱花等的诗。可见用花的意象来表达意蕴在罗莲的诗歌中是非常普遍的现象。罗莲诗中的花意象，又常常与禅宗思想联系在一起，以表现内心的冥想和对彼岸世界的求索。

禅宗与花有着很深的因缘。中国传统文化中称花为"华"，花华不二，有许多与花有关的成语、典故、诗偈，如拈花微笑、天女散花、花开见佛行、一花一世界等。古代许多文人也是在观看花开花落的无常变化中因花悟道的。禅宗的开始也是因花而产生的。莲花在文学作品中具有其独特的意蕴。莲花，也称荷花、芙蓉、芙蕖等，是古代诗文中常见的花意象之一，历来代表着一种超脱的品格。早在《诗经》中已有莲的意象出现，在《陈风·泽陂》中"彼泽之陂，有蒲与荷。有美一人，伤如之何？"将荷花与蒲草并举，荷花喻指女子，蒲草喻指男子。《离骚》中有"制芰荷以为衣兮，集芙蓉以为裳。不吾知其亦已兮，苟余情其信芳"的诗句，诗人将荷叶制成衣当作隐士之服，寓意一种避世之志，高洁之情。莲的意象在罗莲诗歌中占有重要的地位，除诗歌以莲命名外，还有许多诗句写到莲，诗人本人亦是以莲为名，可见诗人对莲是情有独钟。在《古莲》中，诗人将莲花意象与佛教思想相连，"南飞的孔雀已经归隐/唱晚的渔舟已经过尽/道路冻僵河水冰封/采莲的人啊/为何还在歌声中唱我/我已到达彼岸/在你的歌声中不再回望/只留下残荷一叶/在尘世间听风听雨/若千年的古莲再度开花/并蒂的一朵也留在/红尘之外　喧嚣之外/我将在菩提树下/守侯千年/等待与一只绽开的佛手/并结连理"①。莲花是中国传统文化中重要的意象,莲花意象是高贵、圣洁的象征。彼岸是一个美妙的世界,而"渡达"就是从此岸到彼岸、从尘世到净界的过程,恰似莲花从淤泥而生终去尽污染而至洁净。

在中国传统文化中,梅是重要的审美意象,有着丰富的文学和文化内涵。梅花总是在一年四季最寒冷的日子开花,具有傲雪抗寒的坚韧精神,同时又具有孤高亮洁、不同流合污的品格,预告着春的气息。古典诗文对梅花的吟咏屡见不鲜,有的体现清冷孤傲的品格,有的表达离别相思之苦。元朝诗人翁森有"数点梅花天地心"的诗句,数点梅花即有孕育天地万物之心。王维的《杂诗》云:"君自故乡来,应知故乡事。来日绮窗前,寒梅著花未。"王维把心中对故乡的关怀之意寄托于梅花。元代有个比丘尼,法名妙湛,写过一首诗:"终日寻春不见春,芒鞋踏破岭头云;归来笑捻梅花嗅,春在枝头已十分。"这首诗写了比丘尼看到梅花后悟道的情形。梅也是罗莲诗歌中一个重要的意象。梅是高洁品格的象征,罗莲将傲雪独放的梅花作为意象之一写进诗里,并不是率性而为,她赋予梅以新的意蕴,既体现了对梅意象传统内涵的继承,又呈现出独特之处。在《古典梅花》中,罗莲笔下的梅有着冰清玉洁的朴素之美,"梅是你一生的依赖/几点朴素的情感/三分玉雕的寒冷""冰清玉洁尽是古典的美人"②,这与中国传统文化中梅所蕴含的品格一致。罗莲诗中梅也有别样的情怀,寄寓着相聚和回乡之情,"一次回乡的旅程/远方的浪子在梅香中团聚""穿过一生的荒凉与梅相遇"③,罗莲对梅意象的运用,又与以往诗词中表现离别之意不同,她执意于表现与梅相遇的那一刻"暖意布满终生"的心情,可见罗莲的匠心独具。在罗莲的诗中,梅的意象还具有浓厚的象征意味。在《梅·之二》中"打开你是一道门/天堂不远,就在花瓣那边/选最近的一朵/取梅香为径/走一世不

---

① 罗莲:《另一种禅悟》,贵州民族出版社1998年版,第25页。
② 罗莲:《另一种禅悟》,贵州民族出版社1998年版,第54—55页。
③ 罗莲:《另一种禅悟》,贵州民族出版社1998年版,第55页。

行/要走三生"①，梅花是天堂的所在，梅香成为通向天堂的路径，哪怕走完今世与来生也要勇敢地达到彼岸。在《梅·之一》中"将梅花的一瓣给我/让我毕生倾听冰清玉洁/如果梅花不痛/腐烂的必是坚冰与石头"②，诗人将梅花无与伦比的坚强品格夸扬到了极致。在梅花面前，坚冰与石头都将腐烂，这是何等的坚强。罗莲诗歌对花意象的运用更加灵活和丰富，使花意象折射出独特的人文意义和文化内涵。

二 禅宗的空灵意蕴

禅宗始创于唐初的慧能，禅宗美学是中国古代美学思想的重要组成部分。禅是一种审美的人生境界，强调直觉的超功利的顿悟思维，是禅与诗的共同之处。禅与诗都需要敏锐的内心体验，都追求言外之意，因而在中国古典文学中，禅与诗是双向沟通和渗透的。"顿悟"作为佛家特别是禅宗的一个重要范畴，强调的是一种不立文字的直觉式思维，东晋的僧肇在《涅槃·无名论》里说："玄道在于妙悟，妙悟在于即真"，"妙悟"即"顿悟"是强调个人内心一刹那悟得佛性的参禅法。在禅宗看来，修佛的过程即是在一瞬间引发禅机，豁然开朗，突然了悟。随着佛教的传入与发展，"顿悟"深深地影响传统文人的深层心理结构，"顿悟"说也渐渐被中国的美学理论所吸收和融化，成为中国美学史上一个具有极高价值和生命力的美学命题。在诗论中，南宋的严羽亦有"诗道亦在妙悟"之说，即提倡直觉体验的审美观照。"妙悟"（"顿悟"）作为传统文化的一种重要的审美体验方式，在历代文人的文学审美活动中都产生了重要影响。事实上，作为禅宗的核心概念之一的"悟"，在很多方面影响了古代至今的诗歌创作。严羽在《沧浪诗话》中说："大抵禅道惟在妙悟，诗道亦在妙悟。"这一以禅喻诗的理论准确地揭示出了禅与诗的共同之处在于"悟"。

罗莲是受佛禅影响的布依族女诗人，她常常在佛禅文化中寻找自己

---

① 罗莲：《另一种禅悟》，贵州民族出版社1998年版，第36页。
② 罗莲：《另一种禅悟》，贵州民族出版社1998年版，第35页。

的体悟，将佛家的"妙悟"融入诗歌创作中，体现了其诗深远的审美意蕴，有一种轻逸灵动的美感，恰似"佛祖拈花，迦叶微笑"。罗莲的诗将古典气韵融进文字中，淡若轻烟、柔若细水的风格，源自传统文化的浸染。气韵，是中国古典诗词的审美品格。罗莲诗的古典意象构成古典气韵，是对古典美学传统的继承，在诗歌语言、意象的选取上都体现了古典气韵，褪尽铅华，显出生命的本色，简淡的语言中有着绵长的情感，这种气韵与"禅悟"入诗有着直接的关系。具体来说，"禅悟"就是一种非理性、直觉的思维方式，其无意识的心理的体验与"诗悟"有许多相似之处，因而对禅的参悟也能够启发诗人的诗之"悟"。审美顿悟和参禅顿悟有极其相似之处，都对客体外观的感性观照即刻、迅速地领悟到某中内在的意蕴和情感的活动。罗莲在诗歌中营构了空灵静寂的禅宗式的意境，在喧闹不安的尘世，诗人用"另一双眼睛"看清"昏暗的思想"，最终"静坐入禅"，达到超脱尘灵、物心交融的境界。禅悟体验要求主体以空灵之心审视审美对象，形成水月相望的直觉意境。"空灵指飘逸生动、不染俗尘、灵趣十足、富有禅意的艺术境界和意象美感特征。"[1] 在《彼岸已是落英缤纷》中，"经年的尘雾缠绕我们太久/当你放下旧事回眸一望/彼岸已是落英缤纷"[2]，印出罗莲对生命的禅性体验和对诗歌的深度追求。她吟咏的是千帆过尽后的一种生命之态，一种物我两相忘的空灵境界。禅宗强调事物皆有佛理，众生皆有佛性，即在禅宗看来，平常心、平常事物皆具佛性，因此众生皆能顿悟成佛。参禅悟道强调佛性在日常生活当下环境中的偶然生发，是受某一机缘的触发而豁然觉悟。诗人因"刹那间醍醐灌顶"之顿悟而诗情大发，变成"手持经卷口吐莲花的哲人"，诗人内心在一刹那悟得佛性。

罗莲在寻求佛法的路上，与诗神相遇，在佛祖与诗神的护佑下，深入人间万象采撷般若之花，书写哲性之思。"在静虑的状态中，那些唤醒人间纯情、人性纯净的旋律，在似乎已被淡忘的意识深处一圈圈扩

---

[1] 朱立元：《美学大辞典》，上海辞书出版社2014年版，第204页。
[2] 罗莲：《另一种禅悟》，贵州民族出版社1998年版，第6页。

大，推衍着我的一生。"① 罗莲的诗浸润着中国古典诗词的婉约诗风，又向着生命与历史的哲性高度发展，她的诗传承了中华古典美学和传统诗学意境，在佛教思想里获得精神滋养。《古莲》《再唱莲花》等诗体现了诗人对佛理的参悟与表达。"古莲""菩提树"等佛家意象，抒发了诗人对生命和人生的思考。菩提树的梵语原名为"毕钵罗树"，因佛教的创始人释迦牟尼在菩提树下悟道，才得名为菩提树，"菩提"意为"觉悟"。佛教一直都视菩提树为圣树，在佛教界被公认为"大彻大悟"的象征。"神灵感召的歌声如风飞扬／我凝目捧出唯一的种子供奉净界／合十的手势如莲开放。"②（《最后的园邸》）"黑瓷打开了我们的天目／在子夜／黑瓷是我的另一双眼睛／静坐入禅目光内视／用淳淳的光泽／疏通沉睡的纹理／清晰的脉络照亮昏暗的思想／一切的过程与结局／在苍古幽玄中显现真象。"③（《黑瓷打开了我们的天目》）在这里，意象组合展示了诗人内心的禅境，传达了一种走出红尘，渡往精神彼岸的向往。其诗歌具有一种清莲出水般的气质。

罗莲诗歌的空灵境界不仅来源于对佛法的追寻，与云贵高原那特异的文化氛围有关，那些寂寞的夜晚营造了罗莲写诗的心境，那些奇谲的想象和哲性的思考就在高原寂静的夜空下呼之而出。罗莲诗歌中大量运用花的意象，并通过花的意象的运用表达一种禅悟的境界，体现出天人合一的思想。她将自我融入自然生活，并把自然生活看作一种境界。这是一种人与自然的和谐统一，代表一种对自然的崇尚，超脱尘灵，物心交融的境界。

第三节 生命意识与布依族精神的张扬

布依族女诗人张顺琼原名张晓琴，笔名白雪，贵州安顺人。1991

---

① 罗莲：《拈花一笑·代后记》，载罗莲《另一种禅悟》，贵州民族出版社1998年版，第134页。
② 罗莲：《另一种禅悟》，贵州民族出版社1998年版，第67页。
③ 罗莲：《另一种禅悟》，贵州民族出版社1998年版，第107页。

年开始发表作品。1998年加入中国作家协会。著有散文诗集《月恋》、诗集《绿梦》《古井》等。张顺琼是活跃在贵州诗坛上一位重要的少数民族女诗人,她的诗歌充满了忧郁与抗争的意境之美,是一种不屈不挠的精进之美。无论在世事抑或内心情感方面,都表现了她着实的勇气。张顺琼诗歌创作的内涵是多层次的,有对时代的强烈呼唤,也有对社会现实的真切认知,有对个人经验的切身体察,更有对人生价值的深切感悟;诗歌形式是多样的,有现代诗,有散文诗,也有古体诗。她把写诗看成是生活中不可缺少的内容,创作了大量感情细腻、风格清新,且颇具现代意识的诗作。诗集《绿梦》获全国第四届少数民族文学创作奖。《绿梦》是一部具有浓郁的民族文化气息而又富有现代人文关怀的诗集。这是一个布依族女性站在时代的高度回望这块曾经给她以乳液滋养的土地。对于家乡、对于民族、对于文化、对于历史、对于人生,她用忧郁深情的笔触和睿智的思索展示了一个女人的心路历程。

一 对生命坎坷的深切体验

张顺琼的父母在她不满周岁时就去了台湾,于是把她交给奶奶抚养,这给她带来的是一个苦涩的童年。失去父母的爱护使童年的张顺琼产生了强烈的自卑感,内心深处埋藏着不为人知的寂寞与苦难。正是这种寂寞与苦难的生活,使她退回到内心深处,她的内心活动十分丰富,想象力奇特,在大自然的怀抱中幻想自己是一只美丽的风筝,自由自在地飞翔。这样的想象使她具有诗人的气质与灵性。此后多年,她做过钳工、车工、机修、车间主任,经历过失业和个人情感生活的波折,生活给了她太多的磨难,这生活的磨难正是她写作的源泉。她被诗神缪斯之箭射中,诗是她痛苦中的慰藉,诗歌创作不再是愁闷中的宣泄,而是一种理想和追求。一步入诗坛,张顺琼便显示出独具特色的艺术风格,既能适应诗歌艺术革新的潮流,也能自觉地追求审美特征的个性化方式,既有内在的民族特质又有强烈的女性意识。张顺琼的诗歌重视对人的心灵,人的生命的探索。

张顺琼用她的人生经验养育诗心,在悠长的岁月里写就了一首首生命之歌。她的诗集《绿梦》浸透了生命的真情,可以说是诗人人生体验的全面写照。在这本诗集中可见诗人坎坷的经历,"有了眼泪也哭不出来的风风雨雨",她说:"我因不幸而成为诗人。"对于一个作家来说,童年体验无疑是人生体验中最为重要的部分,这部诗集也向读者展示了她童年的心路历程,是她童年成长经历的回望。深挚的情感浸透了字里行间,让她的诗充溢着一种忧伤。读着诗人深沉而忧伤的文字,仿佛看到一名乐手在深夜无人的大街上吹奏萨克斯。这是一种浓得化不开的情感。"我要把人世间的寒流逼退/我要把心灵中的阴影驱开/我要将生命铸成人字/书/写/现实、过去和未来。"①(《我是一根小小的火柴》)她心灵的忧伤和坎坷的经历,给了诗人独具特色的艺术视角和观察人生的窗口。通过这个特殊的窗口去探索人生,探索世界,检验自己存在的价值。她通过她的诗努力实现自我的人生价值,展示可贵的人生体验,从自身的情感体验出发,去审视人生,审视命运。

张顺琼的诗情是丰盈而富于变化的,尽管字里行间透露着忧伤的气息,但是仍可见一个女性坚贞的勇气。诗人在描写爱情的诗里较少表现思念的落寞和惆怅,而是写出一个敢恨敢爱的女性心灵,表现了一个女性独立自强的爱情观。"不求太阳这面铜鼓敲响千山万岭/不求月亮那面银锣笑吻高岗谷地/只求,一颗赤诚的心跳跃胸膛/就承受得起/怒吼和狂涛一起澎湃。"②(《月夜幽思》)从这些诗句中读到了女性的自立自强以及情感上的清醒和冷静,这是一个女人生命中的宽宏境界。"我的爱是千年不谢的花期/要在无瑕的白纸写满华丽清贫"③(《不要问我》)这样的爱情宣言,既体现了抒情主人公对爱的执着与坚守,也写出了在爱情里同甘共苦的美好品质。张顺琼的诗往往是她心灵的象征,是一种纯主观的生命和情感体验的表现,读起来既有深情伤感又有情思

---

① 张顺琼:《绿梦》,贵州民族出版社1991年版,第106页。
② 张顺琼:《绿梦》,贵州民族出版社1991年版,第4页。
③ 张顺琼:《绿梦》,贵州民族出版社1991年版,第3页。

婉转的特点。"不忍听你/含泪带笑的一声再见/不忍看你/近了又远去的身影/只想悄悄/悄悄地给你一份温存/连天空/连大地。"①（《别》）诗中的音律婉转圆美，在情感表达上可以感受到诗人深沉的思念，然而这份思念并没有局限于狭小的空间，而是有着天空大地般的胸怀。

张顺琼的诗对时间、记忆有着独特的感悟。生命是在时光中感受到的存在，只有当我们回首往事，才能感受到生命的轨迹，才能感受到自己存在的印迹以及意义。"久久地/久久地我不敢相信/那一堆的日子/带着迷惘、忧伤之后的平静/默不作声/走完记忆的幽径/披着一个/汗淋淋的黎明。"②（《黄昏思绪》）过往的记忆是忧伤与迷惘的，然而走过这些忧伤的记忆之后，留下的是平静的黎明。没有昨天这样的时间积累，就不会有今天的感受，今天的感受已经不再重复昨天的历史，生命的坎坷在时间的长河中慢慢淡化，起起落落是人生的常态，何必执着于昨天的不幸，而要向着未来的黎明看齐。张顺琼对时间的感受是非常私人化的，是任何人都不能取代的，她不像罗莲诗歌中的"我"具有广延性。罗莲诗中的"我"所感受到的时间是一种永恒之时间，是佛国的此岸与彼岸的追寻，因而她诗中静态的时间观使人感到的是一种幸福，是对彼岸美妙天堂的追寻。张顺琼诗中动态的时间观呈现出悲剧的形态，时间的流逝让人感受到生命的忧伤，而这种忧伤，是很多具有生命意识的人的普遍感受。张顺琼的诗偏重于感情和情绪的表达，更强调"我"这个抒情主人公的个体化的感受。

二 对布依族精神的观照

当代少数民族女作家的写作表现出既认同中华民族又凸显少数民族特色的双重特性。张顺琼坎坷的人生经历使她更具有一种人生的深刻体验，她的创作除了对个人心灵世界的诉说之外，更将"自我"融入对布依族历史、文化和对家乡的浓郁的情感之中，用她生命本原中蕴藏的

---

① 张顺琼：《绿梦》，贵州民族出版社1991年版，第37页。
② 张顺琼：《绿梦》，贵州民族出版社1991年版，第63页。

丰富的独特的诗歌创造力,凝视这片曾经养育她的土地。诗集《绿梦》的第四辑"高原的诗·高原的梦"具有高原生活气息和布依族的风情,渗透着张顺琼的布依族民族气质和民族精神。诗人对古老文化,对布依族命运进行思索,她的诗歌更是对布依族文化、精神的观照。"高原的形象,是山的形象/高原的山民像远古的太阳/远古的太阳在高原闪着金光/重现过去,像梦一样。"①(《赶山》)"山""远古的太阳"是高原的意象,也是布依族精神的象征,山是雄伟高大屹立不倒的,远古的太阳也是自远古至今一直存在的,表现了布依族历史从过去到现在的绵延之久。高原丰富多样的地貌和风景成为张顺琼诗歌观照的对象,在这片土地上有巍峨的群山,有雄浑的瀑布,有潺潺的小溪,诗人用饱含深情的语言抒发对高原的咏叹。在高原上,高原的山、太阳及其他意象,是呈给读者最直观最突出的意象。布依人所生活的贵州高原有着良好的自然生态,孕育着布依人恬淡的心情。高原的小溪像铮铮的琴弦,弹拨着布依人的爱恋,凤尾竹下坐着的一帮小伙,正听爷爷讲述一个个美丽的传说,星星和银河也淌着蜜一样的诗句,张顺琼在温情的诉说中,在"小溪""凤尾竹""星星"等意象中跳跃着深沉的情感。

相对于抒写个人体验的诗歌的伤感氛围,张顺琼对咏叹高原的布依人美好生活的诗句显得更加淡然静谧。"我家住在山窝窝/门前有条清清的河/河边有古老的石磨/河里有万年的思索/每当鸡鸣挑开祖母的双眼/小河就咿咿呀呀、咿咿呀呀/推起古老的石磨。"②(《我家住在山窝窝》)这里是养育过她的神奇的土地,有着壮美的风景,诗人以一种细腻和诚挚审视着这片土地和土地上的人们。张顺琼对质朴雄浑的高原大地,对神秘伟岸的布依族精神,投以真挚的爱和敬意,开掘布依族精神的文化积淀。"我荣幸,我是山之骄子/从诞生的那一天起/我就和山一样成熟/成熟的孩子只接受大山的抚爱/融进大山却不曾被/大山

---

① 张顺琼:《绿梦》,贵州民族出版社1991年版,第120页。
② 张顺琼:《绿梦》,贵州民族出版社1991年版,第95页。

征服。"①（《高原的诗，高原的梦》）这首诗所表述的是布依人坚韧无畏的精神，有着大山一样的胸怀和不容易被征服的坚韧精神。对于布依族诗人而言，张顺琼将布依人的精神和灵魂具象化在高原的壮丽山河之中。山野的新绿、门前的小河、门后的大山、天边的云霞都富含着民族精神的凝重神秘感。千百年的土地上，温柔里夹着雄风，热烈中透着思情，无边的丛林挺拔，路就在开拓者脚下。在极富特征的自然意象中抒发对民族和家乡的情感。"美丽的山林我的家/山山岭岭杜鹃花/白日，摇曳着山乡的丰硕/夜晚，斜插在故乡的鬓发。"②（《美丽的山林我的家》）杜鹃花是高原常见的植物，通过对杜鹃花的描写，传达委婉、细腻、温馨的情绪。在描写高原的诗句中，张顺琼已经站在时代的高度来思考问题，而不再拘囿于个人的生命体验，以一种独立的灵魂去观照客观世界。

张顺琼在诗歌创作中既有对自身内心世界的自审意识，也有对布依族民族精神的深入开掘，在那些极具布依族生活特征的山水中，激发出具有独特的布依族情感体验的抒情意象，张顺琼以她特有的内敛和自省意识，创造出一个深情而委婉的诗歌艺术世界。她将自我意识附丽于高原背景之中，通过两者完美的结合表达对布依族民族精神的感悟与认识。张顺琼的诗歌表现了勤劳善良、敢于抗争的布依族精神。"我饮过风 饮过雨/饮过长叹 饮过悲戚/满腹酸辛/倾斜着 山民缓慢的过程。"③（《我是高原》）"我"是高原，"我"所经历的风雨如同高原经历的风雨，都是一个成长的过程。在张顺琼的诗歌中有强烈的自我意识，植根于本民族文化的土壤，在时间和空间中展现一种深沉的生命意识。

当然，张顺琼的诗歌在形式上也有不足之处，大量的排比运用显得有些重复。如，在《我家住在山窝窝》中，两段诗开头的第一句都是

---

① 张顺琼：《绿梦》，贵州民族出版社1991年版，第88页。
② 张顺琼：《绿梦》，贵州民族出版社1991年版，第100页。
③ 张顺琼：《绿梦》，贵州民族出版社1991年版，第117页。

"我家住在山窝窝";在《远方远方飘来的雨》中,两段诗四次出现了"远方远方飘来的雨";在《春天向我走来》中,前两段开头两句都是"春,远远地/远远地向我走来";在《迷路鸟》中,后两段开头都是"啊!迷路鸟,迷路鸟"。类似这种语言表述在诗集《绿梦》中还有很多,给人一种重复拖沓的感觉,有损诗蕴的深入呈现。诗歌语言锤炼还不够,刻意去追求押韵,显得诗歌的意蕴和灵动性不够,有过于机械的刻板之感。尽管张顺琼诗歌中有些许不足,但她对人生体验和本民族精神的观照和领悟,使她的诗歌仍然不失为一种美的创造,表现了一位布依族女作家对家乡的爱恋之情。

第六章　彝族女性文学的诗性传统与女性意识

——以获骏马奖的彝族女作家作品为例

彝族具有两千多年的历史文化传统。悠久的历史为彝族带来了丰厚的文化韵味和文学积淀，彝族具有自己民族语言文字和文学传承的民族。在氤氲神秘的西南山地之间，孕育了彝族丰富多样的故事传说，这类民间文学通过口耳相传的口传文学构成了彝族文学的初始文学形态。历经时光的流转，逐渐形成了以诗歌为主要表现形式的文学意识的觉醒。彝族是一个诗的民族，其历史的文化传承基本是靠诗歌，特别是五言诗完成的。魏晋南北朝时期便有彝族女性文论家阿买妮以彝族文字所著成的文学理论著作《彝语诗律论》，构建了彝族古代诗歌文论的基础。后还有晚清彝族女诗人安履贞（1842—1880年），著有《园灵阁遗草》行世，开辟了彝族女性文学诗歌创作的先河。

但历史上彝族文学发展并不十足充分，口耳相传的民间文学是彝族文学的主体。歌谣、神话、传说、英雄史诗构成了彝族口传文学主要内容，其口传过程中逐渐融入的多义性解读和发散性想象，奠定了彝族文学的想象底色以及浪漫的叙事性架构。彝族的社会历史进程有个非常鲜明的特点，就是奴隶制社会历史特别漫长，大约经历了两千年的时间。彝族文学大部分是这一时期的产物，英雄传说、英雄史诗和彝文典籍等文学上的辉煌成就也是在这一时期内取得的，当然也就不可避免地打上了这一时期的印记。这些文字最终由彝族封建社会中极具权威和智慧的毕摩（祭司）记录下来，形成了严谨诗性和浪漫想象纠缠相生的彝族文学风格。

　　漫长的奴隶制度并没有影响彝族文学的现代性进程。彝族现当代文学深受现代性的启蒙，五四运动前后，在中国新文学运动的影响下，开始出现一些彝族新文学作家李乔、普梅夫、李纳等，他们的作品既有与生俱来鲜明的彝族特质，还因接受了新的思想、新式教育，明显地打上了现代性的烙印。其中最有代表性的是李乔的长篇小说《欢笑的金沙江》三部曲，以及《破晓的山野》《未完的梦》等作品，反映了彝族地区1949年后发生的翻天覆地的变化，反映了在共产党领导下，彝族人民的觉醒。还有女作家李纳，同李乔一样深受我国中华传统文化的哺育，深受解放区革命文化的熏陶，她的长篇小说《刺绣者的花》和中短篇小说集《明净的水》，使用云南地道的清新流畅的乡土语言，描绘出一幅幅云南农村城镇的风俗画，塑造了一批完全新型的农村人物形象。

　　新时期以来，随着社会的进步和文学的发展，彝族文学在党的引领下迎来了创作的丰收期，彝族文学不断推陈出新，而彝族女性文学也焕发了更多的生机，创作出了许多有一定水平的文学作品，斩获了国内一系列奖项。在享誉少数民族文学界的文学奖项骏马奖中也出现了彝族女作家的身影，如女作家阿蕾就以彝文小说集《根与花》和汉文小说集《嫂子》分别获得了第二届和第六届骏马奖的中短篇小说集奖，学者黄玲以《高原女性的精神咏叹》获得了第九届骏马奖的理论、评论集奖项，女诗人鲁娟以诗集《好时光》获得了第十一届骏马奖的诗歌奖；女作家冯良凭借《西南边》、打工作家阿微木依萝凭借《檐上的月亮》分别获得第十二届骏马奖的长篇小说奖和散文集奖。这些奖项的获得表明了彝族女性创作实力以及她们所受到的肯定。由于本章主要考察的是彝族女性的文学创作，因此黄玲的评论集《高原女性的精神咏叹》便暂不纳入考察的范围。在经过对获骏马奖的彝族女作家的作品阅读和分析可发现，彝族女性创作中隐含着多重性的内涵，呈现着彝族民族性、现代性和女性主体性等多种取向的冲抵和相生。

第一节 彝族诗性传统的坚守和重塑

彝族文学的一个重要源头，是诗歌。彝族古代文学主要表现形式是神话、史诗和民间故事。在某种程度上，"建国以前的彝族文学史，基本上是一部民间文学史"①。从最早文字未曾出现时，彝族通过口耳相传的民间故事来传承民族文化和精神，史诗是传承这些民间故事的重要载体，彝族的史诗也如同其他少数民族一样，记载天地起源、古老的传说、民族战争、英雄传奇等宏大叙事，其内容也伴随民族历史生长而拓展和延长，在传播过程中可以不断地被充实和加工，是先民们集体创作的产物。彝族的史诗当中，创世传说有着重要的地位，流传于云南的《查姆》就被视为彝族历史来源的一个重要解读范本，它生动形象地展现了彝族先祖所理解的万物起源。除此之外，彝族的民间叙事诗是继史诗之后体例和表达手法更为成熟的一种民族文学形式，叙事诗多来源于彝族的日常生活，因体例较小，内容更为简单，易于创作和传播而受到彝族人民的欢迎，也因此更加深入地浸透在彝族日常的方方面面。彝族叙事诗多取材于家庭爱情悲剧，反映人们社会生活的现实状况。由于创作实践的可行性较高，在艺术形式上为彝族文学带来了更多可借鉴的可能性，如至今广为传播的《阿诗玛》就是彝族叙事诗的一个成功范本，其他如《勒俄特依》《支格阿龙》等表现的都是民族生活的内容，这些叙事诗语言委婉含蓄，叙事形式质朴纯真，为后来的彝族文学打下了重要的基础。彝族这种以民间史诗和故事为源头的文学历史，使得彝族文学呈现了彝族文化传统和社会现实紧密相连的创作表征。

彝族文学发源于口传民间诗歌，其早期文学书面记载和流传，也主要是通过诗歌来进行的。彝族文学的这种诗化的书面记载，最早来源于彝族的"毕摩文学"。"毕摩"是古代彝族的祭司，在古代彝族社会

---

① 沙马拉毅主编：《彝族文学概论》，山西教育出版社2004年版，第22页。

"兹"（君主）、"莫"（长老）、"摩"（毕摩）三权鼎力的统治系统中，毕摩是彝族的神权统治者。"毕摩"作为彝族精神文化的代表，深度参与着彝族社会生活，如婚丧嫁娶生老病死的方方面面，也掌握了彝族大多数的文化资源，"毕摩文学"就是"毕摩"们在各类仪式中所创作并演唱的表现毕摩审美艺术情趣，反映彝族审美特性的一种文学形式，内容主要为神话传说、历史故事、英雄故事、生产经验、风俗习惯等。毕摩文学最终通过各类流传的经书传承下来，这些经文大多是诗歌体裁，有一定的音韵规律，多为五言诗歌，也有七言、九言、十一言等，语言精练朴素、内容丰富感人。因此沙马拉毅在《彝族文学概论》中认为："彝族是一个诗的民族，甚至连历史文献、宗教祭祀的经书都用诗的形式来记载，而且是五言诗。"①

彝族的这种诗歌传统不仅仅表现在创作上，还表现在诗歌理论研究中。这种深度不仅仅是彝族自身的文化特性使然，也与彝族的杂居历史有关，早在先民时代，彝族就有着与其他民族杂居交流的历史存在，彝族在中华民族的历史上从来不是封闭而独立存在的，彝族的历史也与汉族乃至其他少数民族有着或深或浅的关联，其中一个重要体现就是彝族书面记录的诗歌研究理论。对于整个中国来说，诗歌的发展到南北朝乃至隋唐的时候就已经非常兴盛，在诗歌创作的繁荣期，诗歌创作的审美理论也随之兴盛。彝族也跟随时代的脚步，产生了具有族别特质的彝族诗论。虽然诗论的源头难以考证和确定，但在南北朝时期，彝族诗论就已经十分成熟，完全可以和汉族的诗论相媲美，代表人物就是举奢哲和阿买妮。举奢哲是南北朝时期的诗论家，其作《彝族诗文论》谈论了诗歌的功能和内容等相关问题，还谈及了写史和作诗的区别，诗歌和故事的特征等，其文论中初见对于历史真实与艺术真实的探索，体现了彝族不仅仅有观察和总结形而下的能力，还有深入挖掘形而上的深度。可与举奢哲齐名的是另一位女性彝族文论家阿买妮，其著《彝族诗律论》是一部全面论述彝族诗学理论的论著，论著中对诗歌的创作提出了一系

---

① 沙马拉毅主编：《彝族文学概论》，山西教育出版社2004年版，第207页。

列重要原则，对彝族文化的发展产生了巨大影响，被彝人尊为传播知识和文化的女神。由此可见彝族文学中女性所创造的巨大贡献和所处的重要地位。

前人留下丰富的史诗、传说、经文和诗歌成为彝族文学宝贵的文学财富。彝族文学的风骨是诗歌塑造的，时代更迭，这种诗性却未曾被消磨，而是被长久地留存在了彝族文学书写的字句之间。彝族文学虽然接受了时代的变革和新式文学形式的塑造，接受了现代性，但骨血之中留下的诗性追求仍是他们所坚持的。彝族女作家获骏马奖的七部作品中就有两部诗集，说明了彝族诗性对于文人观念的根植。

此外，彝族地处西南山地，山峦起伏，沟壑纵横，自然景色雄浑粗犷而又绚丽多姿。但作为彝族生息繁衍之地，其山高水冷，风劲地寒，又十分险峻，与水网交错的平原相比，显然要艰苦得多。复杂多变的自然景观催生了彝族神秘多样的人文景观，孕育了彝族丰富而神秘的文化习俗。这种层峦叠嶂、关山阻隔的地理环境，也让彝族形成了一种与世隔绝或半隔绝的文化状态。在这种封闭或半封闭的地理环境下形成的彝族文化，是一种较为内向性的文化系统，有时甚至形成了一套难以为外界所理解的文化密码，只有彝族内部群体才能更加深刻地体会和认同。在这种环境中，彝族虽然同别的兄弟民族相互交错杂处，但也是处在一种形态相去不远的文化阻隔与渗透之中，这种封闭的文化体系虽在对外传播上有一定的困扰，但另一方面也加深了彝族群体内部的紧密和认同。由于地理的复杂性和封闭性，彝族的文化基本上还处于原始崇拜的阶段，自然崇拜、图腾崇拜、祖先崇拜和万物有灵的观念普遍存在于彝族社会当中，对万物的崇拜产出了浩如烟海的故事传说，也产生了各式各样的仪式和节庆活动，如彝族就有对火的崇拜，彝族最隆重的火把节便是火崇拜的产物。彝族仍然通过祭司"毕摩"、巫师"苏尼"占卜问卦，向天地神灵祈求安顺幸福，在这种原始崇拜的背景之下，便出现了丰富的民俗仪式，民俗仪式又形成了以吟诵对唱的诗歌体为主要形式的彝族文化和文学体裁，如"毕摩文学""克智""比尔"等。彝族的这种地理特质和文化特质对彝族文学风格的塑造有着非常重要的影响。这些都在彝族女性的书写中有充分的反映。

　　彝族女诗人禄琴的诗歌中可以非常明显地看到这种彝族诗性的追索和文化传统的坚守，获奖诗集《面向阳光》的第一辑，以"彝人梦歌"为主题，该辑 21 首诗歌，皆与彝族相关，集结了禄琴对彝族文化历史的所思所想，书写了禄琴对于彝地人事的情与感，既体现了禄琴对彝地深刻的感情，也明确体现了她对彝族文化的自觉承续：

　　　　这片土地
　　　　拥有广袤的草坪
　　　　这里生长彝人的梦歌
　　　　袅袅的谣曲
　　　　是圣洁的鹰翅
　　　　我们的民族自深山
　　　　　　那条河流中
　　　　如鱼般游来
　　　　视水为生命的彝人
　　　　便如水般清澈

　　在禄琴的诗歌中，可以深切地感受到，禄琴从不以旁观者的心态来记叙，而自觉地以主体身份参与对彝族文化的体认中去，这一切源于禄琴对彝乡故土的眷恋，也是源于禄琴对于彝族文化浓浓的热爱，禄琴自觉地将这种热爱通过诗歌创作转化为一种外向性的文化输出，禄琴不仅探寻到了民族的本源所在，更是在这种文化的溯源中发现了生命的更深层次的意义，就是将民族文化根源连接到个体的生命路径中，让个体的书写参与到彝族进化的历程中去，使得民族的文化生命通过个体的书写得以传承，丰富和完善民族的存在。同时在感受和书写中，个人的生命得到了彝族文化的反哺，变得更加充实和丰盈，生命的意义由此得到无限的延续和升华，进入一种理想化的诗意境界："那些纷至沓来的歌谣，成为这片土地对生命梦幻的向往。在这些歌里，我听到了彝人对美好生活的追求,听到了一种对生命的永恒的渴望,我想,这肯定是彝人的梦歌。"①

对于刻在骨血之中的彝族诗性,禄琴在诗《致阿买妮》中表达了自己的见解和感受:

  我听到自己的血液在脚下的土地
    热烈地流动
  感觉你的脉搏正虔诚地跳动
  我轻轻地感叹
  彝人 这个用诗来思维的民族哟②

禄琴在诗集中开宗明义指出了彝族的诗性风骨的根源,源于对阿买妮这样伟大的彝族诗歌先贤所传递的诗歌骨血,以及自己对这种彝族诗性的自觉承续。同为女性的文学书写,让禄琴得以更为深切地与这位彝族女性文学的先祖阿买妮产生跨越时空的文学共情和感情共振,诗情勾连起历史、民族、文化与性别,在寥寥几语之间刻画出了自己对彝族历史记忆的深刻追求。诗性可以说是彝族文学的血脉之所在,这种血脉之中的认同感深植于禄琴的心性之中,成为她文学上最大的追索。

相较于禄琴的诗歌对民族精神的感悟和传承,同为彝族的另一位八零后女诗人鲁娟,倾向于用一种更为现代的诗歌形式,以精妙而复杂的文化意象去复现彝族的历史文化传统,并借此展现对民族文化的思考和探析,鲁娟常常在叙写现代生活的诗歌里,穿插各类民族意象和名词,如《赶集日》中:

  让我也穿梭于这人声鼎沸的街子
  混迹于擦尔瓦和花头巾当中

---

① 禄琴:《面向阳光》,贵州民族出版社1996年版,第8页。
② 禄琴:《面向阳光》,贵州民族出版社1996年版,第18—19页。

假装许多年不曾离去
我要回应左右山头亲戚的问候
还要跟随记忆里的酒鬼
——找回那些失散多年的辞藻①

从古代延续到现代社会的赶集习俗中，鲁娟有意捕捉了擦尔瓦等彝族元素，让彝族意象和现代场景交错穿插，体现了鲁娟诗歌内涵多元性，但也更深层地证明了从未曾在鲁娟心中消逝的彝族文化根脉。鲁娟的诗歌创作虽然借鉴了西方现代性的创作手法，但能明显感觉到的是，鲁娟自身的彝族族性从来未曾抽身离去，而是忽隐忽现地出现在鲁娟诗歌的精神之中，鲁娟借彝族意象和风情营造出彝族文化传统的大背景，让她诗歌的灵魂在现代性的新潮之中更添加一种文化的厚重感，体现出了鲁娟的彝族文化归属感和自觉的彝族文化传承使命感。这一点在《解咒十四行》中有着更为醒目的体现，在《解咒十四行》中，鲁娟展现了其对民族历史的另外一种记录和传承：

从开始一直走下去
或许依旧黑夜漫漫怪兽密布
依旧遇见迷途的獐子
可你终将完成艰难的蜕变
先祖将认得你
你最终抵达火，光明无限的火之源地②

彝族有崇拜火的历史，鲁娟在《解咒十四行》中用了大量的火以及彝族民俗仪式的相关意象，营造了一种飘忽不定的如燃烧的火焰一样激情、神秘和深邃的色调，遣以类似毕摩经文中吟咏性的句子，复现了

---

① 鲁娟：《好时光》，四川文艺出版社2013年版，第32页。
② 鲁娟：《好时光》，四川文艺出版社2013年版，第107页。

一场具有民族化属性的祭拜仪式,词语和意象显得浓稠密集,构造出黑夜与梦幻的氛围。《解咒十四行》中对彝族祭祀仪式的复现,仿佛现代的彝族诗人跨越时空接过了古代毕摩手中的经文,以一种现代的形式继续守护着彝族的神灵与诗意,诗人正是传播和保护这种神灵与诗意的现代祭司,显现了鲁娟强烈的彝族文化意识和本民族的归属感,在这些意识背后,也呈现了女性个体和其民族身份的高度融合,传达了鲁娟作为一个彝族人的精神气质。诗歌里各类神秘的意象并非鲁娟取巧地使用,而是一种彝族文化血脉天然地流淌,这种血脉倾注文字之中,显示了彝族文化在彝族女性思想之间的传递和延续,为彝族文化增添了更多的养料,彝族的灵魂得以更加充实和厚重,民族的血肉越发充实为一个可感可触的、永生的生命实体。在谈到诗歌创作问题时鲁娟曾说,"大凉山是诗歌的沃土。美丽的自然风光、丰富的彝民族文化,小时候听的故事,吟唱的民谣,都给了我如今创作强大的精神养分。这些都自然而然地流淌到我的笔下,我的诗歌中。"鲁娟的彝族特性创作,一方面是刻在骨血之中的本土文化的自然流露,另一方面,也是鲁娟自觉扛起族群文化流传的使命,以一种主动的姿态去拥抱彝族的文化,将自我命运和族群命运紧紧联结在一起。

  沙马拉毅在其主编的《彝族文学概论》中曾谈道:"彝族作家小说创作的再一个显著特点是民族特色和地方特色的表现。许多作家作品都从外在民族特质的表现逐步转向开掘民族深层文化心理。作家们不但有强烈的民族自我意识,而且在作品中充分注意到了民族性与时代精神的深层意义上的结合。"① 在获骏马奖的彝族女作家的书写中可以发现,她们的作品不仅仅有独特的女性意识和民族意识,还充满现代性的反叛精神,以及从民族群体书写回归到现代个体灵魂思考的写作趋向。这一点在获奖的两部诗集中尤为显著,但这种诗性对当代彝族女性的创作来说却不仅仅是坚持那么简单,受过当代教育影响和当代文化环境熏陶的彝族女性,其对彝族诗性既有坚持,也有现代性观念的注入和重塑。此

---

① 沙马拉毅主编:《彝族文学概论》,山西教育出版社2004年版,第215页。

外，作为用文字书写新时期彝族精神的女作家，还能特别自觉地以女性的感性注入民族诗魂之中，塑造了新时期的彝族诗性，营造出了既具有民族特质又有时代特质，兼具性别视角的新时代彝族诗歌风骨。在诗歌中，禄琴自己便非常直白地谈到了对这种以现代意识注入民族灵魂的创作坚守：

> 我想请你听一支流行的歌
> 　　跳一曲现代的舞
> 让你那传统的功力
> 　　渗透进现代的意识
> ……
> 我崇敬你
> 但并不懂得顶礼膜拜
> 你的《诗文论》让我感动让我震惊
> 失眠的夜晚
> 月儿也因思索而成了孤独的小船
> 苍白的脸上什么都有什么都没有①

但禄琴对于这种自古以来所流传下来的彝族诗性并不是一味地继承和接受，禄琴虽自小生活在彝族地区，但一直接受的是汉文化的教育，汲取的是彝族与汉族文化的双重熏陶。因此她的诗歌在自觉地继承彝族传统之外，也自然地在诗歌中注入了自己身处时代所给予的现代性特质，以一种新的形式和内涵为这种民族性增添了时代性。她从彝族民族经验的个体生命经验进入创作，将自己从当代所获得的更广阔的世界性经验注入民族经验之中，构建了贯通古今，个体与群体的民族记忆诗学。

如果说《阿买妮》是对彝族诗性与现代诗性碰撞的追索和感受，

---

① 禄琴：《面向阳光》，贵州民族出版社1996年版，第17—18页。

那《举奢哲》就是开始自觉地以一种现代性的眼光去审视彝族传统与现代性之间可能的共性和碰撞。禄琴作为一位彝族女性，以尚未被现代文明异化的民族艺术直觉，加上自我觉醒的现代意识的观照，重新去审视彝族的精神、文化，从而寻找民族生命本体里那些神秘而博大的存在，并透视了一种夹杂了现代与传统的神奇向往：

　　我竭力想去理解
　　　　那个世界
　　站在千年以后的山崖
　　去看千年以前的内容
　　我们之间的距离
　　是一条无法跨越的
　　　　苍茫的河流
　　但我们却在同一个黄昏
　　跳过古朴的锅庄舞

　　一本远古的论著
　　一本现代彝人的梦想
　　我孤独地徘徊
　　　　企图寻找他们的共性①

禄琴诗歌的创作主题、题材虽然都与彝族有关，但在表现手法和语言形式上，却对传统进行了现代性的延展和更新，以一种更加崭新的审美意识，拓展了彝族文学的艺术边界。这种探索，一是可以在诗歌中感受民族血脉的延伸和脉搏的跳动，二是可以让民族诗性的骨血在自己手中重新焕发生机和活力，得以继续流动和再生并传递到下一代手中。彝族作家苏晓星在评价禄琴诗歌时谈道："她并未一味拜倒在先贤脚下，

---

① 禄琴：《面向阳光》，贵州民族出版社1996年版，第11—12页。

为其难以注释的文学所困囿,而是在学习先贤的同时,学习以吉狄马加为代表的当代彝族诗人以及当代诗歌创作的方方面面,从而将阿买妮的传统灵韵引入现代意识,融入现代意识,做到学习借鉴传统而又推陈出新地弘扬传统。用禄琴自己的话来说,这样的方法是'站在千年以后的山崖,去看千年以前的内容,即从现代思想认识的高度,批判地吸收古代民族文化的精华,为创作富有民族风格和民族气魄的当代诗歌服务。'"[①] 身为彝族人,坐拥先祖所贡献的丰厚民族文化资源,但是禄琴并未坐享赐赠,而是通过刻苦的创造性修炼与严谨的思辨去实现自己的文学追求,向彝族传统中汲取养分自不必说了,禄琴还特别注重学习当代诗人和当代诗歌的创作手法和审美范式。当然这绝不是伸手去拿现成的,而是在寻求前进榜样和奋斗动力以增强民族自豪感和自信心的同时,通过批判性的能动思维,摄取有益于当代诗歌创作的成分以丰补自己,将彝族诗歌的传统进一步发扬光大,并在现代社会获得新生,为彝族诗歌的发展做出了自己的贡献。

相比于禄琴来说,鲁娟的诗歌虽然也出现了许多民族化的元素和意象,但若以为鲁娟仅仅懂得皈依民族神性与封闭自我就错了,在鲁娟的笔下,可以分明看见她对于现代世界的清醒认识。《解咒十四行》虽然内容上与彝族的文化形式相关,但使用的诗歌格式却是十分西化的"十四行体",让鲁娟的诗歌组成了一种彝族文化与外来形式的奇妙结合,呈现出十分超前的现代民族意识,鲁娟的诗歌也因此达成了外来理论的本土性自洽,这种特质在鲁娟的其他诗歌中也有鲜明的体现。可以看到新时期以来的彝族女性诗歌作品,是在对传统的继承与突破中以先锋的姿态过渡,呈现出多元状态。在这种现代性创作中可以看到彝族女性诗歌创作的一个鲜明的优势:在坚守民族文化传统的同时,一方面积极借鉴汉族诗歌精神和风格,另一方面吸取西方的成熟的诗歌理论,通过在创作过程中对当代诗歌语境中有效成分的取舍,让彝族女性诗歌创作呈现了更为成熟的发展态势,同时也给汉语诗歌带来了更新鲜的风气

---

① 禄琴:《面向阳光》,贵州民族出版社1996年版,第4页。

和激活的经验。在这种有益的双向互补中，彝族女诗人为中国新诗提供了更为新鲜的内容和养分，也更进一步地将彝族文化传递到更广阔的文化空间和历史进程中去。

第二节 彝族传统文化与现代意识的融合

新时期以来，随着社会的解放和进步程度的加深，女性拥有了越来越多的权利和自由，彝族女性也随着社会的解放思潮逐步走入历史的主流中，彝族的女作家们更是笔耕不辍，在所创作的一系列优秀作品的烘托下，她们以一种强势而亮眼的姿态浮出历史地表。像阿蕾、禄琴、鲁娟、冯良这样的彝族女作家，都接受过高等教育，深刻地受到主流文化的影响，也接受过较为专业的写作训练，有着较强的文字驾驭能力。她们成长和成熟在一个西方文艺思潮大量涌入和接受的时代，在外来文艺思潮理论的影响下，这些彝族女性文学创作者也和其他族群中的女性一般，在生存、创作方面都有了更大的发展空间，她们的作品相较于先前的彝族女性创作来说，在跨度和深度上都有了更大的精进，在民族底色之外，甚至经常可见一些西方文学理论，如意识流、魔幻现实主义、象征主义的触及和使用。在民族性和理论性架构下支撑起来的新时期彝族女性创作，呈现了更为独特和现代性的民族特质，彰显了新时期彝族女性创新性和多元性的现代性创作视角，也丰富了彝族文学的审美内涵。

相比诗歌来说，彝族女性小说的创作在民族叙事传统之外，也注入了现代性意识。作家阿蕾虽然长自彝乡，但自小接受的都是汉族的教育，阿蕾自叙"崇拜鲁迅、沈从文"，还崇拜其在鲁迅文学院进修期间曾给予她悉心指导的丁玲，这些现当代文学的大家们，除了创作风格为阿蕾所借鉴吸收之外，他们创作中所带有的文学现代性也深刻影响了阿蕾的创作。可以说阿蕾的文学创作观念，是根植在中国文学的现代性根基之上的，这些作家带给她的影响常常不自觉地显露在她的作品之中，让她始终带着一种现代性的审视视角去分析甚至批判彝族文化传统。阿蕾虽然对彝族的文化传统和乡土充满了热爱和眷恋，但她同时也注意到了彝族乡村传统的种种不合理之处，阿蕾的小说大多也是构建在对此的批判之上的。如阿蕾的代表作《根与花》中写到的彝族重男轻女思想："儿子是根，女儿是花。"儿子用来传宗接代，女儿不过是始终要凋谢的花儿，要嫁出去给人家栽根的，在这种传统观念的影响之下，拉玛奶奶和拉玛爷爷含辛茹苦抚养三个儿子长大成人，一直忽略了女儿阿加，但拉玛爷爷去世后，儿子们却纷纷抛弃了拉玛奶奶，只有当初一直被忽略的女儿阿加不忍，将母亲接来同住，却仍旧改变不了母亲根深蒂固重男轻女的偏见。又如《秋末》中的尔西媜，13岁被家长包办嫁给吉克姆嘎，20岁时，丈夫早逝，又被自己的哥哥强迫转房改嫁夫兄吉克姆加。乡村的陋习、男权的压制、流言的侵扰成为尔西媜悲苦一生的罪恶渊薮，尔西媜只能凄苦地走完自己的一生。《嫂子》中的嫂子因彝族的换亲陋习嫁给少年柯惹，却没有产生爱意，阴差阳错间出轨表姑爷拉惹并怀孕，但两个家族之间盘根错节亲上加亲的关系却让两个相爱的人无法摆脱家族的桎梏和世俗的偏见重组家庭，最后只能双双殉情。

阿蕾笔下男女的生存困境大多来源于乡村的陋习和偏见，等级制度依然作为彝族传统文化意识和巨大历史惯力，对底层和性别的控制打压通过集体无意识的强权意志的面目出现。通过群体的力量对群众特别是妇女进行控制，规范着她们的言行举止，让她们照着千百年传下来的风俗习惯思索、生存。彝族因为所处西南山地环境的封闭，加上彝族社会向来重视"家支"，也就是家族的独立性和完整性，一些陈规陋习在家族内部环境中一年又一年地流传了下来，成为追求自由平等的彝族人民的噩梦。阿蕾形象而又深刻地观察到了彝族乡村的这种痼疾，并通过小说人物的遭遇和对话作了很好的演绎和诠释，揭露了这种陋习和权力对彝族群众，特别是彝族女性的戕害。这是一种以现代性观察民族性的视角，如杨彬所言："一些杰出的作品对于民族性的思考和书写已经打破了五六十年代以来的狭隘的政治化界定和描述，逐渐深入民族文化深处，张扬彝族特有的生活哲学和精神生活，具有从超越现代性视角的意义。"①

在彝族女性诗歌创作之外，女作家们也用自己的小说创作身体力行地表达了坚守民族初心的文学立场。相较于女诗人在诗歌中对历史的追忆，阿蕾在汉文创作之外，还坚守着彝文创作的热情，成为彝族为数不多的"双语作家"之一。用彝文创作，一是可以保存本民族的文字，二是可以在彝文创作环境中更大程度地贴近和展现本民族的灵魂和命脉。她的彝文短篇小说集《根与花》1985 年获全国第二届少数民族文学奖，也就是后来的骏马奖的优秀短篇小说奖，并于 1995 年被日本作家翻译介绍到日本。汉文短篇小说集《嫂子》1999 年获凉山州第一届文学艺术"山鹰奖"，第六届全国少数民族文学骏马奖。彝文短篇小说集《根与花》2001 年获凉山州第二届文学艺术"山鹰奖"，四川省民族文学奖，获第二届全国少数民族文学奖，阿蕾的创作无疑是彝族当代文学创作群体中闪耀的一颗明星，也是当代少数民族女作家中的一朵奇葩。阿蕾出身于大凉山彝族村寨，从小受到彝族民间文学的熏陶，纯朴的乡村生活使她熟悉彝族地区的风土人情，了解彝族人民的心理习惯和审美旨趣，深知彝族人民的现实生存状况和精神境遇，这是她在叙写彝人彝事时驾轻就熟的一个重要原因。而后接受的中华文化的熏陶和现代教育，乃至后来在中国作协第六期文学讲习所中所受到的写作训练，让她在文学创作之中接受了中华文化的观念影响，并自觉地将这种现代性的观念观照到彝族人民的日常生存中去。此外，阿蕾还以自己的女性身份特别地注意到了彝族女性的生存状况。阿蕾目前为止所创作的小说几乎全部根植在彝乡之间，叙写彝族人民，特别是彝族女性的喜怒哀乐、生死爱欲。阿蕾的小说创作语言朴素简练，可看出她所受写作训练的影响，而小说中白话与彝语用词交相穿插却无不妥帖，却也能明显看出阿蕾过往彝乡生活痕迹之深刻，在阿蕾对彝乡人事的叙写中，可以明显感受到阿蕾对彝族文化传统的认同感，这种认同感在她营造人物形象、描

---

① 杨彬、田美丽、沙嫒等：《中国当代少数民族小说的审美特色研究》，中国社会科学出版社 2012 年版，第 153 页。

写彝族生活场景时尤为突出,各类彝族传说典故,民俗仪式的过程细节,彝语信手拈来,驾轻就熟。如在《嫂子》中对彝族婚礼习俗的描写:"好不容易等到天边出现第一颗星星时,沙玛二舅母作为'婆婆',端着一钵炒荞饭来到新娘身边亲昵地唤道:'尔果,起来,我给你梳头。'"① 很难想象如果不是长久的彝族生活的浸润,会有人如此深刻而自然地对民俗的细节如此清楚,对"尔果"这类彝族口语用得如此贴切自然。此外通过阿蕾对人物形象的塑造也可以看出她对彝族女性观察入微,如对嫂子的描述:"裙子是那种上了年纪的妇女,穿的全黑的裙脚缝有天蓝色布花边的自织羊毛裙,这裙子还是我幺婶的遗物。头上包的是一块脱了毛的毛巾。一只黄铜做的针筒从左向后绕着脖子搭拉在右胸,针筒两边串有各色珠子,末端是一束红头绳做的缨穗。"② 这种着装细节的表述,可见民族文化对阿蕾创作的浸淫至深。在这种彝族文化深刻的浸淫和认同中,形成了阿蕾民族风格浓郁的叙事风格。阿蕾将彝族多姿多彩的现实生活与文学创作紧紧联系在一起,展示了一幅幅优美动人的画卷,体现了彝族文学的艺术魅力。

不只阿蕾,在其他彝族女作家身上,也同样存在类似这样奇妙的语言驾驭能力,她们对汉语和彝族口语的穿插使用,常常可以显现出位处不同民族文化夹缝中作家的微妙疏离心态。有人曾问过,为何彝族女作家的文字总给人一种魔幻乃至离奇的"视觉感",以至于作品充满了先锋气质,这在阿微木依萝那里得到了解答:"我出生的地方闭塞,却又神神秘秘,大人们总是给我讲一些鬼故事,而且我见过的那些苏尼和毕摩,他们祭祀或者做什么预测的时候,嗓音就是另一种味道。"③ 这种成长体验和生命体验对彝族女作家阿微木依萝和冯良来说是一致的,也时常显露在他们的创作中。且阿微木依萝一直以来强调,她最喜欢卡夫

---

① 阿蕾:《嫂子》,四川人民出版社1997年版,第15页。
② 阿蕾:《嫂子》,四川人民出版社1997年版,第1页。
③ 段凤英:《阿微木依萝:我写的是人内心的泥石流》,中国作家网:http://www.chinawriter.com.cn/n1/2021/0330/c405057-32065437.html,2021年3月30日。

卡和鲁尔福，觉得与他们"知己知彼，气味相投"。民族性与现代主义交叉穿插在她的笔触之间，不仅是叙事内容上的交杂，也是叙事手法的互用，让她的作品有着西南少数民族聚居地神秘氤氲的风味，时常看到西南民间各种少数民族招魂仪式的铺陈："她不仅想要请毕摩来打羊皮鼓，还准备去请住在山那边的'黄神仙'。她自己还学了些什么东西，拿鸡蛋在我身上滚一遍，打一碗水站三根筷子，在门背后竖着一支竹扫把……嘴里成天嘟噜嘟噜念些什么。她看上去神秘莫测，好像突然间学会了什么法术。这一切事情做完，再来看一眼我的气色，问是不是好一些了。"① 除此之外，阿微木依萝还时常用多条线索、多个人物、多个画面、多个时段交叉倾诉一个故事，用表达节奏和叙事形式的错落来营造神秘性，让故事在阅读起来充满了异文化世界的陌生感和画面感。冯良的创作也是如此。冯良曾写过一篇《彝娘汉老子》讲述自己的出身，她从小就成长在一个民族混血的家庭，父亲是汉族，母亲是彝族，继母也是彝族，冯良大学、工作、生活却多在外地，且主要在北京，这种多元的文化生活背景让冯良天然生出不同的心理感触："我实际上是很羡慕那些看上去纯粹的人的。免不了，我也会有意识地去找自己的同伙，而且对不经意间听说的谁和我一样也是个杂交品种，感到十分的欣慰，无形间，还对他或她生出惺惺相惜的感情来。"② 这种多元文化交杂的生命经验自觉地被冯良带入创作中去，成为她创作获得骏马奖的长篇小说《西南边》的根基。《西南边》以20世纪50年代凉山彝区平叛为背景，在外部世界与彝族社会的互动中，铺陈开一幅彝族社会变迁的历史画卷，小说主要讲述了三对彝汉青年的爱情故事及家庭生活，揭示了凉山社会和凉山人民所经历的革命历史和代际变迁。故事一开始，汉族军医夏觉仁就结结实实地爱上了为刺进脚底板的几根刺哭得泪如雨下的黑彝姑娘曲尼阿果，这段彝汉之间的感情纠葛，由此贯穿起了整部小说的叙事主线，也串起了其他两对同样是彝汉通婚的年轻人一生的婚恋纠

---

① 阿微木依萝：《檐下的月亮》，广西师范大学出版社2019年版，第22页。
② 冯良：《彝娘汉老子》，天地出版社2005年版，第190页。

葛：彝族女子沙马依葛和汉族军医吴升，汉族人俞秀和同样是"彝娘汉老子"出身的木略。小说讲述的，其实也是生活在大凉山的年轻人在民族传统和"现代"话语碰撞之中的困惑和成熟过程。在社会的发展过程中，大凉山里的年轻人走出了大山，走向了更开阔的世界，彝汉之间的爱情和日常生活震荡着这些年轻人的三观："当一个人被'现代化'以后，他的人生观、世界观必然发生改变，婚姻观念也随之发生了变化。他不觉得必须恪守彝人不和外人开亲的祖训，不觉得婚姻是被规定了的，也不再视已经定亲的表妹阿果为必然的婚姻对象。这是变化的时代之于人的影响。就像一颗石子投向湖面泛起阵阵涟漪。阿果是变化所传导的下一个环节。阿果并不像她表哥那样主动迎接时代的改变，她是时代变化的被动承受者。"① 这些年轻人都主动或者被动地选择着时代所带给人的境遇。看似柔弱的阿果，却无比坚强地扛住了时代和生活洪流给她带来的巨大冲击，并以一个彝族女性的肩膀接纳了一切，坚实地在传统之外的现实世界走出了自己的人生之路。当她在选择了夏觉仁时，无疑"背叛"了自己的黑彝传统。原本这对传统的彝族社会来说，是对整个家族的羞辱，但阿果看破了事实的虚妄，实现自己的成长，显示了彝族女性柔韧的生存智慧。还有聪明如木略，尤其擅长辨别时势，擅长在机会垂青之时，迅速抓住机会，实现人生的翻盘。和俞秀的婚姻改变了他的出身以及未来的生活方向，而在吉黑哈则的叛乱中，木略又一举抓住机会，成为平息叛乱的功臣，开始了自己人生漫长仕途的跋涉。正是在这些大凉山走出的人们的际遇之中，冯良投射了她内心对大凉山的情感，《西南边》的芸芸众生，是冯良自我的记忆和感情的投射，是她自己对民族传统和"现代性"共生的过程中，所产生的种种问题的自我解答，更是她自己对出身和生活经历的一种浩荡回应，正如她在骏马奖领奖台上的感言："但纵然时空相隔，凉山都不曾离开我哪怕须臾，她是我生命的缘起、情感的依托。岁月流不走的记忆、前行的脚步，那些深怀冷傲、倔强，却掩不住奔放、幽默的族人，无论彝

---

① 岳雯：《爱的分析——读冯良的〈西南边〉》，《当代作家评论》2018年第5期。

族、汉族，还有他们的人生，带着大时代巨变的深远回响，那激荡的、传奇的、英勇的、赫赫声名的、深情的，还有机智的，甚或狡黠的，何其珍贵，犹如珍珠。从20世纪80年代后期至今，他们串联起我对老家的文学表达。"①

可见新时期以来的彝族女性文学创作中，独立、觉醒的女性意识与彝族族性意识共同贯穿在她们的作品中，她们回归母族文明，拥抱族群文化，自觉承担起时代赋予少数民族的民族使命。少数民族女诗人的这种族群自觉，来自于种族内部深刻的烙印，是民族记忆和集体无意识的传承。在当代少数民族女性诗歌作品中表现出来的女性性别自觉与族群自觉，具有鲜明的民族性和地域性，这种在诗性、女性、族性优势之间的秘密便是自然生命、文化生命、少数民族族别生命女性的本真呈现。

而另一位打工女作家阿微木依萝，甚至没有完整接受过九年义务教育，就从穷困的大凉山闯到了开放而繁华的广东讨生活，九年广东打工生活没有消磨她对生活的热爱，阿微木依萝从网络文学论坛中对文学逐渐产生了兴趣，阅读了鲁迅、萧红、林海音等现代作家的作品，最喜欢卡夫卡、黑塞、赛珍珠的文字，并在此过程中萌生了进行文学创作的想法，初试文坛就吸引了众人目光，并以散文集《檐上的月亮》获第十二届骏马奖散文集奖，阿微木依萝对语言的操使同样给人一种微妙的生涩和疏离感，这一点在其丈夫十八须为她所撰写的散文《我的妻子阿微木依萝》中得到了明确的寻因："彝文不精通，汉文也学得不太顺当。如果她没有来到城市，一直生活于乡下，这些语言问题也许不会成为大问题，因为那里的人说话都是彝语中夹杂着汉语，以这种融合的方式相互交流。但是当她走出大凉山，她就必须试着用不太流利的普通话和这个世界交谈，尤其当她开始写作时，她也必须用汉字来书写。可能正是这种对汉字略带陌生的审视和使用，才让她捉摸到了汉字的微妙。"②

---

① 冯良：《〈西南边〉获奖感言》，中国作家网：http://www.chinawriter.com.cn/n1/2020/0924/c433528-31874153.html，2020年9月24日。

② 十八须：《我的妻子阿微木依萝》，《都市》2015年第2期。

这种语言的疏离感延伸到了阿微木依萝所塑造的人物身上，成就了散文集《檐上的月亮》。阿微木依萝的文字疏离清淡，读起来却时常充满一种心灵上不安的冲击感，其中人与人、人与大凉山、人与城市乃至大凉山与城市之间的疏离和抵触感在细节之中震慑到我们习以为常的日常认知。如《流浪的彝人》中，子噶和妻子依妞从大凉山到江浙的纺织厂投奔"我"，每个生活细节的描写，都透露着从大山走出的彝人要想融入城市生活的艰难。夫妻俩寄宿"我"的出租屋，上厕所不会冲水，晚上睡觉不敢脱下外衣，因为没什么文化，夫妻俩始终找不到合适的工作，挣不到钱。但城市人的做派却学得飞快，子噶把大量的家用花在新买的手机上，还买了花领带，夫妻俩时而还要享受打牙祭的滋养，不得不将妻子依妞的嫁妆典当了。但典当之后，夫妻俩仍然要苦苦在城市求生，只能把希望寄托在想象中更时髦和繁华的广东，但广东是否就能实现夫妻俩的发财梦呢？阿微木依萝没有在文中正面回答，只留下了一句"我觉得哪里都差不多"，道出了异乡彝人无法真正融入城市的现实处境，这可能也是阿微木依萝多年异乡漂泊深刻于骨血中的底层认知。

从整体上看，彝族女性文学作为中国女性文学乃至中国现当代文学中一个不可或缺的组成部分，彝族女性文学在不断弘扬本民族文化的同时，也在不断地吸取主流文化的养分，并在文化场域中与他族文化不断产生共振。在全球化的背景下，不同学科、文化、民族相互交融，有些甚至模糊了边界，彝族女性文学创作中现代视角和理论的引入，给中西和不同民族思潮的交流与发展注入新鲜血液，对建立一种共生多元的文学世界有着极为重要的意义。这种现代性视角的吸收和采用，在丰富彝族文学视角以及文论建设的同时，也为中外理论、中外文学、中外女性创作平等对话与交流提供了更为广阔的平台。

第三节　现代女性意识下的彝族女性文学观照

彝族女性同汉族女性一般，经过了漫长的受压迫和剥削的历史，造成这种不平等根源主要还是来自彝族封建社会的传统礼教以及男权的束缚。如同毛泽东所洞察的那般，"政权、族权、神权、夫权"是束缚中国女性四条极大的绳索。毛泽东的这种论断对于了解少数民族女性的受压迫状况有着重要的价值和意义。彝族视万物有灵，有着十分丰富且复杂的图腾崇拜系统。同时，彝族社会由奴隶制到封建制乃至现代，仍然多数以及借由"家支"体系来维持的运转和稳定，是一个族权社会，也因此形成了内部分化割据的彝族地方政权。彝族女性在遭受政权、神权、族权等权力链条的最低端。除此之外，还必须受到父权和夫权的约束，彝族女性在彝族社会的生存现实状况，有着较为复杂的多面性，但总的来说，是深受压迫的。

彝族群居于西南边陲的山地之间，经历过一段漫长的男权主导的奴隶社会和封建社会，在各种各样的文化习俗中，对女性仍然有着天然的压制和偏见，因此在彝族地区女性地位低微，女性买卖、欺压、殴打等情况屡见不鲜。在新中国对民族地区实行一系列以"团结平等"为核心的民族政策后，平等自由的人权意识和婚恋观念得以为彝族地区所接受，让彝族人民，尤其是彝族女性也享受到了平等的公民权利，少数民族女性得以走出山地，同男性一样接受教育，享受自由的婚恋生活，也接受了现代化的女性意识。这种自由和平等延伸到文学领域，也带动了彝族女性文学的发展和繁荣，禄琴、阿蕾和鲁娟正是受惠于此走出山地的彝族女性代表。即使她们走向了世界，却仍然心系着那些生活在偏远落后地区的女性们，仍然关怀着被男尊女卑的观念所困的彝族女性们，她们用觉醒了的女性意识观照彝族女性生命，借笔触投射彝族妇女生存的困境，并期待带来改变。

作为首先觉醒起来的彝族女性，彝族女性诗人们尤为自觉地将性别意识带入诗歌创作中去。她们带着一种引领女性崛起的使命，诗歌作品中投射出强烈的女性主体意识，例如鲁娟的诗歌《一个人的战争》：

  一个人的战争
  至今仍在继续，从祖母的祖母到

祖母的母亲到祖母到我
这场旷日持久的黑暗从未消除
时光的通道，她们一一走过
一千种斑斓一千种落寞
如今只剩下我一个看不见地对垒
"你们的爱要坚守，而我要离开
你们的形式为喑哑，而我为辉煌
你们的天敌是别人，而我的是自己"
如今只剩下一个人对垒，在正反两面
从未忘记背负的记忆
只是现在我要换副盔甲瓦解黑暗①

　　鲁娟在诗歌中所谈到的"一个人的战争"，其实指的并非是自己要面对的战争，而是整个女性群体要面临的长久以来的性别压迫之下的斗争，"从祖母的祖母到祖母的母亲到祖母到我"中，鲁娟道出了女性命运所承受压迫的漫长的历史性，而直到今天"这场旷日持久的黑暗从未消除"，彝族女性在现代社会中即使获得了较多的平等自由的权利，但其实仍然承受着许多性别上的不平等待遇，大多数女性在压迫之下失语，鲁娟瓦解黑暗、创作辉煌的方式就是诗歌。诗歌是鲁娟面对性别抗争时使用的盔甲，鲁娟用自己的声音、用自己的书写方式，创作属于女性自己的文学，意图通过文学的呼号来展现彝族女性觉醒的女性意识，引领着其他女性也从失语的黑暗中走向新世界。在鲁娟诗歌中崛起的女性主体的独立意识，是一种中西女性主义熏陶下的女性主义本土实践，只是鲁娟并非真正要女性在男权社会之间塑造激烈的二元对立，"你们的天敌是别人，而我的是自己"，鲁娟更在意的是女性自身的觉醒以及女性自我主体的构建。

　　阿蕾则用小说对彝族女性的生存困境进行洞察和批判。阿蕾的小说

---

① 鲁娟：《好时光》，四川文艺出版社2013年版，第36页。

大多叙写彝族女性经历的恋爱、婚姻、家庭的悲剧故事，试图从彝族女性的生存困境中揭露阻碍妇女发展和彝族社会发展的宗法关系和男尊女卑的旧观念，以唤醒和拯救彝族妇女为己任，尝试着寻求当代彝族妇女解放和振兴文化的根本出路。阿蕾小说的主人公多为彝族女性，写的又多是彝族女性的悲惨命运，因此一度被称为"彝族悲剧女性系列小说"。如阿蕾的小说集《嫂子》，收录了阿蕾的 15 篇短篇小说，其中 14 篇都以女性为主人公，女性结局大多不得圆满，就可见阿蕾小说被命名为"彝族悲剧女性小说"的贴切了。在这些小说中也可以看出来，阿蕾对彝族女性生存的艰辛和困苦有着深切的体察，就如同她对于鲁迅的崇拜与欣赏，她也同样以一种"哀其不幸，怒其不争"的批判性女性视角去看待彝族女性的生存现状。

如小说《嫂子》，嫂子本就是彝族"亲上加亲"和"换亲"习俗的牺牲品，嫁给了没有感情的少年拉惹，后来嫂子与沙玛柯惹一同出轨背叛了各自的家庭和家族，在家族的压力下最终不得不双双殉情，但两人死后所遭受的待遇却大相径庭，沙玛柯惹得以正常地装殓，亡灵还在数年后得以配对超度，嫂子的尸体却要遭受吐唾沫打耳光的侮辱，并被视为凶灵，和一条公狗尾巴配对超度，被埋进深坑压了大石板。由此可见彝族女性在社会中地位的低微。

《哑巴尔玛》中的尔玛，因为智商低下被家人视为不吉，家人为了驱邪让尔玛嫁给了屋角的石磨，后来又嫁给了傻子巴多，尔玛在懵懂中两次产子，又无意间害死了自己的孩子而被退婚。家人又将她嫁给了族中年长已婚的毕摩嘎嘎传宗接代以换取彩礼，未承想产子后毕摩嘎嘎却暴病而亡，尔玛再度被撵回家，与自己的骨肉分离，最终尔玛在寻子途中遭遇车祸命丧黄泉。可以说尔玛的一生都是被利用和榨取的，但她不过是被侮辱与被损害的彝族女性中的一员而已。在《情悠悠 恨悠悠》中，阿蕾还塑造了一个类似祥林嫂的"她"，"她"无意中害死小儿子，被休弃回家又被迫改嫁乡长，因生不出儿子整日遭受毒打，她渐渐疯魔和绝望，最终上吊自杀。可以说在小说集《嫂子》中，阿蕾塑造了一系列悲苦彝族妇女的群像，从不同事件、不同角度揭示了彝族女性的痛苦和悲哀，她们的人生有着不同的痛苦，但最终的命运却是一致的，她们是被侮辱和被损害的，当面对利益和人性的抉择时，这些女性必将是最先被牺牲掉的。在这些小说中，女性总会面临着出走的困局，有些是主动出走，如《带锈的镰刀》中不服换亲的乌沙，《春花》中的欲嫁丘莫克迪不成的妮薇；有人是被迫流离，如《哑巴尔玛》中三番两次被赶走的尔玛，《秋末》中被迫转房改嫁大伯子的尔西嫫。这些彝族女性在面临男权的欺压之后都沦为了出走的"娜拉"，但这些出走的彝族"娜拉"却无法像鲁迅所预判的那样"不是堕落，就是回来"，在闭塞封建的彝族乡村，她们并没有真正的归处，更没有堕落的机会，最终迎接她们的只有死亡。小说中还通常通过对女性生存的空间叙写来展示女性现实中的生存困境，阿蕾笔下的女性，永无可能如伍尔夫所言那般拥有"一间属于自己的房间"。《带锈的镰刀》中的乌沙，在面对世人种种偏见和误解之时，阿蕾对乌沙活动空间的叙述营造是逼仄的，女主人公只能躲在家里，但母亲却认为在娘家待久了人家就是要说闲话，而乌沙却更爱"红日，蓝天，白云，青山，绿水"①，在逃亡之际，乌沙感觉到"天地是如此的广阔，星星像玛瑙一样美丽；而黑黢黢的山脚那瓦板房才是只随时有可能将她吞噬的怪兽"②。但这也并非乌沙的最终归宿，当时间流逝，空间场景的骤然变换也给出了乌沙命运的最终暗示："天黑的像一口倒扣的锅，周围的鬼火也不见了，更显得那么阴森可怕。"③ 黎明永不会来，天永不会亮，最终乌沙领悟到了命运所给予的暗示，黯然走向了死亡之途。

在这个意义上，阿蕾的女性叙事带有了一种超越女性叙事的存在主义取向。以女性肉体的残损和消泯来极致地横陈彝族女性无处可走的生命困境，当她们无处可走之时，只能决绝地用死亡来消解肉身，将女性苦痛挣扎的灵魂从肉身的折磨中剥离而出，置放在审判的灵坛前，留给

---

① 阿蕾：《嫂子》，四川人民出版社1997年版，第47页。
② 阿蕾：《嫂子》，四川人民出版社1997年版，第50页。
③ 阿蕾：《嫂子》，四川人民出版社1997年版，第50页。

世人无限的思索和拷问。阿蕾小说中总有一个全知全能的"我"带着悲悯的目光审视这些女性悲苦的命运，那个"我"便是阿蕾，她以一种现代性的视角对彝族传统发起审视和批判，试图引领女性的觉醒和进步。

同样，在初读阿微木依萝的作品时可以发现，她的笔触似乎没有聚焦在女性身上，但看完她的作品，却时常可以感受到她笔下女性看似隐忍和浅薄的个性中所背负的道德和灵魂的重负，而这读起来却往往更让人感到其对心灵所造成的震慑。《檐上的月亮》里，奶奶永远不敢当众示人她的白发，粗看只是一种女性道德羞涩的本能，但奶奶一句话却道出了老妇人们不敢直面自己一生在苦难中悄然衰老的痛惜："你还好，白头发不多。我的全都白了，都不敢摘帕子让天看啦。想想这日子过得多快，这些娃娃（指着我），昨天还在吃奶，今天就满地乱跑了。"① 类似这样的性别压抑隐忍地倾诉而出，字字清淡却重若千斤。伯母一辈子争强好胜，在婚姻里患得患失却不敢明示，只能不断通过挑拨他人家庭关系来弥补自己内心的不平衡；孤寡老人陈奶奶，孤独地生活，最终又孤独地死去；三婶和母亲类似，都是不愿服从媒妁之言，逃婚嫁入了"我"的家族的，却被家族视为不祥之物，处处受尽歧视；有时候，这种男权家族本位的"凝视"不仅仅发生在异性之间，更是在同性之间发挥得淋漓尽致，刘婶子和曲比阿妈日子并不好过，却也评论母亲："要是头胎生个儿子，十年后还可勉强接她的班。看人家对门那个，四年生了两个儿子。这都是命，她当初打着火把来，现在想打着火把回去，怕是万不可能了。"② 但饶是如此，母亲也没有同样用这样的"男性凝视"对待"我"，而是坚定地认为："尤其是女娃应该多读书。如果她的肩膀不报废，她还有力气挣到钱，不管男女就一定要读书。难道让他们一辈子窝在这里吗？像我们一样，像路边的草一样，拔来扔在哪儿都沾着一脚的泥。"③ 正如一些评论者对阿微木依萝《原路返回》中

---

① 阿微木依萝：《檐上的月亮》，广西师范大学出版社2019年版，第18页。
② 阿微木依萝：《檐上的月亮》，广西师范大学出版社2019年版，第23页。
③ 阿微木依萝：《檐上的月亮》，广西师范大学出版社2019年版，第24页。

悔婚的新娘的评论："阿微木依萝塑造的这位具有女性独立意识的彝族姑娘，从另一个角度看，可谓是女权主义运动在中国悄然展开时，远在大凉山深处的一声微弱却潜藏力量的回响。"① 阿微木依萝的创作，在大量揭示大凉山女性所遭受的性别压迫的同时，却也在隐秘地表达女性内心的反抗，以及女性之间相互支持的温存，伯母虽然不断挑拨父亲毒打母亲，却也因母亲的不堪境遇时常流露同情之心，母亲受伤之后，伯母若无其事前来为母亲留下一瓶药酒。有时候，这种女性之间温情的细微投射和观照，让阿微木依萝的作品充满了高出性别意识批判的人性观照和触动，也让她的作品成为更具力量感和新时代感的女性主义创作。

彝族女性们通过创作构建起了一个女性主体的文学世界，这种性别主体的构建，一方面源于对于西方流传而来的女性主义的借鉴与运用，但另一方面，彝族女性们又突破了国内外现有的主义框架，以一种"女性、民族性与诗性合一"的努力态度，置身于民族文化大背景之下，建构彝族女性自己的书写方式和言说技巧。她们自觉地将现代与彝族传统、异域与中华本土的文明整合，在新时代的审美体系下，形成了彝族女性独特的性别意识体系。在至今仍以男性话语为中心的社会空间里，彝族女性自觉依托本民族的历史文化背景，以女性独到的文学感受建构属于自己的女性文学，为彝族女性的自由和解放指出了一条光明之路。

彝族女性的文学创作中，蕴含着丰富且复杂的精神取向、身份认同、文化立场等归属问题，但也正因此，让彝族女性的创作彰显了独特的文学审美气质。这种气质，既是她们母族文化的熏陶使然，也有中华文化在彝族自身流变过程中所加持的影响，彝族女性文学在彝族族性和中华文化、现代性观念等多重因素的影响下，呈现了自身多样性的文化内涵和面向，这种多样性，促进了彝族女性文学的进步，同时也促进了中国少数民族女性文学、中国文学乃至世界文学的发展。

---

① 《大凉山的"女权主义新娘"：阿微木依萝〈原路返回〉及评论》，《天涯》2021 年第 1 期。

结　语

　　文学肩负着传播民族文化，凝聚民族力量的重要使命。少数民族的文学创作体现的是整个中华民族的文化传统，它们是构成大传统不可或缺的小传统。因此，各民族的文化认同、个人写作之于社会的公共性特质和公共责任，被时代赋予新的意义和内涵。基于中华民族文化的情感联结，少数民族女作家承担着本民族历史命运和文化精神的"转写者"或"迻译者"的文化角色。她们的作品阐述地域性群体生命价值形态，探究个体的精神和命运状态，形成富有个体生命体验的文化景象。她们作品的生活气质和精神气质，在赓续传统脉搏的基础上，切入对个人与时代的思索，关注本民族文化生机与时代精神力量，又不断丰满她们对于中华文化传承的眼光。她们的创作无论归属于哪个民族，在民间与大地上，都蕴藏着一脉相承的中华文化的思路。

　　少数民族女性文学创作，旨在呈现各少数民族女性创作丰富纹理和美学特质的基础上，勾连历史与现实相交错的多民族文学与文化图景。在中华文化的总体格局中，从中国现当代文学和中国女性文学的整体高度来审视个体女性作家及其作品，可以看出少数民族女作家的创作，立足于多元共生、互补互融的中华文化传统，关注传统文化中的人文关怀、仁义品质、和谐精神、包容气度等精神气质，自觉书写社会问题，在重新寻找和继承优良传统中探索新的精神向度，彰显中华文化作为文学创作的审美价值和独特作用。少数民族女作家在时代的高度上关注不同种族、民族之间的女性多元存在模式，她们用文化认同感把日常生活中理想性的东西支撑起来，凸显思想价值和文学形式的感知。她们注重对多元文化交往与创造经验的内省和反思，从而带来精神气质的沉潜衍变与升华，以及在主体建构的过程自觉传承中华文化。她们的作品从理性或诗性层面建构人生与时代终极关怀的整体特征，在社会精神生活中建构出与中华文化深厚底蕴相适应的审美气象。

在传统文化的赠予中生长的当代少数民族女性文学，具有复杂多样的价值取向、文化精神构成和多样化的创作基因，她们的创作在认同、传承和创新中华整体文化方面具有独特表现和价值。各民族女性写作者自觉书写社会问题，在重新寻找和继承优良传统中探索新的精神向度。因此，各民族的文化认同、个人写作之于社会的公共性特质和公共责任，被时代赋予新的意义和内涵。当代女作家应站在时代的高度关注不同种族、民族之间的女性多元存在模式，从而建构与中华文化深厚底蕴相适应的审美气象，在传承各民族优秀文化中不断增强与中华文化发展进程中的共性和一体性，通过大力弘扬中华优秀传统文化构筑中华民族共有精神家园。当然，少数民族女性文学的创作也存在一定的局限性和不足。对于获骏马奖的部分女作家来说，在新的时代背景下，其创作对于实现民族和地方的传统文化的创新发展没有给予足够的关注。不可否认的是，少数民族女作家深入民族生活和民族心理的更深层次，从民族日常生活中挖掘民族精神和向善向美的文化品格，在绚丽的边地风情的展示中，写出了潜藏于中华民族血缘深处永恒的家园意识和乡土情结。少数民族女性文学展现的异彩纷呈的地方性民族文化和弥足珍贵的民族品格，丰富了中华文化的内涵，只有各民族文化百花齐放，中华文化才会薪火相传、历久弥新。

参考文献

一 中文文献

(一) 中译著作

[美] 爱德华·W. 萨义德:《东方学》,王宇根译,生活·读书·新知三联书店 1999 年版。

[美] 爱德华·W. 萨义德:《知识分子论》,单德兴译,生活·读书·新知三联书店 2002 年版。

[英] 安东尼·D. 史密斯:《民族认同》,王娟译,译林出版社 2018 年版。

[法] 柏格森:《创造进化论》,王珍丽等译,湖南人民出版社 1989 年版。

[美] 本尼迪克特·安德森:《想象的共同体:民族主义的起源与散布》,吴叡人译,上海人民出版社 2016 年版。

[美] 段义孚:《空间与地方:经验的视角》,王志标译,中国人民大学出版社 2017 年版。

[美] E. 西尔斯:《论传统》,傅铿、吕乐译,上海人民出版社 1991 年版。

[德] 恩格斯:《家庭、私有制和国家的起源》,人民出版社 2018 年版。

[阿根廷] 豪尔赫·路易斯·博尔赫斯:《阿莱夫》,王永年译,上海译文出版社 2015 年版。

[德] 黑格尔:《美学》(第三卷·下册),商务印书馆 1981 年版。

[法] 加斯东·巴什拉:《空间诗学》,龚卓军、王静慧译,世界图书出版公司北京公司 2017 年版。

［美］卡尔·贝克尔：《人人都是他自己的历史学家：论历史与政治》，马万利译，北京大学出版社2013年版。

［美］卡斯腾·哈里斯：《建筑的伦理功能》，申嘉、陈朝晖译，华夏出版社2001年版。

［法］马赛尔·普鲁斯特：《驳圣伯夫》，王道乾译，百花洲文艺出版社2010年版。

［法］玛·杜拉：《物质生活》，王道乾译，百花文艺出版社1997年版。

［英］迈克·克朗：《文化地理学》（修订版），杨淑华、宋慧敏译，南京大学出版社2005年版。

［美］莫里斯·迪克斯坦：《伊甸园之门——六十年代美国文化》，方晓光译，上海外语教育出版社1985年版。

［希腊］亚里士多德：《政治学》，吴寿彭译，商务印书馆1965年版。

［美］约翰·迈尔斯·弗里：《口头诗学：帕里—洛德理论》，朝戈金译，社会科学文献出版社2000年版。

［美］查伦·斯普瑞特奈克：《真实之复兴：极度现代的世界中的身体、自然和地方》，张妮妮译，中央编译出版社2001年版。

（二）中文著作

宝力格主编：《草原文化概论》，内蒙古教育出版社2007年版。

朝戈金主编：《走向新范式的中国民俗学》，中国社会科学出版社2015年版。

车红梅：《北大荒知青文学——地缘文学的另一副面孔》，中国社会科学出版社2012年版。

戴锦华：《涉渡之舟——新时期中国女性写作与女性文化》，北京大学出版社2007年版。

丹珍草：《藏族当代作家汉语创作论》，民族出版社2008年版。

邓玉环：《中国当代文学中的"屋"与"人"》，商务印书馆2014年版。

杜维明：《现代精神与儒家传统》，生活·读书·新知三联书店1997年版。

费孝通：《论文化与文化自觉》，群言出版社2007年版。

费孝通：《文化的生与死》，上海人民出版社2013年版。

冯良：《彝娘汉老子》，天地出版社 2005 年版。

傅道彬：《中国文学的文化批评》，黑龙江人民出版社 2000 年版。

傅利、杨金才主编：《写尽女性的爱与哀愁——艾丽丝·门罗研究论集》，译林出版社 2015 年版。

富有光：《萨满教与神话》，辽宁大学出版社 1990 年版。

关纪新、朝戈金：《多重选择的世界——当代少数民族作家文学的理论描述》，中央民族大学出版社 1995 年版。

关纪新：《20 世纪中华各民族文学关系研究》，民族出版社 2006 年版。

胡志红：《西方生态批评史》，人民出版社 2015 年版。

黄继刚：《空间的迷误与反思——爱德华·索雅的空间思想研究》，武汉大学出版社 2016 年版。

黄继刚：《空间的现代性想象——新时期文学中的城市景观书写》，武汉大学出版社 2017 年版。

黄玲：《高原女性的精神咏叹：云南当代女性文学综论》，云南人民出版社 2007 年版。

黄晓娟、晁正蓉、张淑云：《中国当代少数民族女性文学研究》，上海文艺出版社 2014 年版。

黄晓娟：《雪中芭蕉——萧红创作论》，中央编译出版社 2003 年版。

黄晓娟、张淑云、吴晓芬：《多元文化背景下的边缘书写——东南南亚女性文学与中国少数民族女性文学的比较研究》，民族出版社 2009 年版。

《回族简史》编写组：《回族简史》，民族出版社 2009 年版。

蒋勋：《美的沉思》，湖南美术出版社 2014 年版。

李长中：《当代人口较少民族文学的审美观照》，社会科学文献出版社 2015 年版。

李长中：《当代少数民族文学批评：理论与实践》，民族出版社 2013 年版。

李丹：《马克思主义妇女解放理论及其当代价值》，黑龙江大学出版社 2013 年版。

李丹梦：《文学"乡土"的地方精神》，北京大学出版社 2014 年版。

李鸿然：《中国当代少数民族文学史论》（上），云南教育出版社2004年版。

李鸿然：《中国当代少数民族文学史论》（下），云南教育出版社2004年版。

李钧主编：《传统文化与现代中国文学名家》，山东大学出版社2014年版。

李玲：《中国现代文学的性别意识》，人民文学出版社2002年版。

李强：《金太祖阿骨打的完颜家族》，金城出版社2014年版。

李秀琴、何可俭：《回族历史文化常识》，宁夏人民出版社2012年版。

李泽厚：《世纪新梦》，安徽文艺出版社1998年版。

李志华主编：《中国民族地理》，上海教育出版社1997年版。

梁庭望：《中华文化板块结构与中国文学关系研究》，民族出版社2011年版。

梁庭望、黄凤显：《中国少数民族文学》，山西教育出版社2003年版。

梁庭望、张公瑾：《中国少数民族文学概论》，中央民族大学出版社1998年版。

林丹娅：《当代中国女性文学史论》，厦门大学出版社2003年版。

林丹娅：《中国女性与中国散文》，云南人民出版社2007年版。

刘成：《草原文学新论》，作家出版社2013年版。

刘传霞：《中国当代文学身体政治研究》，中国社会科学出版社2014年版。

刘大先：《文学的共和》，北京大学出版社2014年版。

刘大先：《现代中国与少数民族文学》，中国社会科学出版社2013年版。

刘大先：《中国多民族文学史观及相关问题研究》，中国社会科学出版社2012年版。

刘方：《中国美学的基本精神及其现代意义》，巴蜀书社2003年版。

刘建华、[奥]巩昕頔：《民族文化传媒化》，云南大学出版社2011年版。

罗钢、刘象愚：《文化研究读本》，中国社会科学出版社2000年版。

罗庶长：《马克思主义民族理论》，中共中央党校出版社1990年版。

马兰：《牛街》，北京出版社2015年版。

马丽蓉：《20世纪中国文学与伊斯兰文化》，安徽教育出版社2000年版。

孟悦、戴锦华：《浮出历史地表》，河南人民出版社1989年版。

内蒙古师范大学中国少数民族作家研究中心编：《萨仁图娅研究专集》，中央民族大学出版社2005年版。

欧阳可惺、王敏、邹赞：《民族叙述文化认同、记忆与构建》，暨南大学出版社2013年版。

齐木道吉、梁一孺、赵永铣等编著：《蒙古族文学简史》，内蒙古人民出版社1981年版。

乔以钢：《性别视角下的中国文学与文化》，经济科学出版社2017年版。

乔以钢：《中国当代女性文学的文化探析》，北京大学出版社2006年版。

乔以钢：《中国女性与文学——乔以钢自选集》，南开大学出版社2004年版。

丘振声：《壮族图腾考》，广西教育出版社1996年版。

任勇：《公民教育与认同序列重构》，中央编译出版社2015年版。

单纯、旷昕主编：《良知的感叹——二十世纪中国学人序跋精粹》，海天出版社1998年版。

沙马拉毅主编：《彝族文学概论》，山西教育出版社2004年版。

十月杂志社主编：《何时灿烂》，华艺出版社2004年版。

苏发祥：《藏族历史》，巴蜀书社2003年版。

特·赛因巴雅尔主编：《中国少数民族当代文学史》，北京十月文艺出版社1999年版。

特·赛音巴雅尔：《中国蒙古族当代文学史》，内蒙古教育出版社2009年版。

天瑜主编：《中华文化辞典》，武汉大学出版社2001年版。

涂鸿：《文化嬗变中的中国当代少数民族文学》，中国社会科学出版社2014年版。

托娅、彩娜：《内蒙古当代文学概观》，内蒙古大学出版社1997年版。

王爱民：《地理学思想史》，科学出版社2010年版。

王本朝：《20世纪中国文学与基督教文化》，安徽教育出版社2000年版。

王弼：《王弼集校释》，中华书局 1980 年版。

王冰冰：《跨民族视域中的性别书写与身份建构——新时期以来少数民族女性创作研究》，浙江工商大学出版社 2015 年版。

（汉）王充：《论衡》，陈蒲清点校，岳麓书社 2006 年版。

王光东主编：《中国现当代乡土文学研究》（上卷），东方出版中心 2011 年版。

王红旗主编：《21 世纪中国女性文化本土化建构研究报告集成（2001—2012）》，中国出版集团现代出版社 2013 年版。

王会昌：《中国文化地理》，华中师范大学出版社 1992 年版。

王继霞：《20 世纪回族文学价值研究》，中国社会科学出版社 2009 年版。

王铁仙等：《新时期文学二十年》，上海教育出版社 2001 年版。

文艺报社主编：《文学生长的力量——30 位中国作家创作历程全记录》，安徽文艺出版社 2013 年版。

吴道毅：《时代·民族·地域——多维视域下的现当代文学研究》，中国社会科学出版社 2012 年版。

吴重阳：《中国少数民族现当代文学研究》，中央民族大学出版社 2013 年版。

晓雪：《晓雪选集 4·评论卷（二）》，云南教育出版社 2008 年版。

（清）徐崧、张大纯纂辑，薛正兴校点：《百城烟水》，江苏古籍出版社 1986 年版。

徐新建：《多民族国家的文学与文化》，人民出版社 2016 年版。

许纪霖：《中国知识分子十论》，复旦大学出版社 2003 年版。

闫秋红：《现代东北文学与萨满教文化》，暨南大学出版社 2012 年版。

杨彬、田美丽、沙媛等：《中国当代少数民族小说的审美特色研究》，中国社会科学出版社 2012 年版。

杨帆编：《我的经验——少数民族作家谈创作》，青海人民出版社 1982 年版。

杨恒灿主编：《大理当代文化名人——文史篇》，云南民族出版社 2005 年版。

杨晶：《刚性之美：蒙古族审美观念研究》，黑龙江人民出版社2013年版。

杨文炯：《传统与现代性的殊相：人类学视阈下的西北少数民族历史与文化》，民族出版社2002年版。

杨玉梅：《民族文学的坚守与超越》，作家出版社2013年版。

姚新勇：《寻找：共同的宿命与碰撞——转型期中国文学多族群及边缘区域文化关系研究》，中国社会科学出版社2010年版。

叶舒宪：《中华文明探源的神话学研究》，社会科学文献出版社2015年版。

余晓慧：《世界历史语境中的文化认同研究》，云南人民出版社2014年版。

袁红、王英哲编：《楚城春秋：荆楚古城文化》，天津大学出版社2015年版。

袁玲红：《生态女性主义伦理形态研究》，上海人民出版社2011年版。

张岱年：《心灵与境界》，北京联合出版公司2014年版。

张京媛主编：《当代女性主义文学批评》，北京大学出版社1992年版。

张丽军：《乡土中国现代性的文学想象——现代作家的农民观与农民形象嬗变研究》，上海三联书店2009年版。

张全明：《中国历史地理学导论》，华中师范大学出版社2006年版。

张胜冰：《从远古文明中走来——西南氐羌民族审美观念》，中华书局2007年版。

张玉能：《文艺学的反思与建构》，复旦大学出版社2016年版。

赵明生主编：《当代云南佤族简史》，云南人民出版社2015年版。

赵世林：《云南少数民族文化传承论纲》，云南人民出版社2011年版。

赵园：《北京：城与人》，北京大学出版社2002年版。

中华全国妇女联合会编：《毛泽东 周恩来 刘少奇 朱德论妇女解放》，人民出版社1988年版。

钟进文：《中国人口较少民族书面文学研究》，民族出版社2012年版。

钟进文：《中国少数民族母语文学研究》，民族出版社2014年版。

朱道清编：《中国水系大辞典》，青岛出版社1993年版。

邹广文：《当代文化哲学》，人民出版社2007年版。

（三）中译论文

［美］爱德华·W. 萨义德：《东方不是东方——濒于消亡的东方主义时代》，唐建清、张建民译，《国外社会科学》1996 年第 6 期。

［德］恩格斯：《评亚历山大·荣克〈德国现代文学史讲义〉》，载《马克思恩格斯全集》第 1 卷，人民出版社 1956 年版。

［乌拉圭］何塞·恩里克·罗多：《不同民族的个性》，董燕生译，《外国文学》1989 年第 2 期。

［美］赫姆林·加兰：《破碎的偶像》，载刘保端等译《美国作家论文学》，生活·读书·新知三联书店 1984 年版。

［美］杰伊·麦克丹尼尔：《生态学和文化——一种过程的研究方法》，曲跃厚译，《求是学刊》2004 年第 4 期。

［瑞士］皮亚杰：《调节与平衡化》，载左任侠、李其维主编《皮亚杰发生认识论文选》，华东师范大学出版社 1991 年版。

［瑞士］斯图亚特·霍尔：《文化身份与族裔散居》，载罗钢、刘象愚《文化研究读本》，中国社会科学出版社 2000 年版。

［法］西蒙·德·波伏娃：《妇女与创造力》，载张京媛主编《当代女性主义文学批评》，北京大学出版社 1992 年版。

（四）中文论文

白山、陈约红：《白山访谈》，《滇池》2002 年第 3 期。

包天花：《当代中国蒙古族文学叙事的性别研究》，博士学位论文，南开大学，2013 年。

岑献青：《我们回家吧——关于苏丽散文的题外话》，《南方文坛》1997 年第 6 期。

陈惠芬：《空间、性别与认同——女性写作的"地理学"转向》，《社会科学》2017 年第 10 期。

丹珍措：《阿来文化心理透视》，《民族文学研究》2003 年第 4 期。

德吉草：《文化多样性视野下的藏族母语写作及解读》，《民族文学研究》2008 年第 3 期。

董丽敏：《女性文学研究——话语重构及其向度》，《妇女研究论丛》2016

年第 4 期。

董丽敏：《性别：作为文学分析的方法——评〈性别视角下的中国文学与文化〉及相关系列丛书》，《妇女研究论丛》2019 年第 1 期。

范庆超：《身份多元型作家与文学潮流的多方对话——边玲玲与 1980 年代文学潮流》，《河北师范大学学报》（哲学社会科学版）2016 年第 6 期。

芳菲：《万缕横陈银色界——孟晖〈盂兰变〉及其他》，《书城》2008 年第 9 期。

费孝通：《中华民族的多元一体格局》，《北京大学学报》1989 年第 4 期。

高剑秋：《骏马奖获奖作品：其文、其人、其事》，《中国民族报》2012 年 9 月 28 日第 9 版。

葛红兵、宋桂林：《小说：作为地方性语言和知识的可能——现代汉语小说的语言》，《中国现代文学研究丛刊》2011 年第 10 期。

郭景华：《民族性、地方性和现代性的交响——新世纪以来新晃小说创作述评》，《怀化学院学报》2016 年第 4 期。

韩晓晔：《为女性和民族代言——现代语境下少数民族女作家的文化自觉》，《贵州民族研究》2016 年第 8 期。

何卫青：《近二十年来中国小说的儿童视野》，《四川大学学报》（哲学社会科学版）2003 年第 4 期。

胡凡：《关东文化特点刍议》，《光明日报》2006 年 4 月 18 日史学版。

黄灯：《一个返乡书写者的自我追问》，《文艺理论与批评》2017 年第 1 期。

黄向、吴亚云：《地方记忆：空间感知基点影响地方依恋的关键因素》，《人文地理》2013 年第 6 期。

黄晓娟：《当代少数民族女性文学发展概论》，《广西民族师范学院学报》2013 年第 4 期。

黄晓娟：《民族身份与作家身份的建构与交融——以作家鬼子为例》，《民族文学研究》2006 年第 3 期。

黄晓娟：《民族文化记忆的女性书写——论藏族女作家梅卓的小说》，《民族文学研究》2012年第6期。

黄晓娟：《女性的天空——现当代壮族女性文学研究》，《民族文学研究》2007年第2期。

黄晓娟：《女性与少数民族口传文学的传承机制》，《南开学报》（哲学社会科学版）2013年第4期。

黄晓娟：《生存的渴望与艺术审美的知觉——花山岩画的艺术人类学探析》，《杭州师范学院学报》（社会科学版）2007年第3期。

黄晓娟：《新世纪少数民族女性文学的中华文化认同与传承研究——以获骏马奖的女作家作品为例》，《广西民族大学学报》（哲学社会科学版）2015年第5期。

黄晓娟：《用美构筑传统文化的圣殿——论孟晖的〈盂兰变〉》，《南方文坛》2017年第1期。

霍达：《传承民族血脉是文艺工作者的天职》，《光明日报》2014年3月14日第6版。

霍达：《忆创作〈补天裂〉的日子》，《纵横》2007年第7期。

季红真：《历史的命题与时代抉择中的艺术嬗变——论"寻根文学"的发生与意义》，《当代作家评论》1989年第2期。

蒋敏华：《全球化语境中的文化心理——兼评马原、央珍、阿来的西藏题材小说》，《江淮论坛》2003年第5期。

蒋昭侠、王丽、曹诗图：《三峡地域文化探讨》，《云南地理环境研究》1998年第2期。

金仁顺：《关于长篇小说〈春香〉的对话》，《作家杂志》2010年第12期。

金元浦：《重塑文化中国形象》，《学习时报》2016年10月13日第6版。

李丹梦：《文学"乡土"的历史书写与地方意志——以"文学豫军"20世纪90年代以来的创作为中心》，《文艺研究》2013年第10期。

李喜辰：《试论器物对人的塑造》，《洛阳工学院学报》（社会科学版）2002年第4期。

李秀梅：《试析霍达创作中的北京情结》，《淮阴工学院学报》2011年第2期。

李占录:《现代化进程中族群认同、地域认同与国家认同之间关系探讨》,《中央民族大学学报》(社会科学版) 2015 年第 3 期。

刘芳:《中华优秀传统文化:社会主义核心价值观的精神滋养》,《思想理论教育》2015 年第 1 期。

刘光宇、冬玲:《女性角色演变与中国妇女解放——中国现代女性文学的文化透视》,《山东师范大学学报》(人文社会科学版) 2000 年第 2 期。

刘锦:《中国文化多样性与民族国家——从费孝通〈中华民族的多元一体格局〉谈起》,《探求》2014 年第 4 期。

刘霞:《毛泽东妇女解放思想的基本内涵》,《福建党史月刊》2006 年第 8 期。

吕岩:《藏族女性书写主体的建构》,《西藏民族学院学报》2012 年第 3 期。

罗庆春、刘兴禄:《"文化混血":中国当代少数民族文学文化构成论》,《民族文学研究》2006 年第 1 期。

骆桂花:《社会变迁中的回族女性文化环境》,《青海社会科学》2006 年第 6 期。

毛正天、陈祥波:《叶梅〈五月飞蛾〉浅析》,《当代文坛》2004 年第 2 期。

潘照东、刘俊宝:《草原文化的区域分布及其特点》,《前沿》2005 年第 9 期。

任一鸣:《多元视角的文化优势与困惑——从哈萨克女作家哈依霞、叶尔克西的创作谈起》,《民族文学研究》2006 年第 2 期。

十八须:《我的妻子阿微木依萝》,《都市》2015 年第 2 期。

孙燕:《从性别意识看回族女性——访中央民族大学民族学与社会学学院副院长丁宏》,《中国民族报》2006 年第 3 期。

田泥:《可能性的寻找:在民族叙事与女性叙事之间——20 世纪 80 年代以来少数民族女性小说的叙事追求》,《民族文学研究》2007 年第 4 期。

王春荣、蒋尧尧:《"区域女性文学史"的写作实践及理论建构》,《湘潭大学学报》（哲学社会科学版）2018年第1期。

王光东：《新世纪小说创作中的"地方经验"问题》，《社会科学》2017年第5期。

王菡婕：《黄河与泰山的馈赠——山东回族基本面貌素描》，《回族文学》2003年第6期。

王辉、李宝军：《论匠人精神》，《山东青年政治学院学报》2018年第1期。

王亚玲：《韩静慧儿童文学的文化内涵》，《沈阳师范大学学报》（社会科学版）2010年第6期。

王瑜：《"中华多民族文学史观"的建构及其反思》，《独秀论丛》2019年第1期。

夏振影：《论金仁顺的古典题材小说创作》，硕士学位论文，东北师范大学，2009年。

肖惊鸿：《山那边传来大地的气息——与叶尔克西关于〈黑马归去〉的对话》，《民族文学》2009年第3期。

谢明洋：《晚清扬州私家园林造园理法研究》，博士学位论文，北京林业大学，2015年。

兴安：《女性与少数族：叶梅小说中双重身份的文本解读》，《中华读书报》2010年2月24日第11版。

徐寅：《当代中国藏族女作家汉语写作研究的困境与出路》，《西北民族大学学报》（哲学社会科学版）2017年第6期。

许心宏：《文学地图上的城市与乡村——二十世纪中国小说"城—乡"符号结构研究》，博士学位论文，浙江大学，2010年。

杨胜修：《铜仁土家族特色文化的形成与发展》，《铜仁职业技术学院学报》（社会科学版）2009年第6期。

杨太：《论东北民俗文化的喜剧精神》，《辽宁大学学报》2007年第5期。

杨霞：《〈尘埃落〉的空间化书写研究》，博士学位论文，中国社会科学院研究生院，2010年。

杨玉梅：《略论新时期民族文学的自觉求索》，《百色学院学报》2011年第 2 期。

杨中举：《多元文化对话场中的移民作家的文化身份建构——以奈保尔为个案》，《山东文学》2005 年第 3 期。

叶多多：《时代呼唤生态的民族文学》，《中国艺术报》2013 年 12 月 13 日第 3 版。

叶梅：《寻找爱和生命快乐的民族女性话语》，《民族文学研究》2008 年第 2 期。

叶小文等：《儒释道三家的当代对话——"中华之道儒释道巅峰论坛"纪实》，《中央社会主义学院学报》2010 年第 6 期。

伊斯哈格·马彦虎：《葬礼为谁举行？——评〈穆斯林的葬礼〉》，《民族文学》1993 年第 3 期。

曾娟：《论叶梅小说的生态书写》，《小说评论》2015 年第 2 期。

曾军：《地方性的生产：〈繁花〉的上海叙述》，《华中师范大学学报》（人文社会科学版）2014 年第 6 期。

张碧波、高国兴：《北方民族文化形成与发展问题略论》，《学习与探索》1989 年第 4—5 期。

张鸿彬：《叶梅小说中峡江女性形象的文化价值》，《汉江师范学院学报》2017 年第 2 期。

张淑云：《世纪转型：文学地理学视域下的当代壮族文学》，《广西教育学院学报》2017 年第 1 期。

张中华：《浅议地方理论及其构成》，《建筑与文化》2014 年第 1 期。

张中华、王岚、张沛：《国外地方理论应用旅游意象研究的空间解构》，《现代城市研究》2009 年第 5 期。

赵慧：《当代回族女作家马瑞芳创作简论》，《回族文学研究》1993 年第 3 期。

赵玫：《文学是对人生一种诗意的探索》，《文化月刊》2006 年第 6 期。

赵玫：《怎样拥有杜拉》，《出版广角》2000 年第 5 期。

赵敏艳：《北方游牧民族的交通工具勒勒车》，《赤峰学院学报》（汉文哲学社会科学版）2016 年第 2 期。

赵文英：《当代白族作家文学的艺术语言研究》，博士学位论文，华中师范大学，2016 年。

周培勤：《社会性别视角下的人地关系——国外女性主义地理学研究进展和启示》，《人文地理》2014 年第 3 期。

周小艺：《兴盛、衰落与重建——黔北仡佬族历史演变的研究》，博士学位论文，中央民族大学，2011 年。

朱虹：《云霞洒满纸　神笔发浩歌——读萨仁图娅的长篇传记〈尹湛纳希〉》，《满族研究》2010 年第 2 期。

（五）报纸及网络资源

《摆脱家务劳动昂首阔步前进　少数民族妇女成为生产劲旅》，《人民日报》1960 年 3 月 8 日。

董喜阳：《金仁顺和小说〈春香〉里的隐迷世界》，新浪博客：http：//blog.sina.com.cn/s/blog_506c6d580102e8db.html，2012 年 11 月 14 日。

段凤英：《阿微木依萝：我写的是人内心的泥石流》，中国作家网：http：//www.chinawriter.com.cn/n1/2021/0330/c405057 - 32065437.html，2021 年 3 月 30 日。

冯良：《〈西南边〉获奖感言》，中国作家网：http：//www.chinawriter.com.cn/n1/2020/0924/c433528 - 31874153.html，2020 年 9 月 24 日。

高剑秋：《骏马奖获奖作品：其文、其人、其事》，《中国民族报》2012 年 9 月 28 日第 9 版。

《广泛参加政治经济文化活动　积极参与管理国家大事　少数民族妇女迅速成长》，《人民日报》1963 年 3 月 7 日。

霍达：《传承民族血脉是文艺工作者的天职》，《光明日报》2014 年 3 月 14 日第 6 版。

金元浦：《重塑文化中国形象》，《学习时报》2016 年 10 月 13 日。

李炳银：《学之花在奇异的枝头绽放——读少数民族作家报告文学有感》，中国作家网：http：//www.chinawriter.com.cn/2008/2008 - 11 - 19/36311.html，2008 年 11 月 19 日。

梅卓：《〈神授·魔岭记〉获奖感言》，中国作家网：https：//www.tibetcul.com/wx/zhuanti/rd/34401.html，2020年9月24日。

梅卓：《文学是慈悲的事业》，《文艺报》2001年6月15日。

牛锐：《回族作家叶多多："我的心在高原"》，《中国民族报》2013年12月20日。

《全国少数民族文学创作骏马奖评奖条例》（2012年2月28日修订），中国作家网：http：//www.chinawriter.com.cn/zx/2007/2007-01-08/804.html，2012年3月1日。

《陕甘宁举行妇代会》，《人民日报》1949年2月27日。

孙燕：《从性别意识看回族女性——访中央民族大学民族学与社会学学院副院长丁宏》，《中国民族报》2006年第3期。

吴中华：《创作总是注满激情——赵玫访谈记》，《天津日报》2002年5月25日。

肖勤：《沿着民族的、泥土的脉理写作》，《人民日报》2010年1月28日。

徐德莉：《中华优秀传统文化与中华民族共同体意识》，《光明日报》2017年4月10日。

燕亢生：《火焰的花朵——评廊坊诗人王雪莹〈我的灵魂写在脸上〉》，新浪博客：http：//blog.sina.com.cn/s/blog_50015aae0101fyl7.html，2013年7月7日。

杨文、叶梅：《展现土家人的民族性格》，《人民日报》（海外版）2009年12月25日。

叶多多：《时代呼唤生态的民族文学》，《中国艺术报》2013年12月13日第3版。

《在中国共产党第八次全国代表大会上　积极培养和提拔更多更好的女干部　中共中央妇女工作委员会第一书记　蔡畅同志的发言》，《人民日报》1956年9月25日。

张永权：《德昂山寨的一束山樱花——评德昂族艾傈木诺诗集〈以我命名〉》，中国作家网：http：//www.chinawriter.com.cn/bk/2008-04-17/31659.html，2008年4月17日。

卓今:《新乡土主义的新景观——评第十一届骏马奖散文奖汉语获奖作品》,《文艺报》2016年10月26日第7版。

(六) 中文文学作品

阿蕾:《嫂子》,四川人民出版社1997年版。

阿微木依萝:《檐上的月亮》,广西师范大学出版社2019年版。

艾傈木诺:《以我命名》,云南民族出版社2007年版。

敖德斯尔、斯琴高娃:《骑兵之歌》,人民文学出版社1979年版。

白山:《血线——滇缅公路纪实》,云南人民出版社1999年版。

边玲玲:《丹顶鹤的故事》,《民族文学》1984年第1期。

岑献青:《秋萤》,广西民族出版社1988年版。

朝颜:《陪审员手记》,作家出版社2019年版。

董秀英:《马桑部落的三代女人》,云南人民出版社1991年版。

董秀英:《最后的微笑》,《青春》1983年第11期。

杜梅:《北方丢失的童话》,《民族文学》1997年第4期。

杜梅:《木垛上的童话》,《草原》1986年第4期。

冯良:《西南边》,长江文艺出版社2017年版。

冯娜:《无数灯火选中的夜》,中国青年出版社2016年版。

格致:《从容起舞》,时代文艺出版社2007年版。

哈依霞:《魂在人间》,《民族作家》1989年第2期。

韩静慧:《恐怖地带101》,内蒙古人民出版社2001年版。

和晓梅:《呼喊到达的距离》,云南人民出版社2012年版。

贺晓彤:《爱的折磨》,广西民族出版社1996年版。

贺晓彤:《美丽的丑小丫》,湖南儿童出版社1986年版。

黄晓娟编选:《中国当代少数民族女性文学作品选》,上海文艺出版社2017年版。

黄雁:《胯门》,《边疆文学》1995年第1期。

霍达:《补天裂》,北京十月文艺出版社2015年版。

霍达:《穆斯林的葬礼》,北京十月文艺出版社2015年版。

霍达:《万家忧乐》,人民文学出版社1991年版。

金仁顺:《春香》,时代文艺出版社2014年版。

景宜:《谁有美丽的红指甲》,文化艺术出版社1989年版。

雷子:《雪灼》,中央文献出版社2006年版。

李惠善:《红蝴蝶》,民族出版社2000年版。

梁琴:《回眸》,百花文艺出版社1994年版。

龙宁英:《逐梦——湘西扶贫纪事》,湖南文艺出版社2017年版。

鲁娟:《好时光》,四川文艺出版社2013年版。

禄琴:《面向阳光》,贵州民族出版社1996年版。

马金莲:《长河》,《民族文学》2013年第9期。

梅卓:《神授·魔岭记》,青海人民出版社2019年版。

梅卓:《太阳部落》,中国文联出版公司1998年版。

梅卓:《走马安多》,青海人民出版社2009年版。

孟晖:《盂兰变》,南京大学出版社2014年版。

庞天舒:《落日之战》,人民文学出版社1994年版。

仁增措姆:《"饥饿山谷"的变迁》,《中国西藏》1989年冬季号。

萨娜:《你脸上有把刀》,大众文艺出版社2003年版。

萨仁图娅:《当暮色渐蓝》,春风文艺出版社1986年版。

萨仁图娅:《尹湛纳希》,辽宁民族出版社2002年版。

上海文艺出版社选编:《八十年代散文选(1980)》,上海文艺出版社1981年版。

邵长青:《八月》,《民族文学》1982年第3期。

石尚竹:《竹叶声声》,《山花》1984年第6期。

司仙华:《铓锣的黄昏》,《大西南文学》1989年第8期。

苏兰朵:《白熊 苏兰朵中短篇小说集》,现代出版社2017年版。

苏莉:《旧屋》,作家出版社2000年版。

陶丽群:《母亲的岛》,《野草》2015年第1期。

王华:《海雀,海雀》,贵州人民出版社2016年版。

王华:《雪豆》,中国电影出版社2007年版。

肖勤:《丹砂》,作家出版社2011年版。

肖勤：《丹砂的记忆》，《民族文学》2009 年第 10 期。

肖勤：《丹砂的味道》，《山花》2009 年第 20 期。

许连顺：《舞动的木偶》，延边人民出版社 2018 年版。

央珍：《无性别的神》，中国青年出版社 1994 年版。

杨打铁：《碎麦草》，贵州人民出版社 2004 年版。

叶多多：《我的心在高原》，花城出版社 2008 年版。

叶尔克西·胡尔曼别克：《黑马归去》，新疆青少年出版社 2006 年版。

叶广芩：《没有日记的罗敷河》，吉林人民出版社 1998 年版。

叶梅：《五月飞蛾》，中国文联出版社 2004 年版。

益希卓玛：《美与丑》，《人民文学》1980 年第 6 期。

尹湛纳希：《青史演义（第一册）》，内蒙古人民出版社 1979 年版。

雍措：《凹村》，作家出版社 2015 年版。

袁智中：《佤文化探秘之旅：远古部落的访问》，云南民族出版社 2007 年版。

张顺琼：《绿梦》，贵州民族出版社 1991 年版。

赵玫：《一本打开的书》，春风文艺出版社 1994 年版。

赵玫：《以爱心 以沉静》，安徽文艺出版社 1991 年版。

中国作家协会编：《新时期中国少数民族文学作品选集·达斡尔族卷》，作家出版社 2015 年版。

二 外文文献

Crang, *Mik Cultural Geography*, London: Routledg, 1998.

Edward Relph, *Place and Placeless*, London: Pion Limited, 1976.

Richard Mathews, *Fantasy: The Liberation of Imagination*, London: Routledge, 2002.

Yi-Fu Tuan, *Topophilia: A Study of En vironmental Perceptions. Attitudes. And Values*, New York: Columbia University Press, 1990.

附录1 全国少数民族文学创作骏马奖获奖女作家篇目

1. 第一届全国少数民族文学创作奖（1976.10—1980）1981年12月30日颁奖

荣誉奖（短篇小说）	
美与丑	益希卓玛（女）藏族
长篇小说集	
骑兵之歌	敖德斯尔（男）斯琴高娃（女）蒙古族
短篇小说	
八月	邵长青（女）满族
短诗	
写在弹坑上	李甜芬（女）壮族
散文	
煎饼花儿	马瑞芳（女）回族
年饭	符玉珍（女）黎族

2. 第二届全国少数民族文学创作奖（1981—1984）1985年12月9日颁奖

一等奖（中篇小说）	
谁有美丽的红指甲	景宜（女）白族
二等奖（短篇小说）	
丹顶鹤的故事	边玲玲（女）满族

续表

最后的微笑	董秀英（女）佤族
根与花	杨阿洛（女）（笔名阿蕾）彝族
二等奖（短诗）	
竹叶声声	石尚竹（女）水族

3. 第三届全国少数民族文学创作奖（1985—1987）1990年11月16日颁奖

长篇小说	
穆斯林的葬礼	霍达（女）回族
诗集	
当暮色渐蓝	萨仁图娅（女）蒙古族
儿童文学集	
美丽的丑小丫	贺晓彤（女）苗族
新人新作 中、短篇小说	
苦寒的心（柯尔克孜文 短篇）	阿尔曼诺娃（女）柯尔克孜族
卍字的边缘（短篇）	央珍（女）藏族
特别奖	
诺仁（景颇文 长篇）	玛波（女）景颇族
咳，女人（短篇）	阿凤（女）达斡尔族
木垛上的童话（短篇）	杜梅（女）鄂温克族
甘孜河——雨季（诗）	米拉（女）俄罗斯族

注：根据评奖"通知"规定的宗旨，凡推荐作品而未列入获奖篇目的民族，均择优选一篇作品获特别奖。

4. 第四届全国少数民族文学创作奖（1988—1991）1993年8月中旬揭晓

中短篇小说集	
马桑部落的三代女人	董秀英（女）佤族
谁有美丽的红指甲	景宜（女）白族
阿尔查河畔	齐·敖特根其木格（女）蒙古族
诗歌集	
绿梦	张顺琼（女）布依族

续表

散文、报告文学集	
万家忧乐	霍达（女）回族
以爱心以沉静	赵玫（女）满族
秋萤	岑献青（女）壮族
新人新作	
草原恋情（诗）	乌云其木格（女）蒙古族
铓锣的黄昏	司仙华（女）傈僳族
魂在人间（中篇）	哈依霞（女）哈萨克
多彩的云（维吾尔文）	哈里达·斯拉因（女）维吾尔族
蕨蕨草	娜朵（女）拉祜族
饥饿山谷的变迁	仁增措姆（女）门巴族

5. 第五届全国少数民族文学创作奖（1992—1995）1997年11月17日颁奖

长篇小说	
无性别的神	央珍（女）藏族
落日之战	庞天舒（女）满族
太阳部落	梅卓（女）藏族
小说集	
飘落的绿叶（朝鲜文）	李惠善（女）朝鲜族
散文集	
一本打开的书	赵玫（女）满族
回眸	梁琴（女）回族
报告文学集	
血线——滇缅公路纪实	白山（女）回族
新人新作	
最后一封情书（小说）	袁智中（女）佤族
胯门（小说）	黄雁（女）哈尼族
年年花开（诗）	罗莲（女）布依族

6. 第六届全国少数民族文学骏马奖（1996—1998）1999年10月19日颁奖

长篇小说	
补天裂	霍达（女）回族
无根花（朝文）	许莲顺（女）朝鲜族
中、短篇小说集	
木轮悠悠	阿凤（女）达斡尔族
嫂子（彝文）	阿蕾（女）彝族
爱的折磨	贺晓彤（女）苗族
冰山之心（维吾尔文）	阿提克木·则米尔（女）塔吉克族
诗集	
面向阳光	禄琴（女）彝族
另一种禅悟	罗莲（女）布依族
散文集	
没有日记的罗敷河	叶广芩（女）满族
在北方丢失的童话	杜拉尔·梅（女）鄂温克族
报告文学集	
时代骄子（朝文）	金英锦（女）朝鲜族

7. 第七届全国少数民族文学骏马奖（1999—2001）2002年9月9日颁奖

长篇小说	
红蝴蝶	李惠善（女）朝鲜族
孟兰变	孟晖（女）达斡尔族
中、短篇小说集	
红遍乡村（维吾尔文）	热孜莞古丽·玉苏甫（女）维吾尔族
诗集	
西藏在上	唯色（女）藏族
从秋天到冬天	冉冉（女）土家族
散文集	
旧屋	苏莉（女）达斡尔族
天痕（蒙古文）	乌仁高娃（女）蒙古族

续表

儿童文学	
恐怖地带 101	韩静慧（女）蒙古族

8. 第八届全国少数民族文学创作骏马奖（2002—2004）2005年11月颁奖

中、短篇小说集	
你脸上有把刀	萨娜（女）达斡尔族
五月飞蛾	叶梅（女）土家族
碎麦草	杨打铁（女）布依族
散文集	
母爱（朝鲜文）	李善姬（女）朝鲜族
报告文学	
尹湛纳希	萨仁图娅（女）蒙古族

9. 第九届全国少数民族文学创作骏马奖（2005—2007）2008年11月16日颁奖

长篇小说	
雪豆	王华（女）仡佬族
罗孔札定（景颇文）	玛波（女）景颇族
中、短篇小说集	
黑马归去	叶尔克西·胡尔曼别克（女）哈萨克族
山峰云朵（藏文）	次仁央吉（女）藏族
诗集	
雪灼	雷子（女）羌族
其曼古丽诗选（维吾尔文）	其曼古丽·阿吾提（女）维吾尔族
散文集	
从容起舞	格致（女）满族
报告文学集	
佤文化探秘之旅：远古部落的访问	袁智中（女）佤族
理论、评论集	
高原女性的精神咏叹	黄玲（女）彝族

续表

人口较少民族特别奖	
以我命名（诗集）	艾傈木诺（女）德昂族

10. 第十届全国少数民族文学创作骏马奖（2008—2011）2012 年 9 月 19 日颁奖

长篇小说	
春香	金仁顺（女）朝鲜族
中短篇小说	
丹砂	肖勤（女）仡佬族
散文	
我的心在高原	叶多多（女）回族
诗歌	
我的灵魂写在脸上	王雪莹（女）满族

11. 第十一届全国少数民族文学创作奖（2012—2015）2016 年 9 月 27 日颁奖

中、短篇小说奖	
长河	马金莲（女）回族
呼喊到达的距离	和晓梅（女）纳西族
母亲的岛	陶丽群（女）壮族
幸福的气息（哈萨克文）	努瑞拉·合孜汗（女）哈萨克族
报告文学奖	
逐梦——湘西扶贫纪事	龙宁英（女）苗族
最后的秘境——佤族山寨的文化生存报告	伊蒙红木（女）佤族
诗歌奖	
好时光	鲁娟（女）彝族
散文奖	
凹村	雍措（女）藏族

12. 第十二届全国少数民族文学创作奖（2012—2015）2016 年 9 月 27 日颁奖

长篇小说奖	
西南边	冯良（彝族）
神授·魔岭记	梅卓（藏族）
舞动的木偶（朝鲜文）	许连顺（朝鲜族）
中、短篇小说奖	
白熊	苏兰朵（满族）
报告文学奖	
海雀，海雀	王华（仡佬族）
诗歌奖	
无数灯火选中的夜	冯娜（白族）
散文奖	
檐上的月亮	阿微木依萝（彝族）
陪审员手记	朝颜（畲族）

附录 2 全国少数民族文学创作骏马奖获奖类别及创作体裁统计表

奖项及体裁		第一届		第二届		第三届		第四届		第五届		第六届		第七届		第八届		第九届		第十届		第十一届		第十二届	
		获奖总数	女作家获奖数	获奖总数	女作家获奖数	获奖总数	女作家获奖数	获奖总数	女作家获奖数	获奖总数	女作家获奖数	获奖总数	女作家获奖数	获奖总数	女作家获奖数	获奖总数	女作家获奖数	获奖总数	女作家获奖数	获奖总数	女作家获奖数	获奖总数	女作家获奖数	获奖总数	女作家获奖数
获奖作品	长篇小说	7	1	4		6	1	6		8	3	7	2	6	2	5		5	2	5	1	5		5	3
	中短篇小说	29	1	51	4	14		28	3	14	1	15	4	17	1	5	3	5	2	5	1	5	4	5	1
	诗歌	59	1	33		10	1	25	1	13		14	2	10	2	5		7	2	5	1	5	1	5	1
	散文	14	2	10		3				7	2	10	2	9	2	5	1	5	1	5		5	1	5	2
	报告文学	3		2		2		11	3	3	1	2	1	3		5	1	3	1			4	2	5	1
	儿童文学	8				3	1	3		1		4		2	1							8			
	电影文学	4																							
	剧本	5				1		4		4		4		4		5		5							
	评论			5															1						

附录2 全国少数民族文学创作骏马奖获奖类别及创作体裁统计表

续表

奖项及体裁		第一届 获奖总数	第一届 女作家获奖数	第二届 获奖总数	第二届 女作家获奖数	第三届 获奖总数	第三届 女作家获奖数	第四届 获奖总数	第四届 女作家获奖数	第五届 获奖总数	第五届 女作家获奖数	第六届 获奖总数	第六届 女作家获奖数	第七届 获奖总数	第七届 女作家获奖数	第八届 获奖总数	第八届 女作家获奖数	第九届 获奖总数	第九届 女作家获奖数	第十届 获奖总数	第十届 女作家获奖数	第十一届 获奖总数	第十一届 女作家获奖数	第十二届 获奖总数	第十二届 女作家获奖数
新人新作奖	中短篇小说			11		2																			
	诗歌			4				16	6	10	3														
	散文			1																					
	报告文学			1																					
	评论			1																					
荣誉奖	短篇小说	7	1	7																					
	中篇小说	1		2																					
	报告文学	1		2	1																				
	儿童文学	2		2																					
	诗集			8		4		6	1	3	1	5		4	3	1		4		4		3		5	2
翻译奖						22	4					1													
特别奖																		5	1						
人口较少民族特别奖																									
奖项总计		140	6	126	23	67	7	99	14	63	11	62	11	55	11	31	5	39	10	29	4	27	8	30	10
其中：文学作品		140	6	118	5	79	9	93	13	60	10	57	11	51	8	30	5	35	9	25	4	24	8	25	8

附录3　全国少数民族文学创作骏马奖评奖活动统计表

评奖届数	评奖范围	颁奖时间	颁奖地点
第一届全国少数民族文学创作奖	1976.10—1980	1981年12月30日	北京市　人民大会堂
第二届全国少数民族文学创作奖	1981—1984	1985年12月9日	北京市　人民大会堂
第三届全国少数民族文学创作奖	1985—1987	1990年11月16日	北京市　人民大会堂
第四届全国少数民族文学创作奖	1988—1991	1993年8月中旬	北京市　人民大会堂
第五届全国少数民族文学创作奖	1992—1995	1997年11月17日	北京市　人民大会堂
第六届全国少数民族文学骏马奖	1996—1998	1999年10月19日	云南省　昆明电视台演播大厅
第七届全国少数民族文学骏马奖	1999—2001	2002年9月9日	北京市　人民大会堂
第八届全国少数民族文学创作骏马奖	2002—2004	2005年12月3日	云南省　昆明电视台演播大厅
第九届全国少数民族文学创作骏马奖	2005—2007	2008年11月16日	贵州省　贵阳大剧院
第十届全国少数民族文学创作骏马奖	2008—2011	2012年9月19日	北京市　国家大剧院
第十一届全国少数民族文学创作骏马奖	2012—2015	2016年9月27日	北京市　中国现代文学馆
第十二届全国少数民族文学创作骏马奖	2016—2019	2020年9月25日	北京市　中国现代文学馆

后 记

本书是我负责的国家社会科学基金项目"少数民族女性文学的中华文化认同与传承研究"（15BZW190）的最终成果，在中华文化的总体格局中，以历届获得全国少数民族文学创作骏马奖的女作家及其作品为重点研究对象，探究少数民族女性文学的生成方式、文化内涵，与本民族文化传统、汉文化的关系。

习近平总书记在 2019 年全国民族团结进步表彰大会上指出："坚持文化认同是最深层的认同"；在 2021 年的中央民族工作会议中，习近平总书记将"全面推进中华民族共有精神家园建设"作为铸牢中华民族共同体意识的"第一项任务"，从而深刻揭示出中华文化认同在铸牢中华民族共同体意识中发挥着根本性作用。习近平总书记指出"中华优秀传统文化是中华民族的精神命脉"，"要加强对中华优秀传统文化的挖掘和阐发，努力实现中华传统美德的创造性转化、创新性发展"。本书在写作的过程中，深入贯彻党的十九大报告精神，从研究少数民族女性文学的文化认同与审美观照到文化传承与文化创新，由具体的文学创作研究上升至哲思高度，对阐发中华优秀传统文化，传播中国话语体系有着积极的意义。

在"少数民族女性文学的中华文化认同与传承研究"的项目研究过程中，我指导的博士研究生张淑云和硕士研究生罗莹钰、唐雅妮的学位论文均以此项目为选题来源。张淑云完成了博士学位论文《少数民族女性文学的地方书写与文化传承研究——以获骏马奖女作家作品为例》，获得答辩专家的好评，毕业后在广西教育学院继续从事少数民族文学研究；罗莹钰完成了硕士学位论文《回族女性书写中的生命意识与文化传承——以获骏马奖的回族女作家作品为例》，并顺利考入厦门大学攻读博士学位；唐雅妮完成硕士论文《多样的面孔——论赵玫创作中的"写作身份"》的写作。三篇学位论文均围绕本项目的研究内容、研究目标等，从不同的角度展开研究，亦是项目的创段性成果，构成本书内容的一部分。

本书以中华民族共同体意识为研究的基本前提，在"中华一体"观念和中华文化共同体意识的格局中，积极地从女性自身的性别意识、民族意识、族别身份、文化意识等多角度探究少数民族女性作家的创作，挖掘少数民族女作家创作的多重文化因素。从政治凝聚到心灵认同，少数民族女作家从不同的角度阐释"中国梦"的内涵，在多民族叙事中讲述"中国故事"，推动了中华文化的传承与发展。少数民族女性文学在讲述各民族故事、书写中国壮丽山河的过程中，也展示了中华美学的丰富性和多民族文学的"中华一体"意识。本书旨在挖掘少数民族女性文学创作对弘扬中国传统哲学、美学精神，不断传承中华文化精神，促进民族大团结等方面所显现的重要价值与意义。

在此，感谢中国社会科学出版社张玥女士为本书的出版付出的努力，感谢广西民族大学文学院提供的支持。

对于本书的撰写工作，尽管倾注了极大的热情，调动了各方面的积极性，由于水平所限，遗珠漏玉在所难免，敬请作家、学者和广大读者朋友批评指正。

黄晓娟

2021 年 10 月